Unicorn

独角兽书系

作者简介

潘海天

潘海天，福建人，科幻作家，毕业于清华大学建筑系。自1994年开始写作以来，曾五次获得中国科幻银河奖。潘海天九州作品包括《铁浮图》《白雀神龟》《死者夜谈》《地火环城》等。

九州

地火环城

九州系列长篇巨作

潘海天 著

—珍藏版—

LAVA SURROUNDING THE CITY

重庆出版集团 重庆出版社

图书在版编目（CIP）数据

九州. 地火环城 ： 珍藏版 / 潘海天著. -- 重庆 ：
重庆出版社, 2025.6
ISBN 978-7-229-18185-7

Ⅰ. ①九… Ⅱ. ①潘… Ⅲ. ①幻想小说－中国－当代
Ⅳ. ①I247.5

中国国家版本馆CIP数据核字(2023)第222953号

九州·地火环城（珍藏版）
JIUZHOU · DIHUO HUANCHENG（ZHENCANG BAN）
潘海天 著

责任编辑:邹 禾 唐弋淄 许 宁
装帧设计:谢颖设计工作室
封面插图:汪禾洋
责任校对:杨 婧
排版设计:池胜祥

重庆出版集团
重庆出版社 出版

重庆市南岸区南滨路162号1幢 邮政编码:400061 http://www.cqph.com
成都国图广告印务有限公司 印刷
重庆出版集团图书发行有限公司 发行
邮购电话:023-61520646
全国新华书店经销

开本:890mm×1230mm 1/32 印张:12.25 字数:300千
2025年6月第1版 2025年6月第1次印刷
ISBN 978-7-229-18185-7
定价:86.00元

目录

——多拿些酒来！爱情就是乌有！老河络嚷道。

引子

地火节的前夕，有着地狱般的天气。

地面上一丝风也没有，旱魔肆虐，六个月里一滴水也没有落到枯焦的大地上。空气干渴如烈火，越州河络的心里，也像火焰一样翻腾。

河络的手工业和矿产闻名于世，铜器、锡器、日用器皿和首饰皆为上品，他们制作的武器尤为精良，特有的魂印兵器会吸收那些战死亡灵的咆哮灵魂，增加持有人的武力。只有河络通晓这些武器的秘密。

这些特产，曾让逐利的人族商人趋之若鹜，从宛州越过雁返湖，从中州越过殇阳关，踩出了众多驮马小道，他们遵循古老的北邙之盟的某些条款，与河络以货易货。

只是荣光属于过去。

近些年来，河络族的领地矿产枯竭，再也没有出产和商人以货易货了，于是越州道上，商队日渐稀少，终致断绝。

如今荒凉的山林下满是一人多高的蒿草，叶子焦黄却茂盛，只在某些地面上隐约看出一点凹陷的车辙，除了穿行的鹿，这些林间小道已经数年也没有一名商人经过。

一名铁鼠部落的哨兵站在山毛榉木搭盖的凉棚里，手扶着比他的身长高上三倍的长戟，昏昏入梦。

梦对河络来说无比重要。

河络们相信在梦里，他们可以踏入创造之神的梦境，河络与神的梦境相交，会折射出隐约的世界真相。

河络通过梦来了解世界。只要进入特殊的梦幻觉状态，他们就可以得到一些神启：有时是个人的吉凶时运，有时是被遗忘的前辈技艺，有时是湮没的远古历史，更有一些时候，是庞大部族的命运。

这名哨兵的年纪已经大了。在睡梦里，他似乎听到了什么声音，那是宽大的骆驼脚掌踩在沙地上，驼铃在风中清脆的撞击，高大的驼兽头尾相衔在摇曳的草丛里穿行，衣着华丽的伶人吹响横笛……这些都曾是相隔久远的过去，他曾听见过的商贸之和声。

没有交易也好，也好啊，老河络在梦中想，霸道的人族，带来的不仅仅是金钱和财富，他们也带来了疾病和贪婪、纷争和阴谋，还有……战争。虽然资源枯竭的河络不得不出卖士兵换取金钱，他们的佣兵浴血而战，为与世无争的河络族赢得了“铁骑墓场”和“死亡之墙”的美名，但毫无疑问，河络依然天生厌恶战争，绝无从战场上获取荣誉的觉悟。

蓦地，梦中的哨兵听到一声号角，低低地沿着地面传出，好像巨兽的吼叫。

哨兵猛抬起头，看见一队招展的旗帜正在靠近，队伍里不但有骆驼、马，还有弯起獠牙的大象，大部分牲畜的背上，都背负着用油漆麻布和皮革密密包裹起来的笼箱，巨大的伞盖撑开在烈日下，在独角驼兽的背上摇晃。

这不是梦。

哨兵揉了揉眼，目瞪口呆地看着这支突然从天而降的商队分开葱茏的草木，好像帆船划开水面，乘着一股若有若无的轻风行至近前。

最前面一匹黑色瘦马斜歪着身子快步跑着，骑手似乎丝毫也不受闷热天气的影响，穿着宽阔的大袍，戴着兜帽，深紫色的袍子上绣着云纹滚边，按北邙之盟的约定，他高举着象征和平的青色旄羽。

起风了？老河洛觉得有东西在拂动自己的脸庞，真的起风了？一瞬之间，他甚至不知该为哪一样事觉得震惊，是风还是久违的商队。

隔着十多丈远，骑手竖起一只胳膊，长长的商队停住脚步。他拉住缰绳，跳下马来，黑皮靴踏在了干涸已久的旧车辙上。骑手把牦节长竿插在地上，拍拍汗流浃背的马头，然后掉头朝哨兵走来。

老哨兵回过神来，斜举长戟，拦住去路说："诅咒你和你的马，祝你一路霉运。"

河络习俗，从地火节前一个月直到冬日的暗极节[①]，所有的祝福语都是反过来的。他们相信黑夜渐长的日子里，只有这种方式才能祛除厄运。这种问候方式在河络与人类初次接触时引起了多场战争，但是，河络从来没想过要更改它。

骑手抛开兜帽，显露出一张白皙的脸，他很年轻，鼻梁高挺，五官比例完美，只是皮肤看上去有些奇怪，白得出奇，似乎生病了的样子。

即便对人族不太熟悉，河络哨兵也看得出来那是一张孩子的

---

① 暗极节：河络的节日。一年之中黑夜最长的日子。在那一天里，所有的河络要围坐在火炉边抱怨其他人。他们可以直接对某人说出对他的不满，也可以通过留纸条在空炉子中的方式将不满告知某人。

脸。他年龄不大，十三四岁，河络在这么大的时候，还不被允许踏出城门呢。

骑手在十来步外山毛榉树的阴影里停住了脚步，身子单薄得也像一片影子。他侧过头的时候，哨兵可以看见他脑后留有一根小辫，如同猞猁的短尾，暴露了他的蛮人身份。

好河络时刻记得自己的职责。为了在孩子面前显得更高大一些，哨兵挺起胸膛，庄严地用通用语问道："商人?"

少年望了望河络的长戟，微微皱起眉头。"让路!"他以与他年龄不相衬的命令语气说。

河络有点茫然，但他恪于职守，重复道："商人？请给我渡关传书。没有渡关传书，就不能越过此界。"

紫衣少年从腰带上抽出一把一肘长的匕首，那匕首如同一道细长的弯月，寒光闪耀，匕首的柄是暗红色的犀牛角，看上去已经磨损得很厉害。

老兵发觉自己有点恐慌，可站在对面的不过是个孩子。

老河络看了看五十步开外的商队，商队的人都静止在自己的驼兽上，如同一尊尊的木偶，完全没有上来帮忙的意思。

老兵耐心地解释说："没有传书，你们应该到自己的城主那里去申请。依照北邙之盟的约定，我们欢迎任何一支有传书的商队。"

"我只想走出这片该死的林子，"少年说，他又往前走了两步，显得有点急躁，"快退开，再不让路你们会死。"

老河络眉开眼笑地说，"谢谢你的祝福。你不是来真的吧，稍微计算一下就可以知道，你不可能赢，我这边有四名长戟手，一名弩手，"老河络好心肠地想要传授算学，"你会计算吗？听说草原人不清楚自己有几只羊，但这次一只手就可以……"

少年抛开兜帽，露出一双眼睛。

笑容在老河络的嘴角凝住了，他面对的是一双被诅咒过的眼睛，冰冷彻骨。从这个单薄的少年身上散发出的杀气，好像冻结的冰霜挂满四周绿意盎然的枝头。只有在一个地方，只有在一个那鲜血横流的地方，他曾见识过这种可怕的杀气。

“天罗？”老兵大叫了一声，他抑制住自己的恐惧，猛力挥起长戟，朝那少年砍去。老河络知道，这是他这一生当中最不顾一切挥出的一击，此时此刻，他心中只有一个计较：不能让这名天罗近身！

河络的长戟手久经训练，一动皆动，四把长戟在空中交错而击，次第叠落，没有留出一处空隙，将少年笼罩其中。老兵那奋力一击正中少年的腰际，却如同击中了空气，刺客的影子像水汽向上翻腾，眼前一花的工夫，那位年轻的杀手已然跨越了他们之间的距离，速度快如影豹。两道细细的血花飞溅到空中，老兵两侧的长戟手咕咚摔倒在地。

黑胡须的河络大喝一声，横过长戟，挡在前面，但乌袖少年形如鬼魅，从黑胡须身侧闪过，一声低沉的咆哮，黑胡须向后翻身摔倒。

“快发信号！”老兵叫道，抛下已不得力的长戟，抽出腰间镰刀，猛扑上去，自左向右横击。他只希望在自己死前，身后的弩手能将报信的响箭射出。

镰刀好像插入了少年的身形，击中的只是幻影，没有肉体的重量，却分明有血渍甩到老河络的脸上。

天罗少年只是脚跟一旋，已经闪过老河络，站到了弩手眼前。

河络弩手吃了一惊，抬臂射出鸣镝，响箭飞入空中，却只来得及发出半声呜咽，就已被乌袖少年一刀削断，弩手伸手去摸另一支箭，却只觉得一股冰寒直入脑底，一把锐利的匕首突然从下巴捅入，穿透他的舌头和上颌。

老河络愣愣地回过身去，只是几弹指的工夫，河络这边已经倒下了四名哨兵，剩下他一人了。老河络发现血滴像小珠子一样从少年的肋下滚了出来，这么说，天罗还是会受伤，他的血和河络流的血并无什么不同，但少年对受伤宛若不觉。

少年向老河络走来，满身血迹，脸在树荫下犹如死人般灰沉沉的，他身体里的猛兽甚至都还没有释放出来。

世界冷酷无情地向前走着，老河络相信自己命在顷刻。

天罗少年满怀杀戮之心，站在老兵的面前，却没有立即动手，暗绿色的眼睛里流露出一丝犹豫不决的神情。

老河络有点吃惊地想，这种犹豫不是一名杀手该有的。

他抓住了那一丝儿犹疑，当机立断抛开镰刀，从哨卡的一侧山坡跃下。旧的秩序已经毁灭了，此刻逃回去报信才是他应承担的新职责。

他双手抱头，身子团成一个球，顺着山坡翻滚，这是身材矮小的河络的绝招。

他一路翻滚，越滚越快，断裂的草叶在眼前挥舞，翻滚的间隙中他想办法向回瞅了一眼，发现少年并未在后追赶。

他正心怀侥幸，猛然间，隐藏心中的那股梦幻般的恐惧又加深了，几乎凝固和阻断了他逃命的路，这是比面对那少年时更深的恐惧，是让人瞬间虚弱无力又心生恶心的恐惧。他还在思量发生了什么，突然觉得右肩一凉，眼看着自己的胳膊分身而去，落向空中，就仿佛不属于自身的一件外物。

老河络张开嘴，无法理解眼见的一切，身子却仍在高速下滚，若有若无的一声响，又一阵疼痛好像锋利的刀锋，从左肩划到右腹，像切橘子那样切开他的身体。

一棵大树后，转出一名穿着墨染乌衣长袍，头戴黑漆纱弁的人来。他服饰简单，不见装饰，看打扮是那乌袖少年商队中的一员仆从，只是面孔白皙得有些奇怪，如同终日不见阳光的人。

他俯低身子，在老河络耳边低语：“祝你长命善终。”

他靠得如此的近，近到让老河络看清了他口中那条格外长而灵巧的舌头。

老哨兵蒙眬间看见乌衣人伸出手来，五指大张，突地收成拳头，只见坡上坡下十几根碗口粗的树枝悄无声息地断折坠地，一张无形的网收束起来，几道细微得看不清的银丝线叮的一声回到他手指上套着的铁指环中。

老河络翻滚着散落在一片泥土地上，血从鼻孔、耳朵和眼睛里流出来，不无疲惫地想起了“天罗刀丝”这个词，想起了关于天罗刀丝的恐怖传说。

他用尽最后一点力气转过脸，看见自己的胳膊分在东西两头，野葛蜿蜒而至，在那些随风摆动的草梢头泛起一圈涟漪，将他拖入那座浓密的绿色花枝环绕的坟墓中。

少年站在哨卡前的土路上，提着短刀，遥遥看着这一切，血珠子从他的手指和刀上不断滴下。

乌衣人回到大路上，走到乌袖少年站着的地方，突然抡起拳头朝少年的脸部挥去，少年被打得向后摔了一个趔趄，血从鼻子里流了出来，他站起来时，嘴唇抿成愤怒的一条线，但又迅速把头歪向一侧，将那把窄长的匕首插回腰间，说：“他已经开始逃了。草原人不喜欢从背后杀人。”

乌衣人又挥出了一拳。这次少年没有摔倒，但也没有闪避，只是一声不吭地承受了这一拳，血流得更厉害了，滴在干涸的土地上，好像一朵朵盛开的小花。

“不喜欢从后面杀人？”乌衣人微笑着低头，看地上的那几点血，“不喜欢从后面杀人，你拿什么当天罗？拿你的骄傲吗？”

少年瞪着乌衣人没有回答，虽然肋下和鼻子的伤都很严重，但他好像不会哭也不懂得疼痛。

乌衣人傲慢地一一评点说：“言辞太多，才会让对方作好准备。”

“动作太慢，才会把肚子送到对方的刀刃上。”

“你一早上都在犯错，潜行、刺杀，全都笨拙无比，我早说你通不过天罗试炼，还是放弃吧。”

少年努力控制着自己，掉头走回商队：“你不是我的老师，无权评价我。”

乌衣人的脸扭曲了一下，他的微笑变得危险起来：“放弃吧，回草原去，小东西，你不配成为天罗，只适合跟笨羊倌待在一起，他们最擅长的是拾起牛粪糊在墙上。”

走在前面的少年闪电般回头，牢牢地瞪着乌衣人：“天罗弑，说话要小心点，不要嘲笑我的族人。”

“嘲笑？”天罗弑又给了少年一拳，动作快如闪电。少年虽瞪着他，竟然无法闪过这可怕的一击，拳头撞在下颌骨上，发出木槌子般的沉闷撞击。

“这才叫作嘲笑。”天罗弑冷淡地说。

少年仰面朝天地倒在地上，天罗弑居高临下地俯瞰少年：“不喜欢从背后杀人——也对，你们草原人只喜欢自相残杀。”

少年像被抽了一鞭子，躺在地上痛苦地抽搐着，他嗓音嘶哑地警告：“别再说了！”

“自相残杀，”天罗弑玩味着这句话，“你在里面算是做得不错的，是吧？”

少年甩了甩头，从地上爬起。

天罗弑的最后那句话，仿佛触碰到了一个什么开关，解开了少年身上最后一个障碍。那些一直捆缚着他的冰冷锁链消失了，在他的皮壳下隐藏着的另一个身份破壳而出。

“啊啊啊啊——”少年抬头咆哮，咆哮声里充满了撕裂的痛苦，青色的毛发从他的脖颈上冒出，他的面目变得狰狞，额头上燃起火焰，理性消失了，缰绳断裂了，野兽出栏了，只剩下疯狂的眼神。

天罗弑露出几分好奇、几分期待的表情。他悄声低语：“终于要显露出真实力量了吗，我还以为等不到这一刻了呢。小子，来吧，别忍耐，把它们释放出来。”

少年重新举起自己的武器，他的手在微微颤抖，好像那把短匕首有山那么沉重。他用刀斜指着乌衣人，闷声闷气地说：“我要杀了你。”

“来啊，你有这个权利，我还以为你永远不敢挑战我呢。”天罗弑放声狂笑，他讥讽式样地欠了欠身，“来杀我吧，我很期待这一刻。”

从远远的商队后面，一只高大得如同小丘的白色巨象，用长牙推开簇集如墙的绿篱，慢条斯理地走到前面。一声咳嗽从象背上伞盖下的阴影中传来，那一声咳嗽很清晰，也很奇怪，令人浑身发冷，就好像平地刮了一股寒风，让浑身颤抖的少年瞬间平静下来。

伞盖下传来一个缓慢的声音，阴沉又带着几分甜腻，像是漂在毒牛奶上的花瓣：“前面做得不错，后面很糟糕，还远没有学会控制自己啊。打败任何一位师兄，你都可以成为正式的天罗，可是据我的判断，这早了两年——而且无论如何，你不应该选择天罗弑。”

少年转了下眼珠，斜了乌衣人天罗弑一眼，天罗弑则以邪恶的笑容回应。

“我已经发出了邀请。”少年说，掂了掂手上的短匕首。

“过于心急，是要付出代价的，这是无谓的牺牲，收回你的挑战。”那声音要求说。

少年以沉默回复。

那声音叹了口气：“好吧，既然如此，云胡不归，你可以坚持自己的选择，但非今日。我有新的任务要交给你，在你完成之后，我会主持这场挑战。”

少年望望躺在地上的河络哨兵的尸体：“是要我去找他们的河络王吗？”

“不，”那个声音说，“铁鼠不在我们的名单上，我有更重要的事交给你——你要去一趟火环城。”

“火环城？也是试炼的一部分？”

“对。”

“和今天杀这些河络一样？”少年抿了抿嘴。

“如果我说，这次是他们面临不自知的灾难，你是去拯救他们，会不会好受一点？”那人冷笑。

“无所谓，我学的本来就是杀人之术。”云胡不归冷冰冰地说。

象背上的人挥手招他过去，白象长鸣一声，用鼻子卷起云胡不归，高举到头顶。那人解开他胸前的衣裳，用长指甲刺破胸口，一股乌黑的颜色从指甲中注入伤口，仿佛化为一团云彩融入皮下。云胡不归被举着悬在空中，只是忍耐不动，象背骑者倏地低头，将一口气吹入他的胸口，那口气中，仿佛藏了万千个墨色的小字。

“知道见他要说什么了吗？”

“知道了。”云胡不归点点头。

象背骑者又取出一个尺把长、象牙雕刻的小圆筒。

“如果火环城的河络王拒绝了，就拿这个图筒给他看。”

云胡不归摇了摇象牙筒，听到里面咔啦咔啦作响。

“这里面是什么？”

“一张古老的地图，据说有上千年了，他会喜欢这个的。”

“我知道了。”云胡不归说，将图筒插在了腰带上。

白象舒展长鼻，将他放回了大路。少年整了整衣裳，迈开大步朝前路而去。

天罗弑在与少年擦肩而过时，长手一伸，敲了敲那个象牙图筒。

云胡不归警觉地闪开一步，看了看他。

“火环城?”天罗弑微笑，他从这个名字里得到的信息，比年轻的云胡不归要多得多，“我听说，完成这个任务，你就可以挑战我了。”

“我很期待那一时刻。”云胡不归咬着牙说。

“草原人，我也是——可你得先活着回来，”天罗弑伸出舌头舔了舔自己的鼻子，“给你个忠告，别怜悯那些河络，他们早晚要死，如此你还有活命的机会。”

第一章 炽灼之夏

1

每一座河络城都是由精准的发条齿轮和飞陀摆锤组成的大机器。河络们各行其是，像是水滴顺着轨道滑行，循规蹈矩，按部就班，毫厘不差。

越州北部最重要的矿石城火环城就是一台庞大的机器，正在全速运转，为着即将到来的地火节作准备。

今年的地火节与众不同。

这是十年一度的夜魄之月地火节，在这一个月里，双月会反复缠绕，交替遮掩。在这一时刻完成的作品也会同时具备明月和暗月两大主星的属性。

所以，所有的河络工匠都会全力准备，他们要拿出自己的心水之作献祭给烛阴之神，接受各行业大师的品评，最后选出全城邦最杰出的作品。

制作者不仅仅会获取梦火者的称号，还能把自己的名字刻到雷眼山的神匠碑上。

这是每十年一次的机会。

火环城的河络工匠们不吃不喝，不睡不休，锱铢必较地计算自己的时间，把每一秒都花在一只小茶壶的壶嘴上，花在一根马鞭子的手柄上，花在一把雨伞的撑骨上，把它们磨得更光滑，把它们雕琢得更精美，把它们做得更轻巧。

在工作时，河络们会把所有注意力都投射上去，甚至不会花一秒钟抬起头来朝四周看上一眼。

小铁匠阿瞳正俯身在他的小铁砧上精敲细打，但一个宽大的影子突然笼罩在了他的铁砧上，他不得不抬头，就看见沙蛤站在眼前，头上顶着口大蒸锅，一看就是在刚给哪家店铺送完菜包子回去的路上。

“你在雕刻一头羽毛。”沙蛤惊喜地说。

“没错。”阿瞳吸了吸鼻子，那片铁制的羽毛非常轻巧，他把羽毛拈在手里对着炉火的光看的时候，那片羽毛就如同飘浮在空中的一团水汽，透明而轻盈。

“能教我吗？”

阿瞳眯起眼睛，上下打量了沙蛤一眼：“当然不行。首先，没有人用‘头’来形容羽毛，其次，你太笨了。”

沙蛤垂下头去，眼睛里的光芒黯淡了，但是铁匠铺里叮叮当当的敲打声似乎对他有无限的吸引力，他依旧站在阿瞳的火炉面前不肯离开。

沙蛤是个小胖子，眼睛明亮，却缺乏一种机灵的光芒，他有着玉米穗一样的睫毛，眨巴眼时会突然陷入停顿状态，圆脸上带着快乐的神情会突然间凝固，显露出一副茫然失措的表情。

这种时候，他的眼睛变得呆滞无神，嘴巴半张，双手无力地垂下，完全陷入到一种神游物外的状态里去。

也许就是因为这个原因，沙蛤的成年礼比其他所有河络小孩都要晚，他参加了各种行业的试训，却总是被大师傅们扔回给河童殿的火炉嬷嬷。

“什么都学不会，连一只甲虫都比他聪明。”虫师抱怨说。

“胆小如蝼。”铁兵洞的师傅对他嗤之以鼻。

“太爱哭，”巡夜师这么评价他，“一爬到高处就哭得喘不上气来。”

矿工对他的评语极为简略：“怕黑。”

沙蛤则带着铺盖，脸上挂着和善与抱歉的微笑，傻傻地站在门口。

于是他在河童殿待了一年又一年，个子比其他的小孩都要高出一大截，仍然无人接收。那些任何需要一点点创造力的工作，都与他无缘。

最终还是好心肠的银勺蜡丁给了他一枚职业挂坠，让他到厨房来帮工。即便在大厨房，沙蛤也只能磨磨豆子、洗洗米、跑跑腿、打打下手，做些最简单的重复劳动，河络看不起这样的工作，沙蛤自己却显露出一副心满意足的样子。

他仍然会时不时地陷入僵直的木偶状态，如果正好遇上水在锅里快烧干了，就有可能陷入一场灾难，蜡丁大婶一旦看见他开始发愣，就会用手掌拍打沙蛤的脸，直到他重新清醒过来。

沙蛤这时候多半显露出内疚的神情，揉揉自己的小圆鼻头，快步跑去工作。

空闲下来的时候，蜡丁大婶会问沙蛤为什么发呆。

沙蛤总是不好意思地摸摸自己的脑门：“我听到脑子里一些奇怪的声音，可是总听不清楚，我仔细地听啊听，那些声音又细又轻，就忘了自己正在干什么了。”

银勺蜡丁认为小胖是中了邪，给他熬草药、拔火罐、热敷、针灸、洗药水浴，搞得沙蛤吱哇乱叫，但沙蛤的这种精神僵直状态却日益加重，蜡丁大婶束手无策，也只能随他去了。

阿瞳年岁不过比沙蛤大上一两岁，但是精神头十足，他光着上身，露出又黑又亮的肌肉，埋头捣鼓自己的铁玩意儿，根本不抬头看他一眼。

沙蛤磨蹭着从怀里掏出一个纸包，对他说：“你看，我这里有一头菜包子，是刚出蒸笼的哦。”

阿瞳没有说话。

沙蛤一点一点地解开纸包，使劲地抽着鼻子：“喏，好香啊，”他说，拼命地吞着口水，左手把打开的纸包递过来，右手则偷偷地掐下了一点包子皮，飞快地塞到嘴里，“如果我把这包子送给你，你愿意当我的朋友吗？”

“朋友？”阿瞳直起身子瞪着小胖子沙蛤，“我干吗要和你交朋友？”

“朋友就可以一起玩，一起聊天、嬉戏、打闹、开心啊，蜡丁大婶说我没朋友，她说我这个年龄的河络应该找几个朋友，这样就不会整天蹲在炉火边发呆了。”

阿瞳像是看怪物一样看着沙蛤，然后慢慢地摇了摇头：“友谊是件了不起的东西，是朋友就要有难同当，要成为对方的靠山，拿包子换可不行，再说，我也没时间聊天、嬉戏、打闹、开心、玩，我宁愿工作。”

“哦。”沙蛤长长地叹一口气，捏着那个纸包，沮丧地离开了。

阿瞳举着那片成型的羽毛在光线下反复验看，偶尔闭上眼睛，用大拇指划过羽管末端的曲线，对他来说，打造铁羽毛可不是一件用来取乐的事情，要么成功，要么失败，一点点弧度都不能错。

地火节前必须完成这项作品，但他非常恐惧失败，这种恐惧好像小铁锤一样敲打着他的心脏，一阵紧似一阵。

毕竟，他算不上一名成功的铁匠，三年的时间里他只得到了两枚职业挂坠，进阶缓慢，并非他的手指不够灵巧，而是他总是太急躁，经常出一些莫名其妙的差错。譬如……他刚一转身，就在工具台上绊了一跤，把台子上的东西全扫到了地上，幸亏手上的羽毛仍然高高地举在空中，他爬起来朝自己吐了吐舌头。因为这种莫名的急躁，简直是任何东西经过他的手都要被毁坏，铁匠师父门罗几次三番训斥他，也没能让他改掉这毛病。

这片羽毛可无论如何也不能损坏啊。

阿瞳顾不上查看磕破的膝盖，跪到地上，从风箱下拖出一口大箱子来。那箱子是梧桐木做的，非常结实，还有两道铁箍勒口，他把铁羽毛收到箱子里，合上箱盖，把沉重的箱子推回去放好。

他刚直起身，就远远听到釜匠铺那边传来的一阵笑声："一个包子可不够，你再去大厨房拿点东西，我们要那瓶七年陈的红蔗酒，你拿过来，我们就和你交朋友，还教你怎么打银手镯，对啦对啦，女孩子可喜欢啦，当然不能让蜡丁大婶知道了，你得自己想办法把它偷出来，要快，跑着来！"

阿瞳皱了皱眉，用铁钳子从炉膛中夹出一片薄铁叶子，放在铁砧上又捶打起来，但是这一次他并没有真正的灵感，他的手指变得笨拙，铁叶子在他的铁钳下扭曲了。他听到那边还在说："你放心，我们不喝那瓶酒，只是想摸一摸它。我们保证！是吧，狂牛？"

阿瞳把铁錾子一摔，朝笑声传来的方向走去。

在釜匠铺门口，他只看到沙蛤欢天喜地跑远的背影。挂满铁壶和瓶瓯的招牌下，几个半大小伙围着铜麒麟口的小火炉偷偷吸食冰尘。

为首的那人阿瞳认识他，叫狂牛陀罗，不是铁兵洞里的铸物师，是个矿工，他个子高大，懒洋洋的一张大脸上露出一种坏坏的表情。

这样的表情阿瞳在其他人脸上也见过，有这种表情的孩子会觉得把两只猫的尾巴系在一起很有趣，或者会在公用饮水桶里撒上一把辣椒面之类的。

另外三个人，阿瞳也都认识：一个是皮匠的学徒贺礼，因为常年硝皮，两条胳膊上都长满黑斑；一名矢匠学徒，长着一双老鼠眼；只有那个釜匠阿康他比较熟悉，刚刚获得了他生涯里的第五个职业挂坠，摆脱了学徒身份，成了一名初级铸物师。总的说来，这样的团体在哪个城市里都有那么一两个，他们并非因为职业上的缘由聚合在一起，就好像一具健康身体上的囊肿，大部分情况下无害但令人伤神。

在火环城失去梦想之后，似乎这样的团伙越来越多了。

“你们干吗骗他？”阿瞳不满地问。

“和比你高的人说话要留点神！”狂牛陀罗恶狠狠地说，狠狠地向前一步，用胸膛顶住阿瞳，“知道吗？上次打架，我可把那小孩的牙都打折了，看着那浑蛋把牙吐在地上，真爽！你还是少管闲事！”

阿瞳知道狂牛总是打小孩，可不管他们年龄多小。如果是一对一，他不怕这家伙，每天抡铁锤让他的右臂强劲无比，但今天，对面有四个愣头青，更何况……沙蛤甚至算不上他的朋友。

“我打掉了他的牙，我打得他满脸是血。”狂牛陀罗继续说，拼命地眨眼睛，他的伙伴们终于醒悟，站起身围了过来，在狂牛身后站成一个半圆形。

阿瞳和他们对峙了一会儿，转身退开了，他在离开的时候，狂牛陀罗伸出一只腿把他绊倒，然后开心地大笑起来。

阿瞳慢慢地爬了起来，这次他的左腿膝盖也划破了，他没有回头，忍受着那些孩子的嘲笑，低头走回到铁匠作坊里去。

2

“你跑到哪里去了？快把蒸笼放好，去屠宰场告诉他们我下午需要三百斤沙虫肉了吗？”

“那些沙虫杀起来变困难了，”沙蛤说，“它们会很努力地挣扎。以前它们被刺矛捅入身体的时候才会翻滚两下，现在它们像是在一开始就知道要发生什么。我还能听到那些沙虫说话，它们在喊我的名字。”

“这不可能，孩子，”庖师蜡丁说，她是个胖胖的和蔼大婶，但是处理起饭食来麻利泼辣，半个时辰就可以准备好二百名矿工的饭菜，没有几名庖师可和她比拟，“没有人可以和沙虫说话。”

“但是沙蛤真的听见了。还有，今天有人答应要和我交朋友了，这次是真的。他们保证了。”

“真的，那太好了，但你得先搭把手，帮我把这些饺子馅剁碎。”

沙蛤听话地在面粉飞扬的榆木大案板前蹲了下来，耐心对付那些混杂鼠肉和碎蘑菇的饺子馅，但心思仍时不时滑到那瓶红菰酒上。

他可以和银勺蜡丁明说，他的新朋友很想摸摸那瓶珍贵的红菰酒，但蜡丁大婶未必会同意。火环城物资匮乏已经很久了，她平时很珍惜那瓶酒，只有最重要的节日里，才会用它来调制一些名贵的菜肴。

或许他的新朋友一再交代他，拿酒这事千万不能让蜡丁大婶知道是有道理的。

他可以偷偷地把那瓶酒带出去，让他的新朋友们摸一下，然后马上就拿回来，神不知鬼不觉。

银勺蜡丁使劲地拍了拍手掌："唉……怎么办呢？没有香菜，没有法兰，料酒酸了，我们已经穷到了要向蚂蚁借债的地步，却要我做出够二百名重劳力喝的杂菌汤来！河络王熊悚越来越不通情理了，阿络卡夜盐可不会下如此无理的命令。"

沙蛤使劲点了点头："我也喜欢阿络卡，她对我一点都不凶。夫环熊悚就老是瞪着眼睛，我怕他。"

银勺蜡丁摸了摸沙蛤的脑袋："不管怎么说，熊悚可是个英雄，他多次拯救了火环城。夜盐的队伍马上就要出发了，我要给他们送路上的干粮，你不是一直很想看看这场面吗，要和我一起去吗？"

沙蛤当然想去！

阿络卡是沙蛤心目中的女神，整个火环城都再没有这样煤矿一样乌黑的眼睛，美玉一样的皮肤，石灰岩一样洁白的牙齿了。他几乎在刚学会走路时就爱上了她，城里所有的河络都爱她——也许除了河络王熊悚。

夫环熊悚根本就不隐藏自己的敌意，他从不为她让路，也不太遵循她的命令，但即便是英雄的河络王，也无法动摇夜盐的身份任命，那是由烛阴之神决定的。

这次出巡，阿络卡带着十多匹灰巨鼠，还有卫兵和匠人，因为河络领地的资源日渐匮乏，她要带队前去勘探边界之外的地域，如有可能，甚至要和人族建立直接的接触。这是一次让恪守传统的熊悚极为恼火，但又确实激动人心的旅程。

沙蛤当然想去观看阿络卡出行的盛大仪式。可是，他又想到了狂牛陀罗的要求，他们要他快去，跑着去。

如果因为爱热闹辜负了朋友的嘱托，那可是一个大错啊，想到这里，他的表情又坚毅了起来：“不行……我不能去，我那个……我今天不想去看了。”

庖师蜡丁没有注意到沙蛤的反常，自顾自地抱怨：“看一座城市有没有活力，就该来看看他们的厨房。唉，现在只能给她准备一点干鼠肉，这可真是丢我们大厨房的脸，嗯，丢脸……你留在这儿也好，看着点火。”

等蜡丁大婶前脚刚一出门，沙蛤就踮起脚尖，踩着大案板，够到火炉背后高处岩壁上的一个凹坑——蜡丁大婶藏好东西的地方。那个凹坑就像是个丑陋巨人的嘴巴，沙蛤把手伸进去的时候，非常害怕岩壁巨人会突然复活，用尖利的岩石牙齿咬断他的胳膊——但是什么都没有发生。他搬开了堵在洞口的一块青石板，摸到石板后面一只冰凉的瓶子。

他喘着气，额头上流着汗，把那只瓶子搬了出来。

那是一只沉重的霁青色的蓝釉长颈胆瓶，瓶口伏着一只光溜溜的螭龙，在这么热的天气里，螭龙的表面还沁着一层细密的冰冷水珠。这东西神着呢，沙蛤想，也难怪他的新朋友们想摸一摸。

在端起酒瓶之前，沙蛤知道要先检查一下大火炉。火头烧得很旺，没有问题，大厨房的角落里，两只金星甲虫振着翅膀，在笼子里爬来爬去，开始叫着：沙蛤，沙蛤。

但是这次沙蛤没有时间去探究那是不是自己的幻觉，他端起酒瓶，朝约定地点飞一般地跑去，害怕因为剁饺子馅耽搁了时间，失去难得的友谊。

沙蛤跑啊跑，他穿过了静悄悄的集市，在那儿曾经有全世界的东西堆放一处，铜面具和烘山芋、烟嘴和琴匣、带穗子的皮背心和劣质的彩木雕像。

他穿过了空旷的街道，在那儿曾经有巨鼠拖运的运水车一路漏着水，装载满莴苣和蘑菇的小推车挤成一团。

他穿过了无人气的大校场，在那儿训鼠师的皮鞭和战士的镰刀撞在一起，将风挥动巨臂在咆哮。

他穿过了冷清的风物洞，在那儿理发师曾经在瓦片上敲打着锋利的剃头刀招揽生意，艺人弹着三弦唱着奇怪语言的歌谣。

沙蛤跑啊跑，他一直跑上了绕着火山口盘旋的大火环，将大半个火环城踩在了脚下。

行内人公认，是一些穿越雷眼山到雷中平原的河络马帮发现了阿勒茹火山的墨晶矿。比较可信的说法是，寰化纪时期，北邙山的某个马帮到九原城贩货，回来时为了平衡马背上的驮子，顺手在一个小河谷里捡了几块石头压重，回国后却发现那是几块上等蛇纹石质的墨晶石。

开矿者们蜂拥而至，在死火山口中找到了矿脉。数百年的时间里，开矿者们环绕着椭圆形的死火山口步步下掘。开挖阿勒茹火山是艰难而危险的活计，一块上品的墨晶矿石，可能是巨大的财富，也可能是矿工的墓碑，但是对墨晶石的渴求，战胜了无处不在的死亡威胁。

矿工们缓慢地开掘出一条螺圈形的主巷道，这条主巷道被称为大火环，在许多代时间里不断扩大，开辟了无数密密麻麻的岔道和空洞，用石块垒砌起高大而坚固的建筑，其中最大的一座就是地火神殿。朝向火山口内的一面被凿出了许多采光口，采光口不断扩大，连成了成条的廊窗。如果站在火山口山顶上往下望，就如同俯瞰一个巨大的螺旋形蚁穴。断断续续的大型柱廊和条窗指出了大火环的位置，从敞开的火山口里就看得见的大火环有六周，看不见的一周是大灰环，一头扎入暗黑的火山口底部。

在火环城最繁荣的时期，这里拥有两万名矿工。他们选出了自己的苏行、夫环和阿络卡。

火环变成了一座蓬勃发展的新地下城。

六百年过去了，情况发生了重大变化。曾经带给河络大量财富的矿坑，开始如同迟暮的老人。经过冲洗、分拣、估价，然后被搬进仓库的原矿石越来越少，质量也在下滑。

为保证产量，矿工们大幅度增加了挖土基数，矿坑越挖越深，挖到了三百尺、六百尺，甚至一千尺以下，尽管如此，最终获得的矿石却越来越少。火环向下猛扎的速度陡然慢了下来，终于有一天它停止了前进，变成一条彻底的死蛇。

商人们开始陆续离开，然后是酒店旅馆主和杂耍艺人、歌行者，最后是游历到此的河络工匠，挖掘声和笑声消失了。

已经在这里生活了几代的火环河络开始要面对空空如也的仓库和残酷的饥荒了。

沙蛤根本就不知道，此刻他正踏过这座城市昔日的荣光，踏过这座城市残留的骸骨。

作为一座城市，火环城已经失去了自己的梦想，但沙蛤没有。他只想紧抓正在滴答逝去的时间，在脆弱的友谊消散之前赶到目的地。

他跑到了铁兵洞，这儿曾经热气腾腾，通红的铁水从井炉里流淌出来，巨大的铁锤起起落落，叮当作响，像是永不停息的时钟；如今仅剩三五个还冒着火舌的小火炉，散落在巨大空旷的岩洞里。

在釜匠铺门口，沙蛤看见狂牛和他的伙伴还蹲坐在那里悠闲地吸着冰尘，不由得松了一口气。“我拿来了。”他说，小心翼翼地端起那瓶宝贝酒举到高处。

看到跑得满身是汗、水淋淋的沙蛤，狂牛陀罗似乎也有些惊讶，他满脸严肃地伸出三根指头，捏起那个瓶子。

沙蛤开心地说：“喏，这就是那瓶七年陈的红菰酒，瓶盖有点松了，举着的时候要小心……”

沙蛤的话还没有说完，面孔就变得煞白，眼睛惊恐地睁得老大——他看见狂牛举起瓶子，在旁边的石盘子上磕了下去，长颈胆瓶那天鹅脖子一般细长优雅的脖颈哗啦一声就碎了。

从那一刻开始，一切仿佛发生在梦里，沙蛤难以理解眼前发生的事，他像是冻结在一块巨大的冰里，在这块冰里发生的一切，时间速度都被放慢了，所有人的动作都非常缓慢。

狂牛举瓶畅饮，他能看到宝贵的红色液汁顺着粗大的脖颈往下流淌，每遇到一根胡子茬儿，就劈成两半；他能看到螭龙碎裂成上千的碎块，在空中翻滚，落到纷扰的世界里；他能听到自己用一种格外慢的语速说：“火炉之神啊，你——砸 碎 了 蜡 丁 大 婶 的 酒瓶。”

“别急，小家伙，”狂牛冲他露齿而笑，他的牙齿好像门板那么粗大宽厚，“你通过了测试。”

他把破瓶子和剩下的酒递给了其他人，一名长着老鼠眼的年轻人毫不客气地接过就喝，还举瓶高呼：“祝友谊飞逝，火炉熄灭，寒冬凛冽，长夜即临！”

狂牛陀罗笑嘻嘻地冲他说：“想和我们交朋友，还有一个仪式要完成，你必须把身上最值钱的东西交出来。快一点，快！”

沙蛤惊魂未定地望着熊熊的炉火，脑子在“怎么向蜡丁大婶解释”和“这是一个测试”之间转来转去，这两件事都已超出他所能解决的范畴，使他脑子里所有的意识和思想都纠结成一团奇怪的糨糊，而“交出身上最值钱的东西”似乎更好理解一些，于是他像落水者抓住水面的木片一样紧紧地抓住了这句话。

沙蛤颤抖着解下他脖子上挂着的那枚职业挂坠，一把铜质的勺子，那是一枚代表大厨房的挂坠。

和他同样大的河络小孩，这时候通常有三到四枚职业挂坠了，他们的腰带上挂着一串紫铜、青铜和银的挂坠，那些工作出众的河络匠人腰带总会越来越沉重。

虽然沙蛤这枚挂坠只是最低等级的黑铅挂坠，但沙蛤对它爱不释手，每天都用细砂把它擦得闪闪发亮。他清楚得很，他这辈子再没有机会得到另一枚职业挂坠了。

狂牛陀罗接过那枚挂坠，在掌心里掂了掂，露出失望的神色，又问了一次：“这就是你最值钱的东西了吗？”

沙蛤露出一副快要哭的表情，点了点头。

在得到肯定的答复后，狂牛陀罗朝身后釜匠学徒递了个眼色。那名河络小伙子不自然地微笑着，将一个白金坩埚放到了炉子上，过了一会儿，坩埚躺在煤堆上被烧得通红，好像地底怪兽瞪大的一只毒眼。

沙蛤瞪大双眼，不知道他们要干什么。

“够了。”这时候一个声音说。

沙蛤抬起头，看见刚才不理会他的阿瞳走了过来，脸色严肃得奇怪。

沙蛤不喜欢这种严肃的表情，他喜欢笑模样，就像狂牛说话时的那种笑嘻嘻的表情。

“你们把那东西还给他。”阿瞳说。

“这是怎么了？”狂牛陀罗看了看气势汹汹的阿瞳，露出一副受到伤害的表情，“我们只是开个玩笑。哦，放松点儿。”

“这一点都不好笑。”阿瞳闷声说。

“好吧，好吧，既然你喜欢，那我就给你吧。”狂牛陀罗看上去好像妥协了，他把握着职业挂坠的拳头朝前伸去，眼睛里却闪烁着疯狂的光。

阿瞳伸手要接，但坏小伙们早有预谋，在狂牛和小铁匠说话的时候，两人自后包抄，突然向阿瞳冲了过来，一个勒脖子，另一个则弯腰去抱阿瞳的腿。

阿瞳敏捷地一个弯腰闪过了两人合击，但他的动作快得出乎自己的意料，结果自己也给绊了一下。贺礼趁机使劲儿打出一拳，本来瞄着他的鼻子，却打在了胸膛上。阿瞳向后踉跄了一步，抓住了贺礼的肩膀，无意识地甩了下胳膊，就差点让皮匠学徒翻过了火堆。

初级釜匠继续猛攻他的下三路，想抓住他的裤子，把它脱下来绊住阿瞳的双腿，却被阿瞳屈起膝盖，脸上撞了个正着，半颗牙落在了地上。

他的动作看上去笨拙又灵巧，那两个人抓不住他，可是老鼠眼从侧面冲了出来，将那半瓶子红菰酒拍在了阿瞳的脑袋上。

阿瞳嗯了一声，摇摇晃晃地向后退去。

初级釜匠摸了摸嘴唇，冲向男孩，由于力量过大，两人一起腾空而起。阿瞳的头一阵眩晕，双脚离开地面，有那么一刹那，他好像飘浮在空中，然后砰的一声栽倒在地上。他们一拥而上，把小铁匠压在了下面。

他们打成一团的时候，狂牛陀罗抓紧时间对沙蛤说：“看清楚点，小胖子。”

他把那枚职业挂坠扔进了坩埚，只一会儿工夫，黑铅在坩埚里闪耀出黑红色的光芒，然后融化成了一摊液体。

沙蛤眨巴着眼睛，长睫毛在脸上投下阴影，他很想哭，但还是拼命忍住了：“这样，我们就是朋友了吗？”

“当然不。”狂牛陀罗咕哝着说，在裤子上擦了擦手，“你在这儿，完全没有任何用处，你一无是处，小家伙，我们为什么要和一个一无是处的人交朋友？”

“你骗我。”沙蛤挣扎着说。

狂牛陀罗的样子看上去洋洋自得：“我这是给你上了一课，青春残酷，不要随便相信人。”

沙蛤呻吟了一声，无可救药地陷入到僵直状态里去了。

等他醒来时，狂牛的团伙已经跑没影了。阿瞳蹲坐在街边石上，一只手在不停地拍打沙蛤的脸，另一只手捂住自己头上的伤口，口子里还在咕噜噜地往外冒血花。

“你，你没事吧？”沙蛤吸着凉气问，照他看来，头上有个那样的伤口就该死了，但是阿瞳却似乎还活得好好的，只是表情仍然很严肃，严肃得让沙蛤害怕。

沙蛤张了张口，还是忍不住说：“火炉嬷嬷说打架是不好的，如果不打架，头上就不会被打出血了。”

阿瞳为之气结：“我见过笨的，没见过你这样笨的。”

“我知道我很笨，”沙蛤丧气地垂下了头，“不过蜡丁大婶说我很努力。”

“你不说我还真看不出来呢，”小铁匠没好气地回答，“我看你每天倒是使着劲地跑来跑去，送包子、找朋友、找快乐，好像做了很多事，可没找对方向，越努力就越出错，有什么用呢？”

小沙蛤看了看地上的酒瓶碎片，又想起了自己被熔毁了的职业挂坠，不由得抽抽搭搭地哭了起来。

“喂喂，你哭什么啊？”阿瞳恨恨地说，“倒好像是把你的头给打破了。你要好好想一想啊，活着总要有一个远大志向，有了梦想，就不会在外面乱跑，浪费时间。有梦想就会与众不同，就不会被别人说笨了。”

“真，真的吗？”

“你看我，我要当最好的铁匠！”阿瞳骄傲地昂起了头，“我想要在地火节打败所有的铸物师，地火节是河络最重要的节日啊！在地火节赢到梦火者，才是生活的全部意义！”

沙蛤无比倾慕地抬头看着阿瞳，小铁匠能说出这么多大道理啊，他使劲地点着头：“那，我也可以有志向，我也能去参加地火节吗？蜡丁大婶说我不应该老想着地火节，说那是其他河络的事。”

阿瞳憋了半天，脖子的颜色变深了：“……你，你就努力烧好饭吧，那是超出物外的，嗯，另一种生活的意义。”

沙蛤有点沮丧地垂下头：“谢谢你，还有狂牛……”

“嗯，谢什么谢？”阿瞳莫名其妙地瞪大眼。

“他给我上了第一课，他说青春残酷，不要随便相信人；你给我上了第二课，你说要……”

阿瞳被气个半死，把手一挥：“好，你听明白就好了，现在快回去吧。”

沙蛤低下头慢慢地走了回去，丢失了挂坠，现在他都不知道自己还算不算庖师帮工。

蜡丁大婶还没有回来，大厨房里一团混乱，空气里弥漫着一股刺鼻的气味，锅子里的水已经烧干了，饺子变成一大团粘在锅底的焦炭。

沙蛤慌忙关闭了炉门，火熄灭了，很快，厨房里只有阴影和甲虫沙沙的嘲笑声。

沙蛤四面看了看，找了把勺子开始把饺子从锅底里挖了出来，遇到焦得不那么厉害的地方，他还会忍不住往嘴里塞两口。他的午餐——那个大菜包子已经送给了狂牛。

这不是沙蛤第一次把事情搞糟，对食物的爱总会帮助他渡过难关。

不论多么糟糕的事，只要有吃的，他就能应付过去。

他把嘴里塞得满满的，可是心里头却有个地方空落落的，这次似乎有点什么不一样。

这真是有史以来最糟糕的一天！没有朋友，被欺骗，失去了他的职业挂坠，他连饭也没有烧好，仿佛整个生命都失去了意义。无人分享的沮丧和饥饿，使他叼着勺子，抽抽搭搭地哭了起来。

此刻或许他不那么需要食物，而是更需要友情。

之前的浑浑噩噩变成了突然掉到头上的砖块。

活着是为了什么呢?

就在那一刻，沙蛤那始终紧闭的大脑豁然开朗，好像打开了一扇窗户，他开始思考自己的人生。

他能有什么梦想呢? 他环顾四周，自己的生活不就和这大厨房一样混乱，亟待收拾吗? 他的一生注定会一事无成，就连最差劲的庖师帮工他都做不好，这辈子他都没有指望成为一名铸物师，不可能参加地火节大会，对于将创造视为生命的河络来说，他一无是处。

勺子从他的嘴里滚落，这是沙蛤第一次不想吃东西。

3

火环城的入口是一条长着羽毛的巨蛇，从火山顶上悬空向火山口内延伸，一直延伸到圆形火山口圆心处，蛇是石头雕的，地下城的开口就隐藏在张开的蛇牙后面，两条仅容转身的小道沿着巨蛇的身体两侧，通向火山外坡。

沙蛤背着一个小小的行囊，独自蹲在羽蛇头的尽端，他的脚下就是那个圆形的黑色深渊。

他决心逃走，离开这座视他为无物的地方，可是事到临头，他又突然害怕起来。

就在此时，地震袭来，整个羽蛇口都扭动起来，好像一只复活的巨兽。

火山地区地震本来就多，这也只是一场微不足道的小地震。最近这样的小震越发地频繁。

沙蛤紧张地抓住石缝，羽蛇口上的碎石簌簌而落。稍有疏忽，他可能就会滑落到火山口的中心。

他心惊肉跳地这么蹲着，太阳正在落下山去，把可怕的黑暗甩到他脸上。

暮色中可以看见从碗状的火山口底部向上升起的十二个木头脚手架，好像洗白了的鲸鱼骸骨，那是为地火节的庆典准备的火牛车轨道。

夫环熊悚答应今年要给火环城一个特别盛大的地火节庆典，只是工程进展缓慢，至今施工只进行了一半。

沙蛤原先无比盼望那个节日的到来，他对火炉嬷嬷讲过的那个满是鬼怪的盛大游行既害怕又渴望，但如今，这一切和他都没有关系了。

他只想跑到外面的森林里，跑到一个无人知道的地方，也许就在某个树洞里终老一生，那本是他的计划。但是，森林里似乎有不知名的野兽的咆哮声，它们在对着月亮发出亘古常在的嚎叫，每听到一声嚎叫，他就打一个哆嗦。

沙蛤丧失了离家出走的勇气，他只能蹲坐在地下城的顶部，为了可怕的孤独抽泣。

或许还有比离开城市更简单的方法，死亡漆黑的影子在如海涛般摇曳的森林顶部飘荡，他只要向前一步，轻轻一跳……

他正在那里这么想着，突然听到一个声音说："你在这儿伤什么怀，小家伙？"

那声音听起来很温柔，很高高在上，选用的词不是河络常用的俗语，而是一种高贵文雅的书面语。

沙蛤吓了一跳，四下张望，却一个人影也没有看到。

也许是天上的神祇在和他说话呢。

沙蛤抹了抹眼泪，吞吞吐吐地说："我留在这儿没有用了，嗯，我想要离开这儿。"

"为什么？"

"不知道，大概是……因为我笨吧。"

那个声音扑哧一声笑了出来。

月亮升起来了，将石雕的羽蛇照得一片通亮，阴影都明晰可见，小道上仍然没有人。

沙蛤再也忍不住，高声问："谁在和我说话？"

"你真是有点笨呢，不懂得抬头看看吗？"

沙蛤茫然地抬起头来，果然看到羽蛇头部眼眶后面的那片鳞片后，坐着一个纤细的身影。

沙蛤刚看到它，那影子就动了一下，从二十尺高的眼眶上纵身一跃。

沙蛤吃惊地"啊"了一声，惊恐地想，从这么高跳下来肯定要摔坏了。

他甚至没有意识到自己在做什么，就猛地向前跨了一步，伸手想要接住上面跳下来的黑影。

但他张开的双臂接了个空，那影子轻巧地落在了他面前窄窄的小路上，发出的声音不比一片落叶更响。反而想要救人的沙蛤，那一步跨得太猛，让身体失去了平衡，他发出了一声惊叫，两只胳膊疯狂地画着圈，向外摔入深渊。

耳边是呼呼的风响，眼中是急速变大的地下森林波涛般起伏的顶端。

“我就这么死了？”他惊恐地闭紧了眼睛想，“可我还没想好跳不跳呢……”

那一瞬间里，沙蛤的手腕一紧，被一股力量牢牢抓住。

他作好随时闭眼的准备，半睁开眼睛偷看了一眼，发现自己正贴着林梢滑翔，冷杉和白皮松伸出瘆人的树枝，扑面而来，几乎扫中他的下巴。

突地一个转折，森林在他脚下远去，他正在升入空中。

“铁炉在上，我在飞！”沙蛤大声地喊了出来。

“确切地说，是我在飞！”那个熟悉的声音在他头顶上说。

沙蛤抬起头，目瞪口呆地看着抓住自己手腕的女孩。

他从来没见过这样的头发，每一根头发丝都像银线一样闪烁，那个女孩，有风做的身体、金银花做的胸部、莲瓣似的脸庞，她轻盈如月光下的一团青烟，低头看他的时候，莞尔一笑，露出一副漂亮的贝齿。最令人不可忽视的，是她背后那双招展的翅膀，展开来一丈多宽，银光闪闪，如同一面白色的旗帜。

闭上眼，等一等，沙蛤，你一定在做梦，而且你每次把这样的梦告诉其他人时，换来的只会是嘲笑。

等沙蛤再次睁开眼时，她还在那里，甚至比夜盐还美。沙蛤更加相信这是梦了，这不会有错，她只可能是个羽人，能在天空中飞翔起舞的羽人，火炉嬷嬷故事里，羽人不都是美得让人惊心动魄的吗？

女孩在他头顶上说：“喂，还想来救我呢，太自不量力了吧？”

沙蛤忸怩地涨红了脸，眼睛望向别处。好像怕被她头发的光芒刺瞎似的。等到他的目光转向下方，不由得艰难地吸了一口气，惊慌地发现自己无法呼吸。

他的双脚就这么飘浮在火环城上空，被烈日折磨了整个夏日的城市在脚下两百尺的地方安静地沉睡。

他们在令人心惊的高度上翱翔。火山口是一个空洞的眼眶，岩壁上被污水冲刷出许多扇形的污渍，月光下的透水河就像一条弯曲的蚯蚓。

“喜欢飞的感觉吗？”

沙蛤老实地回答：“……不喜欢，我，我要吐了。”

“呸，我还没嫌你重呢，那把你放下好了。”

沙蛤吓了一跳，还没喊不要，就觉得手腕上一松，噗的一声又坠了下去。

他的惨叫只来得及发出半声，屁股下就撞到了一个硬硬的东西，下坠之势骤停，啪的一声，摊开手脚瘫在那儿。

过了半天，他才哼了一声：“我死了吗？”

“呸，真无用，就这么晕过去了。”

沙蛤爬起来摸了摸身下，发现那女孩将他扔在了设立在山巅的观象塔顶端。

他从来没到过这么高的地方，不由得胆战心惊地抠住身下的石头穹顶，只怕从圆溜溜的观象塔边缘滑下去。

羽人姑娘嗒的一声，落在他身边。

“你们河络太笨，理解不了天空和自由。”

他听火炉嬷嬷说过羽人的高傲，说羽人甚至不喜欢别人看他们的脸。

是啊，她那么轻盈，如同飘在高空上的一丝云，而他们只是藏在泥地里的一些尘埃。

他自惭形秽地低着头，不敢仰视那个刚救了他的人。

观象塔高耸在阿勒茹火山口之巅，是一座石头圆锥高塔，最底下是座图书室，上面两层则安设巡夜师要用到的各种奇怪装置，铜屋顶下最重要的是一个巨大的天球，蚀刻着日月等十二星辰和大大小小的星尘。

今夜观象塔一片寂静，那个河络中的异类，巡夜师陆脐大概不在塔内。四下里万籁俱寂，远远地能看见大火环里透射出的断断续续的灯火。

他们有一种奇妙的与世隔绝的感觉。

“今晚的月亮真圆啊，你喜欢月亮吗？”她的声音好像水中的丝绸，又柔又顺。

是的，明月已经升起来了，皎洁如轮，几乎看不见的黑色阴影如影随形地贴着它，那是暗月。双月缠绕，它们总是互相吞噬互相伤害，但又永不分离。

沙蛤抬头看了看双月，摇了摇头：“只有巡夜师才喜欢天上的星辰，火炉嬷嬷说，我们河络了解地下就可以了，经常抬头看天容易摔跤。”

女孩说：“可我们羽人喜欢天空。我们羽人的故事里，明月上的阴影是两个正在接吻的情人，你看像不像？”

“我不知道什么叫接吻，”沙蛤愣愣地说，“再说，月亮上是一个低头打铁的河络。”

“只是一个打铁的河络？”女孩笑了，可是只笑了一声，又低头沉思，“如果月亮告诉我们的真是这个，那得少了多少烦恼啊。”

沙蛤不知道她在说什么，不敢接口。

羽人姑娘沉默了很久，突然说：“我理解你为什么想离开这儿。”

“真的？”沙蛤惊喜地笑了。

“我也孤独，孤独得可怕。”她说，垂下了头，在沙蛤心头弹起一阵凄凉的反响，那种四下漫射的情绪意味鲜明。

孤独。孤独。孤独。

沙蛤呆了一阵，这姑娘这会儿看上去比他更伤心更该从火山口上跳下去似的。他突然开始紧张：“我是不是又做傻事了？刚才我不应该笑的，对吧？”

“今天许多人都会很高兴的吧？”那女孩淡淡地说，“我只道是两情相悦，没想到却是一厢情愿……他们今天会在神木林里举行盛大仪式，人们会送上百花结成的花环，祝他们白头到老，比翼双飞。”

沙蛤不知道她在说什么，但猜测她描述的是一幅结婚的场景。他嗫嚅着说：“可是……结婚，不是该祝他们琴瑟不调，鸾凤分飞吗？”

女孩先是愕然，然后笑了起来：“你们河络是个有趣的种族，我开始喜欢你们了。”

她在他身边盘腿坐下，沙蛤嗅到一股淡淡的兰花香气。

他发现羽人穿着一件银白色的紧身服，束着轻甲，背上有两把鱼皮鞘的细弯刀，两条挂刀的带子在她胸前交叉，两把弯刀的刀柄看上去处在非常顺手的位置。

只有坐得这么近，他才看出来，她的年岁不大，大概只比他大上两三岁，个子却高了很多，那一头银色的长发如同月色缭绕而成的瀑布，她的翅膀像风帆那样折叠起来，收束到背上。

如果是其他河络，或许会好奇她的身份，会怀疑她突然出现在此的目的，但沙蛤却丝毫也不起疑心，只是傻呆呆地张着嘴看她，心想，羽人真的和嬷嬷故事里讲的一样漂亮啊。

他低头看看自己的破衣服，还有那连挂坠都没有的腰带，自卑感又找上了门。他不由得偷偷地挪开了两步。

女孩依然入迷地看着缠绕的双月。暗月正在缓慢地转到明月前列，将那明亮秀美的脸庞遮掩住一部分，让它带上几分忧郁之色。

她说：“多美啊，今晚是夜魄之月初始，明暗月开始相互交蚀，听说对着双月许愿，可以实现一个愿望。你可以试试。”

“真的？”沙蛤愣愣地望着月亮，他对这明晃晃的东西的好感一下就增加了，如果有这样的好处，他宁愿天天摔跤——“我想要一个朋友。”

“就这么简单？”

“哦，这太难了。”

“会有这么难？”女孩歪了歪头。

沙蛤开始语无伦次地讲述了他的故事，他没有一点儿语言天赋，讲得颠三倒四，但那女孩一点也没显露出厌烦的感觉，她身上流露出一种温柔的气息，这种气息和蜡丁大婶的不一样，和夜盐的也不一样，让沙蛤微微地沉醉其中，想要信任她，想要告诉她一切。

他从自己在河童殿被欺凌讲起，讲到他总是替别人跑腿但总是上当，讲到他找不到职业，一直讲到阿瞳被打得头破血流，讲到自己对食物失去了兴趣，讲到自己绕过哨兵爬到羽蛇口，讲到他想要离家出走，却害怕森林里太黑，潜伏着吃小孩的怪兽……说完这些，他突然担心起来：“你会看不起我吗？现在你也要看不起我，说我一无是处，要我走开了吧？”

她的笑容如同她背上的羽翼一样光洁：“你在怕什么？怕不存在的东西。其实我也怕。”

“你，你也怕？”

“是啊。你恐惧广阔，我恐惧幽闭，我都不敢钻到你们地下去呢，你看，我甚至不敢当面对他表露心迹，我们之间，不见得谁比谁更勇敢。好了，小家伙，别担心，我不会嘲笑你，还会给你一个朋友。”

“给我……一个朋友?”沙蛤震惊地睁圆了眼。

“你不是许过愿了吗？明月是羽人的保护神，我总不能让你轻看羽人的信仰吧。”少女说。

“不会有用的，这里没有人愿意和我交朋友。”沙蛤低下了头。

“这算是你的梦想吗?”

沙蛤张开嘴想了一下：“算吧。”

他说：“我原来以为我的梦想是烧好饭，不过，现在我觉得有一个朋友更重要。”

“那你就要尽全力保护你的梦想，”羽人女孩说，“梦想需要靠战斗才能赢取。只有失败者才会嘲笑你的梦想，他们嘲笑你的最终目的，不过是想把你变成和他们一样。”

“哦。”沙蛤说，憨憨的笑容表示他其实没听懂。

“我不能当你的朋友。”羽人女孩说。

沙蛤的脸暗淡了。

“不过，替我跑个腿，我就帮助你实现愿望。”

沙蛤猛地跳了起来：“我愿意，我愿意替你做很多很多件事。”

“你不怕再被骗?”

沙蛤愣了一愣：“你不会骗人。”

“他们也这么说。”

“你和他们不一样。”沙蛤坚持。

“好了，你就继续这么笨吧。”女孩微微一笑，那笑容不知为何让人感觉几分危险。

“我要你把一封信交给一名河络，一个住在你们怪异的地下城深处的河络。”

“谁?”

“没有名字，但他很好找，是个酒鬼，醉的时候比醒的时候多，嗯，年龄很老，非常非常老。”

沙蛤皱起眉头想了很久，有点打战地问：“你是说老酒鬼布卡?”

那是一个流浪来的老河络，没有人知道他的来历，一个人居住在大灰环底部，靠近熔岩海的垃圾洞里，与地狱熔炉为伴。

沙蛤有点犹豫了，他怕黑，还怕熔岩海里那翻腾的地心大火。

“记住，这东西不能让任何人知道，你一个人去找他——还必须记住，你从来没有见过我，明白吗?”女孩儿说，将一件细细长长的东西塞到他手上，那东西被她捏得有些发烫。

说是一封信，但其实是一根细铁锥，打造成独脚人的模样，钉子尖是脚，钉子头是一张宽扁的脸。

独脚人瞪着阴险的独眼，那只眼睛是一粒红色的透明石头做的，如同血一样红艳。沙蛤将那东西放在手里仔细端详。

“就是这东西吗?”

没有回应。

他再抬起头的时候，眼前的观象塔顶上已经渺无人影了。

要不是他的脚边落下了一片正消融在空气里的青白羽毛，还有他手里的物事，他一定会以为自己还在梦里。

4

大灰环的入口如同垂死之人发黑的咽喉。

大灰环是最后的大开采留下来的遗迹，深埋在地平面下，没有采光口，没有住民，只有空荡荡的巷道、迷宫般的竖井和没有清理干净的掌子面，从岩壁里泄漏的暗红色岩浆偶尔点亮某些区域。

灰环是一块危险地域。支撑架和边墙无人维修，正在慢慢腐朽，随时都有冒顶和片帮的危险。它探洞众多，像树根茎须那样向四面生长，和没有整理干净的岩石裂隙组成一座超级庞大的迷宫。

沙蛤摸黑往地下深处进发。河络对黑暗的适应性很好，沙蛤的瞳孔能张到很大，直到一点白颜色都不剩。

但是这儿仍然太黑了。

沙蛤摸着墙壁前行，他只能听到岩壁上的流水声和脚下碎石谨慎的摩擦声。他一边走一边打着哆嗦，想着火炉嬷嬷说过的那些可怕的故事。

布卡老爹曾经把不听话的小孩扔进了熔岩海，用手按住他们的头直到他们被活活烧死。布卡老爹会从后面袭击那些走路不带灯笼的小孩，把他们撕成两半。布卡老爹会把调皮的小孩抓走，养胖了吃掉。啊，曾经有个不乖的小孩不好好吃饭，还咬了布卡老爹，第二天就死了，因为布卡老爹的血液里有毒……

他怀里藏着的那枚独脚人锥，一跳一跳的，好像个活物，让他更觉心惊。

好多次他都想扔下锥子，转身逃跑，可羽人女孩说的“要为梦想战斗啊”那句话总是跳出来在他眼前盘旋。

沙蛤绝望地流着泪，在黑暗中摸索着走了一圈又一圈，在许多岔道口，凭借的是河络的直觉而非记忆选择方向，很多次他以为自己快找到了，可是垃圾洞比他想象中的藏得还要深邃。

就在沙蛤认定自己迷路了的时候，突然从一处地下廊道向外喷出一阵火焰和青烟，还有轰隆隆的巨响。

在像盲人那样摸索着走了这么久之后，这团火光简直如同太阳火焰般刺眼。

沙蛤猛地捂住了眼睛，直到瞳孔逐渐恢复正常，才朝那个地下洞室慢慢走了过去。

那儿就是垃圾洞，在熔岩海的正上方，一个宽敞的斜坡，倾斜着向下插了三十多尺，然后骤然止步于一道陡峭的绝壁，斜坡上堆满了各种想象不出的古怪残破物品。

越过斜坡，就能看见悬崖下火红色的岩浆海在翻腾，它们是被关在监狱里的火之恶魔，拼命地搅起漩涡和泡沫，向上冲起几丈高的岩浆浪，烧灼皮肤的热量能把渺小的沙蛤冲个跟斗。

沙蛤站在垃圾洞里四顾，这里似乎没有人，而且仿佛自天地开创以来，这里从来，根本，完全，就没有过人。

沙蛤刚刚作出了这个判断，从他的头顶上就呼啦一声倒吊下一张脸，用醉醺醺的声音朝他喊："喂，哪儿来的小家伙啊？你可还不是垃圾呢！"

沙蛤被那张丑脸吓了一跳，大叫一声，摔倒在地，怎么也爬不起来，在陡坡上顺着垃圾潮水，翻滚着向下掉去。

布卡老爹哈哈大笑着，翻了个筋斗，从洞顶跳了下来。满脸的大胡子遮住了他坑坑洼洼布满伤疤的面孔，赤裸的胸膛上挂满了汗，一边上臂上扎了一根银带，那是他唯一的装饰。

他用两团布塞住鼻孔，抵挡四面散发出的臭味，还不时解下挂在脖子上的酒葫芦给自己灌上两口。他大概是整座火环城唯一在工作时间喝酒的河络。

布卡在河络语里，就是"无名"的意思。大家已经忘了他是什么时候来到火环城的。发生在他身上的事，总是容易被人遗忘。老吹牛大王布卡、大话王布卡、糊涂布卡、吹牛王布卡、喇叭布卡，都是他的名字。

他喜欢吹牛，喝多了后，就会号称自己参加过两百年前的战争，说他自己那时候勇敢强壮，身高超过夸父，杀人如同砍瓜切菜，可是战斗的对象却是虚无缥缈的童话人物，他的故事没有人相信，却变成了火炉嬷嬷用来吓唬小孩的最佳灵感。

沙蛤还在陡坡上往下滑。

“喂，你摔倒了，要帮忙吗？”布卡问。

沙蛤想喊当然啊，救命。可他刚张开嘴，一块缺耳朵少鼻子的木傀儡的头却掉进咽喉，在那里卡住了。

“咦，是个哑巴吗？”布卡问。

我要跌下去了，跌到那个冒着烟的可怕洞穴里去。沙蛤疯狂地想着，在垃圾之海中拼命挣扎。

“到这儿来，小鬼。我想好好看看你。”布卡猛地一伸手，从垃圾海里将沙蛤揪了出来，放在石头栏杆上。

沙蛤惊魂未定，吐出了卡在嘴里的木偶脑袋，仍然说不出话来。

布卡眯缝着眼上下打量了他一眼：“嗯，是个正常的小孩儿，不过就跟死了爹似的无精打采。”

“我没有爹。”沙蛤郁闷地回答。绝大部分的河络孩童都是在河童殿长大的，他们只有共同的父亲和母亲，那就是部落本身。

“你们都没有爹，”布卡抹了抹嘴巴，擦去胡子上的酒沫，“过去的河络可不是这样的，他们有爹有妈，我觉得也挺好。”

沙蛤瞪着他，不知道他是不是在说笑。

虽然近在咫尺，他却怎么也看不清布卡的容貌。布卡那赤裸的身体映衬着火焰，散发着与周围的物什一样的气息，好似与周围的环境融为一体。

“你在这里坐一会儿，我还有点儿活要干完。”布卡站了起来，把铁铲插入垃圾堆中，鼓起浑身的肌肉使劲一搅，堆叠到了悬崖边缘的垃圾纷纷坠落，被安装在悬崖中部两个巨大的带铁齿的铅轮一点点碾碎，再掉入熔岩坑的血红巨口之中，每当此时，就从火海中喷吐出上百尺高的火焰和烟雾。被碾碎的东西有带铁箍的桶、布娃娃、旧车、相框，都曾经是过去的记忆。过去某些人的爱物，现在只能让垂死的火山再多冒出几股白烟。

沙蛤很喜欢看这幅景象。他趴在栏杆上，撑着胳膊肘，看了好一会儿。然后斜眼看看正在干活的布卡，觉得这老家伙除了相貌丑恶之外，也不像会吃小孩的模样，眼圈下面的皱纹里反而透出几丝慈祥来。

“这份工作很有意义，”布卡一边干一边冲他大喊大叫，“我是在赎河络的罪，帮他们一点一点地粉碎那些住在机器里的恶魔，他们关注手上的技巧太久，把现实里的快乐都给忘了。”

“我也有罪吗？”

“你什么都不会，因而最纯洁，身上的罪最少。”

“哦。”沙蛤回答说。哦的意思是他一个字也没听懂，但这无法阻止他无比仰慕布卡的话。

沙蛤看了一会儿熔岩，又仰起头问：“布卡老爹，什么叫一厢情愿？”

“一厢情愿，就是月圆空好意，流水终无情，你关心他，他不关心你。总的说来，还是自己蠢呀，关心那样的人呢，”布卡哼哼道，又给火山庞大的胃口加了一铲子，“就像关心北邙山去年冬天下了几场雪一样……”

沙蛤大睁着眼，默默地想了很久。

好不容易布卡才放下铲子，将下巴撑在铲子柄上，问沙蛤：“好了，你是不是有东西要给我？”

沙蛤连忙把在手里捏了很久的独脚人锥递了过去，那东西在他手心里早已发烫，似活物般一跳一跳的。

布卡低头看了看，钉子头上那粒红宝石在火光映衬下，好似独眼人诡异的笑：“如我所料，就要开始了。”

“什么开始了?”

布卡反问:“给你影人锥的是谁?”

“这东西叫影人锥吗?是个很漂亮的姐姐,嗯,她有一对翅膀,她带我飞起来了,我们飞得很高很高,我没有害怕……真的。”

“她是不是笑起来很漂亮?”

“你怎么知道?”小沙蛤露出笑容。

“小心她的笑,那是流沙,陷进去就爬不出来了。”

“她的脸很光滑,一点也不像沙子啊。”

“唉,傻子,”布卡问,“这影人锥很重要,你猜她为什么不自己送下来?”

沙蛤愣了愣,一个答案自己跳到了他脑子里:“她找不到路,我也差点迷路了呢。”

“这个答案不对,”布卡摇了摇头,“只要愿意,她可以去任何地方。我看这丫头不但漂亮,而且狡猾。她把影人锥送到我的手上,这是一个仪式,此后,她的生命将属于我,按游戏规则,我接纳了她的影人锥,就必须答应她一个要求。”

“哦。”

“她把这个机会让给了你,我很想知道为什么。”

“为什么?”沙蛤同样茫然地问。

布卡不耐烦地甩了甩手:“这问题可以留到以后再解决。你,小家伙,是你送来了这封信,现在,想要什么回报?说出你的请求!”

沙蛤的喉咙一动,吞了一口口水。

“记住,你的要求只能提一次,开口之前要想清楚!”布卡用雷鸣般的声音猛喝。或许是正巧,但沙蛤却相信是遵照布卡的意愿,他身后那盛满红色岩浆的深渊中烈焰飞起,橘红色的浆汁四下飞溅,将布卡那张丑陋阴沉的脸映衬得如魔王般邪恶。

沙蛤害怕得牙齿哆嗦。

等到火焰消退，布卡老爹转过脸来，丑陋的破损鼻子好像第三只眼在瞪着他。

沙蛤心里突然明白过来，这是个非常严肃的问题，他甚至能感觉出布卡对他的回答有点紧张，这个答案对布卡来说很重要。

他从来就不擅长回答问题。

此刻沙蛤觉得自己就像火炉嬷嬷的故事中那些陷入困境的小孩一样，只要回答错误，就会与那些该死的垃圾为伍，消失在熊熊的熔岩海中。

这一时刻的布卡，接纳了独脚人锥的布卡，和刚刚那个倒腾垃圾的布卡已经不是同一个人了，他掌握着生杀大权，掌握着命运之轮。

“我……”沙蛤无比紧张地说出了他的愿望，“我，要一个朋友，一个可以陪我聊天、嬉戏、打闹、开心、玩的朋友。”

布卡愕然。

“你想要一个朋友，你想要一个朋友。”他重复着沙蛤的要求，突然放声笑了起来，好像听到了一个特别搞笑的笑话。

沙蛤难过地垂下了头：“我就知道这很难。”他蹭着自己的鞋底，想要离开。

“等一下，小家伙。”布卡叫住了他，仔细地打量着他，好像在检查他是不是在戏耍自己。

“实际上，你已经有了一位朋友——如果那打铁的小子没死的话，”布卡说，“今天下午发生的事，不是吗？”

“啊？”沙蛤瞪圆了双眼，后退了一步，“你，你怎么知道——”

布卡的笑声如同雷鸣，在垃圾洞里回荡：“我是火焰的巨眼，我躲藏在这座小岛上，注视着一切。我看见，我听见，我知道。我无所不至，我无所不知。”[①]

“这里不是岛，是垃圾洞。”沙蛤轻声说，但布卡浑然不觉。

他停下笑声，皱起眉头思考：“可这个要求真不赖，真不赖。我宁愿去做难百倍的事情，盗取某个宛州城主的宝物，杀个严密保护的官员，我可以让你富裕如国主，也可以让你凌驾万人之上，你却只是想找个可以聊天、戏耍、开心、玩的朋友？”

“对，一个朋友。”沙蛤轻声要求。

“也许，我该杀了你，像对付其他那些夸夸其谈的信使一样……你想要一个朋友，而你已经有了小铁匠，我不需要做任何事情，并没有破坏我的规则。”布卡低头沉思，喃喃自语。

沙蛤沮丧地想：我又回答错了，我一定是，又搞错了。

“不过，小铁匠和我们之间的事没有任何关系，是吗？”布卡严厉地问。

“我不知道。”沙蛤颤声回答。

“你胆小、贪吃、怕事，但每个人心里都埋藏着一个小人，只要保有真诚，这也不算什么大事，”他仔细审视小胖子，“你像他们说的那样一无是处，你甚至丢掉了唯一的一枚挂坠。很好，非常好，我喜欢你，沙蛤，你比任何人想象的都要弱小，因而你更纯洁。”

他拍了拍小胖子的肩膀。

“所以，我接受。”

“什么？”沙蛤可怜巴巴地说。

布卡将那双精光闪烁的眼睛俯到沙蛤鼻子前。

“现在开始，你就是我的朋友了，沙蛤，真应该喝一大杯庆贺下，这是一场伟大友谊的开端。”布卡郑重地握了握沙蛤的小手。

“祝我们的友谊万古亘存！”

① 注：这是影者创始人铁问舟的名言。

沙蛤惊慌地喊："这不合习俗，该祝我们的友谊转瞬即逝!"

"去他妈的河络习俗，我比这条习俗活得还要长。"布卡吐了口痰说。

火炉嬷嬷说随地吐痰是条严重陋习，但是，管它呢。沙蛤那激动的小脸蛋涨得通红，想想他得到的东西!

那天晚上，沙蛤心满意足地睡在自己的小床上，想起了他所拥有的美好友谊。

他梦见了自己新交的朋友，两个!

他还梦见了那位羽人女孩，在明月的光芒黯淡下去的时候，她的头发依然银光闪烁，比月亮还要美丽。

他还梦见了醒着时没有注意到的景色。

那是从天空俯瞰到的森林、河流和广阔的平原。

还有山的那一边。

他还没有意识到，但某些东西已经深深地烙印在了他心里，关于美丽和远方。

有一天，我还是要走出这片森林的吧，虽然如此庞大、如此无量。

他在梦中安慰自己，他还小，没有准备好去面对那个世界，可是有一天，有一天……他会成长起来的。

哦，这真是有史以来最妙的一天。

第二章 人间使节

1

越州雷眼山是座裂隙之山，成串的火山口如同散落在越州土地上的巨碗，碗中满盛着郁郁苍苍的地下森林。它们中间有许多是活火山和休眠火山，风化得很厉害的上百座山峰和谷地之间布满细微的裂缝和罅隙。

这些地下裂隙接进雷眼山下无数地下通道的分岔之中，就像上千年的老树根庞大无比的上百万根须中的某一枝，它们曲折地深入山腹，如同乐章向着主调汇集，如同溪流向着海洋汇集——终点，就是包容着一整座地下城池的巨大空洞。火环城，是这些地下城池中最重要的一座。

此刻，云胡不归正单人独马，行走在雷眼山南粗犷而荒凉的小道上，他的那匹小马名叫夜语，倒是正合此时的意境。

路旁树木郁郁苍苍，草蔓丛生，爬满藤蔓的石雕，述说着此地过往的繁荣。

双月正在他的头顶上交互遮掩，草原人把这样的夜晚叫作夜魄月之夜，夜魄之月是夏季的最后一个月亮，带来长而凉爽的夜晚，也是让爱情滋生的夜晚。

月光把路旁涌动的树影变成争先恐后奔跑的游魂，绵长的山路上只有一人一骑，不免带来淡淡的乡愁。

云胡不归想起了在月亮的辉映下，有熊山上覆满的邃黑色阴羽草，好像巨熊在风中耸动的毛发。

他的第一位师父独狼对他说："看这巨大的熊，世界尽在它的眼中。"

独狼已经死了，草原上发生了天翻地覆的变化，而世界距他所想的还是差别太远。

云胡不归英俊冷酷的脸上流露出闷闷不乐的神情，但他紧紧地咬着嘴唇，绝对不会流露点滴痛苦。

他抬头仰望火环城所在的险峻的阿勒茹山，阿勒茹在河络语里是"火盘子"的意思，此刻从地面上已经完全看不出烟雾和熔岩的踪迹，但地火并未完全熄灭，而是隐藏在地腹深处，涌动翻腾，从不休止。

首领灌入他胸口的文字就是任务：他必须说服火环城的夫环熊悚为皇帝龙噙者提供墨晶石矿。

这任务可不容易完成。

云胡不归听闻过火环城熊悚的铁腕手段，他听说熊悚拒绝了皇帝征召为朝臣的要求，根本不把龙噙者那庞大的联盟放在眼里。

如果说雷眼山的火山河络都是些固执的家伙，那火环城的熊悚就是其中最暴躁、最不可理喻的河络王。他是战争英雄，但又是一个极端保守的家伙，对河络的生活方式极力维护，到了死硬的程度。有人说，他的胸膛里放的不是心脏，而是塞了一个铁砧。

这些生活在地底的小矮子，虽参与过人族的战争，但只忠于雇主，战事一旦结束，立刻返乡，不介入人族的任何政治纠纷中，更何况，他们对天罗一贯持敌视态度。

要想说服这个矮个子河络王听命于天罗，为一场新的战争开采矿石，比劝说草原上的恶狼吃草还要艰难吧。

可他别无选择。

云胡不归停了下来，又感觉到心中那只野兽的悸动。

他忍不住伸手碰了碰腰带上的匕首。这把匕首是他开始试炼后，连同墨染的乌袖长袍、斗笠一起送到手上的，锋利但并不趁手。他告诫自己得习惯这把匕首，同时习惯自己的新身份。只要还在试炼过程中，他就不得不继续杀戮，杀那些他不想杀的人。被杀者的目光曾让他彻夜难眠。

但他有另一个更恐惧的东西，那就是夜魄之月。

夜魄之月会挑逗起他身体里藏着的另一个人、另一只动物的记忆，他小心翼翼地隐藏这一点。

他已经快要忘记自己母亲的脸了，她曾透过泪水朝他伸出手，但无数个夜晚，他都会在噩梦中再次看到那一幕。那也是一个夜魄月之夜，血红色的暗月爬到明月的脸庞上，他内心中的怒火充斥全身，好像潮水一样升起，他意识到了，试图与之对抗，但很快就意识到自己输了，潮水吞没了他的理智，内心掩藏的恶魔被彻底释放了……

他不会梦到更可怕的一幕，因为在那之前，他就已经惊叫着醒了过来。

族人把那个藏在心里的恶魔视为天赋，他却视为诅咒。

只有天罗修习的冰镜术能阻挡住他心里的猛兽，这是那个象背上的大人物，苍之天罗的首领，邀请他加入天罗试炼的时候，他想都不想，立即就同意了的原因。

他知道天罗是另一种战士，另一种靠武力掌控自己的命运的人，他们是暗夜潜行者和暗杀者。天罗刺杀术是另一种掌控命运的途径。

但他只是天罗学徒，不能接触到冰镜术的真正奥秘，而只有更高阶的冰镜术，才能克制自己的心兽。

如果再得不到天罗的认可，他或许就会死在试炼的路上。

想得到天罗的承认，得到他们的黑白铁符，只有两个办法，挑战一个正式的天罗，或者按部就班地完成所有天罗试炼任务，而一旦失败，被逐出苍之天罗，失去最后的栖身之地，心灵和肉体上的庇护所，对他而言，那或许与死亡别无区分。

他不怕死，但却害怕失败。

云胡不归在月下捏紧了拳头。

草原人绝不绕路而行。

这座险峻的死火山口，他终究是要爬上去的。

2

夜色中，阿勒茹火山口上那条石雕的羽蛇就像一条扭动身体的巨蛇，拼命地想要从火山的束缚中挣脱。一旦如愿，狰狞的巨牙就会撕开天幕，吞噬天上的夜魄之月。

羽蛇口前的小平台上点着一盆炉火，把三四名哨兵的影子投射到羽蛇身的鳞片上，来回扭动，宛如妖魔。

一名哨兵正弯下腰去，从火中拣出一颗火炭，点燃嘴上的吸斗。

他们身负守卫的职责，目光却时不时地滑向炉火——火自有一种催眠的魔力，此外，又有谁能从如此狭窄的小道上摸进城门呢？

他们却没有注意到，每有微风摇动火焰，一片不起眼的黑影才随着岩壁上晃动的哨兵身影，极慢极慢地靠近羽蛇口。

那条人影正是云胡不归。

他正潜近火环城的城门，眼角里似乎看见山巅观象塔的塔顶上白影晃动，立即像片纸般贴在了羽蛇粗糙的鳞片上。

哨兵却完全没有注意到四周的异象，只顾抽冰尘聊天。

云胡不归安静地蛰伏良久，瞅准时机，将一个小纸包弹入炉中，炉子里猛然腾起一片凶猛的火焰，围在火边的河络哨兵遮目后退时，云胡不归已经溜入蛇牙下的那片黑暗中，好像一滴水滑入黑暗的水潭。

羽蛇口后面的斜坡仿佛没有止境。

云胡不归知道自己已入火环城地界，这座城市的地下部分庞大得无法想象，四周岔路无数，压抑得连梦都会逃跑。

云胡不归一边向下摸索，一边用心记忆道路，一旦在这座巨大的迷宫中迷失方向，恐怕直到死的一天都找不到出口。

通道上来往的河络不多，但是都显露出一副忙碌又开心的样子。云胡不归觉得他们似乎在为一个盛大的节日作准备，对，似乎是叫地火节——一个他所不了解的节日。

许多河络搭着梯子，往洞顶的大铁环上挂灯笼，一些彩灯被点燃了，红色的大灯笼上写着离奇的符咒，通明的灯火给云胡不归的潜行增加了不少麻烦，不过他还是顺利地摸到了火山底部，再往前，就是河络王熊悚居住的盘王殿了。

盘王殿是坐落在大火环最低洼处的一处宫殿，它由巨大的火山岩搭建起来，整体呈铁灰色，镶嵌在岩洞里，好像蛇嘴里叼着的一个苹果。

它从沉重的岩石下探出覆盖着绿色铜瓦的屋檐，檐口上布满怪兽状的滴水嘴。

河络对建筑有一种近乎变态的装饰要求，盘王殿前的廊道壁上立满了狰狞的石头怪兽：一只商羊从莲花上跃起，老鹰般的前爪里抓着一把石刀；一只讹兽扭过头去，好像厌恶自己爪下的猎获物；一条钩蛇从石缝中转生，带钩的尾巴盘卷在肋下……散发着潮湿腐败的气味。

石头是河络的纪念碑。河络们相信石头上一旦刻上了字和画，就拥有了生命，与城市的命运浑然一体。

云胡不归伏在暗处窥看，盘王殿门外的卫兵只有一名，是个四肢粗壮有力、皮肤黝黑的河络。他披着灰色鼠披风，手持长戟，在石殿门口机械地走着圈，每一步都落到自己的脚印里。

云胡不归收摄心神，悄无声息地靠近。

潜行如影，是天罗入门的第一课，要求他们贴近目标时不能发出一丝声音。

他可以尝试光明正大地通报身份，要求觐见河络王，但若能独自面对熊怺，他会更有把握，况且，这也更符合天罗的行事风格。

摸到哨兵身后，云胡不归倒转匕首柄，在那名哨兵的后脑一撞，哨兵吭也没吭一声，就瘫倒在地。云胡不归将匕首放回鞘中，顺手抄过哨兵手上的灯笼，灯火晃动处，他看见那名晕倒在地的哨兵嘴角竟然露着一抹冷笑。

云胡不归猛地醒悟，刚要转身，猛地里火光耀眼，一队卫兵冲了出来，口中大声呼喊："抓住刺客了！"

火光下，长戟如林，洞窟高处，更是一排闪亮弩弓对准了自己，四下灯笼高举，耀眼如昼，就算他潜行之术再高，也无法逃出生天了。

一名披着灰鼠皮披风的河络士兵站在高处，头戴铁盔，独眼灼灼，像是这群卫兵的头领。

一瞬间里，云胡不归想掷出手里的匕首，虽有铁盔保护，距离又远，但在天罗营地他曾花费数月时间不眠不休地练习此招，射中那名头领的独眼，云胡不归有百分百的把握，然而此时此地……杀了此人又有何用呢？

云胡不归扔掉手中的匕首，苦涩地问："怎么发现我的？"

"——等你很久了。"独眼的卫兵头领冷笑，高举起一只胳膊，斩钉截铁地往下一挥，"杀了他！"

3

深埋死火山底的火环城盘王殿，百年来从未如此灼热。

黑色的头盔挂在石墙上微微放光，一滴滴的水顺着兵器的长柄滑落在地，盾牌上镶的银子热得发软，空气滚烫，热浪逼人。

三天之前的正午时分，突如其来的一场地震震动整座火山。

这是常见的地震，梦里甚至无人醒来，唯有河络王熊悚从梦中惊醒。

他听到洞外哨兵来回走动的沉重脚步声，好像钟摆般准时。

"来人！"他吼叫道，听到门外的卫兵来回奔走，有脚步声朝大门奔近。

他得找人谈谈他的梦。

他梦见了一只目露凶光的巨大恶鸟，所到之处，灾难遍地。它的影子庞大无比，及得上一个王国，落到哪里，哪里就有鲜血，熊悚在梦里闻到有大火的味道。

但在那个梦之前，还有另一个梦，更晦暗不清，更让熊悚体会到不祥。

他梦见一个来自遥远草原的年轻人，潜入他的宫殿，就在石床前将他的咽喉割开，放干鲜血，好像对付一匹狼。

梦对河络来说无比重要。

河络们相信在梦里，他们可以踏入创造之神的梦境，河络与神的梦境相交，会折射出隐约的世界真相。

河络通过梦来了解世界。只要进入特殊的梦幻觉状态，他们就可以得到一些神启：有时是个人的吉凶时运，有时是被遗忘的前辈技艺，有时是湮没的远古历史，更有一些时候，是庞大部族的命运。

火环城的夫环熊悚盘腿坐起，走到炉火前，用一枚小铁铲拨动炉灰，把火炭显露出来。

再热的天气里，河络屋子里的炉火也不会熄灭。

盘王殿里的这座银炉，是烛阴神像前那个永恒喷涌的地火之眼的小小翻版，沿着炉口有一圈衔尾急追的青铜火麒麟。据说麒麟可以口喷火焰，守护炉火不灭。此刻火炭在灰下闪着红色的光，熊悚的大脑也像炉火般一明一暗。

“来人!”他吼叫道。

盔甲沉重的灰鼠卫队的领卫毒鸦手按镰刀柄，大步跨入盘王殿，四名长戟卫士披着灰鼠皮披风，紧随在后。

“有人闯入了我的梦里，你们必须抓住他!”

“谁?”独眼的营山严肃地问。

“那个在梦里杀了我的人——”

河络素以刻板守序著称，而毒鸦营山更是其中格外严谨之人。他迟疑了一下：“夫环大人，你可记得他的模样?”

“谁有兴趣记一个小孩的模样!”

“上哪里抓他?”

“我如果知道，还要你们干什么?”夫环熊悚愤怒地说。

士兵们面面相觑。

但熊悚不通情理，发火时形如恶魔的脾性他们早已习惯，他们接受他的命令亦是命中注定，没有丝毫折扣。

平时他有风度、有魅力，但会突然浮现出一种扭曲的暴怒。他会将偷一把胡椒的小孩送去矿山苦役，会因哨兵打盹而鞭打他们，会将懈怠的工匠枷首示众，而他对自己则更为苛刻。

他的屋里除了武器和银炉，没有任何饰物，他睡在光溜溜的石板上，睡眠从不超过两个时辰，他辛勤工作，时长超过所有的工种。

熊悚也许暴躁，但绝非疯狂之辈，他曾多次拯救火环城于危难之际，是个受人尊崇的英雄。他率领火环佣兵出征，从未丢失过任何阵地，为火环城的佣兵赢来铁骑墓场和死亡之墙的美名，他总能将大部分的部下带回家乡，并且带回来丰厚的佣金和城市急缺的物资。

“我要操心的事很多，干旱缺水，矿藏枯竭，还有那个该死的捣乱的女人……你们不要让我再为这样的小事烦心了，”脾气暴躁的夫环不容分说，“你们必须立刻抓住他，死活都要，否则三天之后，炉火之神在上，我会砍掉你们的头！”

毒鸦营山是名多次跟随夫环出征的老兵，他深深地了解眼前这位君主的霸道，于是恭敬地用拳头在胸甲上撞击一下：“谨遵钧命！”

他们在盘王殿前埋伏了三天三夜，终于逮住了云胡不归。

云胡不归束手待毙，却从盘王殿内传出一个闷雷般的吼声：“住手，让这个人进来！”正是熊悚的声音。

夫环军令如山，外面的灰鼠卫队士兵虽然不解，也只得狠狠地咬着牙，瞪着眼前的刺客，放低了手中的弩弓。

毒鸦的独眼闪着不信任的光，让两名部下给云胡不归搜身，他却只有那柄已经扔掉的短匕首。

“这是什么？”毒鸦指了指云胡腰带上的象牙筒。

“这是皇帝送给河络王的礼物，也要打开看吗？”

毒鸦看着筒盖上的火漆印，疑惑地嗅了嗅鼻子。

“快点！莫非什么事情都要我来办吗？”殿里再次传来怒吼声，毒鸦不再吭声，恼火地挥了挥手，卫兵们向后退开一条路。

云胡不归看了看眼前让出的通路，又看了看满怀恶意的灰鼠卫兵，摸不清躲在黑黝黝殿堂里的熊悚搞什么鬼。

毒鸦不耐烦地冲他摆了摆头，云胡不归也冷笑一声，束了束腰带，独自踏入盘王神殿。

这个殿堂呈现出偏执的河络才会建造出来的完美正方体，黝黑的殿堂里只有正中心的地火铁炉一个光源，高大的砂岩石柱向四周拖出暗红色的影子，在光滑的铜制地面上印出舞动的影像。

云胡不归还未仔细观看，就听到河络王朝他大声吼叫：“关上大门。”

正合云胡不归之意。

他回头去推那大门，那两扇铜门看似高大沉重，上百名力士也难以撼动，却是轻轻一推就合上了，门轴只是发出了一声极细微的叹息，不得不令人感叹河络工艺的精良。

云胡不归好奇的目光四转，这儿的闷热让人印象深刻，但另有一样东西让他目光难以移开，那就是一排排的历代河络王头骨。

火环城的河络王头骨整齐排列在一排石头基座上，瞪着概莫能视的眼睛，空洞地望向前方。

一些头骨在炉火下金属般闪闪发光，有些颜色发黄，滑溜溜的，似乎被抚摩过很多次，还有些颜色已经变成黯黑，看上去年代久远，非常脆弱。

河络的头骨是历史的见证，每一代夫环死后都会将墓志铭和部落名号刻在其颅骨上，由迁徙的族人带往各方。

如果有人能通读所有的墓志铭，就会遵循头骨上的城市标记，刻画出上千年来河络各部族在九州大地上那密如蛛网的迁徙、交融和分离的踪迹。

给我一把铁镐，我能挖通整个九州——这是老矿工出身的夫环雷镐，他并没有挖通九州，却被倒塌的坑道砸死。该枚头骨乘船从遥远的凤凰河流域穿越了沼泽和迷雾而来。

不在死亡面前低头——这是死在三沙岛之战里的铁骨奥司，曾是火环城的前任夫环，除了那场血战，从未离开过自己的出生地。他的头骨上只有一个干净利落的火环城标记，以及一支方头箭镞留下的深坑。

站在了夸父的肩膀上，河络可以看得更远——这是游历者犀盾萨可，他的头骨二百年前由铜鱼部落的一名矿工携来，粗壮厚实的颊骨上刻着十五座城市的标记，包括夸父的古老城市，但他到达火环城后再也没有离开。

最搞笑的是一个缺了下颌骨的头骨，它带着古风部落，一个生活在半山谷半地下的地方，但仍然算得上是火山河络的一个分支的标志，头骨上刻的是：*该救我时你们在哪儿？*

恕我进入永恒的梦幻状态了——这是火环城收集到的最古老的头骨，它脆得像纸，磨损得很厉害，上面的铭文几乎无人能识，是由行脚商疯舌罕罗混杂在米袋子里带来的。疯舌发誓他是从一座完全废弃的河络城市里找到的，但是誓言——大家都明白，总是被用来遮掩谎话。河络绝不会放任祖先的头骨在废弃的城市里磨灭，他们离开的时候，一定会把它们带在身边。

疯舌罕罗发现的古老头骨，如果真的是被丢弃的，只能说明一件事——那座城市里生活的河络全族覆灭，无一幸存。

这些头骨古老而神秘，带着若有若无的微笑。

从来没有一支河络部落拥有这么多的头骨，这也从侧面说明了火环城的移民城属性——在过去的六百年间，它收纳了数十个部落的游民。

火边突然起身的巨影吓了云胡不归一跳，以为面对着一个巨人，等他定下神来，才发觉夫环的身材并不高大，刚才那一瞬只是变幻的炉火带来的幻觉。

熊悚光着上身，赤着脚站在地板上，赤裸的上身肌肉凸起，虽然身高不足，却还是会让人想起一只熊。

他的头发棕红，留得很短，胡子也修剪得很短，硬扎扎地丛生在粗犷的脸上，一双红眼睛里满是好奇。他身材矮小，却好似在俯瞰对手，丝毫也不掩饰对人类异族的蔑视。

这就是熊悚明知云胡不归是刺客，却让他独入盘王殿的原因吗？

他们隔着火炉相对而立，炉火染红了熊悚的双眼，让他看上去暴躁莫名。云胡不归没法长时间不看眼前的这盆火，即便他的视线转向别处，也会很快被吸引回来。

熊悚开口喝问："来此何事？"

"我是带来消息的使节。"云胡不归告诫自己要耐心，要说服眼前此人，而不是激怒他。

"不，你不是信使，你是天罗，"熊悚阴沉着脸说，"六年前，在锁龙河，我杀死过一名天罗。"

"我是信使。"云胡不归坚持说。

"有何区别？"熊悚冷哼一声，粗声粗气地问，"天罗带来死亡，信使带来噩运——什么坏消息？"

"战争。"

"战争。"夫环重复了一句，好像在咀嚼这个词的意味，他低头拿起一根火钳摆弄炉里的火，捅起大串的火星。

“战争和机会。”火炉腾起的热量让云胡不归皱了皱眉头，他望着河络王宽阔的背上晶晶亮的汗珠，“我受龙噙者之命，前来征召火环城出兵。”

他知道眼前的矮个子熊悚一点也不陌生“龙噙者”这个名字。

六年前，这个矮子中的巨人曾在锁龙河与龙噙者并肩作战，那一阵他们以少胜多，击溃了蛮舞月奴横扫天下的近卫骑兵“赤鸟飞羽”。

锁龙河之战，是改变人世间格局的一场大战，也是龙噙者踏上皇帝之路的起点。

熊悚的眼睛里满是不信任：“你太年轻了，龙噙者为何会派你来传话？因为你容易上当？什么都不怕？——你脸上的伤是怎么来的？”

“我的脸不劳你费心。”云胡不归冷冷地说。

“可你是天罗，不是吗？天罗什么时候开始为龙噙者卖命的？”熊悚厉声说。

“我还不是一名正式的天罗，”云胡不归有点烦躁了，“但很快就会是了。世界和你隐居之前的情形已经大不相同了——我是来送信的，你到底要不要听呢？”

“请坐吧。”熊悚的脸上露出一副残忍的表情，语音转而轻柔，让人想起捕鼠的猫。他摆了摆手，露出一副姑且听听的表情。

云胡不归四下张望，却没找到可坐的地方。

他不知道河络历来不备凳子，他们习惯蹲在地上，“请坐”对他们而言是句客套话，也是句嘲弄异族的话。

“先说说外面的状况，人类世界又乱成什么样了？”夫环用无法抗拒的口吻命令说。

他蹲坐在火炉对面，把一块木炭扔入铁炉，盘王殿里热气更盛。

云胡不归叹了口气，在火炉对面蹲了下来，像背书一样说道：“龙嚓者于三个月前新登帝位，已是九州三陆七海之主。”

对面夫环的语音低了下去：“有野心又有才华，天下本该是他的，我却没想到他花了这么久。那么，接下来呢？又要大战？”

“……龙嚓者登位后，头等大事便是征讨山王蛮舞月奴，此刻大军已发，各路诸侯大军聚集在殇阳平原，一千拓之内的河络部族都在征召范围内，听说有七路鼠骑兵已经过了透水河，还有大队步兵方阵正向回风山口开拔……”

“嗯？”夫环熊悚转了转眼珠，狡猾地问，“若是不听从征召令会怎样？”

“这……”云胡不归皱了皱眉，“……这是一场燃尽世界的血战，火环城想要独善其身吗？别忘了龙嚓者——他说，不能跟随上他脚步的人，都是他的敌人！”

熊悚哼道：“如果没有别的话，告诉龙嚓者，滚他妈的蛋吧。”

“你说什么？”云胡不归的声音里透出不相信，“这可是天启城的皇帝！”

“我说滚蛋，”老河络重复说，“你听不明白河络的话吗？”

云胡不归阴郁地扫视了黑暗的殿堂一眼，这里确实没有伏兵，只有忽高忽低的火焰在跳跃。他要对付眼前的老河络，并不需要扫清别的障碍。

“我不出兵！”熊悚放声大笑，他的笑声在好似巨熊胸腔的洞穴中引起一阵轰隆隆的回响，“他想要怎么办？出动大军灭了雷眼山河络吗？人族什么时候在乎过河络的死活？”

熊悚猛地站起身，朝挂满了武器的墙边大步走去。云胡不归的目光收缩了。那些并列的武器都是火环城历代收藏的魂印兵器，但熊悚没有碰它们，却伸手从墙上摘下一把磨秃的铁镐，那把铁镐没有光泽，看上去毫不起眼，只是镐把磨得格外光滑。

“这是我的矿工镐，”熊悚说，“七岁时，烛阴之神选中我当一名矿工。从那天起，这把铁镐就一直伴我左右，我曾经以为自己的一生就将投放其中。”

“挖矿是我们河络生存的根本，不论是筑冶、皀栗、熔炼、砥砺、镂刻、铸造，还是束魂，这一切令人眼花缭乱的技艺没有矿石都无从谈起，墨晶石就是河络的黑色血液，是盘瓠大神的肉髓筋脉——你挖过矿吗？”他突然问。

云胡不归又渴又闷，河络的指东言西让他有点烦躁。他不习惯和这些矮子打交道。但这里面又有点阴谋的味道，让他不自信。

“别轻举妄动。”这是天罗弑对他的警告。

他游目四顾，仍然找不到一点陷阱和埋伏的迹象。

熊悚依然在滔滔不绝，语气近乎疯狂，用蛊惑人心的狂热低语：“……最后成型的掌子面往往不到三尺的高度，我们在挖矿时都要跪在地上，步步向前掘进——那是敬神的姿势。我们抛弃了太阳和风，抛弃了在地面生活的方式，不是因为河络喜欢幽闭和黑暗，而是因为河络以采矿来敬仰诸神，我们再无所求——采矿才是我们的生活方式，你明白吗？”

他看了看云胡不归的脸，然后失望地摇了摇头：“不，你们人族从不关心。”

云胡不归点头承认：“我确实不明白挖矿对你们的意义，不过仍有变通的法门：龙噙者说火环城可以不出兵，可要履行矿工城的义务，缴纳应有的墨晶矿石份额，也算遵从了盟约。”

“你的意思是，矿石换和平？”这次是轮到熊悚惊讶了。

“你们喜欢挖矿，那就继续挖吧，”云胡不归展颜微笑，“龙噙者还说，为了表达对河络诸神的敬意，愿意用往年价值三倍的货物交换这批矿石。”

熊𢢊带着几分惊疑，睁着怪眼上下打量云胡不归：“这是打着灯笼也找不到的好条件，你们人族岂能如此好心，到底埋了什么阴谋?”

“你同意了?”云胡不归紧逼着问。

熊𢢊想了又想，又扔了一块石炭到火里：“我倒是很想答应，可是实话实说，老矿脉开采殆尽，火环城已经封矿多时，三年来再无法获取一块矿石了。”他的话里有几分辛酸，可是口气已经明显松动。

云胡不归心中暗松一口气。

从一开始，天罗就只想要矿石，要求火环城应召出兵，不过是讨价还价的一种方式，想要兔腿，先求全鹿，这岂是耿直单纯的河络所能想到的。

“龙噙者还让我带来一件礼物：这是一幅火环城的地下矿脉图，大概是火环城最早的建造者所制。”

熊𢢊脸上的惊讶再也难以抑制：“有这样的东西？我倒要看看。”他挥起一只手，将眼前那个燃烧不休的银炉子推到一边，然后又从石床下拖出一口铅石箱子，拂去箱盖上的灰尘，权作桌面。

那个银炉子加上里面的炭火，怕有五百多斤，却被熊𢢊轻描淡写地推到一边。无须多言，熊𢢊是云胡不归所见过的最强壮的河络，云胡不归心中暗惊，他解下腰间的象牙盒子，倒出一轴卷得极细密的图轴，将图轴铺在箱子上，慢慢地展开。

卷轴上是一幅墨笔描画的地形图，一圈圈的纹路，描画的正是火环城的地下形势图，最下方更用青蓝重彩标出条条矿脉走向，图上写满细密的古怪文字，云胡不归一个都不认识，看熊𢢊似乎也不甚明了。

古怪的是，眼前这位河络王脸上的神情却随着卷轴的打开越来越愤怒，突然猛力一拍箱盖，咆哮起来：“这张图是假的!”

“什么?”

“这根本就不是火环河络画的图!”残酷和嘲笑的语气重新回到夫环的声音中，“这个标志？不！这个部落根本就不存在!”

云胡不归一时愕然，不知形势如何就急转直下。

他分辩说：“这或许是更古老的河络留下的图谱。”

“你对河络一无所知，”河络王喝道，粗犷的脸上杀机陡现，“我早说你们居心叵测!”云胡不归仍想努力，熊悚却已经转身吼叫，“来人，把这个骗子给我轰出去!”

云胡不归拾起图轴细看，落款处的标志上画着一只人面夜蛾，他虽然懵懂，却也知道这不是火环城的街尾赤练蛇，不过此时，他的注意力却被另一个细节吸引过去：手中沉重，图轴中另有玄机。

铁炉散发出的热量让盘王殿内变得更加难以忍受，汗珠正从两人的额头和背上不断滚落。

云胡不归手一抖，图轴彻底打开，尽端突然显露出一把匕首来，那是另一把犀牛角柄的短匕首，又薄又锋利，带着可怕的血槽，刀尖映着明亮的炉火，炉火一会儿高涨，一会儿低伏，犀角匕首也就随之一亮一灭。

云胡不归吃了一惊，脑子里转了几转。

这并非一个刺杀任务，可这张图轴是个陷阱？莫非是天罗弑意图陷害他？

“来人！来人!”熊悚还在咆哮。

他听到身后的大门推开，那名独眼的河络带着铁甲士兵正大踏步涌入。

别轻举妄动。那是天罗弑的告诫。

在你完成之后，我会主持这场挑战。这是苍之天罗的承诺。

但他更多时候想到的却是启蒙师父独狼的教诲：人终有一死，但非今日。

熊悚背对着他在大喊大叫，他那汗津津的背部看上去毫无防备。

这里太热了，热得让人真受不了。云胡不归只觉得口渴得要命，他必须早作决定。

披着铁甲的河络士兵朝少年涌来。

他纵身向前，空气里骤然而起一道尖锐的呼啸声。

炉火晃动，粲然而亮，又转瞬暗淡。

闷热难耐的黑暗里，有人咕咚一声向后翻倒在地。

"你们对河络一无所知，"夫环熊悚咕哝着说，不知道为什么却有几分失望，"这么闷热的天气里，还关着大门，炭炉能加速释放炭毒，我们河络可以忍受这种毒气很久，而你们人族——什么时候明白过河络的生活呢?"

4

熊悚轰走他的灰鼠卫队，独自摊开那张地图，面对炉火入了一会儿定。过了半晌，才大步走到矮桌前，用炭笔写了一张纸条，封在一根铜管里，然后从桌边的铜丝笼里拎出了一只铜星甲虫。

熊悚将铜管套在甲虫那威武的独角上，甲虫看上去没有睡醒，蹲在桌面上摇摇晃晃。

熊悚焦躁地弹了弹它的独角，让它明白些这里谁说了算。

铜星甲虫在桌沿上爬了几步，张开翅膀飞了起来，它绕着盘王殿的大厅盘旋了几圈，然后找准了屋顶上的一条缝隙，晃动粗胖的躯体，钻了进去。

熊惊没有等候太久，门环三响以后，须发蓬乱的星眼陆脐瞪着一双怪眼，走了进来。他走路有点跌跌撞撞，巡夜师的野外视力极好，对地下生活却很生疏。

巡夜师陆脐有一张满颔浓密白须的胖脸，系着宽边皮带和银带扣，腰带上插着几件小工具，但是没有墨晶眼镜，最醒目的装束莫过于这位星相大师的身上挂满了用毛笔写满符咒的小木牌：坠落御免、兵刀御免、地震御免、水淹御免……大约河络有多少种死法，他身上就有多少块辟邪护身符咒。

虽然早知陆脐会是如此打扮，熊惊还是哼了一声，甚是不以为然。

陆脐是出了名的性情古怪、既迷信又怕死的家伙，他有很多古怪知识，喜欢用水蛭给自己放血，喜欢一刻不停地抱怨、发牢骚、喝酒和吸食冰尘，喜欢看书和疯狂阅读，他的梦想是渴求更多的知识，特别感兴趣的话题是荒墟战争和世界末日。

此时他每被绊个踉跄，身上挂的那些牌子就稀里哗啦乱响。

"这里要热死人了，夫环，"巡夜师不停地擦着汗，一进门就大呼小叫，"……大人，什么事如此紧急？我满心以为是你死了，但死人又不会写信……"

他望了望脚边躺着的昏迷不醒的少年："啊，这就是你信里写的那名刺客吗？看上去不怎么强壮嘛！"又斜眼看了看熊惊的肋部，没心没肺地乐了，"哈哈，居然让你受伤了。"

熊惊不快地嘿了一声，擦去顺着肋骨流下的血。

他确实低估了云胡不归的速度。

"谁派来的？"陆脐继续问，"真是大快人心。"

"龙噙者。"熊惊抿紧嘴唇，他是个从来不懂玩笑的河络。

"哦，那个你救过一命的家伙，"陆脐又幸灾乐祸地笑了起来，

“连远在天启的他都发现你是名糟糕的河络王了吗?”

“他想杀我，是因为我不能给他矿石。”

“拒绝得好。我们根本交不出矿石——有三年时间没有挖出一星点儿墨晶石了吧。”陆脐揪着自己的白胡子，怡然自得地说。

“实际上，”熊悚勉强笑了笑，“我准备接受。”

“什么?”

“如果让我作决定，今年地火节前夕，我就可以得到龙嗡者所需要的所有矿石，还有富余。”

“……你想违反阿络卡的禁令，复工挖矿?”胖巡夜师的脸上露出了震惊的表情，他伸手到腰带上摸索酒壶的手停在了半空，“你没发烧吧，夫环大人，所有的矿脉都已经枯竭了。”

“这小子给了我一张矿脉图，我仔细看过，推断无误的话，这六百年我们挖出的不过是一点皮毛，更丰富的矿脉还深在地底。”

“这就更不合情理了，”巡夜师担忧地咳嗽起来，“如果你准备接受他的协议，又从他那儿得到了矿脉图，应该待他如上宾才对，你们为何又打起来了呢？夫环大人，我看你病得不轻。”

“此事说来话长，”熊悚皮笑肉不笑地动了动嘴，“招你来，就是想让你看看那张图。”

他在箱子盖上摊开图轴，巡夜师紧皱眉头，从上到下，又从左到右，仔仔细细地看了一遍，猛地一拍掌，道：“嗯，好!”

“好?”熊悚沉了脸：“你想说这张图是假的?”

陆脐惊讶地抬起了脸：“不，当然是真的！从墨色和纸张来看，确有上千年的历史了。”

陆脐低头痛苦地翻检着脆弱的纸张：“这张图上一定还有什么东西我们不知道，哦，这些字太古老了，它们的含义已经无人可以解读了。”

“你也认为曾有一支上古河络，在我们的火环城下挖掘过？而且，早在我们之前灭绝了？”熊悚的脸色变得更加难看。

巡夜师绝非一个懂得察言观色的家伙，他喜滋滋地点着头：“夜盐禁止下挖，是有道理的，在弄明白那支河络为什么覆灭之前，我们不能冒这个险。”

熊悚的眼睛里闪着危险的光。

“或许……”他逼近巡夜师，将两只粗大的手放到了他的肩膀上，摇撼着他。陆脐不由得担心力大无穷的夫环一个不小心，会把他的锁骨抽出来折成两半，他寻思着是否要去搞一块“骨折御免”的牌子挂在身上。

“或许，”熊悚摇着他的肩膀问，“你和阿络卡早就串通一气，你们全都串通好了来欺骗我？”

“这是什么话！”被摇撼得如同一块破布的巡夜师嚷嚷起来，“绝非如此。这些都在书上有过记载。人族古书《地镜图》里有一条：越岐山中有矿城，络人掘地而出，持黑晶石，燃之极明，九原人常有互市，地中变怪至多，后不复见——越岐山就是我们河络口中的阿勒茹山。从古籍成书的时间上看，记述的是中古河络。”

熊悚拼命地揉着额头：“后不复见是什么意思？”

“后来再也没有消息了。”

“地中变怪至多又是什么意思？”

“就是怪事比较多。”

“什么样的怪事？”

他俩大眼瞪小眼地互相看了一会儿，巡夜师郁闷地回答说：“书上没有记载，我怎么知道？”

“这也算记载吗？你们这些文人就只会写这样的书！”熊悚暴戾地尖叫着，“总之，我绝不认为一个虚无缥缈的、不存在的种族，就可以阻止我向下挖矿！”

“但是阿络卡可以，”陆脐低头研究着地图上的印章，“这张图会帮助她证实自己的猜想，确实存在夜蛾部，而他们失踪了。”

“那就不要让她看见这张图！”

陆脐的脸变得严肃了起来：“我不清楚你和阿络卡之间有什么问题，可我们在弄明白这些家伙在地底遭遇了什么之前，你可不能轻举妄动。”

熊悚跳起身来，看上去又想抓住巡夜师猛力摇撼，或者把他的头从脖子上揪下来。

接着，他突然向后退了一步，脸上扭曲的暴怒突然消失了，就像从来没有出现过似的。

“对，去弄弄明白！”他含糊地低声命令，“抄录一份走，去把这上面的字搞搞清楚，如果真有什么地底变怪，也要搞明白他们是怎么对付的！”

巡夜师鞠了个躬，抬起头来时又揪了揪自己乱蓬蓬的头发：“这边的小孩你准备怎么处理？”

“什么小孩？哦，那个天罗吗——把他弄死算了。”

“留给我研究研究。”

“有什么好研究的，不就是个普通蛮子吗？”夫环瞪起了眼睛。

“你自己说说……他额角上两个骨突是什么？”巡夜师蹲到刺客身边，捏了捏他的胳膊，又翻起他的眼皮看了看，人叫人嚷地说，“这是盘鞑之血的蛮子啊，这么好的标本如今很难见到了。有传闻它在九州大陆上早已消失，居然能让我亲睹这对角！我的天！非在巡夜师大会上让那些老家伙嫉妒得把肝都吐出来！喂，借我好好玩两天，值得为之写一本书。”

“随便你。”夫环毫无兴趣地说。

嗤的一声，却是陆脐撕开少年刺客的衣服，他又惊叹一声，向后退了一步。

少年赤裸的上身上，有一条正在游走的黑龙，形状犹如刺青，却在全身游走不定，好像活物一般。此时他仍昏迷不醒，全身滚烫，呼吸平缓，但呼出的气好像火炭一样热。

“有蹊跷，”陆脐说，“他被移了魂，完不成刺杀的任务，就会昏迷不醒，以免泄露天罗的机密。”

熊怵曾经听说过，移魂术是一种高级魅惑术，甚至被施术者在命令被激活之前，也不知道自己身负的真正任务。

陆脐揪着自己的胡子：“据说移魂术很麻烦，如果他的目的是刺杀你的话，不达到目的决不罢休。”

“我可不怕，你把他带走吧。”熊怵不耐烦地挥了挥手，叫来两名卫兵，让他们将昏迷的刺客背上，矮胖的巡夜师将地图折好收入怀中，又鞠了个躬，退走了。

夫环熊怵看着他远去的背影，将眼睛眯成了细细的一条线。

他当然不会告诉这个嗜酒如命的家伙，对地下矿藏的开挖早已秘密开始。

他命令矿工头火掌在大灰环里开挖了一个多月，已经发现了一条墨晶石大矿脉，和那张图上描画的一模一样，而且，他们确实在矿脉的附近发现了栈道和冲车槽的残留道路。

火掌舒刺以为那是火环城在过去的挖掘中留下的遗迹，只有熊怵心里非常明白，那不是他们挖的台阶。火环城矿工挖掘的每一条矿道，他都了如指掌。

这些年来，他一直殚精竭虑地保护着火环城，保护着它岌岌可危的矿工城地位，让居民们遵循古老的传统生活，不受外界战争的破坏，亦不受内部的腐蚀——对，他特指的是那个漂亮又无知的女人，他们的阿络卡夜盐。

那张图给他带来了一个微妙的难题。它既说明矿脉远未枯竭，又似乎表明传说中灭亡的那支河络真有其事？

但是根本就没有什么危险。没有。

一切都是虚幻。

熊忄栋捏紧了拳头，背上的肌肉成块地隆起。他极肯定一件事，唯有它是真实的：

他要那些矿石！

【注：蛮人的创世传说：蛮族人的始祖盘鞑骑着一匹白马来到世间，那时候天将要形成，地将要生长，人将要投胎，马将要生驹，万物将要繁殖，可是连草原都还没有，只有蓝色的天水中微露着须弥宝山的山尖，盘鞑骑着白马往来奔驰在蓝色的水面上，他的马蹄燃起大火，水汽蒸发上天，形成了云彩，燃烧的尘灰撒落在水面上就形成了大地，马蹄踏水溅起的火星飞上高空成了星星。盘鞑大神在人世间留下了七个儿子，他们分别叫马兰勒、孛儿帖赤那、黑日特、宝拉嘎特、巴塔赤罕、沙鲁、巴图乃，他们的图腾分别是鹿、狼、熊、芒牛、天鹅、鹰和树木，这是蛮族的起源，也是蛮族最古老的七个家族，拥有纯正的盘鞑之血。七个古老家族的后代子孙中豪杰辈出，都是传唱千年的史诗里的英雄人物，后来，他们的子孙生齿日繁，分布到了瀚州各地，分化出了九姓铁勒、十二姓白戎、三十姓鞑靼，这些最古老的家族也就离散在漫长的历史中。】

第三章 腹中鳞甲

1

他在梦里听到了星星的啸叫。

有个声音在低语："醒来，快从梦里醒来。"

但是他伸展胳膊，抓到的全是空虚。

如果有人解开他的衣袖，就可以看到他胳膊上的文身，密密麻麻的文身。

那些都是来自少年时代的文身。

他的父亲在他左手上文上雄鹰，右手文上苍狼，左腿文上天鹅，右腿文上大树，但其后那个豹子一样雄健的男人从他的生命中消失了，没来得及在他的胸口和后背继续文上熊和芒牛，那些动物保护神本可保护他免受邪神入侵。

于是黑龙来了，它吞食一切，控制着一切，在黑暗中张开闪闪的毒牙，蛇一样分叉的舌头鞭子一样甩动，尾巴一扫，将他甩入飘飘荡荡的空中。

他孤单地飞翔，好像断线的风筝，却不知道飞到了什么地方。

这里太黑了。

他看不见天空也看不见大地，只有一条黝黑的通道，他自身发出的光亮照亮了四周的石壁，在死亡的寂静中闪烁。

让他想起在阴羽原那高过头顶的黑色长草中独自跋涉的日子。

他的起源始于迷月的冰寒之夜，草原上只有苍狼的长嚎。

皮革囊制成的靶子被悬挂在竿子上，迎风吹拂摇摆。在这么远的距离，靶人头上戴着的那顶帽子只有个白色的小点，帽子尖上的雉尾就更看不清了。

“布台，射帽子尖!”后面那个严厉的声音说。

云胡不归那时候只有六岁大，但站他前面的男孩更小，看上去只有四五岁。

小男孩手里捏着一柄小小的牛角弓，犹疑地放了一箭，却脱手不知射到何处。

后面的成年人生气地用马鞭敲打小男孩瘦削的肩膀，下手一点也不轻。

“别责怪他，我会射中的!”云胡不归大声说。

“你要是也射不中，今天你们俩的晚饭就全没了!”

云胡不归愤恨地横了他一眼，拉紧弓弦，瞄着远处的靶人，屏住呼吸。

侧风很大，在风停的一瞬，云胡不归放开了弓弦，箭矢擦着了雉尾边缘，雉尾摇了一下，倒了。

背后狠狠地踹来一脚，将云胡不归踹倒在地。

“算你运气!”那人说，圈转马头走了，那匹马瘦得露出两边的肋条，走起路来摇摇晃晃。

小男孩想将云胡不归拽起来，但他力量太小，反而自己一个屁股墩儿坐在了地上。

云胡不归想笑，但笑容凝固，远处一群更大的孩子嗷嗷叫着冲了上来。

他们赤着胸膛，只穿一条软皮犊鼻裈，冲上来就与云胡不归和布台扭打在一起。

他们没有武器，但都拼尽全力，用拳头、用脚趾、用牙齿，要把对方按倒在泥水里。

打输的人没有明天。

他们要为食物，为一个更靠近火塘的位置而战！

黑龙的尾巴拖过泥泞。

云胡不归看见风中有一面招展的旗帜，旗帜上是金色的龙头骨。

二十名玄甲武士赶着四辆牛车，耀武扬威，奔过他们身边。

那是东陆皇帝的税使。

他们夺走了部落里最肥美的牛羊、最丰硕的毛皮，举着招摇的旗帜，走向蛮族人的青都。

他听说过蛮族人的都城，那是一座奇妙的城市，像浮岛一样漂浮在无边无际的牧草绿色大海上，围墙带来的压迫感，让热爱辽阔的草原人对它敬而远之。

“悖都”之名流传久远。

草原人受人欺凌已经许多个世纪了，悖都的大君不过是个天启皇朝控制的傀儡，实权都掌握在多胡左部督的手里。白眉刺贵虽然称为蛮族大君，却是被关在围墙里的囚徒。

身着东陆盔甲的武士跑远了，仇恨的目光好似一条无形的披风，会聚在他们背后。

马蹄阵阵，践踏在草原上，也践踏在他们每个草原人的胸膛上。

随后而来的又是布台。

云胡不归在梦中痛苦地辗转。

布台那圆溜溜的脑袋，钻入破毡子下，挤到他身旁。

“好冷啊，哥哥。”

“抱紧就不冷了。”

“为什么我们每天要这么练习，不能休息？”

“因为东陆人没给我们休息的时间，”云胡不归回答说，“只有每一个草原上的男子都成为战士，才能改变这些。”

“我会成为战士，我会为了……战斗……”布台含糊地说着，已经发出了轻微的鼾声。

云胡不归知道布台会成为一名勇士，可他现在太小了、太柔弱了，他还是个需要保护的小人儿。

通透的羊棚外飘起了雪花，狼在露天里哀嗥。

云胡不归紧紧地抱着身前那瘦小的身躯。这片孤寂的旷野里，能够保护弟弟的，只有他。

这又是哪里？

黑色的草叶肥厚多汁，高过马肩，漫过人的头顶。

云胡不归独自分开草丛前进，仿佛已被自己的族人和父亲所抛弃。

然后，独狼来了。

草地中心藏着一个小小的骨烈延[①]，骨烈延里都是些男孩，有些男孩比他大，也有些小孩和他差不多。他们骑坐在马背上，沉默地看着新来的陌生人。他们全都戴着面具——咆哮愤怒的狼头。

独狼就在骨烈延最中心的帐篷里，云胡不归看不见他，但知道他就在那里，秃着头，身上有数不清的伤疤。

他的教导始终回响在云胡不归的耳边。

---

① 注解：东陆人把“骨烈延”翻译成“环形营地”。

“这里没有人会帮你……草原人受人欺凌已经许多个世纪了……他们会知道的，有一天他们会品尝到黑草原的冰风暴……在想好前就动手，否则时机尽逝……”

当然还有那一句：“人终有一死，但非今日。”

骨烈延里似乎存在着两位独狼，白天夜晚交替出现。

白天的独狼教授他们如何根据脚印和折断的草跟踪，夜晚的独狼则教授他们如何识别太阳和星辰的位置；白天的独狼教他们如何打斗，夜晚的独狼则给他们传授战史；白天的独狼教他们的是如何杀一个人的技巧，夜晚的独狼教给他们的则是如何进行一场战争。

但在这里，所有的声音都被暴力所扭曲。

他学会的是仇恨、仇恨，还是仇恨。

大地在他脚下融化，他沉入到更深的黑暗中去。

醒来，快从梦里醒来。

蜻蜓展翅，在他鼻尖停下，又飞走。

黑龙张开大口，吞噬一切。

像骑在马上瞎跑的人，总有一天会摔下来。摔下来的人，都感觉不到自己着地，只是一个劲儿地往下摔。

哥哥。

他昏睡过去。

2

矿道上方有一个草草刻就的熊脸，熊悚知道那是火掌他们刚刻上去的。

火环河络习惯用动物为坑道命名，他们刚刚经过了朱雀洞道、赤练洞道和蛮牛洞道，而这条黑暗压抑的坑道自然也就叫作熊脸洞道了。

道旁的石灯笼中，火焰飞腾，但是再往下，就是一片漆黑了。

这里有许多裂隙通往地心熔岩洞，到处冒着烟，空气中充斥着浓烈的坏味道。

红褐色的过火山石和灰白色的砂岩混杂而成的碎石堆，一座连着一座，在烟雾中若隐若现，坑道两边是深浅不一的试采坑。

“再走两步。”火掌舒剌催促说。他的腰带上挂着一串摇摇晃晃的火焰缠绕的铜环，那表明他是名久经考验的矿工。

熊怺低头看去，发现脚下是无尽的黑暗和寒冷，空洞的大风从脚底掠起，把地下的气息带了上来。

火环城的矿大师火掌舒剌在脚下的石头上敲了敲烟嘴，一串火星飞溅着掉落下去。

“不想掉下去就把皮绳系紧。”他大声喊道，在狭窄的栈道上一个漂亮的回旋，掣出手里的一把采矿镐，把它使劲地凿进岩石缝里，然后接过熊怺的绳头，把丁字结套在铁镐头上。

他使劲拉了拉绳索，很满意它的牢固度。

“要紧吗？你的伤。”火掌舒剌的话好像从深瓮里一个字一个字蹦出来似的。

“挠了一下。”熊怺皱了皱眉。虽然一路上遇到的人都没有直接表达出那个意思，他们的话或多或少还是打击了他。你老了吗？

很小的伤口，他想，虽然肋骨上的血越流越多，那也是因为刚才向下攀爬峭壁时剧烈活动引起的。

火掌舒剌不再吭声，他扎好了另一条绳子，然后他们抓住绳索，蹬着峭壁开始向无尽的黑暗滑降。

“这是最快到达那儿的方式。”火掌向他保证说。

除了那些掉下去的人。

这处刚被发现的超大裂缝，几乎就在火环城的正下方，它又深又宽，好像一个敞开的巨嘴。如果火环城整个掉落下去，也许都会被它不动声色地吞没吧。

下降的过程无穷无尽，他们的手掌擦得绳索滚烫，腰带上的铁扣偶尔撞击到峭壁上，撞出一溜火星。

熊悚开始感受到了黑暗的威力。

落得越深，情况变得越糟糕。在你周围，整个黑暗的地穴都活跃起来。耳中奇怪地嗡嗡作响，好像有人在说话，也许是蛇，也许是甲虫，也许是沙虫、鼯鼠，到了最后，仿佛黑暗也有自己的声音，它好像潮汐掠过，无比庞大，包容一切。所有的河络矿工们都会断然肯定，自己是在穿越某个活着的躯体——大地就是盘瓠的血肉之躯。夫环熊悚过去曾多次有此体验。

几块踩松的石头哗啦啦地滚了下去。

“小心！别错过了栈道。”火掌舒剌提醒他。

他们落到了一道狭窄的石头阶梯上。石头阶梯打造得很粗糙，刚刚落得下脚，在直上直下的峭壁上，就好像一根若隐若现的细线。但一落地，熊悚就敏锐地感觉出来了，这道阶梯是人工开凿的，它风化得十分严重，而且绝不可能是火环城的矿工修建的。

这条栈道属于久远的过去，它的历史远远地超过了火环城的历史。

黑暗中传来一片浩大的水声。

“再往前走两百步，就是一条瀑布了。”火掌舒剌说。

“地下河里还有这么充沛的水量?”

“是啊，再旱下去，我们就要组织人员到两千尺下来提水了，”火掌舒剌抱怨说，“从来没遇到过这么旱的天气，莫非整个越州北部都不适合居住了?”

他从腰带上取下了一盏獾油灯，嗤的一声点亮了。

小小的光晕在厚重的黑暗中显得格外明亮，但熊悚却觉得这里变得更暗了。灯光带来的光明仿佛不过是种脆弱的表面，随时都会被四周的黑暗戳破。

熊悚脸色凝重："你们在这个方向挖掘了多少天?"

"大约两周了。只是少量人的试掘，我们没有真的开始。"火掌嘀咕着说。

"跟我来。"火掌舒刺一手提灯，一手拎镐，踩着风化严重的石阶，贴着石壁向前走去，不时跳过大块裂隙，好像岩壁上的一阵风，移动得轻松自如。

熊悚很努力地跟在后面，希望自己不要落下太多。自从当上了夫环，他的肚子就肥厚起来，已经不适合在悬崖上做这样的运动了。

终于，火掌舒刺在一块稍稍凸出的巉岩前停留下来。

他摸了摸地面，嗅了嗅石壁。

"我觉得出事地点就是这里。"他说。

熊悚也点着了自己的獾油灯，向四处照射。他抽动鼻子，跟踪着空气里的可疑气息，终于在一处不显目的岩壁上，找到了一小片干涸的血迹。

火掌舒刺点了点头："一共三名矿工，都是有经验的汉子，带着铁镐和灯，装备齐全。来调查修理栈道的可能性……"

"创造之神，一个都没有回来?"河络王熊悚皱着眉头沉思，他再次查看了岩壁。

他不喜欢这黑暗，河络对地下黑暗的了解无人能及，但此刻，在重重岩壁的重压之下，仿佛还存在着另一种黑暗，那是一种他所不熟悉的黑暗。

黑暗之王。

这个莫名其妙的词跳到了他的脑中。如果黑暗中还有什么东西呢？

黑暗中还隐藏着盘觚大神某个饥饿的看门者呢？

“是的，幽灵故事已经到处流传开来。你知道，在地底下，这样的故事从来都不缺。”火掌好像看穿了他的想法。

“我不相信幽灵。”熊悚冒着火气说。

火掌耸了耸肩膀：“我也不信。”

“那就应该有更简单的解释！”河络王怒吼道。

“嘘——”火掌舒刺猛地站住了脚，竖起了耳朵。

熊悚虽然还在火头上，也侧耳倾听，他虽脾气暴躁，但可不是莽撞行事的人。

哗啦啦的瀑布声里，似乎混杂着朦胧的鼓声。

突然间，这个本来就昏沉的黑暗地底变得更阴沉了。

“这是什么声音？”他愕然地问。

“听起来像是沙虫交配的声音。”火掌舒刺闷闷地说。

没错，那听起来像是公沙虫在交配时节，用附肢敲打下腹部发出的求爱信号。

只是……他从不知道它们发出的声响会这么大。

“把灯灭了。”他粗暴地要求说。

他们在黑暗中静静地等了一会儿，只听得到岩浆隔着一层薄薄的屏障在岩壁后面流动的声音，隔了不久，果然看到了脚下的岩壁上有些地方发出淡淡的荧光——它们连成一道断断续续又极长的痕迹，一直通往深渊深处。

熊悚伸手去摸了摸，手指头沾上了滑腻腻的黏液，也发出光来。

“你怎么看？”火掌舒刺问。

熊悚点了点头：“沙虫的黏液！”

沙虫是河络的盘中餐，它们体格庞大，有河络的四五抱那么粗，咽喉几乎和身子一般粗，里面长着密密麻麻一圈圈针状的利齿，却没有什么攻击力。

被驯服的沙虫被大量圈养在河络的领地里，为河络提供美味的食物。

成年以后，沙虫皮会变得又黑又光滑，但通常它们会在成年之间就被屠宰完毕——在那之前，幼虫肉质松软，行动缓慢，蠕动起来就好像慢悠悠移动的半透明的肉山，跳动的脏器都清晰可见。

可是如果地底深处还有他们闻所未闻的格外庞大的沙虫呢？

“那就难说了。”火掌舒刺擦了擦额头，从腰里掏出他的铜烟锅，“还记得那些偷溜到大灰环里探险的小孩吗？他们从地下带回来一只巨大的虎天牛，几乎毁了半个市场，最后那东西掉到熔岩洞眼里烧死了。”

“虎天牛不该超过胳膊肘长。”夫环熊悚阴沉着脸说。

“实际上，超过手掌长度的就很少见了，胳膊肘长的虎天牛在雷眼山历史上只听说过一次。”火掌舒刺点着了他的烟袋抽了起来，“或许这条路上的矿脉不适合开挖，我们应该尽早收手。”

他又一次听到了黑暗深处传来的隆隆鼓声。他不喜欢这声音，这声音好像一个庞大的心脏，隐藏在灰雾编织成的身体下跳动。

“胡说！”夫环熊悚怒斥道。他把手伸到腰带上的一个小收纳袋里，捏着一粒小石子。那是早先一名失途的小孩从地下深处带上来的墨晶原矿，品质绝佳，远超过火环城历史上挖掘到的最好矿石，它所蕴藏的星辰力量，就连见多识广的铁大师也赞叹不已。

墨晶石让河络族得到神的祝福，是他们最重要的矿石资源，它能使河络的那些机械将风得到充足的能量，也能使种种法术运行流畅——同时，它们也能让其他的生物饱汲星辰之力，发育得格外庞大。

重新开采墨晶石矿，就能拯救这座垂死的矿工城。

它们就在自己的脚下。

他们却完全不理解这一点。

愤怒猛地扭曲了河络王的面孔。

“我要它们，”他身子前倾，朝向矿工，暴戾地叫道，“听明白了吗？我要它们，而且我一定要得到！”

火掌舒剌，这位火环城中的顶级矿工，露出难色：“可是夜盐！这么大规模的行动，需要阿络卡和苏行大会的批准……”

“那就瞒住她！”熊悚用不容置疑的口吻对火掌说。

火掌的神情有点尴尬，还带着点怜悯，好像看一个傻瓜似的看着熊悚。

熊悚立刻就明白了这意味着什么，怒火猛地从他胸口腾起：“你这个懦夫！你背叛了……”

“别责怪舒剌。”一个轻柔的声音打断了他的怒喝。

一个苗条的身形从道路另一头的黑暗中走了出来，正是阿络卡夜盐。

他们面对面地站在了一起，简直就是地底世界的两极。

熊悚的头发又粗又短，落满粉尘；夜盐则眼睛甜蜜，妖娆诱人。熊悚赤裸着上身，肩膀上的汗把黑色的粉尘冲刷出一道道的小沟；夜盐奢华的丝绸衣服上绣着紫色的飞鸟，一尘不染。熊悚的外壳粗糙坚硬，黝黑而笨重；夜盐则是从炉火中跳出的精灵，轻灵小巧……可他们之间的对抗却绝不如外表看起来的如此悬殊。

“我早就到了，出了这么大的事，矿大师不可能不通知我。夫环大人，为何要越过禁线，到熊洞道之下挖掘，能给我一个解释吗？”

“我也在等着你的解释！”熊悚怒气冲冲地踏前一步，“……你曾经说火环城地下的矿脉已经全部枯竭，但这是谎话，谎话……它们只不过埋藏在更深的地下，只要找到矿脉，就可以拯救我们的地下城!”

“能拯救我们多久?”夜盐的声音冰冷如水，“看清现实吧，夫环大人，何不考虑换一种生活方式?”

“娘儿们的生活方式吗?”

夜盐没有理会夫环的用词不恭：“我的搜寻队即刻出发，等我们找到其他适合生活的地方，你们会改变主意的。”

“要穿过河络边界吗?”熊悚讽嘲地问。

“要穿过。”

“或许，你还打算越过初始石像吧?”

“有必要的话。”夜盐正色说。

熊悚火冒三丈：“万铁之神在上！那是我们的先祖和真神在初始石像脚下立的契约——人族往西，河络向东。除了那些远游的河络，我们永远也不应该踏过初始石像。异族已经玷污了西边的大地和矿藏，河络不可能在那样的土地上生活——真神在上，这是背叛，你的主意也出得太轻巧了，老罗达在她的坟墓里也会翻身的!”

夜盐的眼睛唰地一下变得格外的亮：“夫环大人，留下来只有困死一途，这你十分清楚，我的命令说得很明确，不允许再往下开采了!”

“这是疯话，比糊涂布卡的话还不靠谱！火环城已经步入死亡了！你却什么都不知道……”夫环气势汹汹地向阿络卡逼近，好像一座磐石逼向小小的鸟卵。

火掌握紧手里的铁镐，但这不是外敌入侵，是最有威权的夫环和代表着神之意志的阿络卡。他们发生了冲突，他该站在哪一边?

河络王在最后时刻站住了脚，硕大的泪珠突然从这个久经风霜的老夫环的眼眶里滚落出来：“这座城市历代相传，我们祖先的骨骸埋藏在此，我们的子孙在这里出生。”

他突然跪了下来，伸手哀求对面这位娇小的女性：“别让我们承认失败，别让火环城毁灭在我们手里！”

矿大师震惊在当地，这还是他第一次看到夫环服软。这个铁骨铮铮的汉子开口恳求时，那副神情足可打动任何一副铁石心肠，但夜盐却不为所动：“夫环，你不能忘记了，神的恩赐是有限的。”

夫环眼睛里的光芒黯淡了下去，半蹲起身：“我知道你不会改变主意——你什么时候走？”

“明天。再重复一遍，在我回来之前，绝不允许任何新的发掘，试探性的也不行，这是神的意旨！”

“好，我答应！”熊悚说，他放下胳膊的时候，拳头捏得如此嘎巴作响，他抬起头来的时候，悲伤的目光如此深邃。他猛地旋转身，大踏步朝外走去，几乎把栈道边缘站着的几名矿工挤到了岩壁下。

3

一只两尺来长的草原地蜥嘴里叼了个什么东西，刷的一声从沙蛤的脚背上跳过，轻轻巧巧地落到了隧道边堆成一堆的石头螭首上，回过头来用凶狠的黄色眼睛盯着沙蛤看。

“小哎？”沙蛤愣了一下。他认识这只蜥蜴。作为一只长脚蜥来说，小哎实在是太呆了，而且什么都能吃，甲虫、耗子、蜗牛、莴苣，就连沙蛤也怀疑过它根本就不是一只蜥蜴，而是某只婪蛇伪装成的宠物。

“小哎，你在这儿干什么？喂，你嘴里叼着什么啊？”沙蛤说着蹲下身子，“你又偷谁家的甲虫了，天哪，这是不对的，快吐出来给我。”

“我！”那只蜥蜴不服气地叫道。这些地蜥据说来自遥远的北陆草原，它们懂得一些简短的词组，或许只是鹦鹉学舌，或许，它们真的能明白一些字句的意思。可是随同地蜥传到河络领地的还有一句蛮族谚语：不能相信一只蜥蜴，就像不能相信风和女人。

沙蛤犹豫了一下，一把按住那只淡黄色蜥蜴的脖子。小哎发出威胁的呼噜声，又是蹬腿又是甩脖子，还从嘴里龇出锋利的三角形的牙齿，但沙蛤还是把大甲虫从它嘴里掏了出来。不知道为什么，他非常害怕和其他河络打交道，但是在动物面前他就不那么紧张了。

那只拳头大小的独角仙还活着，一只铜管套在它的独角上。

“没准它正在工作，正在送一封重要的信呢！你会坏了送信人的大事！”沙蛤责备地对蜥蜴说。

“坏了事！”小哎恨恨地回复说。

沙蛤还在琢磨那是谁家的甲虫，猛地里听到皮凉鞋噼里啪啦的声音，他还不及转身，皮凉鞋的主人已经一头撞到沙蛤身上。他们一起向前摔去，只听到啪的一声脆响。

沙蛤捂住头爬了起来，心中暗自悔恨，既然小哎到场，早该猜到它的主人就在附近，他应该更加警醒一点。

果然，那名把他撞倒的女孩刷地跳起身来，指着沙蛤喊道：“啊哈，你完了，你把射牙大婶的甲虫压死了。赔。”

沙蛤低头看着印在胸口上的一摊红色碎酱，暗地里叫了声苦，浑身冰凉。

女孩长胳膊长腿，一头长发，梳着双丫髻，看上去意气风发，正是火环城里出了名的野姑娘师夷。她个子出奇的高挑，明显地高出了其他河络少年一大截。

她的身上有着太多的谜，其他的孩子甚至记不清她是什么时候出现在火环城里的，有孩子说她根本就不是在河童殿出生的，在他们的记忆形成之前的某个夜晚，她从外面被抱到了保姆的怀里，也许她就不是火环城的河络后裔。

随即隧道里又风风火火推进来一辆木轮车，车架上挂满了上百个灯笼大小的竹篾笼子，带进来满洞穴窸窸窣窣的爬行声。

车子砰的一声落到地上，更是震得笼子里的虫子一阵乱爬。车后闪出一位浓眉大眼、阔面重颐的胖大婶来。

沙蛤看清那位胖大嫂的面目，先软了几分。射牙大婶是火环城的中流砥柱，殖场的顶梁柱，隧洞里所有蘑菇和甲虫的繁育都归她统管，她身型壮硕，吃苦耐劳，骂起人来中气十足，有一种长期负荷重担后的执拗与顽强。

射牙大婶手里拎着个空的虫笼，另一手指着两名小孩先是大喝了一声："谁干的？"她气场逼人。

师夷把小哎拎着脖子藏在身后，贴墙而站，咬着嘴唇装出一副乖巧的样子，伸出一根细细的指头指着沙蛤轻声说："是他。"

沙蛤不明白为什么师夷说任何话大人们都会相信，他慌乱地举起手，待要分辩，射牙大婶出手如电，一把揪住了他的耳朵，横拽竖拖过去，扫了眼他胸前的残渣，喝道："小鬼头，你是谁的手下？"

"……是，嗯，我，我是庖师学徒……"沙蛤吓得话都不利索了。

"学徒？整天都学什么，银勺蜡丁教你如何压死我的虫子吗？"训斥声如同暴风雨一样倾泻而下，黄鳝鱼洞穴里瞬时充满了热风和能量。

"你欠我一只三岁龄的甲虫，在还清债务之前，烛阴之神在上，我不会给你师父分一丁点儿的好蘑菇，你们全都得饿肚子！听明白了吗？"

沙蛤的耳朵被揪得老高，不得不踮着一只脚站着，在暴风骤雨中，瞥见师夷正在偷偷挨近射牙大婶的车，伸手将车轴头的木销子拔了出来，一边一只。

“喂——”他微弱地说。

“不许讨价还价！”射牙怒吼道，她使劲儿摇晃沙蛤，然后把他像破布娃娃一样往后一推，看着他咕咚一声坐倒在地，才得意地推起车子离去。

轱辘轱辘轱辘，在扭曲的坡地上，她臀部扭动，如同在跳一场祈雨舞。

“可是——”

“没有可是！像你这样的小虫子死在我手下的不计其数了。”射牙头也不回地喊。

沙蛤把求助的目光转向师夷。

“快逃！”师夷简洁明了地建议。

轱辘轱辘轱辘，沙蛤眼睁睁地看着射牙走到了坡顶，再迈出一步，她就会消失在他的视线里。

可是就在那一瞬间，肥胖如山峦的脊背突然凝固了。射牙已经意识到了木轮车的反常，她弓腰反背，全力抵抗这种背叛，想要稳住大局，可是只听吱呀一声响，两只木轮同时向两侧飞出，木轮车凄惨地吞咽了最后一口气，像散架了的怪兽般趴下，满车的竹笼如同竹筒里倾倒出的豆子，骨碌碌乱滚。甲虫们顶着红色的独角，从打开的笼门里逃了出来，它们纷纷停满各个高处，车架子、石头栏杆、射牙大婶的鼻尖，一只接一只地昂起触须，对眼前呈现的这一新局面有所思索。

河络和虫在那一刻同等震惊，但是最先醒悟过来的是甲虫。它们张开翅膀，一只接一只地扎入到黑暗的隧道里头。

那一瞬间里，沙蛤仿佛听到所有的甲虫在同声高呼：沙蛤，沙蛤，沙蛤！

轱辘轱辘轱辘，两只木轮一前一后跳动着滚到孩子们面前，姿态优雅。不等射牙完全明白过来，沙蛤跳起身来，捡起镐头，跟在师夷后面，风一样狂奔而去。

“你会被射牙记恨一辈子了。”师夷边跑边夸他。她的脚步轻盈，看上去很有逃命的经验。

“可是我……可是我……”

他们一路跑到了顶层大火环里，师夷停下脚步，学他说话：“可是我……可是我……”她哈哈大笑，笑声好像一面旗帜般飘扬。

沙蛤跑得心都要跳出来了，河络可不擅长这样的长跑。他捂住自己的胸膛，恼恨地说：“你陷害我。”

他们扶着透光窗的窗台呼呼地喘气，阳光从地下森林摇曳的树叶间透入，落下满地斑驳的影子。突然下层隧道里传来咚咚咚的脚步声，师夷说：“哎呀，她追上来了！我没想过这肥婆娘这么能跑！”

地震摇曳着整座火山城，她四处张望了下，把小哎往上一抛，扔出窗口，让它落到火山口森林乱蓬蓬的草丛里，然后她双手一撑，一蹿跃上了石栅栏，回头对沙蛤说：“跟我来吗？”

沙蛤看了一眼高过头顶的窗台，再估计了一下射牙那无法抵御的怒火有多高，扔掉手里的镐头，踩着石缝努力向上爬去。

4

石头凿刻的羽蛇把头悬在火山口上空，仿佛传说中三千年一饮水的大蛇，探身在它的水杯上。

蛇牙下的城门紧闭，只有蛇眼处透出阵阵红光，那是铁匠们在为修缮城门口上的杀人孔而忙碌。

蛇眼是观察口，也可以在战争时护卫城门，向下倾泻箭雨和烧红的铅液。

铁匠学徒阿瞳也在那儿。他的工作是照看炉火，在其他的铁匠回地下隧道去搬运铁料的时候，他就蹲在风箱边，盯着手头上的那片铁羽毛发呆，突然传来一声呼喝：“——小铁匠，闪开。”

他的脚被人猛踩了一下，他刚抬头“喂”了一声，就看见一个身影拖着另一个人，一阵风似的掠过他身边，从蛇眼里跳了出去。

阿瞳大叫了一声，跳起身来，却把火炉带翻了，火炭滚了一地。他顾不上看火炉，先趴到窗口往外看，那两人没有掉下深渊，而是踩在蛇眼眶的边沿上，转身向上攀爬，翻上蛇的上眼眶后，一前一后地就顺着蛇眉骨斜坡向上颚方向爬去了。

太阳把他们的身体边缘打得一片闪亮，大团的阴影正好落到阿瞳的脸上，他把眼睛眯成一条线，看见长长的影子在陡峭的石坡上就像猴子一样敏捷，另一个稍矮的身形则犹犹豫豫，一步一滑，看上去很是惊险。

“沙蛤？”阿瞳吃了一惊，不相信那个胆小的沙蛤会跟着人见人怕的小魔女亡命。

师夷攀上蛇头，掉头回望从蛇眼里探出的惊疑而苍白的脸，露齿一笑：“别告诉人啊。”她的话音又温柔又诱人，阿瞳看着她的眼睛，不觉一阵眩晕，把头缩了回去。

师夷又揪了沙蛤一把：“快点，我们要找地方躲起来。”

“我……害怕。”沙蛤说，短短两天内他连续上了两次地面，这种快节奏的生活方式不适合他。

蛇头上的空旷让他害怕，脚下的深渊更是让他恐惧。

“快点，爬上去。”师夷在后面催促他。

沙蛤蹲下身子，死死地抓住石缝里长出的草根：“我们会掉下去的，还不如被射牙抓住呢。”

“别胡扯了，你看我的……”师夷轻轻一笑，突然双手一撑站起，在羽蛇的额头上踮着脚尖，跳起舞来。

她将裙子撩在腰带上，露出两条光洁的长腿，轻巧地旋转，在滑溜狭窄的石头上，她跳得没有一点声响，一只黑漆漆的铁镯子在她的手臂上滑动。

那是刀尖上的舞蹈，脚边就是万仞深渊，她的双足洁白无瑕，踏在被雨水浸黑的青色石头上，柔韧细长的头发甩了起来，好像一团青色的火焰。

“不能跳……”沙蛤喊了半句，被自己的心跳噎住了。他心里明白，她丝毫也不畏惧被踩在脚下的这座蚁穴，更不畏惧那些传说。

“跳！”小哎扭动着髋部用后腿立了起来，细长的前爪忽张忽拢，鼓鼓的腹部一起一伏，上面的淡红色斑纹也跟着舞动。

在火炉嬷嬷的故事里，还在地下城奠基的时候，有一位河络少女被投进了永恒的地火之眼，以祭祀地下那些被遗忘的幽灵。少女的名字早已失传，人们只记得她非常美丽，善于舞蹈，于是火环城里有一条奇怪的不成文法令，除了地火节那天，不许未成年的少女在火山上跳舞，因为无论何时，只要有少女跳舞，整座死火山就会战栗不已，从地下到火山顶都会摇摇欲坠——除了地火节那天，那一天，一切禁忌消除。

羽蛇的头部悬在火山口上微微摇晃，也许是一次小的地震，也许只是沙蛤的想象。

她的舞蹈那么动人心魄，仿佛一把利刃在一点点割开他的规则。

沙蛤用胖胖的手掌遮住眼睛，不敢看了。

师夷还在跳着，大声嬉笑着，她明白自己的魅力。

她喜欢利用这一点去怂恿男孩，让他们去做傻事，至于后果，她从来不在乎。

“才没有什么少女幽灵，看我说的，没事吧。”师夷最后轻盈地一跳，跳到蛇的上颚边缘，在那里做了一个双手倒立。

沙蛤紧张得手心出汗，他不敢和这个传说中的魔女说话，也不敢看她。

师夷依旧欢欣鼓舞：“今天是个值得纪念的日子，得做点什么!”

“做点什么?”

师夷捡了一块瓦片，在蛇头上颚的雕刻处使劲儿刻下一行大大的字：“夜魄十八日，完败射牙大婶于此!”

沙蛤郁闷地看着师夷破坏文物，咕哝道：“这些石雕很古老，夜盐说我们应该好好保护它!”

“谁在乎?”师夷大大咧咧地说，“我讨厌夜盐。她高高在上，所有人都得喜欢她，为什么？她不值得大家喜欢。”

沙蛤倒吸一口凉气：“可她是我们的阿络卡。”

师夷放肆地大笑，露出了一口尖尖的白牙，又在那一行字下加了落款：“师夷与沙蛤。”

她扔掉瓦片，歪着头欣赏自己的字。

沙蛤皱起眉头，倒不是意识到这或许会成为罪证，而是觉得自己的名字写得不好看。

“我们要在这儿躲多久?”他问。

“要多久就多久。”

沙蛤低头沉痛地思考了起来。

“要是有吃的就好了，”他思索良久后，抓住脑海中浮现出来的首要问题，“我们要是躲很久，就需要吃的，各种吃的还有喝的东西。”

“我从来不担心这类问题，”师夷眼睛一挤，又开始嘲笑他：“你干吗总是瞎操心，担心这个，担心那个的，你是不是晚上总睡不着觉，担心天花板会塌下来啊。”

沙蛤垂首想了一会儿，悲从中来，突然吧嗒吧嗒地掉起了眼泪。

师夷最看不得人的眼泪：“天哪，你非要哭吗？多大点事啊。”

沙蛤哭了一小会儿，自己又骄傲地抬起头：“刚才我们遇到的那个铁匠，是我的朋友。他自己还不知道，但他真的是我的朋友。”

“真的吗？听起来很复杂。”师夷换了一种眼神看他，那是一种饶有兴趣去取笑一个人的眼神，但沙蛤丝毫也没察觉，“复杂”这个词还从来没有人用来形容他呢，他兴奋起来，问：“你知道阿瞳在做什么吗？他好神秘的样子，不肯给我看。”

“有什么神秘的，在做铁翅膀呗。”

“铁翅膀啊！”沙蛤恍然大悟，想起来小铁匠把一支一支的羽毛对着炉火照耀的样子，“他是铸物师啊，他很厉害呀，铁翅膀做起来一定很漂亮，他是想得到地火节竞技大会的梦火者吧！”

“才不是呢，”师夷撇了撇嘴，“这家伙可笨了，在竞技大会上根本就没戏，他只是想用铁翅膀飞起来——看到小哎了吗，它又窜哪里去了？”

沙蛤坐在那里愣愣地想了一会儿，考虑这个新信息。

“他想要飞？”

他一下就想起了那天晚上，那对皎洁的翅膀，月亮下飞舞的银色头发，以及飞翔起来时脚下空荡荡毫无依托的恐惧。

既然阿瞳在某种意义上已经是他的朋友，他就得为朋友考虑考虑呀。

沙蛤忧心忡忡地说：“他想飞起来干吗呢？这太危险了。”

“危险吗？反正他永远也学不会，有什么危险，最多摔掉个胳膊摔掉个腿的？”师夷快乐地说，“他还想把铁翅膀给我，但我不需要那东西，我自己就能飞。”

“铁翅膀那么重，和羽人的翅膀相比差那么多，怎么可能飞起来呢?”沙蛤把自己郑重思考过后的答案说了出来，“河络是永远飞不起来的，根本就不应该飞。”

“哈哈，根本就飞不起来。那是你们。”

“你不是河络吗?”沙蛤皱着眉头说。

“我和你们不一样，我一定会飞起来，等到了时候，靠自己的力量就能飞。”

师夷又跳了起来，站在刀一样的悬崖边缘，张开胳膊，迎着风又叫又跳：“我一定能飞！啦啦啦啦，我当然知道，有一天我会飞的！”

与其他的河络不同，师夷清晰地记得自己的母亲是谁。

她母亲从不参与河络的群体生活，总是独自行动。

四年多的时间，她把小师夷藏在一个干涸的小水窟里，拒绝将她送入河童殿。

她偷偷地喂养她，给予了毫不逊色人间母亲的雨露和关爱。

不能让女儿享用河络的集体饭食，她就从森林里带回来榛果、蘑菇和蜂蜜，种种散发野外气息的食物。她独享着给婴儿喂奶、替她换尿布、第一次开口微笑、腿上的皱褶、换牙时的哭泣……种种这些乐趣。干这些事的时候，她的嘴里总哼着一支异族的歌谣，关于蔓草、树梢、天空和飞翔。

那几乎是师夷记忆中最美好的时光了。当她喊出第一声妈妈的时候，她流着感激的泪水紧紧地抱住了她，那模样仿佛一辈子也不会松手似的。

可是某一天，母亲带着弓弩出了门，再也没有出现。

小师夷的那段记忆变得一片模糊，那是一种半失忆的状态，她不记得母亲是匆匆忙忙地离开，还是像往常一样只是去打猎。她记不得之前是否有过任何异兆，也不记得是否一切都如常。

四岁的小师夷一个人留在黑洞穴里，像小猫那样哀叫，饿得几乎失明，才被火环城的河络矿工发现。她被带到了河童殿的火炉嬷嬷面前，火炉嬷嬷沉默地翻检着她，好像在检查一袋土豆。

河络与异族通婚所生的后代在幼童期都完全显现河络的体征，大部分人终其一生，也找不出与其他河络的任何差别，但仍有极少的概率，会让混交的后代显露出另一种族的体貌特征，这一变化会发生在十六岁那一年。那之后外族的形态会发展迅猛，逐渐吞噬河络族残余的身体形态，让他们完全变成一名纯粹的外族。这一过程不可逆转。

火炉嬷嬷也是意图在她身上找到异族的征兆吧。

河络可不会将任何一个异族人的婴孩放入自己的河童殿，那几乎是和“影月血咒”一样可怕的入侵者了。

她皱着橘皮般的眉头，用仅剩的两颗门牙咬住松弛的嘴唇，这位严苛的老太婆可不会满意师夷的样子，因为和同年龄的河络小孩比起来，师夷的骨头太轻，个子太高，而师夷咬着牙，拒绝回答任何问题，那会儿她巴不得被送走吧。

最后还是阿络卡夜盐力排众议，作了决定，火炉嬷嬷才给她换上了一视同仁的白麻布短褂，将她送入挤满了半大孩子的河童殿里。

没等她完全恢复体力，大孩子们就开始欺负这个陌生的小姑娘，他们嘲笑她是有爹有娘的孩子，在河络中，这是恶毒的粗话，直到她咬下块头最大那名男孩子的一块耳朵后，地位才得到确认。她母亲教会她的东西虽然不多，可是与河童殿里的小孩学的相比，那可是截然不同的教育。

保姆们试图将她纳入原有的圈子，她们作出了巨大努力，只是隔阂已经形成。

孩子们团团围着她，但却躲闪开一段距离，像是蚂蚁躲开蚁虎的巢穴。她是生活在群体中的隐士，她虽然被人从小水窟里揪了出来，却依然生活在自己的洞穴里。

火炉嬷嬷的日常形态是端坐在熊熊燃烧的火炉边讲故事，她开始讲述时，河络孩子们全都会凝神屏气，随着火炉的青烟，冒出的几乎都是些恐怖和血腥的故事。这些故事属于火炉嬷嬷特殊的爱，她告知孩子们各种关于恐怖的概念，正是为了保护他们，让他们避开危险。

例如有这样的故事：

追求爱情的河络少年，将一个铁箱子交给心爱的姑娘保管，告知她一定不能打开。少年离开时，仿佛有着铁制的身体，能够和夸父或恶狼搏斗，赢了一场又一场。姑娘按捺不住好奇，偷偷打开，发现铁箱子里装满了内脏。盘曲在一起的肠子，鲜红的肺部，心脏还在怦怦地跳动。这些是那个少年的内脏，一打开箱子，它们就逃走了，姑娘因为震惊而无法阻止。

河络少年赢得了比赛，得到了奖品：那位心爱的姑娘。但是他回来后就死了。

这是关于信任的危险。

例如还有这样的故事：那些站在长长的隧道里、火炬摇动阴影下的漂亮姑娘。大部分看见她的时候只是一个背影，走近了才会发现一条漂亮的围巾把她脸的下半部分遮住了。他们都会不由自主地觉得她很漂亮，但聪明的河络会发现她站在那里的气息就不一样，如果河络们还继续靠近的话，就会发现围巾脱落，女人的俊俏下巴之上是一张血盆大口，她的嘴越张越大，大得仿佛整个脑袋都从口部裂开了，那里面遍布针状的利齿，完全可以一口把整个河络吞下。凡是靠近的河络下场都很可悲。

这是关于爱情的危险。

火炉嬷嬷很快就明白师夷完全不认同“危险”这一概念。她在孩子们惊惧的目光中嘎嘎大笑，破坏了整场龙门阵的氛围。

保姆们饿她，关她禁闭，她从未屈服，似乎将这些磨难视为游戏的一部分。她从不害怕，反而从保姆的眼神中看出她们内心的惧怕。她知道她们打心眼里就将她视为异类。就像将一只刚断奶的小狼放进乳狗窝里，它们将会一起长大，但狼就是狼，永远也无法成为那些总是打打闹闹、天真无害的小狗。

也许就是因为这个缘故，在成年礼的那天，所有的河络孩童都得到了烛阴之神的祝福，但她没有得到那枚属于自己的铁球——她是个没有职业的河络。

对于河络来说，职业就是生命的一部分，凡是没有工作、游手好闲、无所事事都是种大罪恶。

她走在路当中时，在路上遇到她的火环居民会闪躲开目光，闪到道旁，等她过去再回到路中，一副不敢靠近，仿佛怕被她沾染上肮脏或者懒惰习性的模样。

师夷讨厌那些人躲闪的目光，讨厌这座常年不见阳光的城市，讨厌河络的生活。这座城市再拥挤、再热闹，对她来说也是荒漠。

她用自己的方式猛力回击僵硬的四周。

她堵河络们的烟囱，往淬火的水里撒麦麸，往陶工的泥坯上撒土，往墨斗里倒鱼胶，摇晃正在酿酒的酒坛——据说这样喝酒的人会头晕，各行业里有什么禁忌，她就做什么，直到变成火环城遐迩闻名的魔女。

除此之外，城里还有足够多的无趣青年，师夷挨个逗弄他们，好像黄蜂戏耍青虫，姑且算作是石头监狱里的调味。

她不属于火环城。她不明白也不愿意去理解河络的生活方式。她知道自己终有一天要离开这儿。

她母亲所唱的歌谣在师夷的记忆里只剩下片段了，在歌里冰川之下白色的莲花开放，山脉一样高大的巨人骑着厚毛坐骑，在冷得能把眼睛冻裂的天气里飞驰，青黛色的天空中飞鸟好似洪流，明月之下飞翔的羽人带着弓箭掠过，还有大海一样辽阔的草原，牧人放歌游荡，永远也走不到尽头……

那些才该是梦想中的生活。那些才该是她的家乡。

但她不是工匠，也没有参加地火节的权利，更无法取得游历的资格。

她永远也走不出这座死火山——除非她另想方法。

有一次她和阿曈，在地下森林的大树下游戏，或者说，只是她在戏弄那个笨蛋小铁匠。阿曈在她眼里比其他无聊小孩要强一些，但是那一天，阿曈也没搞清状况，跑过来问她："听说你母亲爱上了一个异族人，所以不愿意把你送到河童殿，是真的吗？也许她还想带你去找他呢吧……"

他的话还没说完，突然喉头一痛，师夷将一柄锋利的攮子顶在了他的喉咙上，她靠近他的脸侧，没有商量余地地告诉他："再问这个问题，我就杀了你。"

阿曈瞪大眼睛一眨不眨地看着师夷，一丝血线从他的脖子上流下。

他知道她不是在说笑。

师夷看着他受伤的眼神，突然间又后悔了。阿曈也许不是在嘲笑她，而是真的关心她呢，但这种关心她也接受不了，他根本不了解她的愤怒，不了解她的感受。

河童殿里的人告诉她，她母亲大概是去森林狩猎了，可是她走后一天，雷眼山脉变成了白色山峦，暴风雪覆满了越北。河童殿的火炉嬷嬷说，她母亲一定是死了，被暴雪女神带入那间透明而永恒的冰雪殿堂里了。

火炉嬷嬷的故事，师夷一个都不相信。

火环城没有猎人，但她母亲有异族人传授的狩猎技巧，懂得分辨猎物的足迹和粪便，懂得看树叶分辨方向，她小心谨慎，分得清猎物和猎人的区别，她在森林里如鱼得水，才不会落入暴雪女神的陷阱。

那她为什么不回来呢?

冰冷的静夜里，师夷只想到一种可能，因而痛苦得辗转难眠：如果她母亲有了发现她父亲踪迹的可能，是否会抛下她不顾而离开呢？只有爱情，只有炽烈燃烧的爱情，才可能让一个母亲抛下孩子离开吧。为什么不可能呢？他们只相遇了短短一瞬，几天，或者十几天，但那羽人却跨越了她的生命。

火苗在她眼睛里燃烧，亮闪闪的攮子尖挨着阿瞳的颈动脉，她的手抖动得很厉害，阿瞳屏住呼吸，一动也不敢动。他真的以为自己会死在师夷的手上。

师夷突然一低头，亲了亲阿瞳脖子上流下的血，然后昂起头高叫：“走，我们去试你打造的那只笨翅膀。”

阿瞳不是第一次尝试做铁翅膀了。师夷知道那与地火节的竞技大会无关，铁翅膀是为她打造的。

阿瞳死心塌地地为她干活，可师夷并不想告诉阿瞳，铁翅膀是让她逃出火环城用的。

好几年的地火节里，她都拉着阿瞳爬上死火山顶，在又大又圆的月亮下试验他们的铁翅膀。

为了设计这双翅膀，师夷常常溜到野外，用弓箭和套子杀死大候鸟：野鸭、天鹅或者信天翁，研究它们的翅膀构造，研究飞羽和覆羽的区别，然后再告诉阿瞳要怎么打造。

“羽毛要打得再薄一点，再薄一点……这么重怎么飞得起来。笨蛋。”

阿瞳挥汗如雨，抡着大锤，一片一片地打羽毛。每根羽毛都要有羽根、羽轴和羽片，每张翅膀要有两万三千支羽毛，阿瞳就耐心地一支一支地捶打。

铁兵洞的工作繁重，阿瞳就省下吃饭和睡觉的时间做这些羽毛，他没日没夜地打制研磨，把每一根羽毛都用砂纸磨得又轻又薄，就连师夷也想不通是什么支撑起他的热情。

他用坚硬而中空的百炼钢做骨骼，用白亮而轻盈的白铜做羽毛，用柔韧而耐磨的红铜做关节，阿瞳的眼睛熬得通红，而黑色的肱骨、桡骨、尺骨以及排列其上的正羽悄然成型。

地火节是河络结束地面劳作的日子，也是沉寂的雷眼山起风的日子，大风咆哮，宣告秋天的来临。

师夷从来不肯让阿瞳顶替她试飞。

风里会传来远方的气息，既陌生又遥远，但是师夷自己的胸口，就沾着大片陌生的鸟群。

她站在大风汹涌而来的山坡上，举着绑扎好的翅膀，好像站在通往家乡的门槛上。

森林在远远的脚下，看着像是小灌木林，月光好像一枚银币在她手心里燃烧。

为了减轻重量，她把身上可以卸下的东西全都卸下了，除了一只铁镯子。

那只铁镯子黑漆漆的毫不起眼，是一条衔尾蛇的造型，是她母亲留下的。

她把手镯套在上臂上，好像一个臂环那样戴着。

精细的小鳞片闪着微微泛蓝的乌光，稍稍扬起的蛇头上镶嵌着一对红色的宝石眼睛，除此之外，她穿得十分清凉，几乎无遮无挡。

小铁匠脸色微红地扭转开头，不敢看她。

“我要飞，我要飞了，”她蹦跳着高喊，“我要飞到月亮里。小铁匠，如果我飞不到那儿，说明你的铁翅膀是个烂东西，你就不要再当铁匠了。”

“怎么可能飞到月亮里，”阿瞳有点惊慌，“那么远，你找个近点的目标行不行？比如山坡上那块石头？”

“飞到石头上有什么用？我还不如走过去呢。”

“第一次还是小心点。”

“我梦见过，我梦见过的，我梦见自己掠过月亮的光辉，在地面上投下影子，我梦见雷眼山脉好像泥地里打滚的蚯蚓，我梦见鹰隼在脚下恐惧地尖叫，我全梦见过。”师夷吵吵嚷嚷地说。

阿瞳低语：“梦境不可信，虚伪如流沙。”这是一句河络的谚语，但河络人对梦的迷信又远胜过其他种族，他不敢大声地把这话说出来。

一阵大风掠过，师夷腾空而起，贴着山坡向下方滑翔而去。有一小会的工夫，她身轻如燕，真的随风而起，把坡上的石头丢在了身后。可当她刚刚想向更高一点的地方飞去时，却突然一个倒栽葱，从半空中直挺挺地坠了下来。

阿瞳冲了下去，从断折的草木中把她拖了出来。

师夷的耳朵被断枝划破了，往下滴着血，但她毫不在意：“我没事，你看到没有，风再大一点，我就上去了。再来，再来。”

她一次次地试着从山坡上往下跳，一次次地摔下来，摔得一旁观看的阿瞳面色苍白，六神无主：“你不要再试了，好吗？”

“什么啊，还没到月亮的一半呢，”她从来不叫痛，不退缩，还没从地上站起来就喊，“你看到没有，比刚才近了一点点哎。”

阿瞳难以理解她那么强烈想飞的欲望，就像她难以理解他为什么这么玩命地打造翅膀一样。

“在我的家乡里，所有的人都会飞。”

“你的家乡……”阿瞳摸着自己的后脑，“不是这里吗？”

“笨蛋，你会飞吗？”

“我……不会。”

“那就是了。快，再来。”

这一次师夷摔得很厉害，好像陨石一样从半空中掉下来，滚平了一大块草坡，躺倒在地一动也不动。阿瞳吓得魂飞天外，一路滚了下去。

师夷闭着眼睛不动。

她额头上滴着血，伤得不轻，不睁眼就说：“坡太缓了，风太小了，或许，等我更强壮一点就能飞起来了。”

等她张开眼睛，看见阿瞳蹲在一边，正望着断裂的翅膀发呆。翅膀折断了，那些耗费了无穷光阴打磨的羽毛散落一地，撒落得满山坡到处都是。

师夷爬了起来，抖了抖衣服，从肩膀上取下沾着的一片羽毛，羽毛已经压折了，她松开手，就被风一吹，卷入了火山口里，看不见了。

“啊，今天飞不了了。”

“嗯，一定是翅膀太重了，”阿瞳说，“我会改，我会再改，等我改好了我们再飞。”

“我的家乡啊。”师夷叹息着说，坐了下来，望着月亮发呆。她的血管里奔流着飞翔的血液。她的父亲就是个会飞的羽人啊。她才不会是个河络，不会永远是个河络，等到她长出翅膀飞起来，他会认出她，会回来找她，而她的母亲也就会跟着回来了。

一年又一年的地火节过去了，铁翅膀的事儿她有点儿玩腻了。毕竟她的十六岁就快到来，她从不怀疑自己将拥有一双自己的翅膀。阿瞳打造的翅膀再好，也是铁的翅膀。那么即便真的飞到了云上，是翅膀在飞，还是她在飞呢？

她不再去捕猎那些大候鸟，也不去找阿瞳研究羽毛的构造，把小铁匠和他的铁翅膀忘在脑后。多少次，师夷都想过，也许她根本就不需要翅膀，也许她再胆大一点，试着从羽蛇头上往下一跃，也能真的飞起来。她一次又一次地爬到羽蛇头上，望着下面大海碗一般的地下森林发呆，但是这一切，眼前这个看着又傻又呆的沙蛤又怎么知道呢？她向着羽蛇头的边缘走了一步，然后又走了一步。

就在这当口，蜥蜴小哎突然又闯了出来，骄傲地昂着头，嘴里叼着只大甲虫。甲虫头角折断，挥舞脚爪，发出悲惨的吱吱声。

“小哎，从哪里搞到的？”师夷惊讶地问。

“搞到的。”小哎自鸣得意地说。

脚下的城门口处传来一阵嘈杂，然后是射牙大婶那可怕的嗓门覆盖了一切。

“小哎，看你把谁招来了，回头再找你算账！”师夷喊，她四下转头一望，朝着孤零零立在山顶的观象塔跑去，小哎扭动屁股，叼着甲虫紧随在后，嘴里还含糊不清地叨咕：“算！”

沙蛤站在原地愣了一会儿，师夷回头凶狠地喊了一声：“还不快来！”沙蛤别无选择，哭丧着脸跟了上去。

观象塔的底层木门虚掩着，师夷和沙蛤一起探头往里看，室内弥漫着新腾起的灰尘和纸张腐朽的味道，沙蛤忍不住打了个喷嚏。

观象台的底层是个高大的藏书室，四壁和中央都竖着高高的书架，升入黑暗的顶部，每个木格里都堆满了一卷卷的卷轴、天文图纬、古书残卷，还有刻在竹子和石头上的古书，书架围绕成迷宫，看着有点像个大鸟笼。关上门后，只有微弱的光线从拱形天花板下开的狭窄窗口里照射进来。

“她会找到这里来吗?”沙蛤担心地问。

“小铁匠不说就行。”

“他不会说出去的。”沙蛤摇了摇头。

“你这么相信他?”

“他是我的朋友。朋友不就该互相帮忙吗?”

师夷撇撇嘴:“可是他一说谎就脸红，瞎子也能看出来。”

“旷出来!”小哎嘴里塞着叉角甲虫，依然含糊地跟着喊叫。它在书架中转了两圈，找定一本线装书作为餐桌，将甲虫放下来开始品尝午间大餐，那只叉角甲虫看上去已经僵死了很久，不料却是个鬼伎俩，一获自由，立刻展开双翅，嗡的一声从一侧墙壁上的小窗洞里半飞半跳地冲了出去。

“别追!”师夷急声悄喊。

“……追!”小哎口齿不清地跟着叫道，连蹦带跳地追着甲虫从窗口溜了出去。

师夷跺了跺脚，不理它了。

“这里有这么多的书?”沙蛤从书架上扯出了一本书，那本书厚得好像铁砧，封皮腐朽了，但仍然可以看到原先是质量上好的厚羊皮。沙蛤只是用手指轻碰了一下，书卷就自己抖动起来，将暴雪般的尘土抖落一地，显露出封面上用蓝墨水画着的一张狰狞的人脸。

它仍然在变换形状，仿佛有只咆哮的灵魂被禁锢其中，要挣脱出来。

沙蛤小心翼翼地将它打开，读了起来。他喜欢读书，虽然有很多字他看不懂，但火炉嬷嬷说过，离开了河童殿也要继续学习。只要有机会拿到一本书，他就会使劲地读啊读，把所有认识的字都读完。

“看书有什么用？”师夷嗤笑着看他。

“书上可以告诉我们很多事情，”沙蛤惊疑不定地从书上抬起来看了师夷一眼，“看这一页，这里写着，有史以来最大的动物是大风，比大风还要大的是虬鱼，但是密勒巴……师尊，我看不懂他的名字，好像是个巡夜师，目睹过的巴蛇比它们要大得多……多厉害啊，这是书告诉我们的知识，我们从来也没见过巴蛇，但是却知道了它是一种很大的动物……”

“到底有多大呢？你还是不知道呀。”

沙蛤瞪圆了眼睛，不知该说什么好，只能硬撑着说：“很大很大很大……”

师夷也随手扯了本书，她拎着书脊，书的脱落部分不停地往下掉落。

“呀，要小心这本书了，它太古老了，需要重新装裱。”

“对于书，我有更好的使用方式，”师夷轻笑一声，“它们用来点火很不错，喂，你们厨房不正需要引火物吗？”

沙蛤闭了下眼，不忍看到那本书被师夷扔过整个藏书室的角落，一路散落书页的情形。

“千万别在这里点火，”他害怕地说，“这些书太干燥了，很容易点燃的……巡夜师的藏书塔，前后七代巡夜师收集的古书，我们赔不起的。”

“嘿！看，这里有个木楼梯。”师夷撇下了他，走到了藏书室的深处，在那里大呼小叫地说。沙蛤连忙拖着那本大书跟了过去，他害怕一个人待在这里。

“可以往上走的，藏书塔还有两层吗？”师夷问。

“别去……”沙蛤还没有说完，师夷已经好奇地顺着楼梯爬了上去，在楼梯尽端，推开一个木头顶盖，消失在塔的上一层里。

“嘿，别留我一个人在这儿。”沙蛤说，四周都弥漫着古旧的气息，连他的喊叫声都变得压抑了。他想过后退出门，又怕被射牙抓个正着，犹豫片刻，只能跌跌撞撞地跟着爬上那座又陡又窄的木楼梯，钻入黑暗中。

这一层塔里完全没有窗户，只有四面铺开的黑暗，师夷已经不知去向，沙蛤站在楼梯口，不太敢动弹，突然间听到左边有人的气息，呼吸粗重，好像生病了一样。

他伸手去摸，摸到一个裸露的身体，皮肤触手滚烫粗糙，胳膊上肌肉突兀——不可能是师夷。

他大叫了一声，想要逃跑，却猛地天翻地覆，被沉重的一击摔倒在地板上，一个可怕的重量压在了他身上，他的肋骨嘎吱作响，几乎要被压断，咽喉处像是被老虎的利爪攥住，越来越紧，越来越无法呼吸……他拍打地板，想要喊救命，但连半个字也吐不出来。

第四章 靡不有初

1

阿络卡夜盐的队伍动身出发时，既冷清又孤单。她只带着十多名随从和二十只强壮的巨鼠，大部分人是步行的，因为鼠背上要驮帐篷和食物，最多的货物是水。

他们要穿越雷眼山西部的神泽荒原，那里曾经水源充沛，但如今只剩下在干涸的河床底部蜿蜒的细小泉水。

队伍的前面竖着一支小小的白色三角旗，绣着火环城的环蛇徽，那是唯一象征阿络卡身份的标志。

夫环熊悚没有去送行。

他只是骑着自己的巨鼠坐骑，从高高的山顶上远望这支小小的队伍。他嘴唇紧抿，眼睛中可见闪烁的光。

“你得帮助我，毒鸦，”熊悚说，梦里的情形像是条隐形的绳子，将他紧缚着，“你要理解我此刻做的一切。”

“我尽力，大人，”毒鸦说，“但仅靠我是不够的！”

虽然不知道熊悚的全部算盘，但是毒鸦营山无限信任眼前的这个人。

熊悚是个天生的战士，他的一生都在为保护火环城而战斗，或许只有毒鸦才了解他付出了多少，也只有毒鸦，才知道他还愿意付出多少。

“我得到了一张地图，那张图确然无疑，可以拯救这座城市的财政，还可以让它免于战火。”

“那是好事。”毒鸦冷静地说。

“可我却不能使用它，烛阴之神瞎眼了吗，这是什么道理？”熊悚惊天动地地咆哮了一声，连坐下的巨鼠都被他的怒喝所惊吓，激动地抓挠起来。

这不是毒鸦第一次听见熊悚亵渎神灵，他稍稍后撤了两步，等待夫环平复自己的情绪。

熊悚勒住缰绳，望着远山不停地思考。

毒鸦决定静以待变。他知道最后会像以往一样，任何惊涛骇浪都会被夫环摆平。

“我会搞定，”熊悚最终结束了思考，回过头来，朝他微微一笑，“但仅靠我是不够的。”

他从腰带上的收纳袋里找出炭笔，刷刷刷地写了两张纸条：“把名单上的人找齐。我会在熊脸洞道最底层的坑穴里等他们。”

“最重要的是……”他扬了扬第二张纸条，那上面只有一个人名，“召唤他！”

毒鸦看了一眼纸条，惊疑地抬起了头：“你确定？”

火掌舒刺是最后一名赶到会场的。到会的人中，唯独他是从下至上，从地腹深处爬上来的。

他低头穿过那枚模糊的熊脸头像时嘟囔了句：“黑铁之神！”

四五名河络在阴影里抬起头看他。

不用环视四周，火掌舒刺立即明白在这里的都是火环城的实权人物：矿工头领铁岩苏玛、木工首领南牌撒书、负责矿车运输的黑狸北宁，还有熊悚贴身卫队的领卫毒鸦都在这儿。

这些河络职位不高，却是整个地下矿城运转不可或缺的零件，同时，这些河络也都是在锁龙河与熊悚并肩作战的部下。

“为什么要在这儿见面?”火掌不快地叨咕，擦着头上的汗。

“我喜欢这里，可以看到地下城最美丽的景致。”黑暗中最庞大的那个身影转过来说。

他们跟随熊悚俯瞰，看到了在漆黑之路上艰难跋涉的矿工。

这条窄小的地下矿道的热度已经高到了惊人的程度。每向地腹深入一步，温度就会提高一点。

矿工们挖掘的地方十分接近死火山的熔岩坑，隔着薄薄的岩壁，就可以听到熔岩在山腹里滚动的声响，偶尔有些地方的熔岩会穿破岩壁，流到窄小的路上来。

即便穿着厚厚的帆布衣服，每半个时辰就要被泼上一桶冷水，矿工们还是必须每两个时辰就轮一班，退回到更高一层的栈道上去休息。

这里比盛夏的酷热更加煎熬。

但是这才是河络的生活。

“阿络卡已经下了命令，我马上要把这些矿工撤回来了。”

“何不再等等呢。”熊悚心不在焉地说。

“等什么?”

“等到龙噙者把我们拖入战争，那时候，他自然会把所有矿工征召去作战的。”

“呸！人族皇帝的命令对我如同无物，”火掌说，随即又有点心虚，“这是他的信使说的？”

“不挖出矿石，我们就无法逃离这个乱世。”

“怎么样才能满足龙噙者？”火掌舒刺变成了一条穿在钩上的鱼，急切地问。

“十五天，五千车矿石！”

“太重了！”

“所以我们必须放手让所有的矿工、锯木狗和运输车都下来。我们有了那张地图，你现在可以同时挖掘三个矿场。”

“我反对，”火掌舒刺脸色阴沉，又去找自己的烟袋，“那就是一场大规模开采——公然违抗阿络卡的命令。一旦她回来，会立即召开苏行大会弹劾你，你知道那都是些对夜盐忠心耿耿的老头，铁大师东莫、铁匠门罗以及所有铸物师的头儿，他们会罢免你的河络王职务。”

“走着瞧吧，”熊悚说，“我已下定决心，无论阿络卡许不许可，都要继续挖掘下去。”

“你到底在想什么？”火掌不高兴地问。“我们不能对抗阿络卡，不能对抗神的意志。”

“让我再告诉你一件事，火环城的金库已经空了，我付不出矿工的工钱。”熊悚背转过身去，专注地凝视地下那些缓慢推进的灯笼。

他的话语很轻，但却震动了身边所有的人。

在河络的地下城里，铁匠铺、盐铺和矿工场是公有的，由夫环分配其收入和支付工钱。按照河络不成文的规定，当夫环付不出工钱时，就到了遣散矿工的时候。

火掌默然，他虽然知道情况很糟，但不知道火环城的经济已经糟糕到这个田地。

“你已经听到了，阿络卡要离开这里，去寻找另一种生活，你舍得吗？”

火掌舒刺右手无意识地攥住了腰带上的那一串职业挂坠，愣了好一会儿，才开口说：“如果遣散矿工，我们就再也不是矿工城了。”

“正是这样，”熊悚严肃地拍了拍掌，“火掌，你要效忠于我吗？”

火掌舒刺犹豫了，全身微微颤抖，他四下环顾，剩下的人显然都已被熊悚说服。

他最终沉重地点了点头：“我会继续挖下去。可是，你别忘了地下的怪物。”

“毒鸦会把我的卫队派到矿道里去，每一名重装步兵和弩手都会用来保护矿工。”

“你没有阿络卡的虎符，不能调动大部队是吗？”火掌舒刺一针见血地指出，“这些人不够。”

“我们马上就会有一支军队，我已经召唤了铁鼠部的赤甲。”

熊悚身后的毒鸦点了点头：“我昨天派了一只巨鼠到铁鼠部去送信，应该已经到了。”

“你传呼了赤甲遥空？”毒鸦用不相信的语气问，“溪谷河络的雇佣兵？”

赤甲遥空，是铁鼠部落佣兵团的领卫，此刻正在附近的锚溪谷里屯田。这里的每个河络都在锁龙河战役里和他打过交道。

“他们仇视火山河络。”

“但不仇视雇主。”

“我们付不起钱。”

“有了矿石就付得起了。”

“你们怎么看？”火掌猛扭头问一旁的人。

“他是个疯子。”毒鸦营山慢悠悠地说。

“疯得厉害。”铁岩苏玛赞同说。

他们一点儿也不喜欢赤甲遥空，那家伙身高惊人，肤色苍白，脸上疙疙瘩瘩，满脸凶相，是个狂妄凶暴的职业军人，他可以眼也不眨地杀死自己的同胞，只要他们在战争中转身向后逃窜。

“这是一场赌博。”火掌喃喃地说。

熊悚在用火环城的命运赌博。如果他们挖不出矿石，赤甲可不会在乎是什么理由，就会烧毁整座火环城的。

“这些事都让我来处理，”熊悚几乎是恶狠狠地打断自己的矿大师，“不需要愧疚，我们是矿工城，本来就应该向下掘进，这是我们的命运。”

2

他记得自己曾在一个梦里，那里是闷热的地下，让他浑身不停地流汗。

在梦里他充满杀人的欲望，想要把阻挡眼前的一切全都一刀两断。

他想要醒来，想要离开这黑暗，但等他睁开眼睛，却发现，现实世界里同样漆黑和闷热，甚或更黑、更热。

往事如大雨般纷至沓来。草原、奔跑的狼、烈火和战旗、倒下的马。全是动荡的生活。

单纯而暴烈的生活。

“记住那些东陆人。他们修建栅城，隔断了一片又一片原本可以自由奔驰的草原。你们饿着肚子像狗一样在贫瘠的草地上徘徊，四处寻找食物，睡在泥地里，杀死自己的兄弟，都是拜他们所赐……”

营地里每一个小孩都是草原各部族选出来的孩童，跋涉千里送来的。

他们在原部族都会被注销户籍，标注上死亡的符号。

对于他们原先生活的那个部族而言，他们都是死人。

那时节，东陆对北陆蛮国使用羁縻制，他们战胜不了草原人的精锐骑兵，于是改用美食和歌舞麻醉蛮族人的贵族，虏获他们的心灵，册封他们的大君为蛮可汗，最终在悖都设立了羁縻州和多胡营监控蛮人。

羁縻州都督是个文官，手握军权的多胡营统领才是事实上的草原霸主，其中又以右部督为重。

农耕人开始在草原上修筑栅城，开垦矿山和农田，绿色海洋上冒出了越来越多农耕人的炊烟。而青壮年男子，却要编入东陆的军队，不是被送去对抗羽人，就是到各地服苦役。如果这些少年不死，同样要被送入这巨大的绞肉机。

草原就这么失陷了。

“记住那些东陆人，他们在悖都寻欢作乐，手掌实权。蛮可汗刺贵是草原人的头马，却从没上过战场，他只喜欢在宫殿里点燃高高的篝火，喝得酩酊大醉，跳舞通宵达旦……忘记了饥饿和屈辱。”

杀人的刀子有两种，一种是提在手里杀人见血，另一种是藏在心里的，杀人不见血，用心去杀人，比千军万马还有用，还要狠。

而这把刀子早就悬在蛮族人的头顶上了。

以仇恨为食的这样一个小小的营地里，培养出来的战士们是可怕的。

孩子们一天天地长大，他们发矢能击中太空之鹰，黑夜抛矛能击中海底之鱼，他们视战斗之日为新婚之夜，把枪尖看成美女的亲吻。

这就是草原人的生活，但这又不是草原人的生活。

真正的生活在等着他们。

一天夜里，独狼率领他们袭击了一个人族栅城，草原人的骑兵在风和火中来往冲突，高喊着：“敕勒，敕勒，敕勒！”

他们将里面的居民全部杀光，妇孺也不放过，捣毁房屋，杀死耕牛，填塞水井，然后放火烧毁了营房和栅栏。

云胡不归那时候只有十二岁，在战斗的前半程里独自杀死了四名守卫。

他第一次感受到自己身体里潜伏的力量。

那是从身体深处冒出来的火焰，蛮横又残忍。

它尚未长成，却能驱使着他将对面的每一个人，连人带马，一刀两断。

即便在交战当中，他也害怕那种无法控制的感觉，最终夺路而逃，顾不上同伴像看一个逃兵那样看他。

杀戮之夜后的第二日，独狼将云胡不归单独叫了出来。

“今天不训练，我带你去一个地方。”

他们骑上两匹马，走了一整天，傍晚时分，他们渡过一条弯曲的河。

“这里叫龙牙河。你要记住这些名字。”

他们穿越深及马背的长长黑草，爬到了一座低矮的山上。

“这里叫有熊山。你要记住这些名字。”

有熊山上的邃黑色阴羽草，好像巨熊在风中耸动的毛发。风吹过草地，长长的黑草弯下腰，飘来阵阵清香。

在深深的草丛中，他看到了那些岩画。那些岩画存在了上万年，是草原人最早的祖先留下的。

那时候尚无金属锐器，游牧人仅凭石具在坚硬的玄武岩上磨砺线条，每一笔都要付出巨大的艰辛。

这些岩画大多刻画的是蛮族战士，他们赤裸全身，做骑马蹲裆式，脸朝东方，右手持刀剑，左手高扬，仿佛即刻就要发起冲锋。

云胡不归伸手抚摸那些孔武有力的战士，强健的生殖器从他们的胯部垂挂下来，他被石头上这些武士的眼睛吸引住了。

厚厚的眉毛下，细长的眼睛里流露出来的是对世界的好奇和勃勃野心。

那是“窥视世界”的眼睛。

这里是蛮族人的起源地，这些武士就是消失在历史迷雾中的蛮族祖先。

“你有和他们一样的眼睛，”独狼说，“你是百年来诞生出的最伟大的战士，总有一天，你能带我们走出这片草原。”

“你是这么认为的，在我逃跑之后？”云胡不归惊奇地问。

“如果你能毕业，来，和我对打。”独狼说，抽出了练习用的钝剑，朝云胡不归逼近，“只有在成长中丢掉年轻时的愚昧无知，才是有价值的人……”

云胡不归脸上的笑容消失了。

这小小的一百名武士开始让东陆人胆寒。他们到处袭击人族的栅城、商队，有时候连全副武装的税使押运队也不放过。每次出征前，他们都会大声呼喊盘鞑长生天的圣名：“敕勒，敕勒，敕勒！额其格腾格里！”

黑暗中独狼的声音在说：

“我们是霸府狼骑，要记得这个呼喊，记住这些名字。”

云胡不归记得这些话。

他记得这些名字的意思是：

人终有一死，但非今日！

这里好热啊，好热啊！

云胡不归继续在黑暗中痛苦辗转。

改变他命运的是一封信。

那一封信在烟熏火燎的帐篷里被独狼扬了起来：“你的父亲被推举为部落头人了。”

云胡的心猛地一跳，在霸府的四年来，他根本就没有收到过任何家乡的消息，可他还是把头扭到了一边：“他不是我的父亲。”

“那你母亲呢，不想回去看看她吗？”

母亲的脸在他记忆里已经模糊了，他却还记得布台的模样。

哥哥。

圆圆的小脑袋钻入他怀里的模样。

“我想回去。”从他干涸的嘴里冒出了答案。

“那就跟我来。”

梦里的时间没有准度，他和独狼仿佛一瞬间跨越了千里，从帐篷里来到一处草原上。

月夜下是无尽的长路，战马在长草之后不耐烦地踏动马蹄。

那正是夜魄月之夜，暗月爬到明月的脸庞上，展露出血红色的光芒。

他又看到一支小小的队列，金色的龙头骨旗帜在最前头飘扬。

“杀死那些人，你就毕业了。”独狼说。

“你可以回部落，去看自己的母亲，去看自己的弟弟。”独狼这么说的时候，他的脸变形了，变成那个既是同时又不是自己父亲的模样。狼一样的笑容，嘴里一颗金牙。

他像苍鹰一样扑入空中，俯瞰大地，等到落回到黑暗的火热的地下，发现自己利刃在手，血从刀尖滴落。

他杀了谁呢？

他到底杀了谁呢？

黑龙仍然在他的血液里游动，血液里有什么东西被点燃，所过之处一片火海。

一声狼的咆哮。

那是草原苍狼的长嗥，既凄厉又高昂，一声比一声悠长，一声比一声高亢。

他已经许多个日子里没听见这样的呼号了。

狼一声接一声的哀嗥，凄惶苍凉，如泣如诉。

月影下仰着脖子的狼的怒吼，则如一幅苍凉的画，烙在他脑子的图腾清晰了起来。

他彻底地醒了过来。

3

“刺啦”一声。有人在房间角落里点起蜡烛，微弱的黄光穿过幢幢的木头书架，将大片的阴影投射到墙上。

沙蛤的脸被按得紧贴在满是尘灰和蜘蛛网的地上，看见点燃蜡烛的人正是师夷。

他想起了那些干燥的藏书，很想劝告师夷别点火，但他的嘴被挤压在鼻子和地面之间，很难张开。

师夷一手端着蜡烛，另一只手上捏了把小刀什么的，在细长的手指间露出小半截来。一道明亮的轮廓从暗影中呈现，那是火焰的光晕照亮了她的下巴和侧脸，给它们镀上一层温暖的黄光。

又愣了好一会儿，沙蛤这才想到抬眼上望，他看清了捏住了自己咽喉的一双手，却看不清骑在自己身上的人，只听得到那人呼呼喘气，似乎比被压在下面的沙蛤还要痛苦。

“放开他，”师夷端着蜡烛微笑，“放开他！这是我们火环城最无用的小胖子，笨得要命，你欺负他算什么？”

“我不笨，蜡丁大婶说……”沙蛤在嗓子眼里咕哝，他感到压在脸上的重量又加了几分。

“来和我打一架，”师夷抿着嘴说，“我知道怎么打。”

她挑衅地说：“放开他，来和我打。”她眼露寒光，嘴角却含着笑。沙蛤闭了闭眼，她看上去根本不像要去面对眼前的危险，却好像拈着一朵花或是别的什么，要馈赠给对面的谁似的。

压在沙蛤身上的人没有搭腔，依然只是喘着气，头一点一点地往下低着。他身体的形状很奇特，沙蛤脖子都快扭断了才看明白，那是个异族的少年，双手是被绑在身后的，半扭着身子，以一种奇怪的姿势骑坐在自己身上。他目光明亮，瞳子好像一对酒红色的深井，在黑暗中仿佛也发着红光，只是脸上是一副迷惘的表情，好像不知道自己身在何方。

他穿着件样式离奇、做工考究的紫色袍子，除了在这炎热的天气里捂汗之外，简直毫无用处，但袍子却破了，从裂开的破口里可以看到白皙的胸口。

他低头看看沙蛤，再看看师夷，开口说："我……"

师夷就在等这一时刻。这是她多年来无师自通的捕猎心得，是成为猎物还是猎人，有多半时候，就看能否把握住这一微妙的时机。

不等那少年说完话，师夷后脚一蹬，箭一样射过书架间的通道，朝少年的怀里撞去。只要将那少年撞离沙蛤，只要沙蛤能爬得起来，一个手脚都被绑住的人，还能做得了什么？

师夷低估了对手。少年手脚都被绑着，动作却依然快如鬼魅，轻轻一弓背，就从沙蛤的身上弹了起来，落下时左腿微屈，膝盖压住了师夷抓住攮子的手，啪的一声撞在地板上。

师夷没想到他的动作能有这么快，手上剧痛，却处变不惊，仍端在另一只手上的蜡烛朝他劈面砸去，年轻人一低头钻入师夷怀里，突然一口咬住师夷的肩膀。

师夷啊的一声痛得叫出了声，用空出来的手拼命地砸他的后背，喊道："松口。"

少年咬着她的肩膀不放，微一侧头，已经将她压倒在地。他喘着粗气，身体蜷成一团，好像车轱辘般压在她身上，而师夷又压在沙蛤的大腿上，三人纠结成一团，谁都无法动弹。她和少年脸对着脸，紧挨在一起。

师夷打起架来已经像匹野狼，但这样的打法从来没见识过。她挣扎了几下，起不了身，刚想骂人，却看见少年在微微侧转头，一瞬不瞬地看她。蜡烛就滚落在他们的头边，烧焦了师夷的一绺头发，然后向远处滚去。

师夷愣了一愣，他的双眸好像一对古井，吞吃下她所有的自负。他眼里没有打架者惯有的凶狠表现，也没有强横的欲望，有的只是一团迷惘。

他们挨得如此的近，近得能闻见他身上传来的青草的气息、野蛮的气息和年轻的气息。

师夷突然脸一红，紧绷的身体松弛了下来，说："还不松口？"

陌生少年也许同样感受到了这一阵微妙的尴尬，他松开口坐起身来，说："你能……"

他的话还没说完，师夷已经嗤的一声，扯裂了自己的衣袖，从少年的膝盖下挣出手来，一攮子扎入他的胸口。

少年的眼中浮现出一团白雾，他迷茫地张开嘴，向后摇晃了一下。

师夷趁机抬起腿来，猛踹立在一边的书架。她听到咔嚓一声响，书架倒下了，然后撞倒了另一排书架。书本像大海般倾泻而下，将他们覆盖在其下，小小的斗室内厚重的尘土飞扬，几乎让所有的人窒息。蜡烛熄灭了。

沙蛤拼命地咳嗽，眼泪滚滚而下。

一双手在拖他。

他被从倒伏的书架下拖了出来。

"快走。"师夷一边咳嗽一边推他。沙蛤一起身就撞到了墙上，他以为自己根本就找不到出去的路，而那匹陌生的狼很快就要从书本的坟堆下立起身来了。但就在这时，他一脚踏空，从木头楼梯上一路滚了下去，师夷紧抓住他的衣衫，也被带了下来。

他们的眼睛被穿过窗棂的光线照得发花，沙蛤摸了摸自己的脖子，惊魂未定地说："那个人，那个人……咬了你。"

"娘哎，还挺能打，"师夷摸了摸自己的手腕，被压住的地方已经肿了起来，她还丢了自己的刀子。从会打架以来，她可从没吃过这么大的亏，这让她怒气满怀。过了片刻，她又得意起来，"最后还是被我打倒了！看，沙蛤，他可不是我的对手吧。"

"他被捆着的。"沙蛤怯生生地提醒她。

小魔女也会脸色一红，她大声叫道：“谁管这些，我们只看结果。”

“你杀了他！”沙蛤敬畏地后退了一步。

“死不了。那是我打架时用的刀，刀刃短，扎不死人。”师夷剥开衣衫，看看肩膀上的牙印，愤恨地说，“真像匹狼，打架不讲规矩，都是些不开化的蛮人。”

“我听火炉嬷嬷说，你咬下过一个小孩的耳朵。”沙蛤讪讪地说。

师夷杏眼一瞪：“滚。”

沙蛤连忙滚开了，一直退到安全距离外，憋了半天又冒出一句：“你在藏书塔里点了蜡烛，幸好没有烧起来，不然我们就是部族文化和历史的罪犯了。”

“我巴不得把整座城烧了呢。”师夷说。

可是这个笨家伙刚才说了一句什么，让她觉得有什么东西不对劲，她骨碌碌地转着眼珠：“你刚才说，他是被捆着的……这么说，是个囚徒！火环城和异族开战了！”

“开战？”沙蛤的嘴唇哆嗦了一下，“这里会变得很危险吗？”

“危险？”师夷龇牙一笑，“如果被射牙大婶找到的话，会的。”

“这儿藏不住了，”她说，“我们得另外找地方。”

她推开藏书塔的门，确认外面无人，然后闪身出了门外。沙蛤绝望地紧挨着她的后背，跟着朝火山口外沿跑去。

空谷寂寥。

这是深秋季节，河络的地面活动已经几乎全停了，地面上一个人也见不到。

晨光正从东方的天空里洒下来，把山顶上摇曳的草叶照得一片柔和。他们正站在越岐山口的边沿上，一侧是火山口陡峭的内壁，另一侧则是平缓的外坡，覆盖着短短的草皮和几块散乱的白色岩石。观象塔好像一只倾斜的王冠，向火山口下投射出长长的阴影。

沙蛤紧张地抓住师夷的后衣襟，几乎是哀求地说："我从来没有踏出过火山口……"

"闭嘴，"师夷悄声说，"射牙是个会坚持到底的狠角色，就算她离开了，也会逼迫哨兵留意像我们这样乱跑的小孩，现在回去是自投罗网。她很有耐心，不过，我们要更有耐心，就在火山坡的草丛里趴着，一直趴到晚上，等到射牙离开，等到城门口的哨兵换岗，只要射牙大婶不在，新来的哨兵才不会关注这样鸡毛蒜皮的小事……"

沙蛤轻轻地叫了一声，站住了脚。

"你又干什么？"师夷不耐烦地问。

沙蛤只是呆呆地仰头看着天空，那道脑中的帘幕仿佛又刷的一声落了下来，将他与外界隔绝。

"她来了。"他呆呆地说。

"谁来了？"

"是她。"沙蛤肯定地说。

"你在说谁，谁在那边？"师夷回过头去看，又陡又窄的火山口边缘光线明亮，山尖上一览无余，别说是人了，连只鸟儿也不见踪影。

"你眼花了吧。"师夷哧地一笑，用手在沙蛤眼前挥了挥。

然而沙蛤刚才看得清清楚楚，那道划破天空的影子身形曼妙，白影翩然，绕着观象塔盘旋了一周，突然落了下去，消失在藏书室的后面。那是他梦里见到的那双翅膀吗？

"别做白日梦了，快走，小胖子。"师夷揪了他一把，沙蛤慢吞吞地拖在师夷身后，在拐过山脊线时，忍不住又回过头去看了一眼，突然心中一跳。

他们刚刚离开的那座观象塔，满载着七代巡夜师珍藏书籍的藏书室，从底层的窗户里冒出一股股白色的烟。

沙蛤的喊叫声噎在喉咙里跳不出来，只能拼命扯师夷的衣衫。他一手捂住胸口，一手指向后方。师夷回过头来的时候，正好来得及看到一道白影从门口闪出，然后跃入那依然被阴影笼罩着的火山口。

师夷回过神来，转身冲到火山口边缘，抓住地上的岩石，探头向下张望。

火山口的边缘高处闪烁着阳光，但以下仍然是一片漆黑，他们依稀看到一道白影，飘飘荡荡地落到火山口里的地下森林顶部不见了。

“火炉在上，今天我们居然见到了两个异族人，”她惊叹着说，“那是个飞人，你看到了吗？她飞得可不怎么样，如果我有翅膀，我可不会这么用它。”

“她飞得很好。”沙蛤鼓起勇气反驳说。

“呸，你怎么知道。”师夷狠狠地瞪了沙蛤一眼，小胖子再迟钝，也看出她的目光里饱含嫉妒。在师夷心目中，她自己才是飞得最好的那个，可现在她甚至还没有长出翅膀。

猛然间，一阵飘过的烟雾将他们笼罩其中，沙蛤猛烈地咳嗽起来，他们这才回头去看正在一团一团往外冒烟的藏书室。

“起起起……起火了。”沙蛤颤抖着嘴唇说。

“哈，原来是个纵火犯。”师夷却高兴起来。

“她不是，不可能是！”沙蛤吓了一跳。

“什么她？哪个她？你认识她吗？”

沙蛤迷糊起来，是啊，他连她的名字都不知道，不知她的来意，怎么能确定火不是她放的呢？他回忆起这姑娘紧身服下的轻甲，还有背上那两把形状锐利得骇人的细弯刀，她在空中抓住他的动作轻捷有力，就像是名久经训练的武士，还有她那封神秘的信……某个问题第一次出现在沙蛤的脑中，搅得他脑海一片混乱：她来这儿是做什么的？

“把你那小姑娘忘掉吧，卫兵很快就会被惊动，他们才不会相信什么会飞的羽人这样的故事呢，这笔账会算到我们头上的……我和你！”师夷说。

“为什么是我？”沙蛤可怜兮兮地问，这件事的一开始，他不过是想劝小哎不要吃那只甲虫……他不明白为什么倒霉事会一桩接着一桩落到头上。

“想把一切都撇干净吗？喂！”师夷嚷道，“现在我们是一条绳上的蚂蚱，快逃吧。”

可是他们只逃出两步，师夷又猛地站住了脚。

“阁楼上那个，”她说，不知为什么，突然睁大双眼，“他被捆着……”

沙蛤愣愣地张开了嘴，眼睛瞪得老大，不明白师夷想说什么。

“……他可没法逃出来。”

“啊，会被烧死吗？”沙蛤说。

死亡这个概念对他还很含糊，他想起了那些在屠场里翻滚的沙虫，它们不愿意死，在死之前会叫唤他的名字。他的脸变得又苍白又透亮，看上去马上就要哭出声了：“他会死吗？”

“得找人来帮忙，可怎么解释我们在这里？”师夷皱眉沉思，最后又摇了摇头，她咬着嘴唇说，“管他呢，我们又不认识他……”

烟气已经变浓了，一团一团地往外滚，间杂着亮亮的火舌。

师夷向山坡上走去，可却有点儿犹犹豫豫，拿不定主意。

沙蛤像个梦中人一样跟着她走，小声嘟囔：“他会死吗？”

一个声音在她心里狠狠地说：那小子像狼一样，还咬了她，烧死活该。

可是……可是……为什么那野人咬她的那一口，却让她从脖子到腹股沟一阵火热，好像被火焰烫伤似的。

还有他的眼睛，清澈透亮，好像一泓深色的酒。还有他那没说完的话，他跪在她胳膊上时沉重的喘息，像是干渴的人等待泉水。越想着这一切，师夷就越心烦意乱。她想着他的牙齿，他身上的青草味儿，他在她手心下那强健又柔韧的肌肉，一切都和她曾经经历过的河络青年完全不同。

如果这是我的命运呢?

她轻轻地问自己。

母亲的血缭绕在她的血管里，她深信不疑那是一种诅咒，她也会遇见个异族人，然后陷入幸福或是伤心的深渊。

明媚的阳光把山顶展现得一片透亮，谁也想象不出这样的日子里，要面临这样的抉择。

师夷知道那把刀的刀刃不长，他肯定还没有死，但能活下去的时间不多了。

“这就是我的命运。”她自己回答说。

而且这一次，她不会像母亲那样让它溜走，她会紧紧、紧紧地抓住那东西，让它落在自己的掌心里。

小哎不知道从哪里冒了出来，攀在一块大石头上，紧张不安地看着冒烟的藏书塔。

“呛!”它大声说。

师夷掉头向藏书塔跑去。沙蛤目瞪口呆，踉踉跄跄地跟在后面。

“为什么?”他哭丧着脸问。

门被踢开了，藏书塔里，确实有火在书架上慢慢地爬行，那情形乍一看并不令人恐惧。

屋子里只是有点热，对河络来说，几乎算不得什么。

火焰温柔地行动，好像葡萄藤爬上了墙，还发出噼里啪啦的声音，好像沙蛤剥那些干豆荚时的声音。

师夷一点儿都不迟疑，她用围巾蒙上脸，一头撞了进去。

小哎在门口附近跳来跳去，不敢跟进，只是上下点着脑袋："火！呛！"

火已经烧起来了，一排排的书架上喷吐起橘黄色的火焰，师夷虽然堵住了口鼻，但仍然咳嗽不止，她在楼梯的尽头找到了少年。

二楼如今已经被火焰照得通亮。他脸色惨白，躺在地上一动也不动，师夷用脚捅了他一下，这人依旧没有反应。开始她还以为他死了，但随即又看到了细微的呼吸。

他闭着眼睛，睫毛在高陡的鼻梁上垂下一片阴影。她的攮子还扎在他的右胸口位置，血流得不多，从裂开的领口上可以看到赤裸的胸口，上面文着一条黑龙，龇着弯钩般的白牙，尾巴还在缓慢地摆动。那一刀正好扎在黑龙的头顶。

会动的文身可有点意思，师夷伸手去按，黑龙尾巴从她手指下刷地滑走，移到另一个地方去了，好像真的活物一般。

少年呻吟了一声，睁开眼睛。那双酒红色的眸子冰凉彻骨，好像雷眼山最高峰上千年不化的寒冰。

但师夷知道自己终究会融化它。

她蹲下身子，刷的一声拔出自己的刀，突然喊了一声："好烫！"她撒手放开刀柄，向后跳开一步，愕然地把手放到嘴边吹着。

他胸口往外喷出的血液好像火一样滚烫，落在地板上时冒出阵阵泡沫，哧哧作响。她惊讶地发现少年那双深红色的眼睛色泽黯淡了下去，变成曜石一般的深黑色。黑龙的颜色变淡了，然后在他的胸口消失了。

“喂，你没事吧?”

少年好像清醒了一点，目光四下一扫：“怎么回事，着火了吗?”

“你身上的那条龙不见了！众火之火！那是什么鬼东西?”

“……遇到危险的自然反应，不是什么好东西……它让我往它想要去的方向去，它控制我许久了。”少年咬着牙说，试着想要挣脱束缚。

浓烟正从她脚底下的木缝里往上蹿，好像木地板上长出来的一朵朵灵芝。

她定了定神：“喂，我可以解开你的绳子，不过救了你，又有什么回报呢?”

“什么回报?”异族少年冷冷地说，“这可不算救我，本来就是你们把我绑在这里的。”

“绑住你的人可不是我。”

“那又怎么样?”少年仰面看着她，屋子里越来越明亮，已经热得难以忍受了，他赤裸的身体上冒出一滴滴的汗珠。

“听着，你要带我走，这就是条件。”

少年明显一愣：“先解开我的绳子!”

“先答应!”

“不可能。”

“说你爱我。”

“你疯了！我不可能爱上你。”

“很多人都这么说过。但他们最后还是屈服了。”师夷说，突然把手压在异族人的胸膛上，俯下身去，深深地吻了他。

她能感觉到他的身体在她身下僵硬、犹豫，然后变软了，他迎上来，追逐着她，就像蝴蝶追逐花朵，师夷猛地向后退了一步，少年的身体立刻又变了回去。他的嘴唇抿得紧紧的，恢复到原先那种无情的模样。

但师夷看出来他的身体起了某种变化，他似乎在努力消散那个吻带来的冲击。她喜欢看到他这样。

他们身后传来楼梯倒塌的巨响，火焰猛地蹿了起来，楼梯下已经变成一片火海，传来难以忍受的高温。

异族少年喊道：“你到底是来救我的，还是来和我一起死的？”

“这话听着已经像是情话了。”师夷在火焰的映衬中微笑，她跪下来开始割开第一股绳子。

4

看着师夷跑入藏书塔，沙蛤在门口愣了好一会儿，他很想跟着冲进去。阿瞳说过，朋友就要有难同当。

可现在沙蛤还不清楚师夷算不算自己的朋友，而且两簇火苗已经爬到了门口，顺着门框向上攀援。一页页着火的书页翻卷着飞起，好像火蝴蝶在神志不清地跳着死亡之舞，众多火焰开始闪烁光芒。

沙蛤站在门口，汗水一股股地在脸上奔流。他下了无数次决心，最终还是不敢冲入这间着火的屋子。他跺了跺脚，转身开始向塔顶攀登。

现在是白天，巡夜师陆脐一定在塔顶睡觉，只有夜晚才会将他从眠床上唤醒。

这个懂得许多魔法和咒语的老头肯定会解决好失火问题的。

环绕观象台的长长阶梯如同肋骨般密而细长，他绕了一圈又一圈，好像总也走不完。地震让楼梯抖动不休，沙蛤一直害怕自己掉下去，但爬楼梯仍然比冲入着火的房间可接受一些。

师夷一定是疯了才会冲进去的。

他加快脚步，冲上塔顶，嘭的一声撞开大门，巡夜师果然倒卧在石榻上酣睡，还没走近就闻到一身酒气。

沙蛤拼命地摇他，对着陆脐的耳朵喊："快起来!"

巡夜师以呼噜回应。

"快呀!"

巡夜师翻了个身继续睡。

沙蛤四下张望，看见附近的石台上仍有半杯残酒，他举起来摇了摇，果断地倒进了巡夜师的鼻子里。

九州有句老话叫作"羽人的眼睛，夸父的耳朵，河络的鼻子"。河络的鼻子嗅觉格外灵敏，据说能够帮助他们在黑暗中探路，同时也是全身最敏感的器官。

巡夜师打着可怕的喷嚏醒来，慌乱地喊叫："……救命，洪水来了，我会被淹死!"

"没有洪水，"沙蛤说，"现在是旱季。"

陆脐甩掉脸上的酒水："你——你是，厨房里帮厨的那个小子，你怎么会在这里?"

"我也不知道，"沙蛤慌乱地说，"一开始，我只是要救一只甲虫，后来射牙大婶想要我赔……可那不是我压死的，我是说，是我压死的，可不是我想这么干，再后来我们逃到了藏书塔里，发现那里有个被绑着的人……"

一缕缕青色的烟飘上了观象塔顶。

巡夜师陆脐猛地一个激灵："哪儿来的烟味，是着火了吗？这是真的，着火了!"

"是着火了，我上来就想和你说这个……但是还没说到。"沙蛤说。

“快逃。”陆脐显露出的慌乱比沙蛤更甚，光着脚跳起来，抓住一卷图纸，塞到怀里就往楼梯上蹿。

他连滚带爬，逃得如此之快，沙蛤根本来不及阻止他，只能跟在他后面一路跑下高塔，一直跑到一个远离火焰的地方才停下来观望事态。

沙蛤气喘吁吁地对他说：“师夷还在里面，我们要去救她！”

“我不能去救，因为我怕火，”巡夜师转过身来，坦诚地对沙蛤说，“我不能面对火。我一夜接一夜地做梦，梦见自己被火烧死，你不知道那有多可怕。”他的脸色铁青，额头发白，在身上到处摸那块画着“大火御免”符咒的牌子，“如果有人掉到水里，或者是挂在树上，我还可以勉强试试，但是大火？绝对不行！”

观象塔已经变得像一个大火炉，火焰从它的窗户和孔洞里窜出，浓烟从顶上不断冒出。

师夷他们还没有从屋里出来。

火变得让人难以忍受了，他们不得不步步后退。

“他一定死了，”陆脐喃喃地说，“那是藏书楼唯一的门，他逃不出来了。哎哟，你刚才说谁也在里面？”

“夷！夷！”小哎大声叫道，然后溜到沙蛤脚底下站着，黄色眼睛里反映着大火，盯着起火的塔楼不动。

沙蛤的脸庞被烤得焦黑，他蹲在那儿，把两只手并拢放在膝盖上，六神无主。每次他在厨房里闯了祸就是这副模样。

他依然希望师夷会安然无恙地从大火中跑出来，也许带着那个被绑住的怪人，也许没带，管他呢，那一点也不重要。

“这不是我们干的，”沙蛤哀哀地解释说，“我们是点了蜡烛，但是后来它灭了。我是说，我没有亲眼看着它灭掉……”

刚才，巡夜师什么忙也没帮上，只是在火边跳来跳去，大呼小叫。此刻他内疚地点了点头："不是你们干的。"

"真的？你相信我？"沙蛤的脸亮了。

"藏书室对于巡夜师来说是个重要的场所，这里被历代巡夜师施过法术。一般的火没法点燃它。这里面另有古怪，有古怪！"巡夜师揪着胡子说。

他们眼望着古老的观象塔好像一根烧弯的大树，从中间越来越黑，继而发脆、倾斜，最后，忽然——砰！一面墙塌落了下去。

时至此刻，沙蛤再也无法相信奇迹了。他眼噙热泪，为了失去的朋友悲伤，直到有人从背后拍了拍他的肩膀。

"嘿，沙蛤，去弄点水，我们快要渴死了。"

他转过头，看见师夷和那名异族少年都站在那里，全身漆黑，头发焦干，一副筋疲力尽的样子。

他大叫着扑了上去，猛力地抱住师夷，而那人见人怕的小魔女也宽容地回抱他，随后也欢喜地叫了一声，低下身将蜥蜴小哎拎起抱在怀里。

"小哎，我们没有死！"她快乐地叫道。

"没有死！"小哎含糊不清地回答，它亲热地伸出几乎和身体等长的分叉的舌头，舔了舔师夷，然后又舔了舔那蛮人少年的脸，这种友好姿态，对这只地蜥来说十分罕见。

5

少年一旦挣脱绳索，就跳起来从师夷的手里夺去了那枚小刀。

"有其他出入口吗？"他问。

"没有。"

"我猜也是。"他说，一刻也没有迟疑，开始用刀子的铜柄敲打着夹层的屋顶，屋顶是石砌的四方拱顶，每块石头大约有半尺见方，已经被烤得发烫了。

大火的噼啪声里，少年一寸一寸地敲着屋顶，在倾听什么，好像专心致志，但其实他心中波澜涌动，这种情绪中既有危险的因素，也有刚才那一吻的结果。

望着身后烧断的楼梯，天不怕地不怕的师夷也露出一丝恐惧的神色，少年身上却带着一股气质，越是危险就越冷峻无情，虽然离他日后将要成长为的那个无情的人还很遥远，但他天性里就拥有这股力量。他很快就克制住了自己内心的不平静。

师夷刚开口想问什么，就被少年打断了："嘘——这里有水流的声音，上面是什么地方？"

"上面？"师夷皱了皱眉，"是天象轮的蓄水槽，直径三十尺的枢轮，枢轮是由漏壶驱动的……可你想怎么样，挖通它？"

在大火的映照下，师夷的瞳孔缩成细细的一条缝。

"我见过这样的建筑，在九原城。"少年开始用刀子抠拱顶最高处的那块石头，"只要抠出这颗拱顶石，这块屋顶就会坍塌下来。"

"就用一把这么小的刀子想拆河络的建筑？呸，你对河络一无所知！"

"河络对我亦如是。"少年哼道。他扯下无用的破碎上衣，裸露身体，把刀子深深地插入石缝中。

他越挖越深，石头相接的缝隙越来越清晰，好像一个刻画在天顶上的符号。就连师夷也看到了希望，可就在这时，啪的一声，刀子断成两截。

浓烟罩满了整间屋子，连触手可及的穹顶也看不清了。

师夷蹲下来拼命地咳嗽，"行了，我们死在这里了。"她说。

蛮人少年怒吼了一声："激怒我。"

"什么？"

"激怒我！别再问为什么了，笨姑娘。"

师夷飞快地甩了他一个耳光，又清脆又响亮。

他胸前的刀口开始滴下血来，血越流越凶猛，但少年毫不理会，他甩了甩头，突然之间，一直笼罩在他身上的那种平静消失了。

他怒目圆睁，对着头顶的石头咆哮，发出狼一样的长长嚎叫，脖子上暴起一根根的青筋，小腿肚子直打寒战。师夷抬头看他时，吓了一跳，她终于明白了"异族"的含义。

"现在后退，离我远一点，快退开。"少年额头上的双角开始向外突出，他像狼一样后仰着头，把头颅抵到脊梁上长嗥。

就连师夷也看得出来，他在拼命地控制自己的情绪，在将自己的愤怒从师夷身上转开，转向牢固的石头牢笼。

"我向三十三座青山奉献纯洁的祭祀，我向九十九尊长生天奉献祖传的炉床。"

他吼叫着，徒手撞击那块石头，石屑纷飞。他的眼睛又变成血红色，此刻他丝毫也不像刚才那个冷静到近乎冷漠的少年，而像是一只疯狂的野兽。

"人终有一死，但非今日！"他嚎叫道。

师夷后退了一步，惊恐的叫声压抑在咽喉里，她一声也不敢出，只是愣愣地看着少年以血肉之躯与高大沉重的石塔搏斗。如果他没能把愤怒转向石头，那会怎么样？

蛮人少年咆哮着攻击石头穹顶，似乎有一种力量在四周的明亮的火焰和晃动的阴影中盘旋，细密的水柱突然从石缝里喷射出来。被冰凉的冷水一浇，她那快要着火的皮肤顿时一片清凉，那块仿佛矗立在宇宙中心坚不可摧的石头终于松动了。

少年挥出最后一拳，拱顶好像迸裂的星辰般发出恐怖的哀鸣，塔顶蓄存的水从裂缝里好像瀑布一样猛冲下来，和着坍塌的石块将他们淹没。

师夷被大水冲刷得在地板上滚动，但少年的两脚却站得稳稳当当，他还在昂头咆哮，怒气仿佛完全无法抑制，在哗啦啦的水声中好像莲花那样盛开。

那一瞬间里，他比火还要恐怖，师夷的心中升腾起一股赤裸裸的恐惧，黑色的暗流淹没她的大脑，不管它是什么样子的，也不管你怎么描述它，它都一直掩藏在那里。

她想要让他停下来，想要大声喊叫，哪怕被火烧死，她也害怕待在这里，和他这副样子在一起。

草原人仿佛听到了她心里的求救声，摇晃着在水柱中盘膝坐下，两手捏了个奇怪的手诀，大声念道："黯巴聂察清净湛然，博蒂梭哈周遍法界。"

砰的一声，水里似乎被点燃了一个蓝灿灿的烟火，从少年的胸口向外膨胀，好像有形有质的光环，落下来的水柱碰到它都被冻结成冰。

少年端坐在地，冻得浑身发抖，牙齿咯咯作响，头上的角却在急速缩小。他的呼吸变慢了，变平缓了，那野兽般的形象在水中快速融化，又恢复成原先那副苍白淡然的模样。

在哗啦啦的水声里，少年甩了甩头，甩去头发上的冰碴和水。他踏上通往孔洞的石堆，回头朝师夷递过一只手，咧嘴一笑："在我的朋友们赶来之前，你得记住，我姓云胡，叫不归。"

第五章　死亡之歌

1

和死人交谈是一件困难的事。

只是夜盐别无选择。

翻越死亡之海让人胆战心惊，这么多年来她从未真正习惯过，但仍夜夜前往，从死人那儿汲取知识和忠告，若非如此，她无法支撑起阿络卡所应履行的职责。

每天晚上，等到侍卫和侍女都已安睡，白天的尘土开始回落大地，黑夜开始统治四野，她都会问自己那个问题："我从没有准备好过，我从不想肩负什么担子，我喜欢跳舞，喜欢游荡，喜欢和那些英俊的河络调情、唱歌、戏耍，我是自在的风，我是山野的女儿，为什么这样的我却会是一名阿络卡呢？"

这样的孤独无人可以述说，因为他们早已习惯她就是阿络卡了。夜盐必须赤脚踏过遍布荆棘和石块的阴阳分隔之地，去死人那里寻求支撑和安慰。

她的队伍已经跨过了越岐森林的最南端，面对着高高的重尾峰，再往西就是一片红石戈壁，荒原之海。在宿营地，就可以看见那尊立在峭壁上的持矛铜人像，那是在河络古王国的全盛时期建造的初始神像。

河络有句谚语：“世人怕时间，时间怕铜像。”

不过，那尊四百尺高的持矛铜人像上的腐蚀痕迹和锈迹，也展示出了时间的威力，它标志着河络古王国的盛期已经结束。

重尾山脊就是河络地界，往西的归人族皇帝，往东的归河络。河络王熊悚希望她的队伍拐向气候更温暖的南方，去寻找其他河络分支寻求帮助，但夜盐心里另有打算。

她的队伍在路上已经行走十二天了，看到的都是干枯的森林和焦灼的大地，河流枯浅，曝于烈日，没有一个部落有余力帮助他人，而干旱并不是最可怕的敌人——所有的地方都显露出矿产枯竭的迹象。再可怕的旱灾也会过去，但是死亡的大地宝藏呢，能否复生？

夜盐让队伍在荒原之海的边缘宿营，她在等一条消息。等待中的河络焦躁不安，五天之后，这条消息才由一名骑着灰马、因饥渴而快要死亡的河络送来。他递给阿络卡一根铜管，铜管里藏着一个纸卷。

那天下午，夜盐在营地中央燃起一堆很大的营火，她凝视火焰，试图从火焰中获取神的启示。她把龟壳放到火上烧烤，炸裂的纹路像是用火焰的笔写成般那么清晰，她无可避免地看到自己和部族的命运，那些信息让她感到一阵眩晕——但比上个月第一次看到时要好多了，但雀哥肯定看出了她的心神不宁，或许还有几名敏感的河络也注意到了。

“河络是神的真正子民，不能趴伏在浑噩的世人脚下。”忧心忡忡的老铁匠银舌说，他磨制了一辈子的箭矢，说话的时候也总眯着眼睛，好像在瞄着远方。

“如果他们不允许我们分享平等，要我们做奴隶，那该如何是好?”随行的铁肚瓦离说，他是一名陶土匠，粗拙的舌头上仿佛总粘着泥巴。

“人族狡猾，不可轻信。”锡匠红镴也这么说。

“我会好好考虑这些的。”夜盐疲惫地说。白天已经让她疲惫不堪了，但仍然有另一次旅行在等着她。

忠心耿耿又年轻英俊的卫士雀哥替她披上一件灰鼠斗篷，侍女石花担忧地看着她独自走向荒原。亮眼雀哥是她这一路上的爱人，普通的河络只有在地火节才会互相示爱，但是阿络卡拥有许多特权，除了不能和异族男子亲热，她可以在任何时候，邀请她心仪的河络男子共度良宵。

夕阳如同融化的金子，炙烤过的地面干裂而空洞，反射的强光使她视物艰难。

她独自爬过一堆风蚀严重的黑石堆，远离众人。

与死者交谈总是要独自进行。

太阳终于落下了，将西边的山脉影子投放到干涸的大地上，就像坟墓洒下的影子，比任何阴影都要黑暗。

夜盐在一块空地上铺开灰鼠皮斗篷，跪了下来。

她先在额前洒下几滴鸢尾和丁香，接着在颈根柔软的凹处，抹几滴效力宏大的金盏菊精，它会帮助她寻找到回人世间的道路，两边腋下洒的是蓍草和龙胆草，它们法力强大，可以帮助她穿越死魂灵之海，耳后还应该擦上铁线莲和松油，能够让她听清死人的呢喃，她还会在嘴唇上涂上含羞草和金雀花膏油，那才可以让死人听懂她的话。

在动身之前，她还要在一个小小的银碗里点燃五种香料——鸦片、麝香、天仙子、川乌、防风。五种香料，有的血红，有的碧绿，有的黑如漆，有的白如盐，五种颜色代表了构成世界的五个要素。她在神圣的火上撒下人参、没药、玳瑁、胎盘的粉末，以及熊的血和牡牛的精液，它们与胆矾油一起熊熊燃烧。

最后她在银质小碗里撒下了木炭粉末，那是河络最神圣的药物，它象征着宇宙的根本，炉中火的源头和宇宙创造力。

这是一整套必不可少的仪式，夜盐向后退了一步，等待烟雾腾起。

青色的烟从银碗里升了起来，却不随风飘散，等它们向两边散开的时候，就在烟雾中央显露出一条荆棘之路。

她原先还担心这些河络法术在地界之外不再有效呢。

路的两边是憧憧的阴影，鬼魂罗列长路两侧，穿着古代阿络卡的褪色服饰，她们的脸庞破碎，伸出长长的胳膊，齐声朝她呐喊，而她总是忍不住拔腿飞奔，路上铺满了炙热的砾石，踏上去就好像踩在尖利的刀刃上，剧痛好像铁蹄滚过她的脊梁，鲜血从她脚上流下，立刻被火热的石头蒸腾成气体。

夜盐一边奔跑，一边小心观察天空，一旦看见巨大翅膀的阴影就躲藏起来。

要远离鸷鸟的翅膀，罗达告诫过她。它们吞吃亡灵，但也不介意活人。

有人穿着漆黑的盔甲，骑着黑色的骏马拦在路上，他的身躯庞大得好像一座山丘。夜盐小心地屏住呼吸和心跳，从他身边绕了过去。她知道他的巨眼透过头盔的窄缝在观察她，但他是守卫亡界的士兵，只猎杀那些逃跑的游魂。

她跑了很远的路，脚下踢起的灰烬向着天空飘散，滚烫的路面烘干了她身体里的水分，长久的痛楚让她觉得体内马上就要燃起熊熊的大火了。在她快要走不动的时候，火环城的前任阿络卡——海姬罗达，慢慢地从烟雾中浮现出来了。

她的形象稀薄，不稳定，好像烟雾中的一片光晕，好像月光下的水面，但夜盐可以开口问她任何问题。

她问得最多的是："为什么要选我？"

"孩子，每个人都有自己的责任。"

"我不想要这种责任。"夜盐像闹别扭的小孩那样说。

罗达宽容地笑了："看看你自己。"

烟雾像水纹一样波动，复又平静，镜子般映照出夜盐的面容：浓密的黑睫毛，好像吃惊一样大张双眼，那双眼睛漆黑澄净，水汪汪的，看着人的时候，有种毛茸茸的感觉。

毋庸置疑，她是美丽的女人，除此之外，她还格外年轻，从来没有阿络卡如此年轻。每年地火节邀请她共舞的队伍可以绕大火环三圈，而她可以任意从中选择最强健、最英俊，或者技艺最高超的男子与她共度良宵。

选择自然必须谨慎小心。阿络卡的魅力，既是爱情也是政治，它可以用来笼络和巩固整个部族。毫无疑问，夜盐做得非常好——除了在对付夫环上毫无建树。

"你天生就该是一名阿络卡。"罗达赞许地看着她，好像欣赏自己最宝贵的作品。

"如果我谁都救不了呢？"夜盐有点生气。

"你是阿络卡，你必须拥有这样的力量。知道我为什么选你吗？因为你拥有这份能力。"

夜盐把头往后一仰，放声笑了起来，笑声里充满了痛苦："我？在你指定我做阿络卡的那一刻之前，我只是个傻丫头。我分不清神乐舞和司祭舞的头饰，我分不清白龟壳和花龟壳的区别，我分不清治疗烫伤的紫草和山紫草……你答应要教我很多东西，可是最后你什么也没来得及说就死了，但是现在，我却要面对如此可怕的抉择……是我疯了还是你疯了?”

“告诉我你看到了什么”。

她什么都瞒不住罗达，她语气苦涩，将烛阴之神展示的东西和盘托出：“我从龟壳上看出，火环城将会被毁灭，除非我回去救他们。”

“你不愿意回去?”罗达的眼睛好像明灯，照得她遍体通透。

夜盐别了一下头，她的嘴里尽是灰烬的味道：“如果回去尽我的职责，我会死去。”

“这很让人悲哀，孩子，”海姬罗达沉默了一下，“如果回去了，你有什么办法?”

“我的使者已经越过了荒石之海，从九原城城主苏卫辰那里取得了回复。九原城南六十里有一座参合山，坡度平缓，植被茂盛，山岩坚硬，有天然的巨大溶洞，从山顶就可以看见虎眼湖，那儿泉水充沛，如果可以用铁器和工匠换取土地，并且每年上缴贡赋，我们就可以在那里定居。他之所以如此宽厚，是因为他们急缺工匠。如果我能说服大家跟我走，如果……”

“三十年前我和九原城有过生意往来，苏卫辰虽然严厉苛刻，对货品吹毛求疵，但却是个言而有信的人物。”

“但我说服不了夫环，”夜盐丧气地说，“……熊悚已经发誓绝不离开火环城，那是他的家园。你了解夫环，他说到做到，是不会走的。”

“他为什么那么恨我？这个问题我也问过你很多次了，这必然有其他的原因。”

“是有原因，他不是恨你，是害怕你，你的存在让他想起某种失败，某种挫折，而他是不能失败的。”罗达淡然地说。

“这一次他会杀了我吗?”

“想一想我和你讲过的那个古老谜语。”罗达严肃地说。

那个谜语夜盐一直记得：

强盗们找到了一位向导，一位小姑娘。强盗要求她带路前往一座未设防的城市，姑娘天真无邪，以为这是一场游戏，她会从日常捉迷藏的小道将强盗们带到城墙之内。然后，在这一切发生之前，你有一个机会手持武器来到熟睡的小女孩身边，在梦里她的笑容如此甜美。

在一个小姑娘和一座城之间，你要作出选择，是救小女孩，还是整座城里的人？选择小女孩，城市会被强盗洗劫一空，整座城里的人都会被杀死；选择城市，完全无辜的小女孩又会死去。

夜盐轻声笑了起来：“你总要我在小女孩和城市中间作选择。每次都是这样，我召唤你出来，想听听你的意见，但你总是要我自己作出选择。”

“每个人都面临过这样的选择。我无法告诉你哪个答案是对的，哪个答案是错的，它们都自有道理，你的神灵会把答案交到你手里。”

“可是这次的小姑娘就是我，对吗？你希望我回去，用我们这些人的生命换取一个渺茫的希望，希望我能说服熊悚，是这样吗?”

“……明月快过中天了，我要离开了，我的姑娘。我不能告诉你该选择什么，只是记住，永远不要认为我们可以逃避，我们的每一步都决定着最后的结局，我们的脚正在走向我们自己选定的终点，你其后生命的每一刻，都要为这一选择负责。”罗达的声音越来越轻，她的脸在烟雾中慢慢地淡去。

夜盐咬着嘴唇，她没能得到想要的回答，但是和死人交谈，谁知道会有什么样的结果呢？她挥手驱散缭绕的烟，低头沉思。我该怎么办？

白色的道路好像一条蜿蜒的死蛇，伸展在月光下。石头都已烧成灰烬。但是回去仍然很危险，要小心避开鸷鸟，它们在下半夜更加活跃。

她筋疲力尽地走出那片黑石堆的时候，温柔可人的侍女石花，还有忠诚可靠的侍卫依然在荒原的边缘等待。她知道，他们都爱她、理解她。如果她和这些人说明神的征兆，放弃火环城，带领他们一起动身前往九原城，他们都不会拒绝。

等她回到营地的时候有些惊讶，所有的人都环绕着营火的灰烬蹲着，几十只巨鼠无精打采地走来走去，所有的人都没有睡，他们已经知道了那个可怕的预言，在等待她的最后决定。

2

他们约定好在地下森林里那棵巨大的老红桧下碰头。

地下森林埋藏在火山口里，就如同藏在深井里的一簇苔藓，植物想要阳光，就要拼命地向上伸展，所以这里所有的树木都高大得异乎寻常。

师夷到得最早，跨坐在一根横树杈上，手里翻看着什么东西，不时发出咯咯的笑声。

小哎一刻也不安宁，不是追逐落到地上的太阳斑点，就是追杀那些刚出茧的小蝴蝶。

“你在读什么？”沙蛤仰头问。

“我来给你们读一段吧。”师夷双腿一荡一荡地，把手里的东西大声读了出来：

今天，在铁匠谷地旁边的岔洞里我看到一只很大的短叉鹿角锹甲虫睡在石椅上。我想逗逗它，于是朝它扔了一块小石子儿，甲虫也想逗逗我，于是拔出短叉来追了我六条隧道。

今天早上我要帮师父擦皮靴，要把巨鼠肉扔进火上煮开的水锅里，然后还要去锻打昨天的那块毛铁。问题是我昨晚没怎么睡好，很累。到了早上我闭着眼打了几锤，觉得声音不对，睁开眼一看，一直在用大锤敲师父的靴子。猜猜看，我把什么扔进了锅里。还好，我没给巨鼠肉上油。

今天早上师父要我送两大包铁钉给竹耙店老板，我爬上了一辆运水车，在车上我睡着了，因此错过了竹耙店五里路，我只好又偷爬上一辆运牧草的车子往回走，这次更糟，我错过了大概八里路。后来我终于到了竹耙店，只是我不知道铁钉在哪儿。

师夷一边读一边用手揉着肚子笑，沙蛤则暗暗地为自己的朋友感到羞愧。他知道师夷读的是阿瞳的日记。

翻到最后一页时，师夷皱了皱眉："太少了，太少了，今天的日记还没写呢，我们再给他加点什么吧。"她把本子塞到一个黑布包里，然后使劲一抡。黑包飞到了树顶上。

沙蛤搔了搔头，对如此明目张胆地欺负阿瞳有点过意不去。

师夷却完全是一副无所谓的样子，她坐在树上，不知从哪里掏出来一个苹果，嘎吱嘎吱地啃了起来。

森林小道上传来气急败坏的沙沙声，阿瞳气喘吁吁地跑了过来。

他上气不接下气地说：“我找不到自己的包了，我的包里还有一只全新的飞去来呢。”

“喏，我们在树上发现了一只，是不是你的？”师夷好心地指给他看。

“哦。”阿瞳的眼睛失去焦点，好一会儿才回过神来。他摸了摸头，“怎么会跑到那儿去了呢？太神奇了。”

他喘了好一阵粗气，才发现了今日到场的人有异样之处：“啊，这人是谁？”

“这是我们的新同伙云胡不归。云胡不是外号，是姓氏，很搞笑吧，哈哈。”师夷兴高采烈地说。

阿瞳连忙学着人类的礼节拱了拱手：“这位兄台请了，你我一见如故，真乃三生有幸。”

倚靠在大树上的蛮族少年用拳头轻轻地敲了敲胸口，算是还礼。

“我不知道你说的什么。”他说，目光锐利如刀，刺得阿瞳有点不舒服，“我是蛮人。没读过书，也没有什么故人，你还是该怎么说话就怎么说吧。”

阿瞳仍然有些摸不着头脑：“喂，你们是新交的朋友？”

“算不上朋友，他是我们的俘虏。巡夜师要我们好好看住他，不能让他溜走——”师夷大大咧咧地说。

“哦，”阿瞳茫然地点了点头，突然一拍脑袋，怪叫一声：“你就是刺了夫环熊悚一刀的那个人吧？”

“是啊，很厉害吧。”师夷哧哧地笑了起来，骄傲得好像是她刺了夫环那一刀。

阿瞳忙问：“那你打算听巡夜师的，把他看牢？”他可不太放心这个淘气捣蛋的小魔女会乖乖听令。

“当然了，除非你有别的安排。”师夷转了转眼珠。

阿瞳姑且信了，又问：“巡夜师自己在干吗？”

“抢救他的观象塔呗——被烧得一塌糊涂。他说晚上没地方睡觉，只能去蜡丁大婶的大厨房搭个铺了，他还说，可能有人想要刺杀云胡不归，让我们小心点。”

阿瞳抽了抽鼻子，紧张地四下望了望：“刺杀？你是说刺杀？”

“别担心，如果有刺客，俘虏说他自己就能对付。”师夷快活地说，“嗨，你知道吗，想杀他的人是沙蛤的一个朋友呢。”

“不是她，”沙蛤紧张兮兮地摇了摇头，“一定不是她。”

“我挺想知道，你的朋友是怎么回事？”云胡不归目光锐利地瞧向沙蛤。

沙蛤本来就害怕这个草原人，他尤其害怕云胡不归的眼睛，那双眼睛有时犹如寒冰，残酷而无情，他慌乱地否认说：“不是她，真的不是她。她看上去很好很好的，不会做坏事。”

可是猛然间他想起了那羽人女孩的眼睛，她的眼睛里也有同样的冷血。他难道不应该明白，她能作出的事情，和眼前这个刺了夫环一刀的蛮人一样坏，甚至更坏吗？他的嘴唇干了起来。

幸而师夷大呼小叫地给他解了围：“小铁匠，你明儿给他偷把刀来行吗？”

“这个，”阿瞳有点为难，“不行吧！他是刺客，你还让我给他刀？夫环同意吗？再说，夫环同意他跟着我们一起乱走吗？”

师夷抢着答道：“夫环说只要云胡不归承诺不轻举妄动，不独自逃走就行。”

“这是真的？”阿瞳乌溜溜的眼睛瞪着云胡不归，特别认真地问。

云胡不归苦笑了一声：“我不想行刺，夫环知道这个，他也清楚我们的规则，我的任务已经失败了，不会再做尝试的——只是，我可不会答应不逃走。”

“火环城只有一条对外的出口，就是羽蛇口。”阿瞳摇了摇头说，“熊悚已经大发雷霆，他剥夺了当班哨兵的所有荣誉挂坠，判处他们鞭刑和苦役，又在门口加派了四倍的哨兵，到处都有巡逻哨，不管承诺不承诺，你逃不出去的。”

师夷却露出几分关切，问：“没有完成任务，这样逃回去会受惩罚吗？”

云胡不归露出一副无所谓的神色。

阿瞳痛心地说：“师夷，你不能关心他超过我们的夫环，难道你希望他刺杀成功吗？”

“呸，我也没这么说，”师夷怒道，“哎呀，夫环这几天不知道在忙些什么，神神秘秘的，顾不上管这么多了，我们带云胡不归去玩好不好？”

“去哪儿？”

“去地下河。”

阿瞳吓了一跳：“地下河？那下面岔道多，很容易迷路，你忘了上次迷路在那里三天才被找到，铁大师东莫让我们不要再去了。”

“就是容易迷路，刺客才找不到他啊，”师夷抢白说，“你到底和不和我们一起去呢？”

阿瞳对于蛮人刺客与他们同行依然有点疑惑。那个草原人冷冰冰的，就像块没有敲打过的生铁，他对他们每个人都冷漠，而对师夷尤甚。带他去地下河，阿瞳可有点不放心，但他已经习惯了服从师夷的话，只好点了点头。

“沙蛤，你去不去？”师夷完全是顺带着一问。

沙蛤吸着鼻子，疑惑地看了看大家：“要是晚上削不够两筐土豆……”他猛地住了嘴，意识到这可是第一次有人邀请他出去玩。这一定是某种伟大友谊的开端，沙蛤打定主意，死也要维护自己的友谊。他吞了口口水，挺起胸膛说：“我去！”

师夷略带几分惊疑地看了看沙蛤，他的回答显然出乎她的意料。

“去呢，去呢！”小哎欢快地跳着叫道。

“好，那就大家一起走，谁也不许后退哦！”师夷志得意满地喊了一声，当先而行。

“等一等我。”阿瞳四处找长竹竿，想把自己的包捅下来。

通往码头的洞道有一个模糊的狮子雕刻，因而被叫做狮子洞道。

他们去的码头很小，小到与这座城市的宏伟规模极不相衬，长长的石头廊道只有两人并肩那么宽，尽端有两只石雕的水虎从水里探出头来，趴在水淋淋的台阶上看着他们。

地下河的水位已经降了很多，那些多年来一直浸在水里的台阶都显露了出来，黑黝黝的好像死去巨兽的脊椎。

河络用到这处小码头的时候不多，枯水季节更是无人问津，四周显露出一幅颓败的景象。

他们三人站在那儿，只能听到洞顶滴水的声音，顺着水面吹来的风带来阵阵凉意，阿瞳摸着自己胳膊冒起的鸡皮疙瘩，悄声嘀咕：“为什么要来这里？都说这条河是火环城的幽灵去往死魂灵之海的通路，我们还是少来这里比较好。”

“我同意。”沙蛤紧张地说。

“同意！”小哎舒服地盘在沙蛤宽阔的肩膀上说，它已经在这支小队里找到了最舒服的位置。

“别捣乱，”师夷狠狠地敲了敲地蜥的头，“我才不信什么幽灵，云胡不归也不信。那条检修的小船呢？阿瞳你去找找。”

阿瞳应了一声，跳入黑暗中，过了一会儿，拖着一条小船从及膝的水里走了过来。

云胡不归伸手去拿桨，师夷却叫住了他："不用了，阿瞳来划，他是铁匠，力气大得很。"

阿瞳温顺地点了点头："我力气大得很，我来划。"

师夷点起一盏獾油灯，拉着云胡不归跳上船头："我来指路。"

沙蛤再次止步不前："我害怕坐船，我从来没坐过船呢。"

"你到底上不上来！"

"上来！小哎，小哎！"蜥蜴也跃跃欲试地在沙蛤的肩膀上跳着。

沙蛤百般不情愿地向前一步，这是他做过的最离经叛道的事情了。他紧张得全身发抖，完全是为了友谊，才鼓起勇气往上一跳。

小船发出了可怕的一声哀鸣，立刻猛烈地摇晃起来，沙蛤上半身一倾，一屁股倒在船侧，大半个肩膀栽到水里，小哎刚尖叫了一声"小哎"，就被甩了出去，落向黑暗的水面，阿瞳迅疾伸出手去，在草原地蜥落到水面的一刹那，啪的一声将它接在手里。

另一边，云胡不归向外一跳，两脚蹬在船边，一手抓住船帮，整个身子都探出船外，平平地悬在水面上空，这才将船掰回平衡。

阿瞳将小哎扔回船里，然后抓住船帮，将沙蛤努力推了上去。

小哎气急败坏地甩着尾巴冲沙蛤狂叫："湿了！笨蛋！湿了！祝你们都翻船淹死！"他们可从没见小哎这么生气过。

沙蛤心虚地垂下头，用手脚死死地撑住船帮，打定主意就这么缩在船底度过全程，绝不向船外看上一眼。

"你可真能捣乱。"师夷气愤地说。

"哦，别赶我走，求你们了。"沙蛤哀求说。

阿瞳看了沙蛤一眼："他能帮上忙。"

"真的？"师夷转过头问，"沙蛤，你现在有几个朋友？"

"……三个吧。"沙蛤迟疑了一下，伸出两个指头，自己怀疑地看了看，然后又加了两根。

“他可以。”阿瞳坚持道。

“好吧，”师夷做了个鬼脸，站在船头高高地举起獾油灯，叫道，“开船了。”

阿瞳在船尾坐下，举起桨来，伸入水中卖力地划动起来。小木船划开黑暗的水面，好像一把利剪切开丝绸，它划入岩石的空洞，小小的獾油灯好像蒲公英，发出一团柔和的、毛茸茸的光，唯一的伴侣是水流在石头间持续不断的轰鸣声。

木船向前行了片刻，就到了一条分岔口，师夷提灯照了照岩壁，阿瞳很快就选定了一个方向，扳动船桨，将船划了过去。

没用多少时间，云胡不归就知道了地下河在岩壁间的分岔很多，构成了无数迷宫般的通道和走廊，有的河道深远，充满了低沉的回声，好似痛苦的低吟；有的河道低矮迫近，仿佛更加险恶。

师夷提灯四望，蛮人少年看见石壁上有借势雕刻出来的巨大动物，最多的形象是巨大的蛇，庞大的獠牙上积满了经年的尘土。

他坐在船头的样子显得很严肃，师夷轻轻地碰了碰他的胳膊：“现在在想什么？”

“我在想，这不是你们的码头。”

“嗯？”

“从这些雕像的庞大尺度来看，你们地下城的码头应该更有气魄。”

“当然。”师夷轻笑起来，“在这儿，地下，我们的探险已经持续了很多年，孩子们都想找到码头，也许还想找到那条黑船。”

“我可不想找到那条船。”一个细细的、怯生生的声音从船底传来。

云胡不归低头看见沙蛤蹲坐在船底，显得非常紧张，抓住船帮的手指关节都因为用力而发白了。

“黑船?”他追问道。

“传说中的幽灵船。”这次回答的是阿瞳，他的回答很简短，说完以后立刻闭上嘴巴，显然不愿多谈。

在这黑暗的世界里，他们的话语不自觉地少了，黑暗似乎有生命，好像有手从黑暗中伸出来，摸着他们的脸。

就连天不怕地不怕的师夷，也不自觉地压低了声音：“码头是被大人们放弃的，他们害怕某些东西。过去我们有码头，还有穿出山腹的出口，可是全都被封闭了。”

“因为害怕?”云胡不归不解地偏了偏头，“我们草原人绝不会因为害怕放弃某个地方，越是害怕，就越要去面对那种恐惧。”

在灯火的映照下，师夷给了他一个白眼：“那是因为你对地下一无所知。”

在她的指引下，他们拐入一条貌似盲肠的幽暗小道，弯弯曲曲的岩壁好像在黑暗中来回移动，在这里行船，每一步仿佛都有陷阱，一旦他们走错，就会踏入饕餮的巨型怪兽的口中。

沙蛤死死地闭着眼，不敢抬头。在他恐惧的想象中，船外侧的水面上漂荡着无数幽灵，而水底下则有忽隐忽现的灯火，以及突然滑过的庞大得不可思议的身躯，那是火炉嬷嬷故事里在地下游荡的疯铁匠，他被一条大鱼吞入肚中，还在里面打铁呢。

师夷举起提灯，照了照岩壁，船尾的阿瞳就扳动长桨，小船拐向一侧，走不多远，又遇到一条岔口。

石壁上刻着许多顽童的涂鸦，看似随意，但云胡不归仔细看去，每个划痕却都新旧不同。师夷举灯照看的，也正是这些涂鸦。

师夷发现云胡不归在注意那些涂鸦，她告诉他：“有些记号已经有几十年了，是前人留下的。或许，总有一些像我这样离经叛道的河络，还有些记号是我画的，看这里，是我和阿瞳上次探险留下的，那时候我们还很小呢，是吧？”

在她提灯的光下，云胡不归看见石壁上有一个飘浮在天空的小姑娘，仿佛穿着宽大的睡袍，还光着双脚。

“看，阿瞳画的是我，可一点都不像。”师夷得意地说。

云胡不归点了点头：“那时候你的头发是短的。”他伸出手去摸那些画，却发现涂鸦的背后，还有一些模糊的笔道和颜料，色泽灰暗，看上去像是年代久远的壁画。他眯起眼睛细看，看出了一些小矮人，还有一些怪兽。

有些矮人似乎惊慌失措，有些则手持武器，似乎在和怪兽战斗。怪兽倒是有些狰狞，但是面目模糊，像是些肥胖的蛇。完全看不出来是谁，以及什么时候画下的这些场景，而且无论谁胜谁负，那场战斗一定非常惨烈。因为满地都是断折的武器和矮人的尸体。

云胡不归的手指抚过那些刻痕，沉思着问：“你们找了许多年，却始终没有找到出口？”

“我们每次都探索一条新的水道，但始终没有找到码头，也没有找到出口，是吧？阿瞳。”她大声说。

阿瞳连忙使劲地点头：“我们这次也找不到的——就算找到了，也不能让你从那里逃走。这是我们的职责。”

水流速度突然加快了，阿瞳挥动胳膊，让他们的船飞快地掠过一个岔口。岔道深处传来轰隆隆的瀑布跌落的声音，自有一种空洞的壮丽气派。

“如果我们落入一条瀑布，会怎么样？”云胡不归心中一动，问道。

师夷眨了眨眼：“当然是死亡。”

沙蛤在船底发出了一声呻吟。

蛮族少年不为所动，低声道：“人终有一死，但非今日。”

这句熟悉的话让她想起一间燥热而密闭的小室，不禁莞尔一笑。此刻船头狭窄，而他们靠得也很近，她轻轻地唱起了一首歌：

他要顶盔，贯甲，让宝剑明亮
他要蓄发，留须，让面容如铁
他要骑着最好的骏马
只有一次机会可以相见相爱

她如雨中含苞的桃花
她如漫山料峭的早春
她比他曾见过的女人都要美丽
只有一次机会可以相见相爱

她只要一朵怒放的花
草原上唯一的一朵花
犹如火焰，彻夜长明
她问他：“你是否知道何处的爱情之花长得
如此甜美、鲜红和自由？”

她的歌声划过水面，好像笼罩其上的一匹柔美绸缎，又像是一只蜻蜓，做着复杂的盘旋飞舞。

“这是草原上的歌。”云胡不归略显惊讶。

“我从妈妈那里学来的，你喜欢吗？”

云胡不归的回答很冷漠：“不。”

阿瞳在船尾收起船桨，望着云胡不归那没有表情的面容，不由得关心地摇了摇头："咦，你不肯笑，这可不行。你看，我扔下铁匠铺的事情逃了出来，回去会有一顿好打，可那是一会儿之后的事情了。如果现在还拉着个脸，之后的打不就白挨了吗？"

无论云胡不归表现得如何冷漠，阿瞳都使劲笑着，试图努力感化对方，哪怕他的努力就像风吹上坚硬的岩石。

"阿瞳，划你的船，别这么多废话。"

"哦。"阿瞳应了一声，展开膀子，船只被划得好像在水面上飞行。

云胡不归坐在船头如同一尊石像，但他心灵里的那个人并非如同他外表上的那个人。

他闭上眼睛，却能在黑暗中清晰地看到师夷的轮廓，感觉到她的双唇和他紧紧贴在一起，闻到了她头发上的气息。

河络身上带着的都是火的气息，这女孩却有着青草和花儿般的气息。这一切在他黑暗中的心灵里，看得清清楚楚。她一侧脸颊上一笑就出现的酒窝，她垂到腰间的长发，她那甜美的歌声，还有她凶猛地用刀子刺向自己胸口，当她轻吻他时，却又轻柔如花。

即便此刻仅仅是想象，云胡都觉得无法自我，他连忙收摄心神，闭目深吸，口中默念："黯巴聂察清净湛然，博蒂梭哈周遍法界。"

这一道咒语从他的腹部升起，好像冰块撞击他的牙齿，震动五脏，一道严寒的冰线从胸膛正中划过，将心中升腾的欲望冻结成一道冰镜，横亘在心中。

这是天罗古老的秘术冰镜，可调整内息，原来是帮助刺客在水下屏住呼吸，却被云胡不归用来冻藏自己的情感。只是他的冰镜术只练到三级，这几天潜伏在体内的狂血之征，渐渐有控制不住的迹象，埋伏在他胸口那条黑龙时常左右冲突，仿佛就要喷薄而出。

云胡不归深感不安，他清楚这种情形是什么，盘鞑之血给予的诅咒，只有冰镜术才能压制。

他抛弃自己的族人和草原，投身天罗，就是因为害怕自己的力量，害怕变成野兽。却险些要在这处黑暗的地下，被河络小姑娘点燃。

他清楚自己应该怎么做。

他当然要逃离此地，或许可以利用这条小船，利用小铁匠和那个笨男孩，或许还要利用这个姑娘，但他会带她离开吗？当然不。他不能留下任何牵挂。

那可不是他的试炼之路上应存的事物。

他会放弃这一切。他必须放弃这一切。云胡不归告诫自己，如果有必要，就让自己成为一个无情的人。

他的眼睛半合半闭，陷入浅浅的睡眠。正是那些男孩子的粗野又浪漫的梦境。梦里有刀光、血、咆哮的狼和跑动的马，青草拂动他的膝盖，但那梦里最让他害怕的场景却是，师夷一次又一次地压到他的胸膛上，一次又一次地吻他，那滋味伤心而甜蜜。

他在睡梦中感觉船身振动，突然有轻轻的呼喊声：“停，快停下！”

“你看到什么了吗？”

“我还在看，闭嘴！”

他猛地睁开了眼：如果黑暗会移动的话，他一定看到了什么庞大的东西在眼前漂过。

“真的是黑船！”师夷压低嗓音说。

趴在船底的沙蛤哆嗦起来，整条船都随之抖动起来。

就连小哎也把尾巴盘了起来，闭嘴不言，神态气愤。

云胡不归不知道发生了什么，转头向前看去，他看见一条黑黝黝的船轮廓出现在前面。那是一艘体积庞大的三桅帆船，樯橹齐全，低垂着帆，不知怎么竟然能出现在如此深的地下。

“这是什么？”他问。

阿瞳停住手上的桨，脸色凝重：“这是死亡之船，我们不应该靠近它。”

云胡不归还是不解：“为什么这么说？”

“它很邪恶，被诅咒了，就像是个火炉嬷嬷的故事，不过这故事离我们很近很近。”

火环城的前任夫环，是铁骨奥司，他在三沙岛之役阵亡，临死前将火环城的安危交付给熊悚。熊悚被迫放下心爱的矿工镐，捡起盾牌和长镰，披挂上阵，立下誓言保护他出生的这座城市。

其时各势力犬牙交错，战争异常残酷，四面都有被马贼和蛮人游盗攻陷的城市，一百里外的风蛇部落地下城被攻破，全城都被屠灭。有时候站在火山顶上，就能看到顺着河水漂下来的许多尸体。

火环城的精兵损耗很大，只留下老弱妇孺和一些杂兵，熊悚更觉压力巨大，带着矿工兄弟没日没夜地挖掘工事。有一天快马驰来，带来一条消息，从透水河要下来一条船，船上是风蛇部落仅存的难民：从河童殿拖出来的一百五十名河络小孩。

熊悚喝令打开水门，准备将那条船迎入地下河中，同时用耳鼠向驻扎在回风山口附近的天启盟军送去信息。透水河离火环城很近，只有一条秘密水道可以通入火环城的地下河，火环城的其他入口防御很严密，不易攻打，如果回风山口的天启盟军派出军队，前后夹击，万山之宗的军队虽然强大，也不敢正面进攻火环城。

那条船只要能进入地下河，孩童就能得到安全。

可是那天夜里，第二匹快马赶到，筋疲力尽的斥候说了“影月血咒”四个字，就倒地死去。他的背上插着一支箭，白色雕羽尾翎，是草原人的箭。

熊悚紧锁眉毛。蛮舞月奴的大军多半来自于北方蛮族部落，那个残忍的种族信奉在战争中斩尽杀绝的法则，要是被他们追上了，船上所有的孩子都将没有活路。

但是影月血咒又是最恶毒的瘟疫诅咒，山王很可能是故意放这些孩子逃生的，影月之日，疫疾大起。那如果孩子们活着进入火环城，只需要经过一个暗月之夜，就会给城里带来可怕的灾难，无药可救的瘟疫。熊悚不得不在火环城里上万名老弱妇孺和船上的孩子间作一个决断。

阿瞳说到这里，就住口不说了。

“他作了什么决断?”云胡不归冷冷地问。

“你觉得呢?”

云胡不归想了一想：“这个答案太简单了，凭借夫环的脾气，他会立刻放火把那条船烧掉。毫不犹豫。他爱这座城市爱到发疯，连一颗灰尘也不能落到上面。只要能保护火环城，他什么都会去做，而且一定会做到。”

“你说得对，他几乎就是这么做的。”师夷使劲地抿了抿嘴，“他杀了那些小孩，然后把黑船抛弃在这里。我们河络就是这么做的。

火炉嬷嬷说船上有一百五十名小孩的幽灵。他们夜夜哭喊，不肯前往死魂灵之海。这是二十四年前的事，就是因为这艘不祥之船，他们才放弃了整个码头。”

云胡不归沉吟半晌：“我想上船去看看。”

阿瞳大惊失色，慌乱地摆起手：“这可不行，这条船被诅咒了。”

云胡不归不理阿瞳，转向师夷：“你敢吗？”

“我？敢吗？”师夷不高兴地反问。

“敢！”小哎替她答道。

她对阿瞳命令说：“你在这里看着船，我们爬上去看看就回来。”

阿瞳垂头丧气，但还是遵命将小船划近了大船。他们绕着船体转了一圈，找到了黑色的船锚索。

师夷把整个身体的重量都压了上去，荡了两荡：“没问题，还很结实，不然船会断锚漂走，不知道漂到这深暗地穴的哪个角落里去。”

她问沙蛤：“胖子，你和我们一起来吗？”

沙蛤面色如死灰，使劲摇头，用细小的声音说：“这里有很坏的东西。你们也别上。”

师夷对此嗤之以鼻。她招呼了一声，小哎刷的一声窜上她的肩膀，站得直直的，伸长脖子，一副期盼的神色。然后她和云胡不归一前一后，顺着锚索爬上了黑船。

这艘船已经是名耄耋老人了，它积满了尘土，船板踩起来感觉已经被蛀空了，它还能浮在水上，就是个奇迹，但它就是不肯死去，就是要漂浮在水面上，要向河络城传递它那恶狠狠的诅咒。

它就是火环城历史上的一块补丁，黑暗却不可或缺。

他们走上船桥顶部，可以看见近处的水岸上有石砌的平台和栈桥，还有一些规模不小的建筑隐没在黑暗里。那里才是他们真正的码头。

一些断裂的甲板木头在他们脚下露出参差不齐的短茬，好像野兽的獠牙，厚厚的帆布一抓就是一个窟窿，但帆索齐全，被收拾得整整齐齐的，似乎船员在离船前早有准备。

甲板上如他们想象的那样，空寂无人，没有一丝声音。

小哎从他们脚底下溜走，追逐一团看不清的阴影去了，师夷想把它追回来，却不小心撞到桅索上，帆布上经年的灰尘如同积雪般崩落，他们闭眼咳嗽不已，等再睁开眼，他们是彻彻底底的两个人了。她朝少年看过来，眼睛睁得大大的，脸颊烧得通红，让云胡不归觉得肚子沉甸甸的，像是灌了铅。

“觉得怎么样?”

“没有幽灵，但我不喜欢这里。”云胡不归拍去身上的落灰和蜘蛛网。

“那你喜欢什么？杀人吗?”

“别谈这个好吗?”云胡不归冷冷地说。

“好啊，那说说看，把我骗到这里来，你到底是怎么打算的?”

“帮我逃走。”他直截了当地说。

“这是求我吗？或许可以哦。”师夷不置可否地偏了偏头。

“你们早就发现了地下河的出口，是吗？那个小铁匠可一点也不会撒谎。”

“那你要带我走。”

“不行。”云胡不归又一次显露出他生铁一样的冷漠来。

“为什么?”

“要是再有那么几天，我也许会真的爱上你，”他转开眼睛，“可我不能这么做。”

“为什么?”师夷不依不饶地问。

“我,”他偏了一下头,犹豫了一下,停顿了一下,想起刚才在船上做的那个梦,“你一点都不了解我,我是为了杀戮出生的,有时候我看着自己的手都会恨它,因为它除了杀戮别无所长。总有一天,有人会因为我而受伤,你,或者其他人。”

“爱怎么会伤害其他人?我不相信!”

云胡不归怒视着她:“比如那个坐在船上等我们回去的人,他已经受到伤害了。他全心全意地爱着你,你看不出来吗?”

“小铁匠?”师夷惊讶地笑了出来,“他只是个傻瓜。”

“你才是傻瓜。”

“他的爱不算数,你是异族人,我要的是你的爱。”

“这有什么区别?”

“异族人才有一辈子的爱。”师夷说。这也是她母亲如此拼命坚持的原因吧,河络的爱是短暂的,会消解的,地火节一过,即成虚无,而她母亲拼命地想抓住点什么,就像溺水的人想抓住一块木板。她不想让师夷在河童殿长大,其实也是想要发出一种声音吧,就像秋天将死的鸟儿的呼喊,就像一座孤零零的空屋子在秋风里呜咽,就像薄薄的春冰在重压下的呻吟,没有哪个孤独的人会忽略这样的声音。这和她的感受何其相似。

“我不祥,比你们的黑船还要不祥,只要我出现的地方,总要发生种种可怕的事情。我还会伤害到其他人,”他逼视着师夷喝道,“总是如此。”

师夷轻蔑地吐了吐舌头:“你,根本就没有多可怕的样子……”

“等我爆发的时候就来不及了。”他狠狠地抓住师夷的胳膊,使劲儿抓住它,“云胡家的血液,太炽热了,它喷薄而出时总会伤到人。别尝试，这很可怕。”

“我不怕。”师夷使劲忍住疼痛，瞪着眼说。

“可是我怕。”云胡不归喘着粗气，甩开了她的手。

师夷伸手摸着他的脸庞：“你过去发生了什么？告诉我。”

他抓住了她的手，把它从自己脸上扯了下去，很用力，但很短暂。他的身体里有什么正在发生，他的身体内部，有个东西像猛兽一样呼吸，一样咆哮，一样哭泣，一样发抖。血液冲到了他的脸上，他脸色赤红，看着非常吓人。

“什么都没有。”他低声说，但是紧抓住师夷的手没有放开。

“我不怕，真的不怕。如果你爱我，就来爱我吧。”她看着他的眼睛。

云胡不归那对隐藏暗绿色的眸子近在咫尺，覆盖着一层透明的虹膜，既存困惑，亦带欲望。在激烈交锋。

它们无法离开她的眼睛。

可师夷知道，她只赢了一半。

云胡不归的无情，已经深植于他的心灵底部。

“你会带我走吗?”师夷仍然这么问他。

“我会想一想。”云胡不归回答。

“不许想，”师夷咬着牙说，“你如果不带我走，我会杀了你。”

“哈，你倒可以试一试。”少年说。

他们相互凝望，好像要从紧贴的瞳孔中进入对方的心灵。这幅场景，既有甜蜜温柔的一面，也有残酷如铁的一面。谁说爱情不须计算，这就好比一颗客星石闯入观象台顶那个庞大的算筹阵里，星流搅动，乱如蜂群。他们要计算的东西很多，责任、承诺、勇气、荣誉……爱情纵然甜如蜜糖，纵然他们为彼此而生，是否值得为之放弃生命中其他值得珍视的一切呢?

接下来发生的事情宛如爆发的旋风，他们突然倒在厚厚的尘土上，师夷把手指插进少年的头发里，把他的头拉近自己的身体。他则像蜘蛛抓虫子一样抓住她，缠绕着她。起先只是用双唇轻碰她的上下唇，然后突然探索更深处，他亲吻她的牙齿，吸吮着她柔软的舌头，她则把手指甲深深地掐进他的背部和肩膀。

沸腾的欲望好像河水那样荡漾。

当他总算让自己离开师夷时，她凄然一笑："如果我对你不做任何要求，只想要片刻的爱，如果我不要求你带我走……你愿意爱我吗?"

他的身体一动也不动，好像那些河道岩壁上沉默的石雕。

师夷在他的犹豫中等待，似乎看到了一丝希望，但最终，云胡不归还是坚决地摇了摇头，幅度很小，但已经击碎了师夷的心。

突然，他们听到一阵低沉的号角声，顺着水面传来，非常微弱。

"出什么事了?"云胡不归问。

师夷侧耳听了一会儿："这是有客到来的意思，奇怪，火环城已经多年没有迎接过客人了。"

云胡不归的神色一变："如果没有猜错的话，我的朋友们该到了。"只是短短的一瞬间，他的身体突然变冷了，变成一把没有情感的锋利的剑。"我该回到我的生活中去了。"他说，跳起身来，伸手去拉师夷。

师夷甩开他的手，不理睬他。

头顶的桁杆上一阵响动，一个黑糊糊的东西落入她的怀里。

"小哎，你上哪里去了?"她勉力站起，低头对它说，"快，我们离开这儿吧，我一刻也不想停留了。"

他们顺着锚索溜往小船，阿瞳还坐在船尾，无聊地哼着那首歌。

他顶盔，贯甲，宝剑明亮
他蓄发，留须，面容如铁
他骑着最好的骏马
只有一次机会可以相见相爱

一朵花就可以证明
只需要一朵花就可以证明
她的甜美、鲜红和自由
只有一次机会可以相见相爱

看到他们出现，阿瞳又高兴又紧张："你们看到了什么？船上有幽灵吗？是不是像他们说的那样，船上洒满血迹，还有小孩的哭声？"

但云胡不归却敏锐地发现沙蛤陷入到那种奇怪的迷茫状态中去了，他的圆脸上带着恐惧的神情，嘴巴半张，眼睛呆滞无神，双手无力地垂下，好像生命的时钟在他身体里突然停下。

师夷毫不客气地扇了沙蛤两个耳光，将他打醒了。沙蛤的脸像纸一样白，眼珠疯狂地向前瞪着："快走！这里有坏东西！"

"什么？"师夷几乎又想打沙蛤两巴掌，"你还没醒呢？"

"我听到了一个邪恶的声音，非常可怕。它就在这儿。"沙蛤一旦开始哭，眼泪立刻大颗大颗地涌出眼眶。

师夷向后一退，好像要躲沙蛤的眼泪："一定是水声、风声，或者随便什么声音。这家伙听到自己的呼噜声都会吓得尿裤子呢。"

"我没有听到过自己的呼噜声。"沙蛤小声分辩。

"不，等等。你们听！"云胡不归使劲地挥了挥手。

立在船帮上的小哎紧张不安地竖起脖子，脖子上的鬣须全立了起来。

这一次，他们也听见了，黑暗深处传来某种巨大的吸气声，四周的空气都随着那声吸气骤然变冷，他们似乎觉得自己的头发和衣物都被那股风吸起，朝着黑暗掩盖之处飘动。

沙蛤大声尖叫起来。

“闭嘴！”师夷吼道。

吸气声再次传来。

然后，它开始移动。

不管隐藏在黑暗背后的是什么，反正是个大家伙，他们根本就看不见它，却能听到它在黑暗的河床甬道里滑行，庞大又松软的身躯擦过岩壁时，发出瘆人的摩擦声，让人想到某种泛着冷光的滑溜溜的皮肤。

“快跑！”云胡不归说，弯腰抓起一只船桨，插入水里，和阿瞳一起划了起来。

师夷跳到船边，一手提灯，另一手抓起一块船板，朝沙蛤塞过去：“胖子，一起划！”

但沙蛤只是趴在船底，双手死死抱紧脑袋哀号：“我不想死，铁炉之神在上，我的土豆皮还没有削完，我不能这样死在这么黑漆漆的地方！我们会死吗？”他眼泪汪汪地问。

“死！”小哎死死地扒在船挡上，接着他的话茬说。

突然响起了一声巨大的水花声，沙蛤再次开始尖叫，这次师夷没有阻止他，因为她自己也忍不住想要尖叫出声。

那一声水声拍击近在咫尺，小船可怕地摇晃起来，脚下的水正在涨高，一股令人恶心的甜丝丝的腐烂气息传来。

师夷拼命地稳住身子，举高提灯，但可怜的光线只能照亮眼前的一小片水面。

他们在想象中看见这圈光晕之外，一个庞大得超越想象的躯体正滑入水中：那是一只巨大的灰色虫子，皮肤被撑得半透明，下面都是蠕动摇摆的黏糊糊的内脏，它那湿漉漉的身体把整个河道堵塞得结结实实，致使河水上涨，脚下不断震荡的波浪说明，它正一刻不停地往前蹭着，挤过狭窄的甬道，不论这只怪物是否饥肠辘辘，它正在一步步地缩短和他们的距离。

阿瞳一声不吭，深深地埋下头去，开始疯狂地划桨，云胡不归坐在船的另一侧，紧跟不放。

这是师夷第一次看见云胡不归的持久用力，连力大无穷的小铁匠都在急速喘气的时候，云胡不归却显得很低调，她能感觉到他脊背上下耸动，也能听见他的呼吸，他呼一口粗气，然后是急促的两声吸气，虽然动作幅度很大，但呼吸声却纹丝不乱。他丝毫也没有被恐惧压倒的迹象，不像是在逃命，倒像是在下棋。

每到一个岔道口，云胡不归就大吼一声："灯！"

师夷举高提灯，灯火的光晕在壁画上一晃而过，他们的身影映照在颓败的图像上，云胡扳动船桨让小船转向，他从没有拐错一道弯。

师夷惊讶地意识到，他其实不知道那些涂鸦符号是什么意思，却记住了他们刚才下来时经过的每一个岔道口。

他们穿过一道又窄又挤的河道，窄到不得不收起木桨，用手在两侧的岩壁上推着缓慢前进。河水顺流而下，将他们向后拖去，而身后则响起了令人毛骨悚然的挤压声，显然那只怪物正在拼命往里钻。

沙蛤依然瘫倒在船底不能动弹。师夷一手提灯，另一只手抓住船沿，伸出两条长腿蹬两岸突出的岩壁，就在这时，一阵涌浪冲来，她一个松手向后摔去，几乎掉入水中。

云胡不归跳了起来，双手揪住她的衣襟，将她向前拖去。提灯划了一道弧线，狠狠地撞在师夷的鼻子上，但她死抓住没有脱手。如果灯灭了，在黑暗中迷失方向的他们必然只有死路一条。热血汩汩地从她磕破的嘴唇里流了下来。

“船桨……”她坐稳身子，正好看见云胡不归的长桨顺着水流远去。

“稳住。”云胡不归说，他处变不惊，在这样的紧急时刻，平稳如一碗端平的水。可他的年龄和她相差无几，师夷不由得惊惧他受过什么样的训练。

他抄起刚才师夷捡起过的木板，伸手入水，继续划了起来。

他们身后传来一声翻滚的巨响，然后是被羞辱的可怕嘶吼。似乎那只怪物发觉了猎物即将脱逃的征兆。

小船终于穿出了那道窄洞，阿瞳放下长桨，小船像箭一样在水面上飞驰，阿瞳身上的每一块肌肉都在颤抖，他已经明显脱力了。

“可以停了。”云胡不归说。

他们静坐在黑暗中，听到前方瀑布哗啦啦的声响，还听到另一声可怕的怒吼，但是那吼叫声却在离他们远去。接着是一连串油腻腻的肥肉撞击岩壁的巨响，转向另一个方向去了。

“我们脱险了！”师夷叫道。

阿瞳拼命地喘着气，好不容易才从口中挤出几个字：“地下……矿区，它去了。”

云胡不归冷静地回过头来，看着阿瞳说：“刚才，你问了我一个问题，现在我可以回答你了：我在船上没有找到血迹，也没有看见一丁点儿砍切的痕迹。”

“我学过如何观察一个人怎么死去的痕迹，”云胡不归平静地说，“能向你保证的是，那条黑船上，绝对没有人死去。”

3

熊悚一步也没有耽搁，夜盐的队伍一消失在视野里，地下矿区的大规模挖掘就开始了。

他对那个黑暗中出没的怪物心存忌惮，将自己的卫队派到下面担当矿工护卫，铁腿戎卡就在其中，此刻，他正满心不愿意地背着沉重的十字弩，站在一块突出路基的怪石顶上。

他的脚下是一道深深的大裂谷，贴着峭壁的小道上，背着绳索和木条、铁钉的矿工和木工络绎不绝地穿行，捶打和敲击之声不绝于耳。

最显目可见的，是一条供冲车运行的木头轨道，挂在绝壁上，几乎有无穷长，木桥和栈道在两道绝壁间往来交错，好像一条骨节突露、蜿蜒盘绕的大蛇。这条木栈道已有上百年的历史。

一群木匠背着大木方从铁腿戎卡的脚下路过，那是为挖矿而服务的木匠，被河络们称为“锯木狗”。他们要搭建栈道和冲车道，还要跟随挖掘巷道的矿工前进，竖立支撑巷道的支架。

戎卡目睹着河络工匠在脚下来来去去。这儿地域狭小，无法瞌睡，无法散步，只能把脚站麻。

他期待即将到来的地火节，期盼和姑娘们一起舞蹈，和她们找个石洞一起寻欢作乐。

但在这里，他只能无聊地摆弄手上的十字弩。

那是火环城里最大号的虎喝弩，弓身长三尺三，弦长二尺五，背在身上几乎会碰到脚跟，结实的紫杉木上分布着铁筋，特制的铁箭可以射入石头半尺深。铁腿戎卡一点也不明白背着这么大个玩意儿有何用处。

他打了个呵欠，双手撑着虎喝弩，睁着双眼，陷入到自己的白日梦中。他迷迷糊糊地看着脚下挪动的蚂蚁远去，回来搬取材料，再度远去，好像钟表一样准确。这样的过程规律而且重复，后来似乎有了点小骚动，有人匆忙地跑过他的脚下，然后又匆忙跑回，节律被打乱了，黑压压的人群分成一簇一簇地向两个方向流动，有一些扑向前方，更多的是朝向后方。

铁腿戎卡事不关己地大睁着眼，注视眼前的动静却不解其意。纷扰掠过他的心灵，好像溪水跳过卵石——直到一只手重重地拍到他的肩膀上。

铁腿戎卡吓了一跳，扭头发现竟然是夫环熊悚，还有矿大师火掌舒剌。

"你跟我来。"熊悚吼叫道，声音好像霹雷。

铁腿戎卡来不及多想，扛着沉重的虎喝弩跟在夫环后面，朝前跑去。

夫环和火掌舒剌身后，拉拉杂杂跟着三两名河络兵丁，身上的兵器叮当作响，铁腿戎卡的头儿——灰鼠卫队的领卫毒鸦营山也在其中，背上一把锋利的铁链镰刀闪闪发光。这让铁腿戎卡心中安定不少。他不言不语，跟着他们顺着刚刚修建起来的栈道向前跑去。

仰面有许多河络工匠跑来，不断挤撞到他们的肩膀上。栈道上耸动着一股惊慌的气息，但生性沉静的河络不会在这种惊慌中吐露只言片语，大队人马只是沉默着，扛着他们誓死不会丢弃的工具逃跑。纷乱的脚步声好像两条川流不息的河流，从他们耳畔绕过。

铁腿戎卡摸不清头脑，幸亏他的职责也不需要思考，他只是用手压着铜刺头盔，一个劲儿地跟着夫环他们向前跑去。

很快，黑咕隆咚的洞穴里，其他的河络都不见了，只剩下他们这支孤单的队伍。

铁腿戎卡闷着头吭哧吭哧地跑，听着他们孤独的脚步声在岩洞中传出很远。

他们越往前进，小道两侧的绝壁升得越高，他们扶摇而上，很快就看不见顶端了。

要不是领卫毒鸦喊了一声“停”，铁腿戎卡几乎就撞到了熊悚那宽厚的背上。

“灯。”熊悚粗暴地喊道。

两盏獾油灯被送到了前面，从熊悚的肩膀上递出。

铁腿戎卡就着昏黄的光晕，看到了前面断裂的栈道。支撑栈道的木头撑杆，都是上好的榆木，韧性十足，每一根都有三握那么粗。但此刻，在他们脚下，上百根撑杆却像折牙签那样轻易地被折断了，切口齐刷刷的，将十二尺宽的木头栈道拦腰切断了百十步。

四下里都是散落的工具和木板条，不知道什么地方传来受伤矿工的呻吟声。在那样猛烈的攻击中，他们像玩具那样被抛出了栈道。

铁腿戎卡是突然间被恐惧击中的。不可能有什么活的东西能造成这样的破坏。可怕的破坏。他从没听说过地下世界存在这样的生物。铁腿不得不头一次开始思考，他们对地下到底了解多少。

毒鸦营山把灯塞到铁腿戎卡的手里，蹲下身去查看那些断口。铁腿戎卡举着灯，只见众人的影子在眼前抖动不止，他心知那是自己的手在发抖。他拼命地擦去从额头上流下的汗，灯光却越抖越厉害。

他们此刻远离人群，离主城如此遥远，而四周好像坟墓般压抑，听不到一丝人声。黑暗，四面封闭的岩石，仿佛一瞬间里全变成了敌人。他突然觉得干渴得厉害。

如果有什么怪东西突然从脚下的深渊里升起，将他们一口吞下，铁腿戎卡不会为之感到奇怪。在地腹深处，他们是如此的渺小无助。死亡仿佛正在某个地方等着他们，而且是如此的真实可触。

毒鸦营山爬起身来时，狠狠地瞪了他一眼。

“是只大家伙，”毒鸦拍了拍膝盖上的土说，“没跑多远，黏液还都是湿的。”

夫环熊悚跳了起来，一把夺过戎卡手里的提灯，从钢铁焊成般的嘴里吐出一个字：“追!”

岩壁上留下了一道淡淡的印痕，发着绿色的微光，朝着某个方向延伸而去。那是喜食荧光蘑菇的沙虫爬行后留下的痕迹。

毒鸦营山将长柄镰刀塞进腰里，当先顺着岩壁，爬了上去。铁腿戎卡心惊胆战，但还是不折不扣地执行了命令。

他们在两盏獾油灯的照耀下，顺着破碎的岩壁斜向攀爬了二百多步。灯光被黑暗吞噬泰半，只能照清楚脚前三两步。他们在碎裂的坑洼处落脚，那些地方不过刚刚放得下半只脚掌。

铁腿戎卡为了跟上熊悚，走得太快，几乎要滑下悬崖，他拼命地抠住一块突出的岩石稳住身子。就在这时，他听到身边的毒鸦营山倒吸了一口冷气。

他们头顶上，斜上方的岩壁暗处，起了一阵响动。铁腿戎卡凝神细看，猛然见到一大块岩壁升了起来。刹那之间，他还以为是盘王在这幽深的地下复活了，它扭动庞大的身躯，将戴着多刺的头盔的半身竖立起来，一把格外巨大而锋利的刀在黑暗中反射着灯光。

那是一只地底沙虫的尾部，原本是圆润透明的身体，竟然变成了深青紫色的外皮，看上去十分坚硬。锥形的尾部多了一圈锋利的尾刺獠牙，尾部上端更是长出了一条长长的锋利大刃，使之轮廓狰狞。它不再是任人宰割的豢养的食物沙虫，而是来自黑暗的庞大死神。

毒鸦说：“他妈的，万铁之神在上！我可从来没见过这样的沙虫。”这名从不知道害怕的战士语气里也多少出现了一丝犹疑。而戎卡只想转身逃跑。他在心中暗想，这东西是不可战胜的，它有可能是黑暗之神派出来的邪恶幽灵，是神的使者，怎么可能是他们这样的血肉之躯可以打败的呢?

黏液和吸盘让这个庞大的身躯能够在岩壁上自如地无声滑行，只是支棱在外的尾刺在甩动中每每在岩壁上留下深深的划痕。几块碎石从它的尾部掉了下来，几乎砸中夫环。

夫环熊悚暴怒地吼叫："干掉它!"

沙虫似乎听懂了夫环的话，开始加速向上爬行，他们气喘吁吁地跳跃着紧追不放，却赶不上慵懒的沙虫的爬行速度。两名士兵飞出了手里的投枪，黑色的投枪闪着微弱的光，没有击中目标，掉落到悬崖下面去了。

在这样的追击中，短兵器派不上用场，河络士兵把提灯挂在肩膀上，开始解背上的十字弩，铁腿戎卡哆哆嗦嗦地扣不上弦，熊悚劈手抢过他手里的弩，一脚踏在弓头脚镫上，腰身往上一提，已经轻松地弓弦拉满，扣在悬钩上，右手那粗短的手指头微微一动，已经在箭槽里填上了一枚三尺长的四棱铁箭。

他们站成一个小半环状，朝着黑暗深处仰射出了威力无比的铁箭。

中箭的沙虫发出的尖叫好像铁器在宝石上摩擦的声音，尖锐刺耳，划过他们的耳膜，落入虚空。沙虫翻卷着身子，从他们的头顶掉了下来，尾刺划拉在两侧的悬崖上，堪堪擦过他们的身边。几块头盔那么大的石头落在他们聚集的突岩上，砸伤了一名兵丁。

沙虫向下掉落，但它的身躯掉落得不慌不忙，仿佛在暗示他们，这一处幽暗的深渊是它的家园，它可不会这么容易就退出战斗。

在他们目力刚刚能及的地方，沙虫的尾巴翻卷着，又钩住了悬崖上的石头。

在爬下深渊之前，它仿佛抬起头注视了一会儿悬崖上的敌人，然后才掉头消失在黑暗深处。

虎噶弩的铁箭可以轻松地射穿一只公牛的身子，但那只沙虫连中了七八箭却宛若无事。

毒鸦营山低头检查那名兵丁的伤势，那名年轻河络的眉骨被砸破了，幸亏四肢没有大碍，否则要在这绝壁上把他带回主城，还真不是件容易的事。

夫环气哼哼地瞪着地下，似乎要用他的愤怒找出那怪物，将它击垮消灭。

火掌舒刺轻声说道："知道我怎么想吗？夫环大人。这鬼东西是故意这么干的。这段栈道的总长预计有二里半，我们全力动工，只需要十五天的时间就可以打通，但它正在毁掉我们的工作。"

"没有炉子的河络也说不出这样的屁话来！"熊悚愤怒地说，"你在暗示这东西有智慧，会懂人话？也许下次它还会开口向你要买路钱了吧？"

"这是一只恶魔！"火掌坚持说。

"这是一只错过了屠宰年龄的沙虫！"熊悚吼道，"我们有办法对付这只沙虫。毒鸦，我要你调集更多的弓弩手，派出五支猎杀小队，沿栈道上下巡逻，在岩壁两侧二百步外派出斥候，发现这条沙虫就举火为号，二十到三十支铁箭足够要它的性命。"

火掌舒刺僵硬地鞠了一躬："谨遵钧命，现在我得回去救我的人了。"他回转身，没有看大家，在闷热中伴随越来越深的黑暗，朝栈道断口处爬去。

剩下的人依然停留在原地，不明白熊悚在想什么。那时他在窄小的峭壁边缘来回走动，一会儿望向天顶，一会儿望向下方，突然焦躁地对所有人喝道："灭掉你们手里的灯。"

铁腿戎卡可不想在这让人遗忘过去的黑暗和闷热中灭掉唯一的光源，但遵从命令更是他的天性。

等到他们的眼睛重新适应了完全的黑暗，铁腿戎卡轻轻地咕哝了一声。恐惧好像大潮一样，突破了闷热的堤坝，汹涌而至。

铁腿戎卡腿肚子在打颤，不清楚那些曾让他安心的命令、自上而下的呼喝、吼叫，是否还能让他泰然。

在黑暗中，悬崖上下，目光所及之处，密密麻麻，遍布纵横交错的荧光小道。那是成百上千条巨沙虫爬过后留下的印痕。

第六章　暴风商人

1

火环城迎来第二批来客的时间比夫环熊悚想象的要短得多。

那一整天他都心绪不宁，最终决定出城走走。他只带着十名巨鼠骑兵，踏过透水河，穿过白虎森林，一路跑到阿勒茹峭壁上。

正午时分，夫环骑在一匹灰毛巨鼠的背上，立在高高的山脊上，用千里镜望着脚下的山谷。他的目镜里映出一支庞大的人类商队，正穿过枯槁的大地，摇摇摆摆地朝火环城所在行来。为首是一头巨大的六牙巨象。黑衣服的象奴用膝盖夹着象头，背后一顶招摇的紫色伞盖，象辇上坐着一位高瘦的商人，戴着高高的冠帽，穿着紫色袍子，商人的背后，则又影子般贴着另一名乌衣随从。

夫环熊悚眺望了很久，直到看清了走在大象前头的马标，才露出了一丝笑容，他朝身边的传令兵喝了一声："回去通知大厨房，准备宴席，迎接一位老朋友。"

不等那名传令兵转身，他大喝一声，猛踢巨鼠的耳后，带着十数骑鼠骑兵，朝着山谷俯冲下去。巨鼠迈开强健有力的后腿，短小的前肢缩在胸前，朝山下猛冲。

商队也发现了这支小骑兵腾起的烟尘，收缩起队形，直到双方近到互相可以看清旗帜的时候才放松下来。

夫环驾着巨鼠跑近商队，看见驼兽上那些人，都在好奇地向自己观望。虽然身上都带着武器，但刀剑没有出鞘，弓弩也没有上弦。

夫环跑近领头的六牙白象，使劲一扯钉在巨鼠下颌上的六根皮缰绳，尘土飞扬中，巨鼠站住了脚。

熊悚大声喊道："诅咒你和你的象！云胡不贾！是你这鬼家伙吗？五年的时间不见人影，今日到此，有何贵干？"

伞盖摇动，一个人影从大象背上探出身来，高高的峨冠下显露出一张瘦长而缺乏血色的脸。

"哦？"他懒洋洋地说，"你难道没有嗅到战争的气息？战争就是金钱，我闻风而动。"

夫环熊悚瞄了瞄一眼望不见头的驼兽背上成串的箱笼："天罗也开始做生意了吗？"

"天罗不正该是天下商家的保护神吗？为有利天下的事情，我们纵是磨秃了额头，走破了脚后跟，也不敢有片刻歇息啊。"

熊悚冷哼一声："你说的是为钱杀人之类的事情吧。"

云胡不贾哈哈一笑，轻描淡写地道："我更喜欢我的说法。"

他半是懒散半是厌倦地抖开一张黄色丝巾，擦了擦汗："世人对天罗的误解啊，以为我们都是些杀人不眨眼的家伙吧。"

"难道你们不是吗？"

"有时候，也不都需要杀人才能办成事情。这一次，我们不过是为龙噙者带些话。"

熊悚咳嗽了一声："呵，你是来为龙噙者取我项上人头吗？只怕没这么容易呢。”

云胡不贾放下丝巾，用锐利如刀的眼神盯着熊怺看了看，熊怺只觉得脖子一阵麻酥酥的，他正要开口说话，却听到云胡不贾突然爆发出一阵笑声，那笑声就好像钉子一样尖锐：“说哪里话，我怎么会杀老朋友呢？为了钱也不能这么干。放心，龙噙者要我带的是另一套话，他说你要是忧愁挖掘矿石遇到的困难，我倒应全力支持哩。”

“哦？”熊怺几乎不相信自己的耳朵，“这倒是一件太阳底下的新鲜事，你不是来刺杀我的——在你那个该死的学徒失手之后？”

“一场小误会，老朋友应该不至于放在心上。”云胡不贾轻巧地摆了摆手，“听说他中了傀毒，受制于人，我代他赔罪了。幸喜只是个学徒，应该伤不了大名鼎鼎的火环熊怺吧？”

“消息倒是灵通。”熊怺寒着脸说。他肋部的伤口依然疼痛，但总不能在云胡不贾面前自承被个少年砍了一刀。

“小过节就此揭过，不如谈谈挖矿的大事。”

“你怎么确定我就会听你们的去挖矿？”

“别开玩笑了，大人，你我都清楚，把火环城恢复成矿工城是一件多么美妙的事。”

“呸。你们对河络一无所知。”

“果真如此？你想要挖矿，你就是这么想的。挖或不挖根本不是问题，人力不足，你还得增加更多的矿工，才是你面临的状况。天哪，难道偷偷摸摸地挖掘才是河络的风格？”

熊怺气得满脸通红，语气中泛起了杀意：“你是看不起我们河络吗？”

“岂敢岂敢。”云胡不贾息事宁人地摆了摆手，“我绝不会看不起河络的工作，你看我带来这些货物，压弯了驼兽的腰，不都是来表达我的敬意的。”

“这么说，是交易货物，而不是纳贡？”熊悚闻言，不动如山的眉头上也挑出一抹喜色。

“你的火山城，似乎有点缺钱，”云胡不贾轻笑着说，“而龙噙者想要矿石，非常想。高纯度的蛇纹墨晶石，只有你们火环城才有出产。这是巨型将风启动必备的原料，他愿意付出任何代价，但是要快，非常快。”

“快不了，我们目前遇到了一点小问题。”熊悚颇有几分羞愧地垂下头，坦承对地下状况的失控，对他而言简直是最大的羞辱。

“对，我相信，那只是一点儿小问题，特别在拥有了我们提供的武器之后。”云胡不贾探头向下，低声说完这句话，立刻用手捂住嘴，呵呵呵地尖声笑了起来。

“什么样的武器？”

“不急，不急，”云胡不贾突然张手扔过来一小方盒子，“这是送你的礼物。”

“什么东西？”熊悚狐疑地问。

“猜猜看，随便说个东西。”云胡不贾故作神秘地抖了抖袖子，“不论你猜什么，这里面就是什么。”

“别开玩笑了，你能有什么东西可送我的。”

“为我猜一猜，就试一次嘛。”象背上的天罗坚持说。

“要么是个烟嘴吧。”熊悚勉强猜道。

“什么材质的，带什么花纹？”

熊悚怒道：“这些怎么能猜中，你莫非是在消遣我？”

云胡不贾只是一笑。

熊悚想了一想：“是海柳木中的赤柳，有着恶俗的芭蕉美人图。”

海柳已经是难得的海中珍品，其中的赤色一系更是稀少罕见，如此珍贵的材料，多半由高手匠人动刀制作，不可能有拙劣的刻工。熊悚这么说，就是故意刁难云胡不贾。

“你可以打开盒子了。”

盒子打开，黄缎子上躺了个赤柳的烟嘴，雕着两叶芭蕉和一位手持书卷的美人，雕工精致，却果然有几分艳俗之气。

熊悚目瞪口呆地看了一会儿：“你个鬼东西，这就是那什么读心术吗？你知道我想要什么，所以早在盒子里藏了这个东西。”

“不，比那神奇，”云胡不贾仰天打了个哈哈，“我不过是借你的口说出了自己想要的话罢了。这是前朝皇帝穆罗伏风所作，他不理朝政，却独爱雕刻小物件，虽说品位不入夫环法眼，也算是件过得去的礼品了。现在说说看，你想要什么样的武器？”

熊悚的眉毛在额上纠结成一团：“我需要适合在地下作战，对付大猎物的武器，这类武器，只怕你的人族皇帝给不了。”

云胡不贾点了点头。

“我带来的是荆北河络出产的暴风吼虎，也只有你们河络的武器才适合在地下战斗。”

熊悚又吃了一惊，他听说过暴风吼虎这东西，那也是一种半机械将风，据说威力无比，却被视为禁忌之器，荆北河络研造三百多年来始终没有外传。龙噙者能拿到这样的武器，说明某些部族的河络参与战争的程度比他想象的要深得多。

“就是这样，接受吗？”云胡不贾咧开嘴，露出一口白森森的牙齿问。

“既然如此，”熊悚高喊道，“拿酒来。”

他的卫士提了一鼠皮袋酒扔了过去，夫环将袋口解开，洒了一泼酒在地上，又喝了一大口，然后扔上象背，一双眼睛紧紧地盯着云胡不贾。

云胡不贾微微一笑，接过酒袋，却从身边一个冰镇的小桶中取出一只琉璃盏来。

“好酒得有好器皿相衬。”他说。

那只琉璃盏晶莹剔透，温润如玉，一看就是个价值连城的宝物，偏偏薄如蝉翼，看上去好像轻轻一捏就会破。

河络虽然精于工艺，但仅限于工具和武器、祭器等，这些日常器皿以及无用的衣服、装饰品则从无如此奢侈，也就是人族才会精研这类物品的精美和雕饰。

他将酒袋里的酒倒入琉璃盏中，小心地用指甲挑出三滴，同样洒在地上，然后才抬头将琉璃盏中的酒一饮而尽。

熊俅松了一口气，云胡不贾既然喝下了火环城的盟酒，就表明遵守北邙之盟，绝不会动武，更不会刺杀主人。熊俅虽然不怕云胡不贾，但对方毕竟是名动天下的顶尖杀手，俗话说，不怕贼偷，就怕贼惦记，若是被天罗惦记上了，还真不是件愉快的事。

他望了望高悬空中那炽热的毒日，抱怨道：“这些天我们没有太多的水补给你们，你真不应该带大象出来。”

“哈哈，”云胡不贾再次放声大笑，“不如让我来款待你们吧。虽然我们也没有多余的水，但带有大量的美酒，红菰酒、石中火、七日醉，应有尽有。”

就连不苟言笑的夫环熊俅也展露出一丝笑容，他说：“地火节马上就要到了，我们需要这些美酒，希望你们带得足够多。”

他们并辔向火环城走去，一高一矮，不但身高，就连坐骑的个头都相差很多。

龙噙者派遣云胡不贾作为使者，颇出熊俅意料之外，但他也知道天罗素来为钱卖命，从无忠诚一说。五年前，他们可以为万山之宗蛮舞月奴效力刺杀龙噙者，如今又为天启卖命，也属平常。

路上云胡不贾问他："……天下局势已经大不相同了，龙噙者独掌天启大权，四海归心，此次进军征讨蛮舞月奴，你觉得胜负几分？"

"我没兴趣知道，赢又如何，输又如何，与我们河络都无关。"熊慷不耐烦地回道。

云胡不贾恶毒地说："你们河络就是把头埋在地下的呆子，怎知道世界之大，拥有无穷可能。"

熊慷吼叫道："不要这么看河络！看看你身上的那把细眉刀，难道不是我们河络打造的吗？就是因为一名河络可以尊重神灵不闻外事，才能专心致志地打造出完美的作品。若是呆子，能打出这样的东西吗？"

云胡不贾想了一想，温柔地一笑："我更喜欢我的说法。"

2

云胡不贾的坐骑凭临危崖，一步一蹭地挨过蛇身小道，他端坐象背上，稳如山岳。

不过等到要入城门的时候，他不但得跳下象背，收起伞盖和象辇，还要派出二十名奴仆，从后面猛推象屁股，才能使大象艰难地挤入羽蛇门中，余众这才牵着驼兽和骡马，鱼贯而入。

毒鸦皱起眉头，将夫环拉到一边告诫说："人类奸诈，多半都靠不住，这些人又是天罗刺客，不可不防。"

熊慷不耐烦地说："他在象背上接受了我的赠酒，那意味着将完全遵从北邙之盟的约定，不该有丝毫动武的念头。"

毒鸦营山摇了摇头，终究放心不下。

河络贾师已经将庞大的市集洞清理一空，但这支天启商队的箱笼和货物卸下后，转眼又将它塞盈如山。

这些货物里有成箱的布匹、香料、丝绸、茶叶、糖、盐、瓷器、纸张、漆器、竹器、棉花、羊毛及制品、珊瑚、琥珀、珍珠，特别是那些丝织品，有龙缎、五色缎、花宣缎、杂色绢、丹山锦、水绫丝布，五光十色，炫人耳目。还有各类铁、锡、红铜、黄铜、铅，各类他们紧缺的物资。火环城已经很长时间没有见到过这些奢侈品了，就连最古板的河络都放下手上的工作围拢来看热闹。这些东西能让他们过一个前所未有的丰盛地火节了。

云胡不贾的坐骑六牙巨象也引起一片惊叹。它比一般的大象要高得多，额头几乎能触及高耸的大火环隧道顶部，喝起酒来，更是如鲸吞虹吸，一口就能吸进去一名河络一月的份额。

那时候，云胡不贾已经在市场中心搭起一顶云锦织就的庞大帐篷，斜靠在铺得厚厚的毛毯和皮毛上，懒洋洋地看着那些手下摆放货品，不时地挥挥扇子，朝甩着皮鞭的监工喊上两句，但绝不多耗一份力气。

他从一个冰桶里取酒，用那枚轻薄的琉璃盏独酌自饮，对四周大惊小怪的围观视若无睹。

可是突然之间，市场边缘的洞穴里，传来一阵咔啦咔啦的声响，密集却又舒缓，好像阵雨敲击在屋檐下的小沟里。忙碌搭建小摊的商人们都挺起身子朝那边看去，就连一向不动声色的云胡不贾也站起身来，朝远处张望。

行驶过来的是一台残破但却造型怪异的将风，拥有庞大的平板身躯，其下伸展着纤细的一千根腿，颤颤巍巍、但却稳当无比地朝前爬行，不时地伸出巨大的铲斗，将管理市场的贾师清扫时丢弃在路旁的废物稀里哗啦地铲到车上。

云胡不贾的目光注视着那边不放，但是让他倾注如此注意力的，不是那台怪车，而是操纵它的河络。那名河络赤着上身，全身皱纹乱如星流，没有梳理过的白发蓬乱如扫帚，腰带上挂着一个醒目的酒葫芦。他跟在将风车的后面行走，行动缓慢如老人，不时地伸出瘦弱的长臂拨弄敲打那些被卡住的长腿。

云胡不贾死死地盯着他看，直到他走到近前。

“我以为你已经死了，原来躲在这里搬运垃圾？”

“哈哈，你还没有死，我又怎么能走在头里呢？”布卡张开少了几颗牙的嘴，口齿不清地笑着。

“二十年来我们只见了这一面吧？”

“我们还会再见面的。”

“好啊，那时候我们再来看看，你死了没有。”

“我已经习惯不死了，恐怕会让你失望的。看看，每次见面，你都搬来这许多五色迷眼的东西，它们看着漂亮，最后都得被我铲入熔岩眼中烧毁，何苦来哉。”

慵懒的商人目露凶光，而老河络浑然不觉，踯躅离去，只是云胡不贾散发出的杀气，却全像镜子般反射回来。

毒鸦营山将这一切全都看在眼里，耐不住好奇，等到车子走远，问云胡不贾：“你认识他？”

“无名小卒，不过是老相识了。他在你们这待很久了吗？我还真不知道。”

“是名流浪河络，来火环城……嗯，我也忘了有多少年了，一直在这里负责处理垃圾和下水道，独自一人，和大家也没有什么交集，大家都知道他爱吹牛，我们叫他吹牛布卡。”

“吹牛吗？”云胡不贾将目光转向毒鸦，“你猜我几岁了？”

毒鸦看着他的眼睛，发现他的瞳孔竟然是红色的，针眼般缩在灰白色的眼眸里，不禁吓了一跳。这个商人的年岁，他其实已经猜过好几次了，有时候觉得他很年轻，有时候又觉得他无穷老。

“……我和他的友谊，比你的年龄还要长，比你们盘王殿里所有头骨的年龄加起来还要长。”

毒鸦瞪大独眼，只当他是说笑话。

云胡不贾抬头望着黑压压的洞顶，淡淡地道：“有一种人，他会在你眼前突然消失得无影无形，也许他就在马车上你身后坐着，但你看不见他，也听不到他的呼吸，也许你弯腰去采一朵野花，他就在花瓣上站着，或者在你乘船渡河时，他会从水中现身。他可以穿越空气或河水而来，也可以化身为一只动物或者你亲密的爱人，没有他们进不去的密室，也没有他们探听不到的消息。他们隐藏于各行各业，可以说无处不在。他们可以摧毁一支军队的营防，只要他们愿意；他们可以崩溃一个城邦的经济，只要他们愿意；他们可以离散臣民的忠诚，只要他们愿意。”

“只要他们愿意，”他望着毒鸦含义不明地微笑，“而这个无名小卒，就是掌控他们愿不愿意的七个人之一。有他在，你们居然能睡得安稳好觉，我可就纳闷了。”

“七……七个人？无影无形？莫非你说的是影者？布卡是七名影魁之一？”毒鸦哈哈大笑，心里暗想，原来这人比布卡还会吹牛呢。

传说中的影者确实势力庞杂，但是极端隐秘，常人难以窥觑真容，影者一旦现身，出现的都是惊天动地的大事。据说他们以七名影魁为首，宣誓以死效忠。

堂堂的影魁者怎么会跑到这座小小的城池里，当一名清道夫呢？毒鸦营山哈哈大笑，只是不信。

云胡不贾用折扇遮住下巴，只是微笑，也不知道在想些什么，突然听到有人叫了一声：“云胡叔叔！”他转过头来，看着蛮人少年，不动声色地道：“云胡不归，你来复命吗？”

“是。”云胡不归拍了拍手，昂然说，“我失败了。”

“哦。失败了？”云胡不贾斜着眼瞟了他一眼，“说说看，失败在哪里？”

云胡不归拍着自己的后脖颈说：“忘了。我已经忘了许多事，忘了为什么要动手，忘了怎么倒的地，我只记得失败后的惨状，被他们关了两天，还几乎被烧死。”

站在云胡不贾背后的天罗弑听着一路冷笑：“你的试炼之路可走得不太顺呀，或许，你是故意输的，以免和我交手吧。”

云胡不归瞪着他说：“其实，从一出发，我就已经失败了。我居然不察你做的手脚，就算是输了。”

天罗弑怪笑一声。

“教训总是要自己去体会才可贵。中的蛊呢？还要紧吗？”云胡不贾伸出瘦长苍白的手，放在云胡不归的手腕上替他搭脉，那一瞬间里，可以看见露出的指甲又长又弯曲。

“已经被人解啦。”云胡不归说，满不在乎地将手甩开。

“我认识了一些新朋友。”

“哦？”云胡不贾目光转向云胡不归身后，胖乎乎的巡夜师连忙上前鞠了个躬，客客气气地说：“这孩子是个使节，身上被人下了魅惑术，前来刺杀我们的夫环，图穷匕见，夫环知道不是他的本意，没有追究这件事。”

“天罗弑！”

“在！”

“你去那边帮他们卸货，暴风吼虎的组装可不是件轻快活儿。”

“是！”天罗弑应道，又斜了云胡不归一眼，邪恶地一笑，这才离去。

云胡不贾支开天罗弑，似笑非笑地问云胡不归：“你真知道是谁下的傀毒了?”

云胡不归眨了眨眼，有些迷惑：“不就是天罗弑吗？他想要借刀杀人，我却没察觉他什么时候动的手。”

云胡不贾将手指支在下颌处，一边沉思一边说：“这事商讨起来真有点麻烦，傀毒不是天罗弑下的，是我。”

“你?”云胡不归和一旁的陆脐都震惊得瞪大了眼。

“是我。任务失败了，按约定，你就不能挑战你师兄了，这岂非正合我意。”云胡不贾轻飘飘地说。

“我也许会死!”

“刺客总要冒风险，总比死在天罗弑手里好。”

“你谋刺我们的夫环!”巡夜师陆脐则低声叫道。

“熊悚大人表示不再追究，河络的自大令人印象深刻。”云胡不贾讽刺地一鞠躬。

“那应该称为大度!”陆脐气得脸都红了。

“我更喜欢我的说法。”

“为什么要这么做?”

“这孩子在我这里受训刺杀术，已有几年了。可是天罗三个分支，暗之天罗、苍之天罗、影之天罗，互不统属，谁也不服气谁。天罗弑是我师兄的徒弟，从影之天罗来的。你若是死在他手里，对我没有任何好处，你若杀了他，或许会影响两支天罗的关系。至于你的任务嘛，完不完得成则都意义不大。”

“只是个试炼，是吗?”云胡不归抿紧了嘴说。

“对，试炼。我们是生意人嘛，这个利弊要权衡，”云胡不贾摇了摇头，用扇子遮住自己的嘴轻笑，但他的眼睛瞳孔缩得极小，一点笑意也没有，“被俘也是一种试炼。”

云胡不归第一次叹了口气，流露出一丝失意："我失败了，你要赶我出天罗山堂吗？"

"按规矩本该如此，"云胡不贾微笑着说，"你的冰镜术修到第几级了？"

"四。"

"还克制得住你体内的邪兽吗？"

"还不行。"云胡不归垂下了头。

"这样吧，"云胡不贾摇了摇羽扇，"我有一条拯救之道，你去找一台暴风吼虎，配合毒鸦他们把地底的那些怪兽除尽，帮助他们挖出矿产。这一次，只许成功，不许失败哦，如若通过，仍算你在天罗山堂之列。"

"好，我知道了。"

站在一旁的毒鸦营山怀疑地看他一眼："我不觉得这是个好主意，河络的事情不需要外人掺和。"

云胡不贾呵呵一笑："暴风吼虎是昂贵的礼物，我必须评估它的作战效用。"

毒鸦冷哼一声，生气地走开了。

云胡不贾又说："没问题了？我倒还另有一个问题，木之傀术是天罗不传之秘——是你解的傀毒？"

巡夜师见云胡不贾一双尖刀般的眼睛朝自己身上望来，连忙摆了摆手："不是我，当然不是我，是师夷误打误撞，把它给解开了。"

云胡不贾微微一笑，又看了看云胡不归身后几名探头探脑的小河络："你交朋友倒是快。"

师夷早已按捺不住，从云胡不归背后跳出来喊道："哇，你个子真高！我可以摸摸你的胡子吗？"

云胡不贾看见师夷，猛然伸手捂住自己的眼睛，向后一闪身子。

巡夜师陆脐和云胡不归想不到他反应如此强烈，都有点吃惊。

云胡不贾摸着自己修剪精致的山羊胡，只能苦笑。“真是英雄出少年。”他说，避开那女孩，挨个打量眼前这些或是好奇或是羞涩的河络少年。他的白色眼眸中瞳孔很小，像是针尖，落在身上有冷滑的感觉，让他们觉得很不舒服。

云胡不归冷眼旁观：“云胡叔叔，听说你精通相面之术，是不是看出了什么？”

“嗯，这可难说。”商人手捏下巴，他的手指又细又长，同样给人以蛇的感觉。他突兀地问师夷：“你常做关于飞翔的梦？”

师夷惊讶地张开嘴。

“我能飞吗？”师夷问，她想吞口唾液，嘴巴却干得如同被熔岩烤过。

云胡不贾垂下眼睑：“命运最喜欢戏弄人，但你有一双可让人神魂颠倒的眼睛，我宁愿用一双翅膀来换它。”

师夷沉下脸，把头别到一边。

“别难过，可爱的姑娘。喏，你看，这次我来火环城，带了不少礼物。我想要给你们一人一份。”

他从随身的犀牛皮包里掏出一个泪滴状的小瓶子，递到师夷的手里：“这是一瓶蓝莲草香水，它可以让你在地火节上迷倒所有的男人。”

师夷惊喜地说：“这是那首歌里的花，爱情之花！”

小瓶子在她手上发着温润的光，她拧开瓶盖，嗅了嗅香水的味道，吐了吐舌头。

云胡不贾龇牙一笑，拍着师夷的肩膀说：“实际上，你根本就不需要它。”

“好闻。我很喜欢。”师夷斜瞥了云胡不归一眼。

云胡不贾随后抬眼望向沙蛤，沙蛤有点紧张，想要后退两步，却被师夷抓住肩膀顶在了前面。

“那么，你是干什么的呢?”

“我，我是名庖师学徒，这工作很有意义，我刚获得了第一枚职业挂坠……”

“那你为何困扰?”

沙蛤的脸沉了下去：“它们在和我说话，不停地说……”

“谁在和你说话?”师夷和阿瞳都问。

“那些……沙虫，还有被我们端上餐桌的鱼、火鸡和灰鼠。”沙蛤的脸色羞得通红，这些事他从没说给过伙伴们听。他可不想让伙伴们因为他是个傻瓜而失去友谊。

云胡不贾俯低身子靠近沙蛤。

他的牙齿也很长，沙蛤紧张地想，他就像一条蛇。

他对着沙蛤的耳朵轻声说：“虫语不是缺陷，而是对魔力的感悟。我不能给你传授星辰法术，但有天你会发现，和动物们交谈将获益匪浅。你是能抓住命运的使者，这确实令人惊讶。”

关于他的话，沙蛤一句也没听懂。

云胡不贾再次伸手，从包里掏出一副骰子。

“这只是副普通的象牙骰子，但若手法娴熟，可以发挥极大的效用。”他说，往手心里扔了两把，每把所有的骰子都是红色的四点向上。

他把骰子放在了沙蛤的手心里：“来试一试。”

“不可能，我不可能做到。”沙蛤的胖脸上全是汗。

“试一试嘛，快来。”师夷也这么催促他。

沙蛤抓住骰子，往地上一扔。四个骰子四散奔逃，显露出各不相同的点数。

“你看，我不行的……”沙蛤在大腿上擦了把汗，松了口气。他觉得本该如此。

但是云胡不贾并不肯放过他：“再来一次，心里头要想着你想要的点数，就像正在倾听那些禽兽的话语，听即是言。来，再来一次。”

沙蛤皱起眉头，仍然不知道该怎么做，他心里想着那些甲虫，心想如果它们会摇摆脚爪，大叫着“四点四点”，那该有多滑稽。他哧哧地笑着，又扔了一把，而这次他自己都懒得看结果，但骰子在地上翻滚了几圈，摇摆着落定，让周围的人惊叹起来。

沙蛤愕然地盯着地上发呆，那副骰子摆出来的赫然是一幅满堂红。

师夷已经跳了过来揪住他：“怎么弄的，教我教我。”

“我不知道!”沙蛤无辜地半张开嘴，出神地盯着自己的手看。

那时候，云胡不贾已经转过头面对阿瞳，直视着这名小铁匠的眼睛。他沉思了半晌：“嗯，还真有点为难，我不知道该送你点什么。”

阿瞳丧气地点了点头。

“我知道，”他说，“我什么都干不好，连师父都说我笨，我打的翅膀很重，难怪飞不起来，我经常想，烛阴让我去当铁匠一定是搞错了。”

“哈哈哈，铁匠？”云胡不贾说，“我也觉得你不适合当铁匠。烛阴之神只怕也是别无选择，只能出此权宜之计。”

阿瞳深深地低下了头。

云胡不贾笑眯眯地问：“那，你来我这儿学着当个商人如何？我会带你走遍天下的城市，遍览奇观。”

“这个不太好，当商人要算账，我数数经常会数乱。”阿瞳羞愧地说。

“那么，当一名驭手？我需要有人帮我驯服烈马。”

“我有一次帮板牙何蜃看管他的巨鼠雏兽，结果被那只出生才半年的幼巨鼠拖着跑过了半座火环城。”

“好为难啊，让我再想想，乐师？不行。皮革匠？不行。草药师？不行……”他每说一个不行，阿瞳就萎靡一分。

云胡不贾说到一半，手里那枚珍贵的琉璃盏突然脱手掉下，朝地上落去。

阿瞳猝不及防，猛地一弯腰，竟然伸手接住了那枚酒杯，虽然弯腰太猛，几乎摔了个嘴啃泥，但手上抓住琉璃盏，仍是高高地举起。

云胡不贾说：“你看，还说自己笨吗？”

阿瞳捧着琉璃盏，脑子乱成一锅粥，只会说：“我……我……”

云胡不贾赞道：“手比脑子快，这是一等一的好刺客材料。要不，来我这里，让我教你天罗刺杀术吧。”

阿瞳吓了一跳，手足无措地道：“让我去杀人？”

“杀人有什么不好？”云胡不贾满脸笑容，“乱世马上就要来临，做盗贼比做矿工更有价值。既正当年轻，你们应该尽快学会杀人、抢劫和偷盗才对。”

“啊？可是师父都不是这么说的。”阿瞳吃了一惊，咔嚓一声捏破了杯子。

“哎呀，”他惊惶地喊了一声，脸都绿了，“这、这，我赔不起……我不是故意的，任何东西到我手里，都会被打破。”

“你当然不适合建造，你只适合毁灭，”云胡不贾哈哈一笑，毫不在意那只名贵的琉璃盏，伸手拍了拍阿瞳的肩膀，“你可以再想想。”

他将一枚小小的铁钱塞入阿瞳手里。铁钱磨得很旧，上有模糊不清的花纹，似乎是雕刻着一只怪兽和一个裸女，相互缠绕在一起，一青一白，小却精致。

“等你想清楚了，就带着这枚天罗铁钱到悍然山城来找我。”

阿瞳摊开手掌，望着那枚铁钱发呆。

“真是有趣，嗨，你带了这么多东西来，是准备送我们火环城一人一件礼物吗?”师夷拽着云胡不贾的胳膊问。

“嘶——”云胡不贾痛苦地皱了下眉，“我本当拒绝，可是你的魅力真是难以抵挡。”

“这样吧，”他哈哈大笑，用扇子指着堆满市集洞里的货物，“我保证，火环城里所有的人，所有的人，都将收到我的礼物，一个也少不了。”

沙蛤望了望整座大市场堆放着的琳琅满目的货品，困惑地问：“你是说，卖给他们?”

商人微微一笑，用听不见的声音说：“我更喜欢我的说法。”

3

他们站在一堵悬崖上往下俯瞰。

矿工们正在他们脚下不眠不休地日夜搭建栈道，灯笼好像一串发光的蜈蚣脚爪。

为了抢进度，矿工们都过度透支了体力，严重的身体耗竭让他们格外疲惫，但是修筑在悬崖上的冲车道已经逼近了终点，只要再搭建一条越过瀑布的栈桥，就到达可以开采的矿脉地区了。

从悬崖上面落下来的水绵密不尽，但毒鸦可以看清每滴水珠。

他也很长时间没有入眠了，但疲惫反而让他的感知更加敏锐。他知道自己睡眠太少了，但所有人的睡眠都太少，包括夫环本人。

毒鸦擦去额头上滴下的液体，他不知道那究竟是汗珠还是水珠，反正很快就会被烤干。

“士兵的伤亡很重，昨天我们伤了七个人，折损了一人，前天是四个……”

“我不要伤亡数字，只要矿石。”夫环抓住毒鸦营山的衣领，把他拉近自己，用可怕的红眼瞪着他。

“打断一下，夫环大人！”有个矮河络在旁边跳着吸引他们的注意力。

熊悚扭过头去，发现是巡夜师陆脐。

“你来这里干什么？”

“这里太难找了，”陆脐擦着汗抱怨说，“大人，我有事找你，关于那桩工作，我遇到了极大的困难……”

“什么工作？”夫环不耐烦地瞪着眼。

“翻译那张地图啊，你忘了吗？”

“那张图！”熊悚烦躁地摆了摆手，此刻他可不希望巡夜师掺和进来捣乱。云胡不贾的暴风吼虎到场，那张图的问题对他来说已经全部解决了。

“……我的藏书塔被烧了，我要求侦破此案，此外，应该急速派人去龙渊阁或其他河络城采购《屈服之书》和《雾隐城梦兽笔谈》，这两本书对破解地图之谜很重要……”

陆脐继续絮絮叨叨地拉着他的衣角不放，让熊悚气不打一处来：“我这边多少大事急事要办，你却让我去买书？我要你找到夜蛾部对付沙虫的办法，你找到了吗？”

“当然没有，”陆脐理直气壮地说，“器而用者为之下，真正的好书上不会记载这些无用的知识。”

“滚！”熊悚怒喝道，“我在等一个重要的人。在那之前，你不要来烦扰我。”

“还在等谁?”

“他来了!”

悬崖上响起一阵纷乱的脚步声，当先二十多名全副武装的士兵走了过来，他们穿着一色的红色钢甲，赤红色的胸甲上雕刻着铁齿巨鼠的图腾。

为首的一名武士身躯庞大，面色黝黑，满是横肉，就像只狮子，无人怀疑它的杀戮能力，看到他那张凶神恶煞的脸，簇拥在狭窄栈道上的卫士不用招呼，就向后闪出一条路来。他隔得老远就开口喊道:“终于召唤我了，我在锚溪谷待得都快要渴死了。”

“渴?你是在说旱灾吗?”陆脐插嘴问。

赤甲摇空转身用冷漠的目光瞪着巡夜师:“我是说，再不让我的刀子喝点血的话，就要渴死了。”

“要用到刀子的地方很多。”熊悚沉静地说。

赤甲砸了砸自己的头盔:“没有问题，我会好好招待他们。”

“要我做什么?”赤甲摇空不耐烦地喝道。

“赤甲，你的士兵要接管整座火环城的防务，对任何莫名出现的怪物和陌生人都要杀无赦。”

“很好!”本身就是怪物的赤甲满意地叫道，“我喜欢这任务。”

“接管防务?这很奇怪，我们自己的士兵去干吗呢?”陆脐发问，他一贯管不住自己的舌头。

“少管闲事，巡夜师大人。”夫环的模样现在让人有点害怕。他头发焦干，眼睛里布满通红的血丝，压在低低的眉毛下，凶光暴射。

赤甲把那张疙疙瘩瘩的脸转向陆脐:“如果你想参与我们之间的游戏，也没问题，不过那样一来，你今夜恐怕就再难见到心爱的星辰了。”

陆脐面如土色。

“火掌，你那边还有什么问题吗？”

“图上的矿脉是对的，我们马上就要开始向前掘进了，可是矿工们的体力全都透支了。”

“我们需要一个总动员令，让其他的平民来帮忙，让他们去维护巷道，去拖运小车、去凿排水坑、去打戗柱、去攉矿渣，他们可以做的事情多着呢。我会发布总动员令。”

“确定如此吗，大人？”

虽然在河童殿里，小河络们的玩具就是矿工镐，他们到处挖坑，经常把老师绊倒。每个人多多少少都受过挖掘方面的训练，全民挖矿是可能的，但平民下到矿道仍有一定的危险，他们对地下和熔岩的情况不如职业矿工了解，他们甚至听不懂矿工之间的行话，因而他们的死亡率也远高过矿工。

“我们是矿工城，每个人的血液里都流淌着墨晶矿的黑血，他们会干好的，”熊悚拍了拍火掌肌肉结实的胳膊，“我会征集所有的人，所有能腾得出手的人，但别把他们派到关键的地方，别让他们碰到那些鬼东西，明白吗？”

“什么时候开始？”

“万铁之神在上！当然是今天！我已经让蝗眼准备多余的矿工装备了。”熊悚说，“还有什么问题？”

“我们一定能渡过难关。”熊悚仰着脖子说，热水顺着他的头盔流淌，一阵阵的地震撼动他们脚下的大地。

从那一天开始，铁鼠部落的士兵接管了火环城的所有防务和治安。至于熊悚，则把越来越多的火环士兵派到地下，他们全副武装，带着重型武器，似乎要去进行一场艰苦卓绝的战斗，但他们正在对抗什么，对平民们绝口不提。

只有分布在最前沿的矿工才知道他们在和什么战斗。

4

矿工的装备包括两只皮袋、带脸罩的头盔、厚防火服、干食品、锯子、铁镐、单刃手斧、长管水罐和一卷长绳。

找到适合沙蛤使用的工具，要比其他河络麻烦，沙蛤的个子最小，比其他的河络还要矮上几分。镐把对他的手来说太大，衣服太宽，裤管一直拖到脚面，即便是最短的单刃手斧，他背在背上，也如同蚂蚁撼大树般可笑。

沙蛤到现在还不明白自己怎么就从厨师学徒变成了矿工。

他就拖着这么一套庞然大物般的矿工装备站在大灰环入口前发呆，按理说他应该高兴，因为矿工比厨师学徒要受人尊敬。但实际上，他百般不乐意离开温暖的厨房炉火，钻到鬼怪横行的地下去。

可是夫环的命令不容更改。

“或许，我可以找到什么理由不去。”沙蛤暗自琢磨。阿瞳的铁兵洞十分忙碌，所以小铁匠免去了挖矿的活儿。

至于师夷，沙蛤怀疑她纯粹是没有职业而被遗忘在所有人之外，沙蛤深切地为她感到遗憾——挖矿总比无所事事要强吧。

他还在那儿想东想西，突然听到一阵熟悉的沙沙声从脚边传来，好像有谁在呼唤他：沙蛤，沙蛤，沙蛤！

他愣了一愣，猛地里一群甲虫从他头顶嗡嗡地飞过，然后落到一边的石柱子上，排列整齐，它们的角上套着红色的管子，说明这是一群正在受训的甲虫。

沙蛤刚意识到危险，虫师射牙大婶已经大山一样横在了他眼前，朝他伸出铁铸般一只胖手来：“你欠我的两只虫呢?”

沙蛤僵住了。

“怎么是两只?”他半仰着头想了半天，艰难地问。

独角仙和鹿角锹举着大角，在他周围歌唱：“两只，两只，两只!”

“当我不知道么，你养的那只死蜥蜴还偷吃了一只！那是我个头儿最大的铜壳甲虫!”

“我赔不起。”沙蛤低声说。他很想分辩那不是他的蜥蜴，但是阿瞳说，不能出卖朋友。

射牙大婶严厉地盯着他看，河络得等到十四岁以后才可以拥有私人财产，她遗憾地想，到那一天，沙蛤还需要很长时间呢。

“那就替我打工！每天的宛时到夜里瀚时，这段时间你都得替我卖力干活儿！直到我觉得可以的时候，就放了你。”

沙蛤的脸变成了灰绿色。

宛时到夜里瀚时！他会错过午饭时间，然后再错过晚饭，他会错过新蒸的包子出笼的那一刻，在所有人闻着热气腾腾的香气时，他必须待在臭烘烘的鼠圈里，吞吃冰冷的饭菜和汤，上面还漂着鼠毛！他可不想到射牙的薰鼠工场打工。

这一刻他只希望身在矿坑的最前沿，然而身型壮硕的射牙已经抓住了他的腰带，气势汹汹，如同山上杀奔下来的强人，准备将这一战利品拖回山寨。

沙蛤闭上眼睛，绝望地想着：快逃，快逃，快逃。

但他知道自己最多只是想想，不敢付诸行动。

射牙大婶从来不知道什么叫作用力过猛，她扯开了沙蛤的腰带，沙蛤肥大的上衣中掉出来一副骰子。沙蛤看到骰子在地上骨碌碌地翻滚出鲜亮的四点红色，那是云胡不贾送给他的礼物，突然之间，那名异族商人的奇怪话语又跳到了他的耳边：“听即是言。”

听即是言。

对沙蛤来说，倾听比表达要容易得多。

他听到自己的这种恐惧好像流水四溢，在隧道里流漫开来，滴答有声。

快逃，快逃，快逃。

突然之间，规规矩矩地落在射牙身边的那些甲虫不安地振动起翅膀，它们惊慌失措地飞向空中，有的向着火炬，有的向着灯笼，乱飞乱蹿，有的在空中相撞，有的落入火中烧得哧哧作响。

它们一起在沙蛤的耳边狂呼：

“快逃，快逃，快逃。”

他听到了这些话，然后将它们在自己的脑海中不断放大，放大。

甲虫们一起扇动翅膀，流星一样撞入黑暗的洞窟中。

沙蛤目瞪口呆地看着这场风波。

射牙暴跳如雷，她眼睁睁地失去了自己的第三、第四和第五只甲虫，如果她不赶紧把这些疯甲虫召回来放回笼子，也许还要失去更多。

“小鬼头，你施了什么妖法——等着我，我会再抓住你的……”她那庞大的身躯跳了起来，追逐造反的甲虫群而去。

沙蛤则抓住机会，捡起地上的骰子，收拾起他的所有装备，朝大灰环底跑去。

他从来没有跑得这么快过，身上的各类工具叮当作响，小小的心脏都快要爆炸了，同时却充满狂喜。我可以和那些甲虫说话了，他想，它们真的能听懂我的话。

这大概是他最快乐的一刻了，直到另一座如山般庞大的身躯挡住了他的视线。

狂牛陀罗瞪着一双绿豆眼，挑剔地打量着沙蛤的全身装备：“下次他们大概会把婴儿也派来吧。”

“我记得你，小子，”狂牛陀罗叫嚣道，“你跟小铁匠告状，让他来替你出头是吧？”

“不是这样的……”沙蛤徒劳地想要辩解。

“这回他可不在这儿，看看谁能帮你，”狂牛陀罗扭头喊道，“喂，长笔，让这小子和我搭班，我要带他见识见识真正矿工的生活。”

负责登记矿工名录的书记员带着有何不可的表情点点头，朝助手招了招手，沙蛤还没明白过来的时候，兜头一桶冷水就泼到了他身上。

“听着，你要是拖了我的进度，我就打死你，明白吗？”狂牛说道，一手拎起沙蛤顺着铺好的栈道向下走去。

狂牛陀罗也许是矿工中个头最大的一个，他站起来可以摸到巨鼠的鞍背，力量也是矿工中数一数二的，但狂牛分配任务时，却让沙蛤搬更重的东西。他们一起抬矿道撑木的时候，狂牛还有意让沙蛤抬粗的那头。

火掌舒刺匆匆路过的时候，瞥了他们一眼：“沙蛤，你行吗？”

“我……可以吧。”沙蛤说。他脸色苍白，紧咬牙关，却不肯认输。

“每一项使命都是有意义的。”这是阿络卡说的，沙蛤决心在僵直的手脚和酸疼的肌肉间找到意义所在。

熙熙攘攘的道路突然中断了，他们就被一条湍急的地下河挡住了去路，河边拥挤着一群群的矿工和平民，有的要下行，有的要上来。河中心本来有一座木桥，但却被急流冲垮了。所有的人都在吵吵嚷嚷，正在抢修木桥的锯木狗气急败坏地回喊道：“……到那边去，那边有个浅滩可以过河，别来烦我们了。”

走在前面的狂牛打量了一下水情，领着沙蛤往下游走去。

“他们说的浅滩不是这边吧？”沙蛤看见其他人都转向另一个方向，有点疑惑。

“你少来教训我，地上跑的笨蛋。”

“我不是笨蛋。”

“闭嘴。”

他们是向着悬崖外延走去的，可以看见地下河在悬崖边缘破碎成万颗玉珠，然后突然消失在边缘处。

“让他们去排队走浅滩吧，这么多人，得排上半个时辰才能过河。”狂牛说，“我带你走捷径，如果你不是笨蛋，敢来吗？”

“我敢。”沙蛤犹豫了一下说。

狂牛斜眼看了看沙蛤，三下两下扒去衣服，一步跳进了急流，他在水里晃了两下，稳住身子，然后瞟了沙蛤一眼：“喂，这水太深了，你还是别下来了。你不敢下来的吧？”

“我可以。”沙蛤说，扶住撑柱跳了下去。

狂牛陀罗咕哝了一声，拖着撑柱的另一头，向前蹚去，他故意挑水流最急的地方走。水势凶猛，就连个子高大的狂牛也被冲得摇摇晃晃的。

沙蛤咬着牙，使劲儿地推着撑柱走，但他的个子太小了，走了两步，就被水卷着漂了起来，猛地一下松了手，狂牛也没有抓住。

五十多斤重的大木头柱子被水推着撞在沙蛤的肩膀上，沙蛤踉跄了一下，呛了一口水，心里一慌，在光滑的岩石上滑倒了，眼看着撑柱瞬间就被水流卷出了十多丈远，消失在瀑布里了。

沙蛤好不容易才扒住一块露出水面的岩石，把头探出了水。

狂牛陀罗眼望着瀑布发了一会儿愣，转身推开水花，慢腾腾地朝沙蛤走来。

“我是怎么说的，”他吼叫道，“你把柱子搞丢了，你是存心的吧。”

“我不是……”

“你要不要打架，要不我们来打架吧？”狂牛走到他面前，居高临下地看着他，兴奋地说。

“别打我，这里站不住脚。”沙蛤艰难地吐了一口水，说。

狂牛陀罗却懒洋洋地说：“我喜欢就打，不喜欢就不打。”

他在触手可及沙蛤的地方站住了脚，低头俯视这个小孩。

沙蛤拼命地抓住滑溜溜的石头，身边奔腾而过的大水发出雷鸣般的巨响，砸在下面看不见底的深渊里。沙蛤的心里升起一股恐惧，他望着对面那张丑陋的大脸，明白过来，狂牛是真的不在乎他的生死。

他惊慌地抬头四顾，在这黑暗的地底深处，只有远处一队队路过的河络扛着沉重的撑柱，稀里哗啦地踩着水跑远。他甚至无法高声呼救，因为只要一张嘴，冰凉的河水就会灌入。

但是他能够和甲虫说话，也许他也可以和这头狂牛说话呢？

听即是言。沙蛤开始盯着狂牛宽宽的额角，使劲地想着：快逃，快逃，快逃。

“喂，你盯着我看什么？”狂牛发现了，骂骂咧咧地逼近过来。

“快逃。”他想得太用力，不小心说出了口。

“逃什么？”狂牛陀罗说，扇了他一记耳光。

沙蛤脸上火辣辣地疼，却不得不用所有指头都拼命地扒着石头，只怕一脱手，就会和撑柱一样被冲下去。

怎么不灵了，他的魔力失效了吗？

突然从水里跳出一只蝾螈，爬在沙蛤眼前两尺远的另一块岩石上，不停地叫：“小心，小心，小心。”然后掉头钻入水中，冒出一朵小小的水花。

狂牛把丑陋得像牛一样的宽鼻子一直伸到沙蛤的脸前："我听说那杂种商人送了你好多东西，把它们给我。"

沙蛤挣扎着仰起脖子，把头探出水面："不可以。"他大声说，使劲抬起头，又呛了一口水。

"那，就有点难办了啊，"狂牛挠着自己的头说，"不如，再喝点水吧。"

"嘿。"一个冷冷的声音闯入他们之间，让狂牛吓了一跳，转过头去，发现离他们几步远处的岸边石柱上站了位女孩，亭亭玉立，如玻璃人般纤细美丽，在这黑暗的地下城里，美得好似不真实一般。

狂牛揉了揉眼睛。

沙蛤的头正被压在水下，但光听一个"嘿"字，他足以辨认出那是谁了。

他多少次梦想再听见这个声音，却没有想到在这样一幅场景下重逢云若兮。

"你怎么这么没用？"云若兮说，声音里似乎有几分失望的味道。

沙蛤想要分辩，一张口又喝了两口水。

"别管闲事。"狂牛咕哝着说。

他的个头比云若兮矮了半个头，但块头却要粗壮上两倍，他从腰带上抽出锋利的铁镐，威胁性地瞪着眼前的人。

云若兮笑了起来："你，要和我打架？"她说这话的时候，语气既温柔又高贵。

狂牛陀罗有点犹豫："别管闲事，我打断过一个人的鼻梁骨，咔嚓一声，清脆极了。"

"是这样打的吗？"

陀罗只觉得眼前一花，还没看清对手的身影，已经被一脚蹬在了脸上。

狂牛的头向后一仰，一根烧红的铁条插入了他的鼻腔，鼻血正在从他粗笨的脸上流出来，肯定有什么东西断了。

他意识到那羽人姑娘正单脚立在他的脸上，好像踩着高跷一般。

“师父不许我和丑陋的地下人打架，不过，这也不算打架，我只是踩着你呢，是么？”羽人在他鼻子上说，语音轻柔。

狂牛无暇回答，他只想努力将这个女人从自己脸上赶开。他一只手还固执地按住沙蛤，另一只手臂无用地狂舞，但鼻尖上的人既轻盈如烟，又黏如噩梦。

狂牛陀罗想猛力地扭转身子，却失去了平衡，向后摔入水中，砸起了大片的水花，而鼻尖上的羽人女孩向后一个仰翻，轻飘飘地跃起，飞溅的水花甚至不能沾及她的裙裾。

等呛了个半死的沙蛤从水下冒出头来时，狂牛已经连滚带爬地跑远了，而云若兮就蹲在身前一块半露出水面的岩石上，一对酒红色的眸子眨也不眨地盯着他。

“喂，水里感觉如何？”云若兮说，脸上微露笑意。

沙蛤拼命地扒住她脚下的石头：“我，我……”

流水滚滚灌入他的眼帘，他想，自己就要淹死了。

云若兮的脸在水流的后面定定地看着他。

他突然明白过来，她不会救他，对她而言，他只是天空下一个陌生的小矬子，一个被欺负也还不了手的胆小鬼。

他把脸埋在流水后面哭了起来，放开了手指。

在沙蛤松开石头的一瞬间，她却一伸手，抓住他的后脖子，将小河络提了起来。

沙蛤被她伸长胳膊，提在手里，两脚还沾不到水面，云若兮看上去身体瘦弱，却轻轻松松地拎着沙蛤，像蜻蜓那样点着水面上了岸。

沙蛤瘫在地上连咳带喘，好不容易才缓过神来。

在沙蛤吐水的时候，她就那么蹲在一旁，冷静地看着他，然后问："你哭什么，小家伙？"

沙蛤的脸上爬满了河水，她却能看出他哭过。

沙蛤擦了擦眼睛，想说他哭，是因为突然察觉他离她太远了，但望着云若兮，就是愣愣地说不出来一句话。

她是那么干净和漂亮，就如飘浮在空中的一支白羽毛。

而他是只落水狗，愚笨、低贱、狼狈，像是坑道里躺着的脏煤球。

他们的世界离得很遥远，却奇妙地连接在一起。

他第一次对自己的生活不满足起来，第一次觉得厨房的工作之外或许也存在一些有意义的事情。或许，只有梦火者那么崇高的河络，才配得上和这么漂亮高傲的白天鹅交朋友吧？

云若兮不再看他，而是转头四顾："都说你们河络的地下城美得和宫殿一样，我看也不怎么样嘛！"

沙蛤爬起身来，茫然地看了看哗啦啦流走的河水，从发干的嘴唇里冒出来的却是这么一句话："你把我的搭档赶走了，我完不成工作进度了。"

"那就完不成吧。"云若兮出奇温柔地回答，她的话里或许还有着一丝轻蔑。

沙蛤张了张嘴，他知道自己又说错话了，但仍不知道什么才是正确的，于是他咬着嘴唇问："你是来我们这儿做坏事的吗？"

他的伙伴都指认她意图刺杀云胡不归，而地下矿道是绝不允许一个异族人在此闲逛的，沙蛤不清楚云若兮是怎么躲过警卫的眼睛，带着武器溜到此处，又是为何而来。此刻他看着云若兮平静文雅的眼睛，心里乱成一团，一会儿觉得她确是来行凶的，一会儿又觉得全是误解和污蔑。

云若兮哼了一声："做坏事的不是你们吗？"

"我们只是在挖矿，"沙蛤吓了一跳，慌忙地解释说，"这是我们的生活，最有意义的生活。"

"只是挖矿，需要这么多手端劲弩的警卫，需要调动铁鼠部的佣兵？他们可都是久经沙场的职业军人，"云若兮浮出一抹冷笑，"你们的夫环，有事情在瞒着你们呢。"

沙蛤无言以对，他的脑袋里从来没有思考过这么复杂的问题。

"或许挖矿就是要这么挖的吧。"他自己也没什么把握地说。

"你想得倒是自在。"云若兮侧头看了看他，"我在地下逛了很久，你们的生活即便不完美，至少很完整，如果有人强制把你们剥离出来，会很痛苦吧，就像从子宫里重生一样，可你会把母亲视为坏人吗？"

沙蛤瞪大了圆圆的眼睛："我不知道你在说啥，我没有母亲。"

云若兮大步在通道里走来走去，背上的双刀在火把下流动出妖艳的光芒。

沙蛤不知道她在想什么，憋了一会儿，小心翼翼地问："你见到布卡了？"

云若兮猛地站定脚步："如果让你做不愿意做的事，你会怎么办？"

沙蛤松了口气，这个问题的答案他知道："努力去做咯！"

云若兮默默地注视了他一会儿，突然烦躁起来："问你白问。好吧，我走了。我不该认识你，你也从来没有见过我，明白吗？"她一个翻身，跳上沙蛤遥不可及的上层栈道，立刻好像和那里的黑暗融合在一起。

她又一次要从沙蛤的生命里消失了。

沙蛤冲她背后大声喊：“可是这里有怪物……你不要乱跑。”

云若兮已然远去，只留下了一句轻飘飘的话：“你不就是怪物吗？”

第七章 白虎咆哮

1

暴风吼虎在河络当中一直不怎么受欢迎，它因为消耗极多的木材燃料而声名狼藉。一支暴风吼虎组成的军队不得不常常搬迁，因为当地的木材会被它耗尽。

解决的办法是用墨晶石取代木材，但是这也存在着一个问题：墨晶矿的稀缺。

因此，在很长一段时间里，暴风吼虎仍吞噬着一座又一座的森林。即便是用墨晶石作为风息子的能量来源，它吞吃矿石的速度依然如同饕餮进食，需要极多的墨晶石来维持运转和速度，但在火环城，用它来保护墨晶矿山，却可谓相得益彰。

这些来自龙嗡者的礼物确实名不虚传：带刺和倒钩的附肢可以轻松地攀附在石壁上，螃蟹般的脚爪四下撑开，在陡峭的岩壁上行走如履平地。

将风是一种生物体和机械的结合，河络与风息子之间的这种半共生关系已有上千年的历史，但作为军事利器的将风很少见，风息子似乎知道它们在执行的是杀戮的命令，总带有一丝阴森森的气息，暴风吼虎更是显得脾气暴戾，难以驾驭。

云胡不归好不容易才把身子挤进只适合河络的狭窄舱口，还要忍受风息子的丝藤缓慢地爬满身体和脸庞。

那些刺须虽然小而柔软，还是让云胡不归浑身发痒。

它们躲开了他的鼻孔和嘴巴，却几乎爬满他的墨晶眼镜，让他目不能视。

这是他第一次驾驶将风，暴风吼虎起步时歪歪斜斜，差一点翻入路旁的沟壑，引起其他河络驭手的哄笑。

任何人要这样去和地底怪物决斗，都会有几分犯嘀咕，但云胡不归的眉头都没皱一下。战斗对他而言已是家常便饭。

他只是试着挥舞了几下前爪上的粗大利刃，利刃划过悬崖，在坚硬的玄武岩上留下三道深印。

云胡不归点了点头，说："这样就行啦。"跟在队长毒鸦的后面，纵身跳入黑暗中。

只是小半天的交战时间，河络驭手们就领教了云胡不归的厉害，但他们不喜欢他的战斗方式。

他经常脱离队形，孤身一人冲入重围，进行短促又可怕的疯狂进攻，在被截断退路前又迅速后退，引着沙虫进入河络们早已排列好的阵型前，然后翻身截住退路，一个也不放过。

在任何情况下，他都只使用最有效的攻击方式，近距作战时，使用粗大的叉角和带刃的附肢奋力劈砍，远距就朝沙虫喷吐出一阵阵箭雨，但不论何种方式，都透露出一股决绝的冷酷无情。

他不知道敬畏神灵，敬畏生命；不流露怜悯，也不流露痛苦，暴风吼虎所过之处，石像如雪崩塌，夜光蘑菇好似群星散落一地，留下的只有死亡。

倘若有其他河络驭手遭遇危险，他总是袖手旁观，转身追杀其他巨沙虫。对云胡不归而言，只有杀戮是最重要的。

参加过锁龙河决战的毒鸦营山脸色一变，说：“想不到今日又重见蛮族人的战法。”

他告诫自己的手下：“你们不要把他当作战友，要当他是一匹狼。跟着他，但是别信赖他！”

他们在地底下夜以继日地战斗，矿工们则将矿道步步地深入，然后拓展成一枝枝的掌子面，随后挖掘出了成车的矿石。

沙虫虽然身躯庞大，寻常兵器难以杀伤，但却恐惧火焰。

它们被一再地引入陷阱，被河络们射出的阵阵火箭压制，虽然皮厚肉钝，依然露出不敌姿态，匆匆退却，逃向地底更深的缝隙。

河络一方也并非没有损失，两台暴风吼虎因为受损严重，被抬回火环城的铁兵洞修整。

火环城的铁大师东莫探头进一座歪斜的将风座舱查看，看见满眼的破洞和血迹，孔洞里还插着一些折断的针牙，还有一些破洞已经被风息子快速修复了，留下成串碗口大的粗疤痕。

沙虫的针牙正常情况下只有针那么细，但现在这些牙齿看上去却有投枪的矛头那么粗，而且同样锋锐。

“嗯嗯。”东莫说。

“怎么受损这么严重？”铁匠门罗是他的副手，可没这么好脾气。

他抱怨说：“这些厚皮可以抵御大象的冲撞，什么东西能给它们这样的打击？你们可真能瞎整，不要命了吗，这是谁操控的将风？”

“我。”蛮人少年说，他的额头上擦出了一个大口子，还在往下淌着血，但却浑然不觉。

火爆脾气的门罗一句骂人的话又咽了下去，转头责怪毒鸦：“怎么能让他一个人这么玩命？”

毒鸦冷笑一声：“他要寻死，拦得住吗？”

上午的战斗中，云胡不归驾驭的暴风吼虎脱离了队形，被两条沙虫挤到山崖下，四条长腿损毁，但仍然坚持着歪歪扭扭地回到栈道上。河络士兵们费了很大的劲才把云胡不归从挤扁的座舱中拔出来。

“我可不想死。”云胡不归懒洋洋地说。他撕扯下爬满身的风息子藤蔓，露出一张清秀的脸来，看上去也只是个少年罢了。

同样一个人，战斗时却好像座冰山，寒冷四溢，让人无法接近。

“嗯嗯。”铁大师东莫说。

铁大师东莫在火环城算是个特别严肃的人，他的话很少，无论人家和他说什么，都是嗯嗯的一声。

两年前他因为中风，左手不能动弹，即便如此，他的技艺在火环城中依然无出其右，享有无比的尊崇。

铁大师打开暴风吼虎的腹部检查，弩舱里还装有近五十支十二尺长的铁弩箭，上面绑扎着浸满獾油的火绒。荆北部河络的暴风吼虎确实是人间可以达到的极致武器了，只是吞噬墨晶的胃口大得吓人，也难怪龙噙者这么需要墨晶石。

铁大师独手拿着铁锤敲打了几下，凝目对暴风吼虎的腹下部位查看良久，那是风息子的核心根系所在，然后又把风锤门罗招了过去。

门罗撅着屁股看了一会儿，突然转过身问：“操作的时候，有什么感觉吗？”

云胡不归点了点头：“难控制。这东西是个暴君，完全是它在驱赶着我前进。”

风锤门罗露出了一个神秘莫测的笑容，对毒鸦说：“你来试试。”

毒鸦营山狐疑地看了铁匠一眼，钻入那台暴风吼虎的座舱，将风嘶吼着起步，刚一迈腿，又歪斜着摔倒在地。

东莫摇了摇头："根系有老伤。"

将风拥有机械骨骼，但肌体和控制系统都由风息子控制，驾驭者要和风息子形成某种感应，才能自如地驾驭将风，如果风息子的根系有伤，起先显现的不过是些控制不灵的小毛病，却随时会发作，置驾驭者于死地。

毒鸦从将风中钻出来，露出一副不得不服的表情问云胡不归："你就驾着这台暴君战斗了一天？——连我都玩不动这东西。这次你可真是走运还能活着回来！"

云胡不归擦了擦头上的血沫，毫不在意地说："人终有一死。"

"嗯嗯。"铁大师东莫说。

工场里传来一声巨响，然后是物品翻倒的声音。铁匠门罗皱起眉头朝骚乱的地方看去。混乱是学徒工阿瞳引起的，他在用铁钳猛力拔一根断裂的沙虫针牙，结果连人带铁钳翻倒在一摞半成品的铜头盔上。

铁大师独手拿着铁锤敲打那台暴风吼虎，然后又钻入腹部查看良久，出来后简短地说："这一台大修。那一台，报废。"

"大修？报废？"毒鸦满是疑惑地重复了一句，"不，不行，今晚我需要十二台，每一台都有用。"

"问题大，不出库。"东莫又蹦出来几个字。

毒鸦知道东莫的脾气，叹了口气："好吧，那就先给我能动弹的，那一台你们试着修一修吧，无论如何要试试。"

"嗯嗯。"铁大师东莫说。

看见铁大师点头了，风锤门罗连忙大声下令："阿瞳，过来，把这台将风也挪到大修室去，腾出地方来，小心点，别闯祸！"

阿瞳被带了过来，抬头望着高大得几乎碰到铁兵洞顶的暴风吼虎，有点不知所措："我来处理？"

他要踮起脚尖才能够得着它那粗壮的带刃前爪："真的交给我吗？"

"没有更多的人手，你就试试吧。"门罗大声喊。

门罗耸了耸肩："也就是死马当作活马医，领走试试吧。根系受伤的将风得哄着来，别捣鼓你的地火节作品，得多花点时间在上面。再来两个人，赶紧把那一台也推走。"

云胡不归郁闷地看着阿瞳把那台暴君带走："你们把它收走了，我怎么办？"

"休息一天，"毒鸦建议说，"你有几天没有休息了？看你的眼睛，有多疲惫和困顿。这样下去要累垮了。听我的，休息一天。"

"我的任务里没有休息这个字，"云胡不归眨巴着眼说，"我一刻也不能休息。"

门罗说："我们有约定，必须让他下去。"

"那就给他再找一台，该死的，别耽搁时间，我们马上要下去了。"毒鸦营山吼叫起来，转头不再看云胡一眼。

"我有点担心，"门罗一边监督铁匠们在其他暴风吼虎上装填新的弩箭，整理火绒，一边偷偷对毒鸦说，"你们也同样需要休息，这些暴风吼虎几乎没有修整的时间，看那些破洞，风息子填补好它们需要时间。断了的附肢和叉角也需要换新的铁骨骼，你们使用得太狠了，每一天我需要修复的地方都比前一天严重。"

毒鸦耸了耸肩，扣上铁盔，将头上的绷带挡住："放心吧，我们正在搜寻它们的巢穴。"他嘀咕着说，"马上就可以休息了。"

2

地下峡谷的栈道已经变成了忙碌的通途，墨晶石正在一车车地运出来，顺着曲折的木头冲车道拉到大市上，由包着黑头巾的仆人点验清楚，再将写满数字的账本递送到云胡不贾手中。

慵懒的商人并不怎么关注那些账本，他从地毯上半抬起胳膊，用扇子随便一划，他的扇子指到哪里，那些堆积如山的货物：绸缎、烈酒、香料和美食，就归了火环城。

“只要墨晶石。”他冲着手下喊道。

熊悚向他推荐说：“不来一点其他产品吗？我们的铜盾、飞鸟枪都很不错，还有精工镶嵌的盘蛇手镯、火成岩雕刻的砚台、木雕、石雕、磨脚石……都是火环城的特色产品。”

“卖这些东西有什么用，这些都是私营作坊的吧，他们在市场里卖这些商品，你们城邦得不到一点好处。”

“我要好处干什么？”

“你应该征税。我在东陆和北陆的任何一座城市做生意，所有的货品都会被抽取十一税，那些城主全都富得流油。”

“河络和你们不一样。”

“有什么不一样，这是生意。”

“这是贪婪。”夫环反驳说。

云胡不贾哈哈一笑：“我更喜欢我的说法。”

“太慢太慢太慢了，”他对夫环说，“每天二百车，什么时候才能装满我的象背。龙噙者对这样的进度不耐烦。至少要每天八百车，八百车！”

夫环心急火燎地说：“就这样我都没有足够的人手了，你不清楚下面的情况，不清楚。太难了，太难了。”

云胡不贾只是微笑，然后轻挥扇子："龙嗡者眼里看不到一点困难，他要治理麾下的庞大帝国，而你要对付的只是这么一个小小矿工城。你还想要什么？你的地火节不需要更多可以点燃的龙涎香吗？你的孩童不需要更多的食物吗？你的子民不需要更多的美酒来解渴吗？——听说拦住你们去路的是只杀不死的幽灵，我还以为地下真的属于河络的领地呢。来两口酒吧，这是上好的红菰酒。"

"别激我，"夫环熊悚咬着牙，捏着拳头说，"别激我。没有什么杀不死的东西，只是两条小小的沙虫，我很快就会搞定它们。龙嗡者会得到矿石的。"

"那些都是谎话。"云胡不贾停止了摇扇，他直视着夫环说，"你和我都清楚，你要提防的，不是沙虫，而是夜盐。"

3

那天夜里，毒鸦带着他的暴风吼虎小队深入地穴，他们偃旗息鼓，静悄悄地跟踪一条落单的沙虫，尾随着它在火山大裂隙里爬行，一路向下，逼近了火山的中心。

云胡不归驾驭着一台暴风吼虎走在最前沿，半个身子都被埋在风息子的根系中。他竭力从座舱中探头向外查看，这里的道路湿滑难行，但云胡不归偶尔会走神。

他不知道为什么，心里装的不是即将到来的血腥战斗，而是那个野姑娘。她那光溜溜的长腿和有着长睫毛的大眼睛。

暴风吼虎猛滑了一跤，一块石头从脚下坠入到黑暗深渊里。

看着吧，她最终会把我害死。云胡不归在心里狠狠地想。

这是一块低平的洞穴，直径大约有六百多尺，在他们发现地火之门的悬崖下方半里多处。

宽阔的洞顶像低垂下来的帷帐，地面上散布着许多石塔，石塔的边缘比刀锋还要锋利。

风吹过像是雕刻出来的石头，发出了轻微的哼声。地面上密密麻麻地画满了沙虫爬行而过的乱线，它们汇集起来，好像溪水流入大海，消失在洞穴边缘。

“就是这里了。”毒鸦示意大家赶上前来。

在洞穴边缘，一块黑糊糊的宽大裂隙横亘在他们面前，好像大地的咽喉，深不见底。

这里离矿工们挖掘墨晶石的掌子面很近，他们听得到镐头撞击岩石的声音，但是那些隧道被重重的岩壁所阻隔。

他们还能听到火山内部传来的隆隆声，好像山岩内部正在形成一场狂风暴雨。这里的空气很糟糕，飘散着带有硫黄的水蒸气。裂隙边缘的岩壁高处有许多道缝隙，水蒸气就是从那些缝隙里逸出的。

毒鸦驾驭暴风吼虎蹑手蹑脚地靠近，看见裂隙深处，有一些大如水桶的白色巨卵粘在岩缝里，一圈一圈的，如同雨后的蘑菇群。

后面暴风吼虎上搭载的河络弩兵开始往外爬，他们扛着引火物和柴火，好像一群被蜂蜜吸引来的黑色蚁虫。

毒鸦营山决定把钻开地穴的事情交给矿工们处理，他命令自己的手下：“要包围所有的出口，全部堵死，一条沙虫也不能溜出来。”

弩兵们开始绕着洞口堆起硫黄和硝石包，随后倒上一桶桶的獾油。

毒鸦营山看着他们忙碌，同时竖起耳朵仔细倾听，他觉得脚下的凝灰岩在震动。

它们发现了。

沙虫会知道他们在头顶上做些什么吗？

毒鸦很怀疑这一点，但他又总觉得这些沙虫已非虫类，在和它们交战的过程中，他领教够了它们的狡诈奸猾，他总觉得这些虫子聪明到足以猜出他们的想法。

接着，毒鸦就听到了巢穴内传来的躁动。

他吼叫着指挥那些步兵：“后退，后退。”河络弩兵们向后退却，在暴风吼虎后面围成一条松散的包围圈。

裂隙深处传来的沙沙声和咆哮声越来越响亮，猛地里仿佛有一股旋风，从石头的咽喉里向外喷吐而出，三四条巨沙虫的身影出现在裂隙口。

也就在那一瞬间，围成一圈的暴风吼虎朝着沙虫巢穴内射出了熊熊的火箭。

赤红的火焰照亮了黑暗的地底深处，洞口的引火物爆发了一场大火，火中升起的沙虫好像火焰的神灵，脱离了大地的引力，不断地向着大裂隙上方竖起，直到不可思议的高度，才重新向下掉落。

它们那多刺的躯体燃着大火，锋锐的尖牙在火中闪光。而从裂隙口中，还在不断往外涌出新的沙虫。

暴风吼虎和弩兵们四下散开，重整队形，然后再次朝沙虫射出密集的箭雨。

那些沙虫身上很快就插满了密密麻麻的弩箭，就像刺猬一样，它们在地上翻滚，散发出焦黄的气息。它们已经无力抵抗了。

凶猛的暴风吼虎继续合围，一步步地压近沙虫的巢穴。

毒鸦营山刚要喝令士兵们继续攻击巢穴里的沙虫卵，猛地听到从头顶上，从复杂曲折的洞穴高处，传来一阵渺茫的鼓声。那鼓声好像阵雨敲击滚烫的山石，不似火山内部的轰鸣，却似人手敲击而出，带着诡异的旋律和节奏。

从圆洞和那些岩壁裂隙里喷射而出的雾气似乎越来越多，腾空而起，弥漫了整座洞穴。

可是突然间周围变得安静了。

这太奇怪了。

毒鸦营山发现那些垂死的沙虫停止了翻滚，甚至遏制住自己的喘息，它们那相对身躯而言又小又蠢笨的一圈黑眼睛里，似乎闪烁着期待之光。

毒鸦营山抬头四顾，手中控制着的暴风吼虎感应到了他的恐惧，不自觉地一步步向后退去。他转着头寻找鼓声的来源，但火山岩里的裂隙千回百折，如同海绵孔洞般激荡回声，根本无法辨别方位。

无声无息，毫无预兆，脚下坚实的大地突然拱起，就好像它是块松软的沙滩。这景色违反了河络对地底的所有认识。

那道看似巨墙的岩壁就在他眼前粉碎，两台暴风吼虎和一些弩兵被抛向高高的半空，然后飞落到洞穴各处。

毒鸦营山陷入一阵梦幻般的迷雾中，他只看见一圈黑色的眼睛，好像地狱的梦魇，在他眼前不断升起。它们升到那么高，如果它们真是沙虫的眼睛，除非那东西的身躯大到可以吞下整个洞穴。他努力睁大双眼，然而无论河络的黑暗视力多么骄人，也看不清承载那圈眼睛的身躯。这条沙虫拥有黑色的身躯，掩藏在四周燃烧的火焰阴影中，忽大忽小，无法判断。

只有眼睛。围绕沙虫巨口的一圈眼睛。

当那一圈死亡的眼睛低下头来，正对着毒鸦。它头上的那些荆刺向外伸展，猛然望去，仿佛这只沙虫的头上顶着王冠。

毒鸦万万没有想到地下还隐藏着这么一只铁冠沙虫王。

根据他们豢养沙虫的经验，恐怕只有经历上千年的时间，沙虫才能长成这么庞大的身躯。如果它真的有这么长寿，那么这条沙虫就穿越了历史和时间，甚至目睹过夜蛾部落的覆灭。

现在，这只古老历史长河的遗子，低垂下戴王冠的头颅，朝它面前那些渺小的暴风吼虎看去——驾驭将风的河络们在这传说的恶魔面前，就像是被蟒蛇催眠的小鸟，全都僵直地呆立着。

恐惧好像铁钉，将这些以纪律和能毫不折扣地执行命令著称的河络士兵牢牢地钉在地上。

只有一个声音打破了僵局，那是云胡不归的咆哮。不要命的草原人压低身子，从暴风吼虎排列得整整齐齐的阵型后方某处发起冲锋，压低身子，笔直朝着沙虫王冲了过去。

面对这不自量的冲锋，铁冠沙虫王只是轻轻地喷了口气，云胡不归的那台暴风吼虎就在地上打着滚，一路撞翻那些石塔，发出可怕的断折声，坠落到大裂隙下面去了。

在某个极遥远又极近的地方，渺然的鼓声依旧。

沉重的操纵杆在毒鸦营山的手下抖动，从暴风吼虎上传递来的恐惧明显变得强烈起来。毒鸦营山听见身后传来一些响动，他扭了扭头，看见始终贴在自己身后的那台暴风吼虎开始掉头逃跑。

那是铁腿戎卡。

他的逃跑引发的恐惧立刻传染给了所有河络。暴风吼虎纷纷后退，然后掉转头开始逃跑，但让他们潜入低平洞穴的隘口此刻却显得拥挤异常。

首先是铁腿戎卡的暴风吼虎，奔跑太急，撞在了一处石塔上，踉跄着倒向一边，倒在了随后一台暴风吼虎的头上，那台将风的驾驭者大概受了惊吓，拼命后退，撞到了后面那台暴风吼虎，于是又激起了一阵推挤。后面的四台暴风吼虎也开始乱窜，试图绕开一条路逃开，但有一台被绊倒在铁腿的战斗将风上，四脚朝天地飞落在地，其中一只脚断折了，弯曲地伸向上方。

逃跑有什么用呢？那一刻毒鸦很想放声狂笑。他想起了夫环熊悚在瀑布下吼叫的话：“火环城就将覆亡了。”

作为火环城的子民，他们就如同鸟巢里的危卵，鸟巢若要覆灭，他们又能逃到哪里去？

脚边的道道火焰在奔流，毒鸦营山长长地吸了一口气，迈步朝前，他朝着眼前的黑色死神喷吐出一梭火箭，然后又是一梭子。

沙虫王的身躯像一堵遮没天空的黑色的墙，是一个不可能错失的目标。

弩箭发出清越的呼啸，插入黑如夜空的硬皮里，哧哧地燃烧着，然后又熄灭了。

它们像是攀附在树干上的小蔓藤，不能撼动参天大树分毫，但沙虫王还是被这阵火箭激怒了。

它低下枝枝杈杈的头颅，左右晃动，然后对准了毒鸦营山的方向，停了两弹指的时间，像是在瞄准，旋即猛冲过来。一路切开岩层，堆挤在路上的几台暴风吼虎好像蛋壳一样被挤碎。

它直直地冲了过来，大嘴周边绕着一圈火红色的眼睛，癫狂的小眼睛。毒鸦第一次清晰地意识到，这只巨灵神很可能已经疯了。

毒鸦明白，这是一场实力悬殊的战斗，留在开阔的洞穴里只能是死路一条。他转身退却，不是跑向被暴风吼虎堵住的入口，而是跳过那道藏着沙虫巢穴的大裂隙，他的目标是一段高高的陡崖，向外倾斜着，斜撑在大裂隙上空，好像从大地咽喉中伸出的一截舌头。战斗将风撑开脚爪抓住突岩和微小的岩石缝隙，向着高高的岩壁上方飞快地爬去。一边奔逃，一边疯狂地转动脚下的绞盘，给弩弓上弦。

追来的沙虫王呼啸着掠过暴风吼虎下方，只差一点点就咬住将风的后脚，它一头扎在岩壁上，撞得整座洞穴摇摇晃晃，密集的石块从岩壁上落下，发出雨点般的巨响。

暴风吼虎也意识到了危险，撑开六条附肢抓住突起的石块，全力吊起身体，向上跳跃攀登。

这道陡崖又高又向外倾斜，铁冠沙虫王急切间无法游走上来，只能是用尾部撑起身躯，贴着陡崖高高立起。

毒鸦营山让暴风吼虎的两只前爪牢牢地抱定一块突石，百忙中回头看了一眼。

铁冠沙虫王仰着脑袋，就在下面不足十尺处，已经伸长到了极限，肥胖的身体被拉得细长，带泡沫的黏液好像暗绿色的墨水从它身下挤出，散发出一股坏天气的气息。

毒鸦营山此刻正对着沙虫的巨口，不但能看见那一圈圈密集的针状利齿，还能看见齿缝间布满血红泡沫的唾液，看见咽喉处蠕动的肉红色内壁——那个咽喉大得足够一口吞掉三四台暴风吼虎。

就是这个机会，毒鸦想，他可以打败这个大块头。

他在自己的口中尝到了一丝胜利的味道。

在过去的征战岁月里，他曾多次面对死亡，一直以来，他都没有真正去想过靠的是什么才活了下来。或许是靠勇猛、河络的纪律或者一点点运气。不，这一切都是虚空，只有在死亡的磨石下挤压出来的战斗本能，才是他活下来的唯一原因，就像他本能地知道接下来应该怎么做：

他在岩壁上玩了一个复杂的杂技动作，让暴风吼虎松开前爪，在近乎垂直的陡崖上做了一个侧空翻，在掉落的一瞬间，用后肢上的倒钩抓住了突岩。现在他头下脚上地悬挂在悬崖上，好像一颗松果，摇摇晃晃，正对着沙虫王那张疯狂的脸。

地底巨兽满溢仇恨的眼睛好像一圈黄褐色的雾灯，近在咫尺，看得清清楚楚。它有着像山羊一样邪恶的方形瞳孔，巩膜很厚，泛着妖异的红光。

我倒要看看，你的眼睛是否也刀枪不入！

毒鸦营山暗自想道，十二支熊熊燃烧的火箭从暴风吼虎的腹部射出！如此近的距离，绝对万无一失。

但就在那一瞬间，沙虫王打了个喷嚏，从口中喷出了一口火焰，火箭一闪而没，化为了灰烬。

“众铁之王!”毒鸦营山刚怒吼了一声，就看见铁冠沙虫王昂起头颅，猛力撞击在岩壁上，厚重的悬崖就好像风中的树叶那样颤抖着，暴风吼虎抱着的那块突岩断开了，毒鸦直挺挺地落了下去，朝遍布上千支针牙的大口中落去。

“我完蛋了。”毒鸦营山想，突然感觉被横向里猛撞了一下，犀牛皮一样厚的暴风吼虎的硬壳发出可怕的吱嘎声，凹陷进了一大块，但他仍然踉踉跄跄地在岩壁上滑行着站住了脚，定睛看时，是云胡不归的暴风吼虎。

那个他以为早就死在悬崖下的草原人又爬了上来，没有逃跑，却和他并肩站在了一起。

只不过，他的暴风吼虎看上去伤得很厉害——六肢中断了两肢，另一只带大刃的前爪只剩下半拉子，累赘地吊在前腹下。

“我以为你从来不会救自己的同伴。”毒鸦说。

“没有遇到真正危险的时候不会。”云胡不归淡淡地回答，他的眼睛冰冷彻骨，带着暗淡的绿色，死死地盯着前方的怪兽。他一旦陷入战斗状态，就如同进入一个独立人格。

此时他的暴风吼虎和毒鸦的一样，各用两只后爪挟紧岩石，垂直地悬挂在悬崖上，好像风中的蝉蜕。

沙虫王就在他们的头部正下，那拉得长长的影子，投射在他们身上，岩浆在它的厚皮上反射着红色的光芒，就好像蘸满血水。

“我看它一时半会儿冲不上来，你快退吧!”毒鸦说。

“我？草原人从不退却!”云胡不归却阴沉沉地说。

“妈的，早知道蛮人从不听指挥！”毒鸦怒吼着说，“这是河络的战斗，我为头上的那座城市而战，你为了什么？”

“我为什么？”云胡不归愣住了，他从未考虑过这个问题。

他生来就是准备战斗的。从出生起就只有无休止的修炼、操习和刺杀，然后就是战火的锤炼，他被教导成永不退缩、永不妥协的战士。如果他有一刻不能战斗了，那么活着也就没有了意义。

可是为了什么去战斗，他却没有想过。

他的家人已经全死了。

他在草原上认识的人或许也全死了。

他还要为了谁而战呢？

为了天罗吗？为了那个他永远不能了解的云胡叔叔？

“呸，你不懂得爱，所以你的战斗是无效的，它令人恐惧，但是毫无用处。”毒鸦轻蔑地说。

沙虫王在他们头顶下方发出可怖的怒吼，光是那声音就足以吞噬下所有活物的灵魂，但云胡不归却再次走神了。

从天罗那里继承来的冰冷的战斗意识正在崩溃，一种青色的火焰从他的腹部升起，这火焰和过往他熟悉的暴戾的猛兽略有差异，云胡不归对此感到害怕，同时又兴奋。

此刻，他们的暴风吼虎就如孤独的两粒蝉蜕，挂在绝壁上。

石头的绝壁斜斜向外凸起，沙虫王一时游不上来，却可以弯起身子，猛烈地撞击石壁，房屋大小的石块不断从他们身边崩落。石壁剧烈摇晃，他们早晚要掉下去。

“人终有一死……”他轻声地说。

“但非今日。”毒鸦接过他的话，他们对视一笑，这对互相蔑视的异族人，在临死的决战前竟然有了默契。

云胡不归蹲低身子，弯下身躯，准备再朝沙虫王发起一次新的冲锋。

毒鸦营山的暴风吼虎猛地伸出两只利爪，没有攻击脚下的铁冠沙虫王，却挟紧了云胡不归的座驾，使劲向对侧的悬崖甩去。

“河络的问题，还是交给我们自己来处理吧，”他喊着说，“祝死亡无日！”

在死亡临头的时候，毒鸦营山纵声狂笑，为了人生的荒谬，也为自己感到悲哀。

他抓住暴风吼虎的触碰杆，感受到座下那台将风蓄势待发的力量。

“来吧，你这只小毛虫、长蛇精、吃货！”他迎头而上，面对铁冠沙虫冲去，但他心里没有战士视死如归的平静，只有充盈的绝望。

4

“我必须停止挖矿了！”夫环熊悚凶狠地喊叫，他的眼睛血红如地火岩浆，会让所有的火环河络恐惧地低下头去，“一个晚上的时间，我损失了二十三名最优秀的士兵！你知道是为了什么?!”

云胡不贾摇着他的羽毛扇。“你们这儿实在是闷过头了。”他抱怨说，立刻有乌衣仆人递上包着冰块的毛巾，替他拭去汗水。

“是一名小女孩发现了你的人，也不知道她是怎么把人拖上来的，到现在还昏迷不醒。我剩下的忠勇卫士则吓掉了魂，怎么也说不清当时情形……”

“我需要更多的冰水。”云胡不贾叹着气说。

熊悚掉头朝后面喊道：“你过来，说说那张地图的事。”

巡夜师抖抖索索地走了上来，朝云胡不贾鞠了一躬：“祝凶年饥岁，买卖萧条！”

云胡不贾嘴角上翘道：“祝旱魃为虐，如惔如焚！”

他说这话时，语意恶毒，可没有多少入乡随俗的祝福含义在里面，古板的河络却听不出来。

“天啊，能给点酒喝吗？我渴得快要死了。”熊悚蓬乱着头发喊道。

“有何不可。”云胡不贾大笑。身后的乌衣仆从给熊悚满上一大盅酒，熊悚一饮而尽，满足地打了个响嗝，云胡不贾示意乌衣仆从继续给他满上。陆脐眼巴巴地看着，舔了舔嘴唇，云胡不贾却不理会：“——你在研究那张地图？”

陆脐说：“如你所言，这张图乃是当年的夜蛾河络流传下的，此点倒是无疑。旧井道和冲车轨基都标注得清清楚楚，分毫不差，地下矿脉的走向也被火掌舒剌验证了。”

“那不是正好。”

陆脐擦了擦头上的汗：“不论画这张图的人是谁，他不但画了矿脉，还写了很多字，简略描述了夜蛾古城的争斗过程，警告后人不可进入。”

云胡不贾眨了眨眼：“这些字你都能认识？”

陆脐有点扭捏：“我的图书馆被烧了，欠缺许多资料，并不能全都看得明白。不过那张地图上有些古字在河络典籍《亘夜朱书》中也曾出现过，我还能辨认十之一二。这里面，多次出现一个红笔涂抹的大字，它出现在这张图上，是个险恶的警告。我怀疑指的就是最终毁灭夜蛾河络地下城的凶兽，那只铁冠沙虫。”

“你想要知道什么，我可以给你详解，那个字，是赤练盘蛇的意思。古人蛇虫不分，蛇就是长虫。”

“赤练蛇，这可不对。”

“衔尾赤练蛇不是我火环城的象征吗？”熊悚拼命地擦汗，喝了一盅又一盅的酒，“奇怪，你的酒越喝越渴。”

“没错，赤练盘蛇也即烛阴大神，就是你们树在地火神殿前的那玩意儿。”

“这话越说越不靠谱了。”陆脐梗了梗脖子，“烛阴乃是龙属，怎么可能是蛇，更不可能是地下那巨型沙虫了。沙虫乃是卑贱的动物，是河络圈养的食物。”

“烛阴即为赤练蛇之说，源自《雾隐城梦兽笔谈》的记载。至于龙嘛，书里面倒也提到了，只不过可不像你想象的那样。”

“《梦兽笔谈》，”巡夜师吃了一惊，“这是龙渊阁秘藏的书，巡夜师大会也只得了一本残本，你怎么有机会读到？”

“我有很多信息来源，”云胡不贾高深莫测地笑道，用一条丝巾拭了拭已经很干净的手，“那本书里记载了关于过去的一些奇怪生物。它说了好多关于一条衔着自己尾巴、身体围成环形的大蛇的故事……它们吞吃炽热的岩石，喝滚烫的熔岩浆，因为它们连自己的身体也吃，所以又被称为饕餮……”

“饕餮？这一定只是种误传。”陆脐哼了一声。

“……后来，这些饕餮神兽搬迁到越州北部的崇山峻岭中，为那里生活的一小群河络服务。它们以嘴衔灯，驱赶北方的阴冷和黑暗，又被称为烛阴。宋人邵雍所著的《皇极经世》作过详细的介绍。”

“……你还是说说龙的故事，”巡夜师张开大嘴，发呆了很长一段时间，“这本书里有关于龙的记载？”

“有一位夫环，他饲养龙。这位皇帝的名字叫乱夏孔甲。”

巡夜师陆脐发出了一阵哀叹：“河络历史上确实有这么位夫环，是一位胡作非为的残暴昏君。可是龙怎么可以被饲养？它是神兽，是星辰诸神的最亲近的爱宠……”

“也许是，为了吃它们的肉。书上语焉不详，只说‘龙一雌死，以食夏后’，也许养龙就是为了食它们。”

巡夜师咬着的烟斗几乎掉落在地：“天火在上！饲养龙，像养巨鼠那样圈着它们吗？或者，为了像牲畜一样吃它们的肉，就像河络饲养沙虫……沙虫……沙……”

“够了。”突然之间星眼陆脐纵身跳了起来，他指着云胡不贾，食指在不断颤抖，“你、你怎么知道这些？”

“哈哈哈，”云胡不贾露齿狂笑，“守护世界的十二神兽，王冠沙虫即为其一，你们遇到的这东西，是你们的守护神，不是凶兽。”

巡夜师陆脐迟疑起来：“如果是烛阴大神，怎么能不认识它的子民？”

“这有什么，你们比较愚蠢，或者，你们的这个长年祭祀的保护神疯了，并不认识你们。”

巡夜师不高兴地说：“你这是亵渎神灵。难道不能说是沟通有误吗？”

云胡不贾只是温和地笑笑：“我更喜欢我的说法。”

熊悚在一边怒吼道：“我才不管什么神灵什么凶兽，如今它阻在前路，我就无法继续挖矿。”

“多好的矿石，”云胡不贾说，不去看他们，把玩着手边一颗橄榄大小的墨晶石，“品质绝佳，别无分店。只要送到了天启城，整个瀚州的河络都会为之轰动，他们从来不会在其他地方见到品质如此好的矿石了。这是你们重振火环城矿石城威名的最后机会，一旦错过，不会再有。”

“没有矿石了，你还没听明白吗？”熊悚眼里冒着火气，“带着你的人，滚出我的城市吧。烛阴之神在上，你是不祥的黑乌鸦，来了之后，死的人够多的了。”站在他身后的天罗弑伸手去摸自己的刀柄，云胡不贾把扇子放到了他的手臂上，天罗弑才将手收了回去。

商人好整以暇地说："你们河络有句谚语，有四样东西一去不返——出口之言、射出之箭、过去的时间、错过的机会。没有准备好的人才会害怕眼前的机会。你是害怕了吗？"

"我从不害怕！"夫环怒喝道。

"任何河络佣兵团的伤亡只要超过三分之一，你们就会撤退，不论战局到了多么有利的形势，这是你们始终无法获取高薪报酬的原因。你们总是逃跑，在机会面前逃跑。"

"那是其他的河络佣兵。我从来不逃跑！"夫环熊悚竖起双眉时，面容狰狞，"如果是我出阵，我一定会砍下它的头颅！听说它脖子粗大，我不在乎砍上几天几夜！"

"哦，不不不，不要把精力放在这上面，没必要杀它！完全没有必要。"云胡不贾说。

熊悚劈手抢过乌衣天罗弑手里的酒壶，一仰脖子，将里面的酒全部灌入自己的口中。"我当然不信，"他愤怒地说，"可我不能不考虑代价。"

"和整座火环城的命运比较起来又怎么样呢？"

"你不能这么比。"满脸通红的夫环强压怒火说。

"沙虫王不是什么值得你担心的东西，虽然它在传说里吞噬过整座城市，但仍有弱点可循。"云胡不贾捂嘴轻笑，长如蝎尾的指甲被涂得血红。

"你有办法对付它？"

"策略有时比刀枪更能解决问题。"云胡不贾横了巡夜师一眼，欲言又止，河络却不解风情。

商人只得叹着气明言："夫环大人，我需要单独和你谈谈。"

熊悚这才挥手让巡夜师退下。陆脐怨恨地盯了一眼地上的空酒壶，踉跄着摸黑离去了。

这时，云胡不贾从袖子里掏出一支短笛。白玉色的象牙笛子看上去又精巧又脆弱。笛口附近雕有一只夜蛾，翅膀微张，羽毛状的触角弯曲着，好像美人的眉毛。

“这是什么?”熊恽狐疑地伸手攥住那支笛子。它的长短和笛孔的大小，都说明这是一支适合河络使用的短笛。

“夜蛾河络消失得太久了，你们已经忘了怎么和自己的神沟通了。”云胡不贾捻着自己的山羊胡子只是微笑，“这是夜蛾部的头人，或者夫环——谁知道怎么称呼——使用过的沙王短笛，落到天罗的手里已经有上千年了，始终在我们悍然山城的圣殿里保存完好。我出使越州，觉得或许有用，就带了过来。只要派人到沙虫王出没的地方吹奏短笛，就可安抚它。”

“要我就杀了它!”夫环跳着脚说。

一直半躺在地毯上的云胡不贾突然探起身来，一把抓住熊恽的胳膊。他的手指犹如铁箍。熊恽吓了一跳，抬头看见云胡不贾的两眼犹如火轮熊熊燃烧，射出蛊惑人心的光芒。

“没必要杀它。”

他刚想甩开商人的手，猛然间觉得肋上一痛，早前被刺客刺伤的伤口里好像有火焰在燃烧，青色的火焰顺着肋部向上蹿去。

那把刀上有什么问题，这个念头只是在他脑中稍稍一转就被抛弃了，青色的火焰已经彻底摧毁了他心里的防线，他一阵迷茫，不由得重复道：“没必要杀它。”

“更优先解决的是阿络卡。”

“是阿络卡。”夫环熊恽低声重复。

“我听说她要回来，离主城只有半天的路程了。”

“你的消息很灵通。”熊恽带着点茫然地说。

“我知道的比你想象的要多得多。她已经投靠了九原城的苏卫辰，她被收买了，你要小心，她会将你的子民出卖给奸诈的人族，他们将在她的带领下，走向奴役之地，你们将脱离火山，再也不会挖矿，整天和烂木头打交道，充当人类的奴仆。”

“这不可能。”熊悚挣扎着说。

云胡不贾逼近河络王的脸：“怎么不可能，她并非出生在火环城，她才是不祥之灾。你忘记上一次她来到火环城的时候，发生了什么？”

熊悚捏紧拳头，全身抖动。

“她是你的唯一败绩。”云胡不贾不依不饶地说，“这次她又在挑动一次逃跑，在火环城所遇的危机前逃跑，河络总是选择逃跑。要想洗刷自己的耻辱，你必须阻止她。我会唾弃你们，如果这一次，你们从自己的主城逃跑。”

“我绝不逃跑，我从来没有逃跑过。”

云胡不贾轻摇羽扇：“你有你的敌人，我有我的。我们都须各履其职，世界才能安然有序。”

“我明白怎么回事！”熊悚重重地哼了一声说。岩浆仿佛顺着他的脊髓向大脑奔腾，熊熊的火焰正在眼帘下燃烧。他将短笛插入腰带，抬起头来，大踏步地离去了。

5

那天下午，师夷纯粹是因为直觉，才会偏离她平时冒险的路线。

她喜欢一条隐秘的地下路线，这条路上，可以听到溪流低沉的呜咽，还可以透过一条长长的缝隙，时不时地看到脚下暗红色的岩浆拍打乌黑岩壁的景象。自从师夷六岁时发现此处，她就把这儿当作了自己的秘密花园。

这里到处闪烁着柔和的银光，一大片一大片的蘑菇顶着伞状的菌盖，一丛丛地生长着，好像密林一样。每朵蘑菇都从半透明菌盖下闪耀出光来，简直就是星辰的光辉。

蛇牙大婶的殖场里，最引以为傲的夜光蘑菇也不过手掌大小，而这儿密密麻麻簇生着的蘑菇丛中，动辄可见脸盆大小的伞盖。

小哎最喜欢在这些夜光蘑菇里打滚，直到身上沾满蘑菇碎片，通体发光。

在小路的尽端，溪流顺着一道悬崖跌落，无声无息地落入黑暗深渊里。

师夷到达这片乐土的时候，造成那场大骚乱的演出者已经回到了地穴深处，她其实什么也没听到，却明显地感到了心神不宁。

她朝瀑布底下爬去，一路上都看到折断的夜光蘑菇。小哎不满地跟着后面，念叨着："为什么呀?"

借着一丛发光蘑菇的光亮，她发现了石头裂隙伸出一只黑色的残肢，虽然断了，依然带着可怖的形状和杀气。随后，她又在附近发现到处都是散落的部件，一具受损严重的战斗将风镶嵌在一道深深的岩缝里，她惊惧得心脏剧烈跳动。

在那道裂缝里，她看到了昏迷不醒的云胡不归，仍然陷在风息子的躯壳里。小哎响亮地笑着说："哈哈！胡!"

虽然云胡不归自从到了河络地界，受伤仿佛成了常态，但这回比师夷任何一次看到他受的伤都要严重。他僵硬的身躯上糊满了干硬的血，脸上戴了一张红色的面具，座舱里积了小半潭血水，谁的身上能流出这么多血呢?

师夷的脑子里只来回反复着一句话："哦，他要死了。哦，他要死了。"

她不知道哪来的劲，涌身钻入石缝，拔掉云胡满身满脸的风息子藤蔓，将他拖了出来，他的身体内似乎仍有一点点的热气。

师夷抓住他的胳膊，艰难地负到背上，向来路爬去。

向上爬可比下来时难多了，即便对擅长攀爬的河络来说亦是如此，何况她还要负着一个人，只能借助左手和双膝使劲。石块夹杂着云母和石英在她脚下跳动着坠落，她不停地下滑，有一次向下滑了十来尺后才及时抓住一块突出的火成岩，停住了身体。

小哎很不服气地观察着师夷的举动，在一旁快速地爬上爬下，示范给师夷看，为什么不能这么灵巧地上下呢？

云胡垂在她的背上一动不动，他是否已经死了？恐惧增加了她的力量，她咬着牙一寸寸，一尺尺地挪动。她根本就不知道自己是怎么回到小路上的，只知道爬回小路的时候，两条胳膊上全擦破了，一只指甲折断了，指头上流着血。

在小路上，师夷找了一辆丢弃在路旁的破损矿车，把云胡不归放在上面，开始向地下城拖去。云胡的两条腿太长，只能拖在地上。

她拐出了那条小路，转入一条更大的支路上，然后是一条主路。越来越多的河络开始聚集过来，敬畏地围观云胡焦黑的衣服和覆满全身的血壳。小哎骄傲地趴在云胡的肩膀上，盘着尾巴，好像在共享这份荣耀。

另有一些河络向她后方跑去，去寻找其他幸存者。

就连矿工头火掌舒刺也被惊动了，跑过来问："发生了什么事？我们必须去报告夫环！"

师夷愤怒地叫道："你们爱去报告谁就报告谁，我只要和他在一起。"

她一直紧抱着他，轻轻地摇晃，只要看一眼，就明白是怎么回事了。

"过来，"火掌喊了两名矿工，帮她把云胡不归一起抬到路边的工棚里去，"让他们安静地待一会儿。"

那时候，他们已经找到了毒鸦的突击小队中更多的幸存者，散落在方圆十里地的地穴各处，大部分河络受了伤，但是也有几个人连点皮毛擦伤都没有，例如铁腿戎卡，只是有点吓傻了，直勾勾地盯着路边的矿石堆，嘴里不停地嘟囔着可怕的黑龙、喷火的食人虫之类。

河络们放过了师夷，跑去听幸存者讲述事情经过。

师夷揭开云胡不归身上的衣服，想要摸索他身上的伤口，又害怕此时加上一根指头，都会让他加速死去。

直到这时候，她才想起哭，眼泪像一串银色的雨珠，一颗一颗地砸在云胡的身上，溶化了上面干涸的血，露出了底下的文身。

云胡不归却在这时候醒了过来。

"听我说，师夷。"他声音清澈。

是回光返照，要说最后的话了是吗？

师夷紧张地抢在前面说："不，你什么都不要说。"

"听我……"

"我不要听。"

"我不会死，那不是我的血。"

"什么？"她透过眼泪惊疑地看着他。

云胡不归疲惫地说："我砍了那家伙一刀，是从它伤口里喷出来的血。"

师夷破涕为笑，猛地抱紧了云胡不归的身子。

云胡不归开始小心翼翼地吻她的脸，过了好一会儿，她才意识到他在吻走她的眼泪。

她往后退了一步，皱起眉头认真地看他："云胡不归，你怎么了啊？你的手在抖。”

“我很好。”

“一定发生什么了，你的胸膛这么烫。”

“我没法再杀人了，火焰已经吞食我了。冰镜术完蛋了，这就是发生的一切。”

熔岩风在胸腔里劲吹，他忘却了关于冰镜术的所有秘诀，被那股风完全牵着走了，但这种火热却和他之前担心的不一样。

它不是黑龙，只是另一股妖异的酥麻感，从胸骨往下，笔直一条线奔到胯下。

他眼睛里的狂暴让她害怕，那好像是一卷蓬发的旋风，会将她带入另一个世界。那是她所期盼的吗，可她的心脏为什么跳得这么厉害？

“哦，云胡不归，我该怎么办？我爱上了一个陌生人。”

“那就爱吧。”他的眼睛明亮认真。

他说这话的时候，大地又开始震动，小石子好像冰雹般砸在工棚顶上。

大地在以它的方式传递着信息，而师夷甚至完全没有感觉到这场小小的地震。

她只知道，她等待了许多年的那件事情终于到来了，虽然不知道它从何而来，来自天空，或是来自暗黑的大地之下。

他们抱在一起，额头贴着额头，谁都没有说话。棚子里的气氛变了，她的脸突然红了，伸手要撑开云胡不归的脸，但却碰到草原人火热的胸膛，青草的气息席卷而至，淹没了她的脸庞。

龙的影子很淡很淡，仍在云胡的胸前游走。那匹她曾经发现过的，在云胡内心深处藏着的野兽浮现出来，既危险夺目，又轻巧无声，让她有些许害怕。

“别担心它，它现在不在这儿。”云胡不归轻声说，把她按倒在地，扯去了她的衣裳，好像扯去蓓蕾外的苞衣。

师夷躺在云胡不归的臂弯里颤抖。蛮人的刺青环绕着她的身体，她就好像躺在一匹青色的锦缎上，身上只剩下一个铁手镯。

“这是我妈妈留给我的。”她用手护着胸口说，也许只是因为害羞，想转移下话题。

“她要有多爱你，才会留下它。”

“你是说真的吗?”

“我看得出来，它很珍贵。”

这还是师夷第一次听到有人这么评价它。她抚摸着云胡不归的头，幸福地闭上了眼：“你说它好，它一定很好。”

云胡不归的手紧紧地抓住了她，把她从这层浓厚的幸福云团中抓了出来，他的手烫得她几乎要叫出来了，但现在她并不担心他的身体，此刻她要担心的是某种东西带来的疼痛。

蛮人和河络的身体差异，或许在某些故事里被有意地夸大了，但云胡不归的矿工镐开凿出进入她身体的隧道时，疼痛仍比她想象得要猛烈。

师夷咬牙忍受，然后她的眼睛猛地睁大了，一阵甜蜜感如同火炉中冒起的青烟腾起，草原上升起大片的鸟群，春天大雨之后的万物滋生，突然间发酵成狂风暴雨。

她又惊疑又欢乐地轻叫了一声后，就再也停不下来了。

云胡不归的身体越来越烫，简直就像个烧开的铜水壶，他把她拉近，举到自己的肩膀上，她则踢腾着她的腿，如同快马奔驰，踢起大片水花，喜悦在她身体中部好似莲花怒放。

在那一刻，她拼命地贴近，想要钻入他的怀中，彻彻底底地融为一体，把一切地底禁忌、古老诅咒，把一切火炉嬷嬷的黑暗童话统统抛在脑后。

这是个伟大的黑暗时代，星辰逼近大地，地火疯狂蔓延，一代新的英雄正在成长。这是蛮人和河络的碰撞，刀与火的碰撞，在这个最长的夏季即将结束的日子，他们饱尝了爱的美酒。

她在一片笼罩全身的眩晕中展翅飞翔，从未见过的景色展开在她的脚下，我是个羽人，她想，但那只是短暂的一瞬，随后她开始坠落，这种坠落无限长又无限短，下面是一片平静然而无底的深渊。

火环城即将迎来漫漫长冬，在这之前，还有极短暂的快乐时光。

“云胡。”

“我在。”

“云胡，你会带我走吗？”

“我会的，但是需要时间。”

“嗯。”

“云胡不贾很快就会离开这里，他会带队去寻找新的河络城。我在那个时候离开会比较安全，然后我会回来找你。”

“可是我再也不想等了。”

云胡不归思索了一会儿：“那我们就现在走。”

师夷突然紧张了起来：“我是不是会破坏你的生活？我在这儿就总是这样，我总是践踏植物，羞辱石雕，破坏那些珍贵的展品，我嘲笑这儿每一个人的生活，我是个破坏者……可是我会改，如果你要……”

“你已经破坏了，”云胡不归亲了亲她那流露出一丝惊恐的眼睛，“但这就是我想要的——我的杀戮结束了。”

师夷满足地叹了口气，翻了个身，抓住他的手，他们的手指自然地缠绕到了一起：“我很好奇，你们来这里到底是为了什么，为了买矿石吗？”

“我不确定。”

“为什么这么说?”

云胡不归迟疑着说：“云胡不贾，是个非常危险的人物，他绝对不是个平平静静做生意的人。”

“啊，那这里变得很危险啦?”师夷听了呵呵直笑。

“云胡不贾说我们是来拯救你们的。”蛮人少年苦笑一声。

“要是我，可不会相信他的话。”

“这可不是玩笑，”云胡不归正色说，“刺伤熊悚的把刀上有毒，你们的夫环可能已经被控制了。”

“那个暴躁家伙！我一点也不喜欢他，如果被个其他稍微正常点的人控制，倒是件好事了。”

“我觉得走之前，应该警告你们这里的什么人。”

别管他们，我们自己走就好了。那句话卡在了她的咽喉里说不出来。这座城市里真的没有任何她值得留恋的东西吗?

师夷摩挲着套在上臂的手镯，慢慢地说：“你知道我的父亲是名羽人吗？我始终觉得，在十六岁那一年，我会变成一名真正的羽人，我会展翅飞翔。可是今天我突然害怕了，如果我不行怎么办?如果到了十六岁，我仍然是这副模样，仍然是名河络该怎么办?”

她转过脸小声说：“你不要抛弃我，云胡不归。我只能依靠你了。”

“我不会离开你的，不论你是羽人还是河络，对我来说都一样。”

她叹了一口气，抓住了他的手，把它压在自己的胸膛上，闭上了眼：“你不会离开我。”

她满足地沉沉睡去。

云胡不归却变得睡意全无了。

他翻了个身，把另一只胳膊枕到头下，从工棚子的屋顶破口看着头顶上方那些岩石，那些岩石不知有多少万钧重，沉沉地压在他们将要走的路上。

胸口闷烧的妖异火焰还在燃烧，他知道自己并没有彻底摆脱它。

6

越岐山是一座行将死亡的火山，它已经有数千年的时间不再喷发，但是在它的腹部，依然蕴藏着火热滚烫的岩浆。

在深入火山口的环形隧道底部，有一眼地火之井，直通地底的岩浆之海，血红的岩浆数百年来通过地火井的管道喷涌不息，那就是火环河络的不灭之火。

环绕岩浆之海的厚岩壁就像是个杯子，在熔岩的压力下轻微颤抖，引发一阵又一阵的小地震。零碎的渣石漂浮在岩浆海的表面，散发出淡淡的硫黄气味，一股股浅蓝色的袅袅轻烟飘浮在空中。

一处倾斜的坡地上，散布着从整个火环城收集来的垃圾，只要有轻微扰动，就顺着陡坡滚滚而下。在坡地尽端，通往岩浆海的悬崖边缘，两个相互咬合的巨石滚轮随着亘古已有的节奏缓缓旋转，碾碎吞吃下整座城市的垃圾。河络们相信这些毁坏的物质将会在火中重生，千万年后演化成矿石重回人间，就连河络们自己，死后也要经历过这么一遭清算。

在危险的悬崖上，孤立着一个人影，那是老布卡，负责给火环城清除垃圾的老河络。火焰映照在他赤裸干枯的胸膛上，看得出岁月留下的点点瘢痕。偶有爆炸的火星喷上半空，让空气里充斥满有毒的硫黄气体，但影子一动不动，呆若木偶，似乎被那些搅动的火焰带入了梦中，又似乎在等待灵魂最后的清算。

空中有一张飘飞的废纸，它被热气带动，漫无目的地四下飞舞，突然间无声无息地分为两段，向两边飘去。

地底升起的烈焰仍然在燃烧，旗帜一样升腾，然而洞窟里仿佛突然冷了起来。站在悬崖边的布卡这才动了一动，好像从梦中惊醒。

“天罗刀丝已经布好了，何不现身呢?”他问。

不知道什么时候，被烈焰映照成红色的岩壁背景下，一个乌衣人的身影现了出来。他戴着顶斗笠，穿着墨染乌袍，赫然就是与云胡不贾形影不离的天罗弑。

他高踞在坡顶高崖上，居高临下地俯视布卡。

“只有一个人？是瞒着你家主人来的吧，他不会托大到只派你一个人来。”

“动你这么一个糟老头子，也不需要更多人出马，”乌衣人狞笑着说，“与垃圾为伴十多年，整个人也变成垃圾了吧。”

他动了动藏在袖子里的手指，紧挨着布卡身边，一条伸到半空中的废旧桌子腿悄无声息地又断成了两截。老布卡倏地一个翻身向后跳起，身体轻盈，快如闪电，怎么也不像一名糟老头子。

形形色色的旧门窗、漆盒、木头陀螺、算盘如同溪水湍流向下滚动，常有某件物事突然间就断为两截。

天罗刀丝已经如蜘蛛丝般密密麻麻地布满四周。它们细微得难以察觉，若非凝目细看，几乎看不见，同时又锋锐坚韧，只要碰触到什么，就将什么一切为二。

布卡那一跳看似轻松随意，却正从两根交错的刀丝间穿过，只要差之毫厘，他的两条腿就会被切下。

乌衣杀手脸上闪着残酷的笑，他是站在岸上的渔人，手上牵扯着看不见的杀人之网，拉到哪里，就将死亡带到哪里。大网终究会收紧的，网中的鱼儿怎可能找到反抗的机会呢?

“可以落脚的地方会越来越少哦。”天罗弑说，他手指轻动，布卡再一个斜翻身，燕子般紧贴着地面掠过，裤腿上哧的一声，已经裂开了一道小口。

“你年纪轻轻，已经学到九重天罗了?”布卡略带惊讶地说，“你不是云胡不贾的徒弟?”

“这次对了，”天罗弑说，食指一竖，牵扯两重天罗当头罩下，“我是他的师侄，钦定的苍之天罗继承人。”

刀丝的破空之声极其细微，偶有两道刀丝交错相碰，却又发出琴弦交鸣之声。布卡纵跃闪躲，星丸跳掷，在空中轻踢热气腾腾的空气，然后飞鸟一般落在翻动的破镜、暖炉、木头玩偶、旧三弦组成的浪潮之中。

天罗弑的脸上悄然闪过一丝不易察觉的喜色。布卡的最后一跃虽然避过了六道刀丝的左右闪击，但却正落在天罗刀丝的网心处。

天罗刀丝就如同散布的蛛网，一等猎物入彀，就会慢慢地缠绕上去，猎物越是闪避，陷入越深。

天罗修习的碎雪之舞，便是将猎物一步步逼进死亡之地的法门，那是逐渐冻结的死亡，到了最后，他的周遭都会布满刀丝，如同一个密密包裹的茧，连一根小指头也动不得分毫，手动，手就断下；脚动，脚就断下；呼吸，胸部就被切开；说话，咽喉就被掐断。

而此刻，布卡却自己一步跨入死亡的网心。他空着双手，环顾左右，汗水从斑白的鬓旁滴下。

杀手忍不住冷笑道：“从来没有人徒手能从九重天罗的网心逃出，我倒要看看，你们影者不是肉做的身躯!”

乌衣人除下头上的斗笠，露出一张年轻的脸。他确实年岁尚浅，但天资聪明，入了天罗不过十年，已然尽得真传，只是欠缺经验与资历而已。

他来会布卡，一来是想掂掂影魁的分量，二来也是想为自己的进阶添加筹码。眼前所见，这影魁并没有云胡不贾说得那么神奇，或许还是老了吧。

天罗弑心中暗喜，双手急挥，漫天刀丝一起发动，覆天盖地，向着网心急速收束，眼见就要将那老河络绞成碎片，行得快的一根银丝已经沾上了老布卡的胸口，布卡此刻避无可避，不得不伸手格挡。

那就从手臂开始。天罗弑狞笑着暗想，手上微拉，想将这名动天下的影魁一点一点地大卸八块。

但是坚韧又锋利的刀丝却像是碰到了阻碍，在布卡胸前弯成一道弧线，前进不得分毫。

天罗弑大吃了一惊，只听到布卡在网中的笑声："天罗刀丝名声在外，我一直好奇，它和破瓷瓶到底谁厉害？今天终于可以试一试了。"

天罗杀手定睛看时，发现布卡手里拿了件破口的青花梅瓶挡在身前，定然是随手在地上捡的。天罗刀丝能够轻易地割破三重犀甲，但对上了坚硬甚于钢铁的硬瓷，竟然是连道划痕都没有留下。

只见布卡啪的一声敲碎瓶底，右手穿过底部，将那瓷瓶套在手腕上，俨然成了一个瓷护腕，他手腕翻动，将四周刀丝尽都缠在腕上，再使劲一拉。

天罗惊叫一声，只觉一股无法抗拒的大力顺着刀丝传来，左手几根手指欲折，只得一松手，手上一枚碧玉指环脱手飞出，指环上连着的刀丝落入虚空，登时软了下去。

布卡再一用力，天罗弑右手上的指环松脱得稍慢，整个人如同上钩的大鱼一样，被布卡生拉硬拽扯了过去。

天罗弑一咬牙，左手在腰间一抹，手上现出一道弧形的刀锋，发力猛斩，只听得四下里传来的绷断之声不绝于耳，刀丝尽断，他右手脱困而出，双手各现出一道弯刀，银光闪烁，扫出一个大圆，如同平地起了一道旋风，地上那些散碎的垃圾如同被风卷起的落叶，哗啦啦地绕着这道圆圈旋转。

“我还没有输，”他咬着牙说，“我要让你知道，天罗可不仅仅是靠刀丝杀人。”

“那好，再接接我的独门暗器。”布卡一扬手，呜呜的破空之声传来，一件银光闪闪的物件在杀手的瞳孔里越来越大，却是一块无底的锡水壶。天罗横刀一格，这暗器速度不快，却来路怪异，啪的一声正中眉心。

杀手闷哼一声，向后倒入如海般的垃圾中，只听得咔嚓一阵乱响，身下也不知压碎了多少杯碟鱼骨，梳妆盒子、断齿的梳子、漏了的水斗、断了的水烟筒喧嚣而起，如同巨浪将他掩埋其下。

天罗弑拨开垃圾，摸了摸眉心，上面已经肿了起来，还印着锡壶上凸起的花纹，也不知是喜鹊登梅，还是马上封侯。

“被垃圾打败，是何滋味？”老布卡站在他眼前问。

天罗弑抬手一刀，迅若闪电，但老布卡的人影又消失了。

天罗弑腰背用力，弹身而起，回顾四下，竟然看不清老布卡的位置，只有隐隐约约的一团雾气在熔岩火焰的热气里飘来荡去。

“我身无形。”这个词闯入天罗弑的脑海，那是老师所说，影者最可怕的伎俩，他们无身无形，暗夜袭来，如风入林，唯有刀丝是隐身术的克星，但是此刻他刀丝已断，怎么才能杀中这飘忽的幽灵呢？

“我不服，我不服，”天罗弑吼叫道，“我苦耗天罗十年志，所付出的所有苦，都不曾想回头，我只想在天罗山堂那块碑上，刻上我的名字，就只这三字，再没有其他人的。我要的，从开始，就只这三字……”他边吼边旋身乱砍，双刀舞起道道旋风。四周的碎碗，破碟子，好像被风卷起的落叶，滴溜溜地顺着斜坡向下滚去。

“你入天罗山堂不是才九年么，号称什么十年？”看不见的影子在他身后冷笑，“武德十三年七月，你从天罗山堂西南小门而入，身着蓝色布袍，你跪拜磕头时，一只黑尾山鸽从你师叔的椅子背后飞出，那一天云胡不贾告诫说，要你忘记自己的过往根本，忘记那些公义法则，才能登上成功者的殿堂，你忘了还是没忘呢？”

天罗弑的双刀凝在空中，脸色变得煞白：“……你……你怎么知道这些。”

“悍然山城号称飞鸟不渡城，但对影者来说，只是寻常——云胡不贾教给你的，还真是少啊……”声音骤然靠近他的耳边感叹说。

悬崖下巨大的铅轮咯咯作响，一个木头车轮顺着坡道蹦蹦跳跳地跳过铅轮的碾压，跃入熔岩井中，爆出一团明亮的火焰。在那一瞬间里，天罗弑看到了一个人形的幻影在自己左边显现。

他一个虎扑，双刀各向左右挥击，划出两道长长的弧圈，随后倏地一跃，从上而下，直上直下的一刀劈下，空气被割裂成四块，呜的一声向四边推去。这一刀叫十字斩，最是刚猛雄健，攻击范围亦是最大。

天罗弑苦练了十年，中间那白亮亮的一刀，可以将一匹奔马一斩为二。这一刀他已抱定必死之心，拼尽全力，施展出来时威力无匹却一刀砍在了地上，激起一道半尺多高的垃圾浪潮。

他还未来得及收刀，已经感到一阵温热的呼吸贴在自己身后，接着胸口一痛，突出一根长而弯曲的骨刺来。那是从沙虫口中掉落的牙刺，长有半尺，卡在他的胸口隔膜中，让他胸间剧痛，吸不上气，吐不出声。

“这是影者杀人的手法，与你天罗相比如何？”一只手在他肩上一推，天罗弑向前倒入熔岩海中，他的身体在红色的海洋上只显露出一个小小的黑色剪影，随后化作熔岩表面留下的一点儿亮迹。

布卡对天罗弑留下来的残迹看都不看一眼，扔了手里的断牙刺，又回到早前的入定状态。

另一条黑影蹦跳着从岩壁间飞跳而来，轻飘飘地飞落在布卡身边，身形婀娜，却是云若兮。

布卡头都不抬，道："你来迟了。"口气中颇多严厉之意。

"真的要这么做吗？"

"莫非你还有疑问？"

云若兮犹豫了一会儿，直视老河络，她的眼睛平静高雅："来火环城之前，我以为这里不过是座黑暗压抑的地下城市，河络是些只会低头挖矿，面目丑陋的小矮子。但我没想到他们的生活很完整，看待事物简单又淳朴，他们眼睛里看到的都是美，我不忍心摧毁这些美。"

老河络布卡的眼睛里只有锐利和冷淡："你舍不得？"

云若兮不语。

"你是谁？"布卡问。

"影者若兮。"

"撒谎。"布卡用粗糙的右手，抓住了云若兮的下巴，将她的脸转向自己，他那灰色的眼睛又深邃又寒冷，让云若兮打了个冷战。

老河络轻蔑地说："我一贯不喜欢羽人。你们很难成为合格的影者，羽人行走在云端，仿佛死亡与己无关——你们太骄傲，而影者需要的是谦卑。"

"我能做到。"云若兮低下头说。

"你做不到，"布卡针针见血地说，"你的内心仍是名羽人，你不是同情他们，你同情的是自己。侍奉影之神的人必须先放弃自我。你因为失去了某人的眷顾，以为自己再无所求。你遁入影者门中，甚至把影人锥换来的机会让给了一个陌生的河络小孩。你以为这就是放弃自我了吗？不是。必须等到某一天，你舍得摧毁自己的美，才算是一名真正的影武士。”

云若兮咬着嘴唇，把头扭向一边。

“今晚我们必须再次行动。你的影人锥在我手上，我要求你服从，任何时间，任何事情！你必须记住自己的承诺：**我身无形，始自今夜，至死方休！**”

云若兮悲伤地点了点头：“我会服从的。”

“澜州夜沼里的那个怪物已经变得更加强大了，留给我们的时间不多，没有时间浪费在感伤上。”

云若兮睁大了眼：“你听得到它的声音？”

“是的，所有的魅都能听见它的召唤。它有许多名字，暗月之主、智虫之母、冰山之王，但都无法揭示它的真面目。此刻它的力量还不够强大，但总有一天，它的力量会延伸到此，那时候，我也未必能抵抗得了。”

“就连你也不行？你是影魁。”

“我也不行，”老武士冷笑着放开羽人，“要说岁月教给了我什么，那就是我知道自己不行，而年轻人则在知道这个之前死去。”

他转身用一根大撬棍将斜坡上的垃圾堆翻开，从下面拖出一面涂成朱红色的鼓来，鼓身中部有铜质的四个狰狞鬼头，嘴里吐出铜环，每个鬼头都只有一只眼睛，镶嵌着如血般的红宝石。

布卡从腰上取下一卷新羊皮，开始细心地将皮子绷到鼓面上。

鼓钉是竹子做成的，布卡把它们叼在嘴里，然后一颗一颗地砸到鼓身上。他表情复杂，但动作坚定，井然有序，没有一丝一毫迟疑犹豫的迹象。

7

当日傍晚时分，在火环城之下几千尺深处，不为人知的隐秘黑暗王国中，又回荡起咚咚的鼓声。

鼓声顺着千转百回的岩缝传递到远处。那是来自远古的悲怆曲调，沉重而妖异，苍凉而浑厚，质朴又充满诱惑。

地下的寂静被打破，在一些坑穴里，粗粝的石块被翻起，一只只原本正专心觅食，或在沉睡的沙虫警觉地抬起头来，侧耳倾听这熟悉的召唤。

今天的鼓声更加急迫、躁动，仿佛炉中蕴藏的火焰，仿佛埋藏在心底的欲望，起头的节奏开始加快，一声急过一声，一声叠过一声。这是大地的气息凝聚成的召唤。

一只性急的雄沙虫开始挑衅身边的伙伴，它向四周冲撞、扑腾、撕咬，引起了一连串的厮打，很快整个沙虫群都开始互相咆哮对打。

地层受到强大的压力，不断发出碾磨、断裂和呻吟的声音，沙虫的角冠和环状牙在彼此的厚皮上拉出一道道伤口，经过了一番争斗，划定了彼此的等级和地位后，沙虫群一条接一条地转身，开始向上爬行。

布卡仍然在敲鼓，紧绷的鼓面薄得看得清隐在皮子里的血脉，剧烈振动，将阵阵雷声抛向黑暗。他的动作越来越缓慢，越来越艰难，仿佛挥动鼓槌需要耗费巨大的精力。

终于，最重要的地下霸主在鼓声的催促下，它也开始行动了。

它是这里最巨大和最古老的生灵，在森林还只是一丛矮树，在夜蛾挖开第一块石头时，它就已经在火山地下漫游了。

在第一批星辰刚刚形成的日子里，它就已经在此游荡。

世界在前进，而它则遗留了下来。

现在它正在慢慢腐朽，因为它太老了，老到无法记住自己的使命。

曾经那些生活在地下的小个子试图和它战斗，但它既不可战胜，又不可毁灭。

此刻，它被再度唤醒，感觉到了在胸腔中熊熊燃烧的火焰。它渴望战斗，渴望屠杀，渴望再次品尝鲜血。

随着鼓声的逐渐激昂，布卡的神情却越来越萎靡，他盘腿坐在高高的石塔上，挥动鼓槌的幅度越来越小，终于垂了下去。

忽然，邻近的地穴角落传来一阵响动。

一小块被挖穿的黑色岩块吧嗒一声掉落在地，从某条矿道被挖穿的小窟窿里，钻出了一名矮小的河络矿工。

站在身后护法的云若兮吃了一惊，刚要纵身上前，老布卡轻轻地打了个手势，制止了她。

他语气温柔，对那名矿工说："沙蛤，你怎么钻到这里来了？"

那名矿工正是小沙蛤，他提着磨秃的铁镐，愣愣地望着老布卡脚下的羊皮鼓，好像石化一般，过了很久，才如梦中惊醒般问："布卡，是你么？我们小组在前面遭到沙虫袭击，被赶散了。"

云若兮也对他展颜一笑："是你。"

沙蛤没有笑。

远处传过来一些怪异的呼喊和战斗声，好像旗帜的尾带，飘忽不定。

突然间，一阵悠扬的短笛声飘起，声音甜美、哀伤、迷失，和刚才那阵鼓声带来的一切正好相反，它可以熄灭胸中燃烧的蓝色火焰，可以安抚躁动的心律。

在笛声的抚慰下，战争的噪音逐渐低迷，终止消停了。

沙蛤依然紧盯着老布卡脚下的鼓不放，他看上去很紧张。

老布卡怜悯地看着他：“沙蛤，你想说什么就说吧。”

沙蛤鼓起勇气问道：“那头鼓，我是说，你脚下那头……是你的吗？”

“是我的。”

沙蛤的脸上现出又奇怪又伤心的表情。

“那刚才的鼓声，是你敲出来的？”

“是我敲出来的。”布卡依然承认了。

“可是，你怎么可以这么做？”泪水在沙蛤的大眼睛里打着转，“上周我们死了三名矿工伙伴，前天晚上我们死了两人，昨天又死了四名矿工，还有毒鸦营山和他的许多手下，还有云胡不归，差一点就送了命，师夷现在还在照顾他。”

老布卡沉默了一会儿，说：“我很为他们难过。有时候，我们会被迫做一些自己也不想要的事情，这是某种选择——现在，我在你眼中是邪恶的吧，我不在乎被你看见这一切，我做过更糟糕的事。你的成长中需要这个。老天，他们现在把成年礼提得太前了，其实你们还小着呢。你们早晚要经历这些，才会真的长大。”

“你会杀我吗？”沙蛤小心翼翼地问。

“你想哪里去了，我们是朋友。”老河络笑了起来。

沙蛤低着头搓脚：“我必须去报告。”

“不，”布卡凝视着他，“你不会去的。”

“我……”

布卡继续慈祥地微笑着，转头对羽人女孩说：“云若兮，做点什么。”

云若兮十分清楚他这话里的含义。她看了看沙蛤，不由得微微颤抖起来。

“如果你不想毁灭他，就做点什么。”

云若兮咬着嘴唇，点了点头，她朝沙蛤走去，然后弯下腰，双手捧起沙蛤的脸，深深地吻着他。

她的双唇温柔有力，好像还带着茉莉花的香气。

沙蛤完全眩晕了。对他而言，周围的时间在那一刻彻底终结了，全世界只剩下云若兮的嘴唇和她的呼吸。

一股甜蜜的气息好像熔岩上的风，轻轻地吹在他的胸膛里，点燃了他的身体，他整个人简直像个火炬那样熊熊燃烧起来。

沙蛤花费了巨大的努力，才没有陷入僵直状态。

“我说过，你会陷入她的笑容。”老河络布卡在一边怜悯地说。

但是云若兮并没有笑。

她用指背擦擦嘴唇，默默地站到一边，扭头望着远方。

地穴里吹来的风如龙卷过，她的裙角来回摆动。

“孩子，现在你明白了什么是爱，为了爱，我们可以做更多。”布卡对沙蛤说。

“可，我，必须去报告，熊悚……”沙蛤挣扎着说，这比从流沙的陷阱里爬出来难多了，“这是每一个河络公民的义务……破坏行为。”

“你当然可以去报告。”布卡和颜悦色地对沙蛤说，“我现在不能战斗，因为我很累了，而云若兮不会离开我。如果你报告了夫环，那个高瘦的商人也会知道我们在这儿。她会死，我也会死。”

沙蛤惶恐不安。

“沙蛤，我们是朋友，不是吗?”白发苍苍的吹牛布卡朝他微笑。

“我不知道我们还是不是。”沙蛤愣愣地想了一会儿。

“当然是。”老河络坚定地说，“哪怕我们成为了敌人，也可以是朋友。”

“那就好。我走了。”沙蛤说，他好像怕布卡改变主意似的，弓起腰向后退去，飞快地消失在地洞里。

8

沙蛤在漫长压抑的矿道里拼命地跑着，不合体的矿工帽丁零当啷地敲击着他的后脑。此刻，黑暗、潮湿、闷热，都不再是他害怕的东西了，冥冥之中另有让他更觉恐惧的事情：他的朋友大话王布卡、喇叭布卡，居然是暗地里操控沙虫的破坏分子。

而云若兮……他不能去举报，因为那样，云若兮就会死去。可怕的内疚感好像蚕食桑叶那样吞噬他的心。没有什么比第一次认识到“背叛”的意味更令小孩痛苦的了。

“沙蛤，你回来了，到处在找你，你没事吧?”一名黑黝黝的矿工从岔洞里冒了出来，冲他打了个招呼。

“我没事。”沙蛤匆忙回答，慌慌张张地后退离开。

“小心点，别乱跑了……地下还很危险……”矿工在后面叫道。

沙蛤充耳不闻，他飞快地拐入一个小岔洞，把皮水袋、防火服、锯子、铁镐，把那些矿工的装备一股脑儿地扔在地上，然后把火热的身子扑在冰凉的地上，拼命地喘起气来。

他再也不想当矿工了，他本该是名庖师学徒，不是吗？炉火前的事情多么简单，只有土豆和葱蒜，只有沙虫肉和饺子馅。

沙蛤心里头仍然一片慌乱，人越多的地方让他越觉得无所适从，似乎所有的河络都在责怪地看着他，似乎是他而不是布卡，要为矿工的死伤负责，每一个眼神、每一个声音都让他心惊肉跳。

盘王殿就在大灰环入口的附近。要去报告给夫环熊悚吗？这似乎是最正确的举动，小沙蛤在心中嘀咕，可是熊怺会毫不犹豫地砍下布卡的脑袋。

你看那些铁鼠部的赤甲执镰者，那些凶悍的士兵，已经遍布火环城的角落，扶着长柄镰刀，用怀疑的眼神关注着来往的平民。他们手里的刀可绝不是摆设用的。

可是布卡即便做了坏事，变成了坏人，但他们仍然是朋友，不是吗？

阿瞳说，不能出卖朋友。大人的世界里为什么要互相争斗，为什么要有你死我活，他想得头痛不已。

他还可以去找谁商量这件事呢？

沙蛤开始把火环城里认识的人一个一个在心里排起队来。

当然了，他最想找的人是阿瞳。可是阿瞳不在他的铁兵洞里。听铁匠门罗说他在调试那台疯狂的将风。

沙蛤第二个想找的人是师夷，那女孩虽然会欺负他，但她笑起来的时候，就显露出很明白自己在干什么的样子。沙蛤自己就永远也不会那样笑。只是此刻，她应该在陪着那个生死不明的游牧人吧，沙蛤再愚蠢，也知道现在不是找师夷的好时机。

如果还有其他选择，那就是陆脐，那个胖胖的老头，有时会显露出和蔼的一面，可是巡夜师的观象塔已经烧毁了，沙蛤也不知道该去哪里找他。

这个突然变得陌生了的地下城市里，仿佛就只剩下他一个人了。

他眨着眼睛，想让自己平静下来。

这时候他才注意到四周的气氛不对。整个火环城里都在低声传扬着一条惊人的消息：阿络卡回来了。

“阿络卡回来了。夜盐就要回来了。”一只铜星甲虫带回来的这条消息震动火环城，尤其在矿工当中引起一场地震。矿工们自然也都热爱他们的夜盐，那位年轻美妙的阿络卡，但他们每个人心里都清楚，阿络卡是坚决反对突破大灰环的限制向下挖矿的。

“夫环已经带人去迎接她了。”他们纷纷传言说。

阿络卡夜盐一旦回到火环城，一定会清算夫环展开的这场挖掘行动，更何况，这场挖矿到目前为止已经演变成了一场小灾难，引起了许多人员伤亡。夹在铁一般意志的夫环熊悚和无上权威的阿络卡之间，他们该怎么办？矿工们有点疑虑了。

“也许我们的挖掘到头啦。”他们都这么说，迟缓下了手头的工作。

“阿络卡回来了。”这条消息也像一条火焰照亮了沙蛤的头脑。

他那一贯运转迟钝的脑子里突然泛起了一个疯狂的念头。

老布卡也许是生病了，他脑子糊涂了，才会召唤沙虫屠戮族人。这位火环城最老的河络从来都与世无争，不可能作出这么可怕的事情。

他只是需要治病。

夜盐会垂下漂亮的脖子，柔声细语地说：“放心吧，沙蛤，我来和布卡谈谈这事。”

阿络卡会治好布卡的，她无所不能。

虽然要找到阿络卡不容易，路上或许会有危险。可那是为了自己的朋友。

阿瞳说，为了朋友要两肋插刀。

他一口气跑了十几里路，跑得气喘吁吁，跑得大汗淋漓，跑得心脏狂跳，如一艘小船在颠簸的浪峰浪谷间颠簸。

过去替人跑腿时候他从来没有这样跑过。

他从黑暗压抑的矿井里终于奔入主隧道。

“喂，小家伙，还不到下工时间。”身后负责登记的文书叫道。

另一名登记员理解地说："他吓坏啦……今天下面又遇到沙虫袭击……让他歇一会儿吧。"

他跑过地下森林的那棵大桧树前，阿瞳的黑包还挂在高高的树杈上面，从树梢上宣泄而下的阳光很微弱，但是师夷并没有骑在树梢上摇晃双腿。

沙蛤顺着大火环一路飞奔，城门口正在换岗。

门口的哨兵刚喊了一声："喳，大门要关啦……"他已经跳出了大火环的出口，听到后面一阵嗤笑声："没事，是厨房那个傻小孩。"

"……赶去送饭的吧。"

"跑快点还来得及让他们吃口热的……"

沙蛤不知道他们在说什么，顺着蛇身小道跑开了。

太阳正在远远的脚下，朝着西边的森林缓缓而落，将大地的影子迎面抛来。

沙蛤还从没真正离开过火环城呢，站在火山口边缘，他又犹豫起来。

阿络卡穿过越岐森林回来，一定会经过透水河渡口。她们或许会在渡口打尖休息。往来的商旅一般都会在那里歇息一夜。他要早点见到阿络卡，拯救布卡，就必须连夜跑到渡口去。

如果顺着大道走，有二十多里路，相较起来，穿过森林可以少走十里。但是，他真的要在夜晚穿越树林吗？

巡夜师说，白虎开始在越岐森林里咆哮的时候，秋风就会降临。

目前还未到秋天，森林里应该没有白虎，但巡夜师不是已经警告过他了，有只洞狮在附近的森林里杀死了一头母鹿。

沙蛤还在犹豫，突然远远望见脚下一队铁鼠士兵排开丛林，也正在朝透水河渡口走去，夫环熊悚的旗帜也在队列当中，是夫环要去迎接阿络卡吗？

沙蛤好奇地凝目远眺，却看见几只高大巍峨的身影，就好像巨大的瓢虫行进在蚂蚁的队伍当中。那是高瘦的商人送给河络王的礼物——暴风吼虎。

沙蛤不禁有点奇怪，地下矿道里每天都要承受沙虫的攻击，已经十分吃紧。夫环带走这几台机械将风要干什么呢？

夫环不在火环城等待，如此着急去见阿络卡，是否也有紧急情况？莫非阿络卡的队伍遭遇袭击，夫环前往救援？

沙蛤皱着眉头想啊想，隐隐约约地，他觉得自己应该跟上那支庞大的队伍，和他们一起穿过夜晚的森林，找到阿络卡，那样才比较安全。

沙蛤一步也不耽搁，顺着陡峭的火山斜坡开始往山下跑，松软的斜坡上满是火山碎石，沙蛤的脚下发出打鼓的声音，这是因为堆积的火山渣内有空洞。

火山坡下生长着细细的火烧杨，还有一簇簇马尾芹迎风摇曳，那支队伍弯弯绕绕地走入了密林。沙蛤一着急，脚下一空，顺着山坡一路滚了下去。幸亏河络身材短小，抱着头这一路摔下去如同一颗圆球，山风在耳边呼啸，断了草叶在眼前飞舞，他滚入一大丛金针花里。

他昏头昏脑地趴了一会儿，才爬起来，顺着被踩得发白的小路追入森林。

沙蛤快步紧追，想要赶上前面那支队伍，他似乎能听到那些河络士兵的耳语，又或是巨鼠的响鼻，还有暴风吼虎那庞大的身躯推开草叶时发出沙沙的声响，却始终看不见夫环的人影。更糟糕的是，这些声响渐渐低弱，终至消失。

沙蛤茫然地站住了脚，夜暗下的森林，好像处处隐藏着巨怪。突然间，远处传来凄厉的长啸，一声长似一声。白虎开始咆哮了，是长秋就要来临了吗？干枯的树叶窸窸窣窣地从头顶飘落，炎热的夏意仿佛突然间开始减退了。

沙蛤又开始跑，越来越高的草盖住了他的目光和额头。他很快就恐惧地发觉，自己迷了路。

现在就连回头都已太迟。与地下城的体验完全不同，这是一片绿色的迷宫，没有石壁也没有岔道，但他同样找不到出口。

在这座鬼影憧憧的丛林里，绕到夜半时分，沙蛤听到了流水声，他仰起脖子嗅着水的气息行走，突然间密闭的绿色帘幕在他眼前分开，月光下一条道路显现出来。

他终于找到了透水河。

他爬上了河岸边的一座小山坡，河面上空，遮蔽视线的森林豁然敞开，沙蛤远远地看见半里外的一簇营火，火边有一圈小小的帐篷，其中一座帐篷呈高高的锥形，像是一朵合拢的莲花，那是阿络卡的帐篷。

沙蛤刚要欣喜地大叫，突然间月光下影影绰绰地现出一队黑影，左右散开，朝着阿络卡的营地围了上去，那些黑影展开的是战斗意味鲜明的箭头队形。

沙蛤捂住了自己的嘴，片刻之中，不明白发生了什么。但是铁鼠部落的骑兵从斜刺里涌出的时候，他突然明白了。

巨鼠在月光下发疯般地邪恶低哮，叫声如匕首般锐利，充满愤怒，让沙蛤情不自禁地浑身颤抖。一道道火箭划破天空，留下刺目的尾痕，在巨鼠背上，骑兵手里的刀剑反射着恶意的月光，那是两道钢铁的洪流，左右夹击，营地里的人毫无还手之力。

几座帐篷倒塌了，更有一座帐篷冒起了火，营地中心的火光摇晃了起来。有些黑影从帐篷里跳出，向河边跑来，但是又一队骑兵，溅起水花，蹚过透水河，将他们包抄起来。骑兵的铁甲在篝火中闪烁橙色的光。

步兵已经冲进了营地，几个人影似乎在火堆前激烈地推搡，突然爆发出了兵器的闪光，似乎有人影倒在了地上，然后莲花形状的帐篷篷布动了一下，有人出来了。

营火再次炽烈地燃烧了起来，火光晃动中，好像有更多的人影倒下了。处处都有刀剑晃动的光影，剩下的人在火前来回奔跑，顺着河岸吹拂来的风带来了只言片语的喊叫声。

一小股人群似乎汇集起来，朝小丘后跑去，然而，暴风吼虎那不祥的庞大身躯从山脊后耸然升起，截断了营地的后路。当暴风吼虎的箭槽开始呼啸时，沙蛤使劲堵住了自己的耳朵。

营火熄灭了。

大地归于一片黑暗。只有树影下的透水河依然在哗啦啦地不知疲倦地欢歌。

沙蛤用拳头塞住自己的嘴，压抑住喊叫声。他的心脏像鼓一样擂动。沙蛤还记得小时候一遍又一遍做过的白日梦，他是英勇的武士，为保护阿络卡而死，然而此刻，他呆立在原地，却意识到自己什么也做不了。

他趴在草叶后，慢慢地向后退去。这是数百年来从未听闻过的事件。

铸造之神啊！

夫环熊悚背叛了阿络卡！

第八章 火环蛇牙

1

地火节即将来临。

火山河络的这个古老节日源自遥远寒冷的印池纪，那时候，火山河络依循气候变化在地面和地下过着双重生活。

在夏季结束的最后一天，太阳沉入地平线，河络们的地面劳作会全部结束，他们躲入地下，开始漫长的地下冬季生活。

地火节就是纪念夏日的逝去，纪念地下之火带来的光明和生命。

河络在地下获取了新世界，但从此也背离了星空。

星眼陆脐默默地向天空观望，无边无际的夜空里是一炉打翻的炉火，万顷碎火，璀璨无比。

巡夜师是河络中仅存的观星者。

他看了五十多年的星星，对星空可谓再熟悉不过了，但每次抬头，依然会想起初次与星空相见时的激动。此时，星星比他记忆中要大多了。

缠绕的双月正在沉入暗色的森林顶部，而湖绿色的密罗升至天顶，把天空渲染得青色一片，星象、星环和星簇是散落的大小钻石，它们的阴晴圆缺、光晕长消、升降沉浮，与大地上的种种变化生灭遥相呼应。

有些奥秘，只有巡夜师的慧眼才能看得分明，可是另有些奥秘，天底下无人能解。

传说星辰诸神在混沌的大地之神上设下了一个无比庞杂、精巧繁复的封印，来阻止荒的复苏。上万年来，最有才智的人一直试图揭秘，但连门径都摸不清在何处。

星眼陆脐觉得有点茫然。

巡夜师在河络族中，早已无人尊重，被人遗忘，即便他能解开巡夜师每晚守望的那惊世奥秘，又能去找谁述说呢？

过去的时光里，每隔四年，有一场盛大的巡夜师聚会。

从边远的越州南部，从澜州的沼泽地，从北邙山另一侧的荒漠，他们骑着骆驼、香猪、大象和巨鼠，乘坐舟楫、马车、将风和伏翼鸟，还有种种你们想象不到的交通工具而来，最终汇集到无诺峰脚下。

每次都有些巡夜师在路上会被土匪劫杀，有些巡夜师会掉入山洪被冲走，有些巡夜师会被饿兽吞食，但他们依然不惧危险，长途跋涉只为相互交流知识。

正是通过巡夜师艰辛而又坚持的脚步，才将许多远古的知识通过纸张、书籍和口耳相传，保留了下来。

现在这样的聚会已经无人组织了，甚至保留巡夜师这一职位的河络部族都越来越少，河络王们和阿络卡们更愿意从火焰和梦里寻求神示，他们越来越深地陷入地底，不与外界交流。

得到知识的法门，只剩下耗费巨资购买龙渊阁的书一途。然而近来又有传闻，龙渊阁的智者投靠了蛮舞月奴。这些追求智慧、与世无争的智者，怎么也会投向蛮舞月奴，令人颇为不解。

购买图书的渠道断绝，藏书塔又被莫名烧毁，陆脐无处可获帮助，只能在那间被离奇烧毁的小屋里搜寻星点遗存，看能否帮助自己破译地图上的文字。

大火可以烧毁羊皮古卷、帛书、木简，但不能烧毁铁器和石刻、玉简，河络们有许多典籍是刻在石头和金属上的，星眼陆脐的收藏品里也包括了大量的石刻。

他忙活了数日数夜，终于将那些年代久远的亘夜朱书一一注明，只是仍有许多未解之字。

那张地图乃是一张夜蛾河络所做的城舆全览图，图上的记述描述了夜蛾部的最后时光，由幸存者带出，上面确实提到了王冠沙虫和它的杀戮，看上去正是夜蛾部的灭绝原因。

只是巡夜师依然心神不宁，这张图背后还有一些东西，让他感受到如同行走在悬崖边缘的险恶。

熊悚已经把这张地图上的危险警告全忘了，那时候他还有所顾忌，现在则甩开所有纠绊，将一台又一台巨大的掘进将风运到地下，全力开凿出一条又一条新矿道。

巡夜师知道留给自己的时间不多了，如果还有机会去发现地底的秘密。

这几天里，不管是喝水还是吃饭，巡夜师都有点心不在焉，只要某只手有空闲，就会在地上写画字形，有时候用墨笔，有时候用清水，有时候就是用手指在空中比比划划。

那些字刻满了石头岩壁和他脚下土地，把他围绕在其中，好像一所象形的监狱。

精神紧张让他白天总是做噩梦，醒来时都要慌忙检查一遍身上的那些写着“御免”的木牌子，全数都在才稍微心安。

这天晚上，他口渴难耐，喝光了身边的酒壶，却还是莫名烦躁，于是星星也不看了，晕乎乎地爬起来，想去大厨房找点喝的，走到铁兵洞处，却一头撞在小铁匠阿瞳身上。

阿瞳蹲在路边，两眼赤红，皮肤焦干，望着手里的一件物事发呆，像块石头般没有生气，难怪巡夜师差点被绊倒。

“你坐在这里干什么，小家伙？”

“对不起，我出神了。”

“嗯，手里拿的什么东西？”

巡夜师借着炉火的光芒，看见那是一对翅膀，闪动金属的光芒，却轻盈得难以想象。每只翅膀都是由上万根羽毛组成，好像缭绕着缥缈的月光。

“金属的东西打成这样很不错啊，你可花了不少工夫，是准备参加夜魄之月地火节的吗？”

“找不到可以穿的人了，”小铁匠腼腆地笑了一笑，将羽衣折叠好，放入那只梧桐木的箱子，“不一定参加了。”

铁炉边上，矗立着的巨大战斗将风的影子落在阿瞳的身上，不停地抖动着。

阿瞳眨了眨眼，把目光放回到那台暴风吼虎上。

他踮起脚尖，摸了摸将风巨大暴戾的前肢，说：“师父门罗让我专心把这台将风修好。我也觉得，应该把它修好。”

“嗯，好好工作，才会有前途。”陆脐含糊地点着头说。

他刚想离开，小铁匠突然又问：“巡夜师，爱情是什么？”

“什么？”

“你是巡夜师，他们说你见识多广，我想问问，河络怎么看待爱情？”

陆脐皱了皱眉头，他的烦心事多着呢，可不想被随便什么人绊住，但是，今晚这个小河络的哀伤打动了他。他不由得停下脚步。

“有酒吗？”

阿瞳愣了一下。

“有，门罗师父有两瓮酒。”

“多拿些酒来！让我来告诉你，爱情就是乌有！”老河络嚷着说。

“我也要一杯，”阿瞳犹豫了一下，“老怪眼，我们来喝两杯吧。”

他们在一张石桌子旁对蹲下，对饮起来。老河络酒到杯干，阿瞳则皱着眉头，一点一点地吞咽杯中苦酒。

“爱情早晚要输。天底下没有持久的爱情，对它们的痴迷最多只能维持七年。”

“这么短吗？”

“大多还要短！河络之祖麻瓜努努发现了这条铁律，所以河络不组成家庭，他们自由相爱，在每一个地火节找到合适的对象，一夜狂欢，然后再也不必为之伤怀。河童殿会收养那一夜欠下的风流债，将孩子抚养成人，所以你看，河络的体系才会如此稳定。喂，你这杯不喝也给我吧。”

“可我觉得，爱情像是一条船，停在你们地下河的船，它一旦闯入，在你心里靠上了岸，就不能将它轻易推走。这和杀死船上的孩子没什么区别。”

“你病得不轻，异族人常犯这种迷糊。”巡夜师同情地看看他，“情杀、爱恨、殉情、相爱相杀，甚至导致一个国家的覆亡，不都是源自于这一恶疾么？你要切掉那如毒瘤一般长在心上的人。”

阿瞳摸着自己的胸口说：“要是割掉了，就会倒地死去啊。”

“这怎么可能嘛，”巡夜师陆脐放声大笑，“河络就应该有河络的生活方式。”

他一口喝干了自己杯里的酒，摇摇晃晃地站起身来："这里真热啊，我走啦。"

阿瞳仍然是愣愣地蹲在当地，问："你在桌子上画的是什么？"

巡夜师一低头，看见自己在石桌子上用酒水画满了没人认识的怪字，他脸一红，连忙去找抹布："不好意思。我又开始乱写乱画了。"

"这些画我见过啊，像被刻在脑子里一样清晰。"阿瞳说。

"什么？"

"那些岩石上都画着这些小人，还有些别的字，我看不懂。"

巡夜师又蹲了下来，伸手去拿酒壶，他连对了三次，才把酒倒到杯子里："什么地方看到的？"

"地下河，以前我和她……"

"够了。"星眼陆脐再次纵身跳了起来，将莫名的阿瞳扔在原地，拎起一盏大号的獾油矿灯，趔趔趄趄地往火环底部跑去。速度之快，令人大吃一惊。

他跑得太急了，没有听到阿瞳背后的半句话："那里很危险……"

2

星眼陆脐心不在焉地一路念叨，直到坑口值班的河络叫住了他："喂，怪眼，在这里换防热服。"

看来怪眼这个名字已经传遍火环城了，被人改外号对河络来说可是件仅次于死亡的大事，但这次陆脐浑然不觉默然忍受。对于保护矿工的那些繁琐的防护措施，他也没有显露出抗拒的迹象，甚至自己动手，往头上扣了顶只露眼口的防护帽，扳动道旁的木柄，兜头给自己浇下一盆冷水，然后拎着矿灯，全身滴着水就跑入黑暗中去了。

最后几名见过巡夜师的河络，回忆起他那副风风火火、神不守舍的神情，都不禁想起谚语里常提到的“赶着去死”就是这样的。

矿工们肩膀上的矿灯沿着荒凉的悬崖向远处延伸，恐怖的黑暗中晃动着巨大的人影，沉重的矿车轧得木轨道吱嘎作响。在遥远的深处，到处都有灯火通明的巨大掘进将风的身影。

自从毒鸦营山的部队在石塔林里遭遇屠杀后，河络们无力发动更大的进攻，只能派遣更多的虎喝弩手守在地穴口，精锐的执镰者也被派遣来当守卫。凭借沙王短笛的制衡，他们与沙虫群相持不下，但许多品质优良、开采方便的大矿脉就都得放弃了。

巡夜师拎着一盏孤灯跌跌撞撞前进，熊脸矿道内空无一人。矿道离岩壁后流动的岩浆很近，很多地方只隔着一堵薄薄的四面开裂的岩壁。

偶尔会有一根支撑木被流出的岩浆点燃，之后又熄灭，暗淡的余光照亮了星眼陆脐的脸。只有火苗舔着木头的声音，在寂静的地下，这声音很容易就传到两三里开外去。

星眼陆脐尽量扭头不去看那处明火，根据河络的传说，火有催眠术，如果看多了火就无法从蔓延的火中逃走。

巡夜师对地下地形并不熟悉，本来很容易错过岔道，但是这次陆脐跌跌撞撞，却摸对了方向，一路走到了简易码头处，他找到了阿瞳他们曾经用过的小船，顺流而下，果然看见了那些古老岩壁上的壁画。

那些顽童看到的是画，在巡夜师的眼睛里，这些画却是一行行的文字，从古流淌到今，和历史交相辉映。他乘着小舟，路过了一幅又一幅岩画，看到那些画上的小人既在战斗，也在膜拜。他举着提灯的手在不断颤抖。

此时此刻，他好像就在翻看一本厚厚的书，本该被烧毁的书。

王冠沙虫是他们的守护神，同时也是他们的敌人。这些沙虫躲藏在地下，是活的神灵，一代又一代沙虫吞啖死河络的灵魂，而活着的河络吞噬它们的肉体。

世界周而复始，这就是衔尾盘蛇的真正含义吗？

“够了。”他说，看到壁画上画着一扇圆形的门，门上布满一圈又一圈的图腾。

他把矿灯放在圆盘中心。灯没什么用，红色的熔岩溪流就是熊熊燃烧的巨烛，照亮了四周，也照亮了图腾之门上那一圈圈的图像。

他认出了门上的那些图腾符号。那是象征春夏秋冬的青阳、朱明、西颢、穷阴，象征东西南北四向的陵阴、蛰虫、盖藏、四貉，象征四德的角亢、尾箕、斗牛、井鬼，象征四灵的玄枵、大梁、鹑火、析木，象征地火水风的诹訾、降娄、鹑首、大火，象征四方星辰的虎蛟、白虎、朱雀、玄武，圆环上的图像石渐趋紧密，神兽首尾相布，逐渐排布出一幅密密麻麻的封印图。

它们依据各自的生物属性，相生相克，悄声低语，排列出一个无穷无尽的组合。每个组合就是一道咒语，而无穷的咒语，则正如这个无穷尽的世界。

“神用咒语来创造整个世界，”巡夜师喃喃自语，“够了。”

大门已经洞开，他寻找到创造之神在越岐山下留藏的最后秘密。

岩石后面传来一阵空洞的声响，好像一面被遗忘上千年的大鼓被敲响。巨大的圆门像是羊皮鼓面，不断战栗着、抖动着，发出哭泣般的哀叫，尘土和碎石纷纷掉落，三百多面画像石向石门内部退却，它们之间的缝隙消失了，好像时间消失在历史中。

这里很危险，在他明白答案之前，还有机会逃走。

可是再往前走，他会发现更多的答案。

巡夜师好像被贪婪魇住了，继续提灯往下行走。

在最后的岩画中，图腾之门被打开了，从里面喷吐出可怕的火焰。所有的小人都在奔逃、在哭号，在等待死亡的到来。

提灯里的獾油在静悄悄地燃烧，可是巡夜师的脑袋烧得更厉害，这火因酒劲而烧，也为领悟而烧，为启示而烧。他无法摆脱周围世界随时都可能分崩离析的感觉。他们都被河络王的地火之梦耍了。世界将葬身于烈焰和灰烬中。

答案一直都在，它一直都深埋在火环城的地下一千尺深处。

毁灭世界的不是王冠沙虫，而是洞开的地火之门！

一层云烟般的金色粉末，好像火之精灵，从门后腾起，升上空中。

巨大的风向外吹来，但是这些风和地面风截然不同，那风是闷热的、沉甸甸的、隐藏邪恶气息的风，让他面对这通往地心深处的洞穴油然而生一种恐惧。

这和他想象中全然不同。

他一手抖抖索索地翻捡起自己身上的护身符，却发现“大火御免”那一块不见了，只剩下空荡荡的绳圈。

巡夜师喃喃自语：“我们可以关上这扇门了。”

他大声对自己说：“我们必须关上这扇门。”

一个念头突然跳入他的脑海，一时之间，不禁让他毛骨悚然。或许，这是星辰诸神在九州上留下的一处封印，为了封闭黑暗之神荒的封印，就这样经过他之手被打开了。

陆脐大声吼叫道：“我们要立刻关上门。”

他们将陷身于神之间的争斗，成为神之磨盘上坠下的可悲的粉末。

陆脐刚想明白这中间的道理，就听到了呼呼的声响，有很大的一股风掠过他的后脖颈，其强度与山顶的旋风不相上下。

地下世界里也会有这么大的风么？

他这么想，转过头去，就看到了一双冷酷的黑色巨灯正在黑暗中升起。

那是一对庞大得无法想象的眼睛，既无情又残忍。它头部的庞大铁王冠上挂着炎热的白芒，它那庞大的身躯力图要挤入狭窄的通道里，坚硬的岩石在它的身躯下好像豆腐一样稀软，不停地被摧毁。它游荡在地底已有数千年了，是被什么召唤而来的呢？

星眼陆脐毫不怀疑，这只神兽是为地火之门的洞开而来的，也许在更早之前，它始终在为阻止愚蠢的族人打开这扇大门而努力，它驱使自己的族类守卫领地，也许它正是大门封印的一部分，驱赶着擅入的河络离开。

它是河络的守护神。

但某个时候，它又就是邪恶本身。

影子总是和光明相伴。所有的河络都早就明白这点。火可以带来光明和温暖，也会吞噬肉体和灵魂。它们曾经引领河络制伏了地下的寒冷和黑暗，但就连神本身，也无法完全制伏来自地下的恐惧。

它和上古河络定下了什么样的契约。烛阴为什么要掌管烛火，把光明带给河络呢？或许，封印打开，它就已经获得了某种许可。契约就此结束了。

大火一旦失去控制，将会是河络最可怕的敌人，沙虫王也不会再是他们的保护神了。

铁冠沙虫王张开大口，它的口中不是利齿，而是燃烧的火焰，仿佛是液态的火喷涌而出，又滴落在地，四下流淌。

巡夜师陆脐不再闪避大火了，他直视着逼近的沙虫王，露齿狂笑。

“谁给我传个话，”他吼叫道，“这里有人没有？你们要快逃！快逃！快逃！”

他扯下自己头上的矿灯和帽子扔向那双眼睛，然后又捡起地上的提灯朝它扔去。

庞大如山洞的布满针牙的咽喉毫无表情地接纳了陆脐的最后馈赠，嚼都不嚼就将它们吞咽下去。它的身躯如同不可遏制的命运继续逼近。

他再次想起了自己的梦。

“死于大火，是我的命运。”巡夜师陆脐苦笑着想，他唯有闭上眼睛，迎接最后的裁决。

3

出事的时候，火掌舒剌正指挥锯木狗抢修一条木拱桥。

自从他们得到那枚沙王短笛以来，关于沙虫的袭击事故果然少多了，只在昨天晚上发生了一起死亡：一块斜顶岩从岩床上滑落下来，砸死了一名矿工，把安全帽砸进了他的脑袋里。此外还有一名打瞌睡的推车工从栈道上掉落，摔碎了骨盆。

火掌舒剌让人把他们的名字一一记下。

“要让那些远在天启的达官知道，这些矿石带着我们河络的血。”他说。

他们只要日夜不停地苦干，就能在地火节前把云胡不贾需要的矿石采运完毕。

在火掌舒剌的内心深处，依然存在强烈的疑忌，觉得这样的平静不会长久，他希望能尽早满足云胡不贾，好打发那个贪婪的商人离开。

把这样的人留在火环城里，就好像把老虎养在自己的家里。

“干得好，小伙子们，把铁钉敲结实了，好的木桥得像蝴蝶那样飞舞在水面上。”他正在那里大声吼叫指挥，突然感觉到风向变了。

那不是简单的变向，流向和大小都在皮肤上剧烈波动。

有经验的矿工都知道，风向剧烈变化，是坑道烈火爆发的前兆。

炭石毒气聚集过多的地方，一个火星就能引发火灾，很多时候，火灾并不厉害，只是在缺乏空气的坑道或采空区里静静地闷烧，但火风压会造成风流逆转、滚退，火焰上下风侧炙热的烟流四处流动，一旦与新鲜风流混合，就会发生爆燃。

火掌舒剌怀疑地嗅了嗅空气，刚说了一声“不好”，就听到一声爆响，闷雷一样在四通八达的坑道里朝着远方滚去。要找到出事地点很容易。呜呜的风声正朝着一个方向涌去，那是风在补充被爆燃消耗完的空气。

他们赶往简易码头，还没赶到河道口，就发现裂谷里多了一条火花四溅的熔岩之河，汹涌的地火熔岩，正是从敞开的熊脸洞穴中滚滚而出，它截断了一条地下河支流，占据了它的河道，扑向深黑的地穴，向着绝壁之下飞泻而下。

火河在黑暗中流淌，播撒着令人难以忍受的热量。

“是石中火发怒了?”赶到他身后的矿工铁岩苏玛说，铁岩是名身体粗壮的矿工，就像一块巨石雕刻而成。

“不是石中火，是有人触怒了王冠沙虫。”火掌舒剌沉着脸说。他们隐约能看见出口处，一名死去的老河络躺在岩壁边，已经死了。

死者面向内侧蜷缩，死者的头部、颈部尚有皮肤完整，胸腹背臀及四肢却都已碳化了。

“记下来，”火掌黑沉着脸对身边的文书说，“第四十一名，星眼陆脐，死于大火。我们也许应该考虑撤离这个矿区了。”

“不，恰恰相反！这是神的恩赐!”一个声音打断了火掌。火掌恼火地回过头去，却看见夫环熊怺不知道什么时候出现在身边。

“大人。”火掌恭敬地点了下头。

熊怺的面容被熔岩河照耀得如同紫铜般闪亮，白牙在蓬松的胡子下闪亮，他看上去精神焕发，甚至有点亢进的兴奋劲：“熔岩之河是带给我们的启示！沙虫们怕火，不是吗？这么猛烈的熔岩喷发，没有生物可以在那样的热量下生存。我们早该想到，这是个好办法，可以挖开更多的熔岩河来阻隔沙虫，使它们再无法妨碍我们作业。”

“火将重新拯救我们的生活，”河络王熊怺挥舞胳膊，向其他河络宣称，“我们要向解开这一谜语的巡夜师致敬，他拯救了我们的矿工城。”

“怎么挖掘?”火掌舒剌担忧地问。

“看这条火瀑布，它的流量还不够大，”熊怺说，“我要你派出四十名矿工，沿途挖掘运河，再砸开阻挡地火之眼的岩壁，挖掘出更大的喷口，让地火之眼里的熔岩海倒流出来，冲向石塔林，灌入沙虫的巢穴。我们要彻底打开地火之眼!”

“那我们的地火之眼怎么办，它会消失，不见了。”火掌嘀咕说。

“笨蛋！它将会在那儿，在一个新的地方，也就是我们城市的新中心，形成一个崭新的、更大的熔岩海!”

4

云胡不归静悄悄地走过地火神殿的广场，上百根木架灯笼投射出的光晕后，蹲伏着那尊巨大孤寂的烛阴神兽铜像，状若神龙，有一座山丘那么庞大，似乎与火环城同样古老，它有着弩张刀戟般的胡须，头颅上昂，阴沉沉地开口而笑。

云胡不归凝视了它一眼，突然跃上烛阴的脊背，像枚松果挂在张开的鳞甲后。

两名手持巨大镰刀的铁鼠部巡哨走了过来，疑惑地东张西望了一下，又提着灯笼走了。

云胡不归像是片孤独的影子，在陡直的岩壁上跳跃前进，在柱廊的阴影里安静地行走，逐渐靠近了市集洞。

那匹巨大的六牙白象就站在入口睡觉，呼吸好似阵阵大风拂动洞穴。

附近一个守卫的踪迹也没有看见，但云胡不归没有着急潜入，他知道，这儿比他偷入的任何一个营地都更危险。此地防卫外松内紧，其中人员几乎个个都是偷袭和夜行的行家。

云胡不归没有完成自己的任务，也不去复命，那他很可能就变成了天罗的敌人。

直接逃出火环城自然更容易，他可以在外面的山坡上找到自己的夜语，但如果要带上师夷，他必须再搞到一两匹新坐骑。

河络的巨鼠只适合身材矮小的骑手骑乘，云胡不归想要躲开可能存在的追踪，就得选用耐力更强的马匹，才能尽快地带着师夷脱离此地，离这支天罗队伍越远越好。

权衡利弊，云胡不归还是想冒险从商队这里偷到马匹。

他耐心等待了半个时辰，看着路边灯笼的油慢慢熬干，烟气逐渐消散，一个个确认了黑暗中的暗哨，这才趁隙步步潜行。

那里共有三个临时马厩排成一列，散发着好闻的味道。

云胡不归最后朝四周张望了一眼，确保自己没有被人看见，迅速闪入马厩暗处。

他挑了两匹年轻的雄马，用藏在手中的干豆饼讨好它们，凭着蛮族人的本事，他给它们上了鞍子，小心地挽了缰绳，马儿轻点头颅，亦步亦趋地跟他走了出来，没有发出一丝声音。

他没有原路返回，却挑选了一条阴暗的支路，小心地绕开守卫，带着马走了出去。他心里很焦急，但却压制着自己，走得尽量慢，以免惊动他人。

在那道隐秘幽暗的通道里行进了半里多路，云胡不归却猛然停住脚步——通道正上方的岩石上站了一个黑影，正是顶替天罗弑站在云胡不贾身后的乌衣仆从。

云胡不归心头一寒，他知道自己一直忽视了这个人，而在一个刺客集团里，最被忽视的人，或许才是最危险的。他努力地回忆关于这个人的点点滴滴，却只想得起他的名字叫飞廉。

“是云胡叔叔让你在这儿等我的？”

“他可没空管这么多，天罗弑死了，于是有一些紧急的事需要处理。”

“天罗弑死了？”云胡不归不免有些震惊，“他本来该是我的对手，是谁杀了他？”

飞廉温厚地一笑：“得了吧，从走过来的脚步就可以听出，你现在杀心尽失，打听这个还有什么意义吗？”

云胡不归不得不承认飞廉的眼光确实如刺。此刻他的心里一半是阴燃的青色火焰，另一半充塞着寒冷的冰块，而他的手指一直在颤抖，无法凝聚力量。

飞廉居高临下地俯瞰着他，让云胡不归丝毫也不敢转开目光。

“你想去哪儿呢？”飞廉问。

“别挡我的道。”云胡不归虽然知道胜算不高，却想都没有想过转身逃跑这回事。

他不知道是否有一张无形又锋利的网，已在悄悄收紧，汗水顺着云胡不归的下巴滴答流下，如果天罗刀丝已经布下，他走出这条通道的机会就已微乎其微了。

云胡不归手里只有一把很短的刀，那是师夷借给他的。

或许他能找到一次机会将它射出，就像他上次中伏时，曾想用来对付毒鸦那样——在这么近的距离投掷飞刀，对霸府狼骑来说，都该百发百中——只是此刻面对这个乌衣人，云胡不归心中一点把握也没有。

飞廉抛开兜帽，他隐藏在高眉梁下的眼睛十分明亮，难以形容，但那张脸却非常普通，没有任何特殊之处，能让人察觉此人存在威胁。

“即便我不挡着你，你也走不了。”

“我必须离开，绝无其他可能。”云胡不归紧紧地捏住匕首说。

“你可是费了很大工夫才到了这儿，为了什么又要走呢?”飞廉沉思着说，他的声音很轻，但又故作惊奇，“噢，或许是为了爱?”

云胡不归沉默以应。

“你不会真的这么愚蠢吧，为了某件不可能得到的东西，放弃自己的一切。”

“为了它我可以毁灭一切。”

“包括杀了我吗?”

“包括杀了你，”云胡不归压着声音说，“我已经尽力了，我为天罗做了很多，就算是皇帝本人在此，也无法责难我，现在我决定为自己活了。”

“谁告诉你我们是被皇帝派来的，”飞廉终于暴露出毫不掩饰的微笑，“天罗一直以来不是龙噙者的死对头吗?”

云胡不归愣了一愣：“难道我们受蛮舞月奴的派遣来此?”

“你学到的东西还真是少，”飞廉的笑声是从内心深处发出的，“我们宗主怎么会是那个蛮子的手下，他侍奉的是幽冥之主。人的疆域，蛮族的疆域，河络的疆域，所有那些六族，或许还有神的疆域，都是它的领地，一个小小的蛮子，算得了什么。”

“幽冥之主？”云胡不归沉思着说，“我从未听过云胡叔叔谈论过这件事。”

“这有何难，幽冥之主自会在梦中和他交谈，就像偶尔也会和我交谈一样。它才是我们的主人。”

“它有名字吗？”

“不同时代的人们给它取过不同的名字，我知道那么几个，但不能说。”

“它有形象吗？”

“别再问了，”飞廉的声音变得十分冷峻，“既然你要离开，我看不出来知道更多对你有何好处？”

云胡不归敏锐地从他的语气中听出来一点什么：“你会放我走？”天罗一贯相信，只有对死人不用保密。

“对，我会放你走，”飞廉轻笑，“因为你的一切行径，尽在宗主算中，但我拦在此处，是幽冥之主单独交给我的使命。”

“尽在算中是什么意思？他知道我要做的一切？”

“这一点都不难，”飞廉又笑了，“就像我知道你会选择这条通路一样，而这不过是开始。虽然今夜你将遭遇失败，但你的命运才刚刚开始，你将跋涉过自己都难以想象的千山万水，你将统领万众，你的未来难以估量，但不论到了什么阶段，你务必记住，幽冥之主无所不在、无所不知，它是全民和未来的主人，不要妄图对抗它。这是我必须留给你的警示。”

“今夜我将会失败，你是什么意思？”云胡不归冷冷地问。

“很显然，你带不走她，这也在预料之中。”飞廉用不带丝毫感情色彩的口吻回答。

“我不信。”云胡不归咬着牙说，他胸口中的火焰沉闷地燃烧，抑制不住的愤怒想要扑腾出来，“如果你没有别的废话，我要走了。”

“锁链在你自己手里，你随时可以走。今夜我们可以坦诚相见，有一天我们必然还能见面……你可以忘了天罗弑。或许，我们才是真正的对手。”飞廉微微地鞠了一躬，像来时那样突然消失了。

云胡不归不敢放松，小心地确定四周没有更多埋伏，才牵着马顺着大火环偷偷地潜到羽蛇口附近。他将两匹马藏好，独自伏低身子，爬到羽蛇口上。

羽蛇口附近岗哨的力量果然被加强了，都不是火环部的士兵，那些河络的胸甲上都画着铁鼠部的标志。

这些溪谷河络，喜火的习性与火山河络并无二致，夜暗之中，七八名哨兵都不自觉地靠近城门洞里一个大火盆边。

青色的岁正星正在落下，东边的天际线上银光闪烁，夜魄之月眼看就要升起。

约定的时间就要到了。

云胡不归无声无息地爬在蛇眼上，正好处在那一圈哨兵的上方。

这一次，他要换个方法对付羽蛇口的哨兵。

云胡从腰间掏出一只细长的竹管，从杀人口中探出，对着火炉吹了一口。

竹管里的一溜细细的药粉被他吹入火中，一股淡淡青色的烟雾随即袅袅升起，只过了半刻钟，围在火边的几名河络哨兵纷纷倒地，长枪掉了一地。

两名离得稍远的哨兵没有中毒，刚想示警，云胡不归如一团烟从城门上跳了下来，正落在一名河络身后，轻巧地拧断了他的脖子，另一只手抡圆了胳膊，飞出手里的短刀。

羽蛇口上的风很大，但短刀还是轻易地穿入了那名河络的咽喉，他发出一声不连贯的呼喊，伸手去够脖子上的刀把，还未能碰到，身子就向后摔入火山口中。

云胡不归轻轻地将手中那具软绵绵的尸体放在了地上。

要是在往常，天罗出手，就绝不会留下这些哨兵的任何生路，但云胡不归却第一次为这些生命的逝去感到难过。他并不愿意再行杀戮，不论是用霸府狼骑的方式，还是用天罗的方式。

只是为了将师夷带出火环城，他不得不这么做。为了保护这份爱，他仍然愿意摧毁一切。

或许就是不想让师夷看到这一幕，他才不让师夷和他一起行动。

云胡探察了一下，确定无人被这场悄无声息的打斗惊动后，轻吹一声口哨，两匹马挂着空鞍从下面跑了上来。

羽蛇口的通道已经扫清，现在，就等师夷来了。

用药迷倒的哨兵不会沉睡太久，他们必须抓紧。

虽然在夜魄之月完全升起之前，他们还有时间，但飞廉的预言却不断冒出来烧灼着他。

森林在起伏的山峦上发出阵阵啸声，月色好像茉莉花香那般妖娆。

云胡不归在城门口盘腿坐下。

现在剩下的唯有等待。

5

这是最浓密的黑暗。

夜盐伸手向外，触碰到的都是坚硬的玄武岩，岩壁表面微微发烫，像是被放在太阳下烘烤过，但其实都是被火山烤热的。手上的镣铐叮当作响，她没法摸到更远的地方。

但她知道自己身在何处。

这里离天空很远，至少比昨天晚上远三十里。尽她所知，这里大概是九州之上最牢固的监牢了。监牢深埋火山底部的坚岩中，是一条挖空的巨大矿坑，在悬崖上开凿出来的坑道。这道悬崖上雕刻着一整只庞大而粗陋的神牛，犄角有一座塔那么大，她所处的监牢就位于野牛的口中，所以这里也叫野牛口。

矿坑仅有的一条通道开口长十五步，只容许一名河络走过，牢房口还树立着粗厚的铁栏，栏杆粗如儿臂，门锁坚固，而挖通墙壁，需要三百年时间。

每动一下，手上的镣铐就叮当作响，手指上的伤口更是剧痛。

手上的伤口是她抓住一枚刺向雀哥的利刃造成的。河络的兵器锋利异常，她的伤口足可证明这点，但她没能救下亮眼雀哥。那把鼠骑兵使用的长柄刺戟还是刺透了那年轻侍卫的腰背，把他钉在了地上。

待在这阴暗的地下，连呼出的空气都像被禁锢。

夜盐已经预想过回来后所会遇见的种种困境，但她从没想过会被囚禁在黑牢，甚至根本没有机会见到夫环，无法将迫在眉睫的危险告诉他，更不可能说服他。

她不禁脱口而出："罗达，我该怎么办？"

"别担心，孩子，还未到最后关头。"有个隐约的声音躲在黑暗中回答。

"罗达，是你吗？"

除了角落里传来的水滴声，她没有听到任何回音。

当然不可能是罗达了。这里是地底下的监狱，没有香料，没有火，没有祭祀用的银碗，也没有经过那条漫长的荆棘之路，她又怎么可能召唤出罗达的灵魂来呢？

"不要弃我远去，罗达，没有你，我不能一个人面对这一切。"她在心中低语。

“我从未离开。”隐隐约约的声音再次从黑暗中传来。

“你在，罗达？”夜盐有些惊慌，“可是你怎么会在呢？你不可能在这里。”

“因为我本来就不存在。”罗达说，仿佛是青烟缭绕成的身体从黑暗中步出，和夜盐每夜看见的一样。

“那么我看见的是谁？”夜盐低下头轻声问。她已经猜到了那个答案。

“我就是你。”罗达在青烟中和蔼地微笑。

“死去的河络灵魂奔向四勿之海，他们落入造物者的熔炉，等待再次锤炼成形，他们会很快融入那片大海，成为海洋中的一滴水、一个泡沫或一朵水花，他们就是海洋的一部分，组合起来，又是海洋的全体，又怎么可能夜夜召唤出他们呢？”

“——这么多年来，我见到是始终是自己的幻象？我原本以为，你是我坚实的后盾。”夜盐的下巴渐渐地沉了下去，靠到了胸口上。

“你自己。你一直都是靠自己，来做到所有这一切。”

“你的那些预言……”

“……都是你的心灵之眼看见的。我教过你怎么运用它，你学习得很好，虽然你自己不承认这一点。”罗达依然在微笑，她的笑容如此清晰。

阿络卡闭上眼睛，把她的心灵触手伸出身体，就像章鱼的触角那样，像衔尾蛇的身体那样，拼命地向外延伸。它贴着坚硬的玄武岩壁前进，掠过城市和隧道。

“运用你的心灵之眼，你从出生起就待在这座城市里，它也拥有自己的生命，拥有自己的梦，你要和城市里的每一个角落、每一块砖瓦、每一条道路息息相通。城市的力量就是你的力量。”

她贴着城市边缘快速游走，每一处微小的变化都会被她感觉到，她发现火环城的西北角以每年两厘的速度正在下沉，她发现大火环朝向火山口的第三层第四百三十二根柱子正在断裂，它会在下一次地震中损坏，她发现了出现在城市底下的那些新的栈道和通道、矿坑，就像是这座城市大树向下努力伸出去的根。

她的童年在这座城市里留下了许多印迹，那是她学习和成长的河童殿，像其他的河络一样，她没有父亲和母亲；她的少女时代在陶器坊长大，身边的人都很爱护她，她在陶匠泥手臧宽和铁肚瓦离的照看下过得简单快乐，她在十六岁的地火节上彻底成为女人。

但是她明白自己与众不同。

从火环城里的老人看她的神态之中，从她突然闯入的场合里尴尬的咳嗽中，从她的陶匠师父某些时候躲闪的眼神中，她都知道自己的童年存在某道看不见的鸿沟，不知道什么时候就会突然裂开。

但是她懒得去想这些。

可是也许她从未真正成长。

罗达死前不到一个月时，突然宣布神选择了夜盐，她完全是被突然抛入这一重责的漩涡中。

她是哭着离开陶器坊的，眼望黑沉沉的地火神殿，她觉得自己的一生都结束了。

此刻，在地火神殿深邃的下方，一个耸动不安的新东西吸引了她的注意力。它向外喷射热量和血，那是火环城暗红色的心脏，是火山岩浆海，它正在强力搏动，反应正在步步加强。它被不安和恐惧紧紧握住。火既带来光明，同时也带来黑暗，如果不作出正确的选择，它会带来可怕的灾难。

那是地火之眼。

罗达曾经告诉她，地火之眼就是一条活的衔尾蛇，它既喷吐热量，给予光明，同时又心存邪恶，想要伤害。衔尾蛇本来就同怀善恶，雌雄同体；它象征着季节的来回循环，黑夜的振动，自我受胎，真理和认识的完成，无差别性，整体，原初的合一，自给自足，象征无休止的永恒法则下的开始和终结。它描绘了生命的冲突，同时也伴随着生命与死亡。终结也是开始。

“它已经伤害过人了。”阿络卡夜盐蹙着眉头说，她在自己的心灵里看到了发生的一切，也看到了门前躺卧着的烧焦身躯。

“这只是一次试探，还将有更可怕的事情发生。”

“我该怎么办?”

“现在要问你自己了，孩子，”青烟里的人说，“我该走了，而你，已经完全长大了。”

青烟在看不见的风里左右飘荡，罗达的影像变淡了，化成上亿的微粒消逝在空气里，只留下供人回忆的檀香味道。

夜盐心里明白，这次罗达将是永远走了。

她端坐双手合十，轻声念诵邙山五轮咒为罗达祈福，同时在心里默默低语：“我很快会去找你，罗达，为了你给我留下的这座城市。”

火环城年轻的野姑娘夜盐，第十二代地母阿络卡，睁开双眼时，青烟飘逝，身边再无同行的伙伴，但她已经知道自己该怎么做了。

她拾起一块落石，使劲地拍打着墙壁，大声喊道：“让我见熊悚！我有话要对他说。”

哨兵的影子在铁栏外冒了出来。哨兵是个大个子，有一副粗壮的下颌。夜盐以前见过他，似乎是个矿工，阿络卡试着回忆他的名字或者绰号，大牛或者狂牛，对了，他是狂牛陀罗。

“我不能给你传话。”哨兵说，把一张蠢呆的脸顶在铁栏上。他确实是名矿工，抓着铁栅的指头依然乌黑，沾满墨晶石的粉末，“夫环甚至不准许我们和你说话。”

夜盐心里微凉，她知道火环城的矿工对夫环熊悚有一种狂热的崇拜。她很难说服眼前这人。

“我只听夫环大人的命令。他答应让我当矿工副头，我们折损了很多人，现在有很多职务空位……”

“还会有死亡，还会有新的职务空缺出来。夫环或许还承诺，你死后再把矿工副头的职务再给另一个人吧？”夜盐用命令式的语气打断了他，“夫环背叛了真神，你也要跟着他走向死亡。创造者创造万物，它所能给予的惩罚，比夫环能给你的还要残酷百倍——去告诉夫环，火环城危在旦夕。”

“我要想想……”狂牛说，他的表情有点犹豫，似乎有被说动的迹象，但没等阿络卡继续努力，他就又想起了什么，飞快地退缩了回去。

“不，不行，”他惊恐地说，“夫环会把我吊在炉石上，在火上烘烤一整个时辰，他会让我去服苦刑，如果我和你说话了——他这么说过。”

狂牛松开抓住铁栅的手，向后倒退着爬走，他一直退到黑暗里。无论夜盐怎么敲击岩壁，大声呼喊、威胁、劝说、诱惑，他都不肯再出现了。希望像是条鱼一样滑走了。夜盐闭起双眼，坐在门前等待，心灵之眼告诉她，还会有人过来的。

不知道过了多久，她仿佛看见黑暗里有一盏小灯，顺着悬崖边的陡峭小道慢慢地靠近，它停停走走，但却很快接近了。

心灵之眼紧盯着那盏小灯，不知来者是敌是友。

提着灯的人身材细小苗条，但黑暗太过浓厚，她看不清灯后的人。

直到灯后的人走入坑道，收拢来的灯火才照亮了她的身形。

夜盐惊讶地喊出了声："你的名字叫师夷，对吗？怎么会是你？"

师夷"嘘"了一声，将獾油小灯挂在岩石上的一个小钩上，弯下腰爬到洞口近前，从腰上解下一大串钥匙，一边叮叮当当地去开门锁，一边说："是沙蛤告诉我你在这里的。"

她拆下巨大的门锁，钻入牢门，又来开阿络卡手上的镣铐。她开锁时双手微微发抖，把镣铐碰得叮当作响。

"你怎么到这里来的，哨兵呢？"夜盐问她。

就在她问话时，师夷的身后跟着钻进一个粗壮黑影，阴影遮盖住她们。灯光下阿络卡看得清楚，正是哨兵狂牛，他原本就显笨拙，此刻看上去更加目光呆滞。

夜盐"啊"了一声，伸手将师夷拖到身后，用身子护住了她，却见狂牛目光呆呆地从自己肩膀上掠过，看着不知道什么地方。

师夷对阿络卡说："不用担心，他现在很听话——蹲下！"

狂牛大睁着双眼，乖乖地跑到石板地前蹲下。

一条细小的黑影顺着通道溜入牢房中，刷的一声跳上师夷的肩膀，却是条少见的草原地蜥。

师夷抓住夜盐的手，将她拉了出去，然后回头对狂牛说："把镣子锁在手上，然后把钥匙扔出来。"

狂牛看上去有些抗拒，有个什么东西好像在他的身躯里挣扎着。

"看着我的眼睛。"小姑娘师夷命令说。

"看！"地蜥也跟着说。

狂牛抬起头来，愣愣地看着师夷的眼，脸上的线条柔和了下来。他乖乖地把自己锁在大铁环上，然后把钥匙从铁栅栏里扔了出来。

"你会魅惑术？"阿络卡夜盐惊讶地问，在灯下检查师夷的眼睛。

小姑娘师夷紧张地四下张望，她的大眼睛在肮脏的脸上像冰晶一样清澈透亮，瞳孔里闪烁着猫眼一样的绿光。

“我也刚知道，我在沙蛤身上试了试，然后他把一块墨晶石当馒头吞下去了。”她一口气地说道，“现在要抓紧。夫环已经派卫兵看守住了所有大门，都是铁鼠部落的执镰者，云胡不归会帮我们，他会在午夜时分调开羽蛇口的那些卫兵，他还有马……沙蛤告诉了我一切，他要求我救你，还有那个烧垃圾的布卡，但是布卡失踪了……”

“慢慢说，别着急，孩子……”夜盐抓住了她的手，师夷吃了一惊，有什么东西从阿络卡的手心里流了出来，那是某种深沉的、安抚人心的东西，不管怎样，总之师夷原先感到狂跳的心渐渐平缓下来。

“这是逃跑的最后机会。”她说。

“机会！”地蜥跟着重复。

“逃跑，你说什么？”夜盐愣了一愣。

“这个城市已经被邪恶控制了，我们无能为力，”师夷急切地说，“我们可以带你走。我和云胡不归，我求他，他会答应的。我听说你计划带族人离开这座死火山，去人族居住的地方重新开始生活。你可以带我们走的，是吧，把那些不愿意走的留在这儿，但我们可以去找新的生活。”

她抓着阿络卡的手一直在颤抖，这是最后的机会，阿络卡清楚地感受到了这点，最后逃离死亡的机会。

但是，她深深地吸了一口气，推开师夷的手说：“我还不能走。”

“你说什么？”师夷惊恐地吞了口气。

“什么？”地蜥表达出了同样的惊恐。

“我不能就此逃跑，我要去见夫环。”

师夷不安地转动头颅：“你不能去，这几天他整个人都变了样，最近他火气很大。你什么也改变不了。沙蛤在河边营地看到了尸体。他杀了人！他也会杀了我们！”

“要快！”她用颤抖的手抓住阿络卡的胳膊，“他们马上就会发现……”她抬起头，闭上了嘴。

夜盐顺着她的目光看去，看见悬崖上有点点灯火，正在往下移动，好像从黑色的天幕上落下来。他们已经来了。

她用残破的手掌抓住师夷的手，温柔却坚决地把它们从自己的胳膊上拿了下去。

“不值得为他们战斗，那些矿工、那些士兵，他们全都疯了……他们全都背叛了你。”师夷急迫地说，几乎要哭出来了。

夜盐沉默了。

她当然记得篝火前的战斗，蒙住面孔的河络士兵要他们放下武器，但是铁肚瓦离拿起了串烧沙虫肉的钎子战斗，场面一片混乱，利箭射进瓦离的嘴巴，他向前摔倒，杯碟、木勺、汤盆、调料四处横飞。

矢匠银舌用他的三弦阮琴劈面猛击一名熊悚的手下，但同样被弩箭射中，向后摔入火中，那支箭或许还出自他的手呢。

贼鳗安罗的手最快，抢了一把镰刀，砍断了两匹巨鼠的前爪，却被背后鼠骑士的十字枪扎翻在地。还有七八个人尚未从火边起身，就被十字弓纷纷射倒在地。

侍女石花向黑暗中跑去。有一瞬间夜盐以为她能逃走，但是手持红色镰刀全副武装的鼠骑兵自后追上，将她干净利落地一切两段。

夜盐使劲闭上了眼，但依然能看见无尽的鲜血在土地上横流，被篝火染得通红。

“跟我回来的人，”她问，“还有一些人在哪儿？”

“还有更多的人被关在隔壁的黑牢里，我救不了他们，”师夷有些惊恐地说，“黑猪门看管的人更多，所以有三个狱卒，而我一次只能对付一个人。”

夜盐悄悄地松了口气，她知道旅伴们只要不反抗，应该暂时没有危险。

她对师夷说：“熊悚不该这么做，他不该变这么多。所以我更要见见他。罗达把火环城交给我，我不能团结所有的人，却让他们自相残杀，这是我的错。”

“我曾经在火前发过誓，誓言很简单。我曾经发誓无论遇到什么困难，都要与自己的子民相伴，放弃其他所有，直至死亡。是的，誓言是简单的，要找到那个值得这份誓言的事情，才是困难的，但是如果我们真的找到了，这儿就值得战斗下去。火环城值得我这么去做。”

“不，一点不值，”师夷愤怒地喊道，“它甚至连一份职业也吝于给我，城里的那些人，都用轻蔑的目光看我，他们讨厌我、摈弃我，我只能和一些小孩一起玩，他们说我只会捣乱破坏。火环城的神早就抛弃了我。我对生活的唯一要求是自由自在，带我离开，你为什么不能带我离开呢？”

“离开！”小地蜥也强调说，把细细的尾巴在自己头顶上卷了起来。

夜盐看着师夷，回忆往事，她的脸颊泛起苍白的微笑，命运一次又一次地把她拖向奇怪的十字路口。

“你知道吗？神一直在关注你。如果不是，她为什么要给你一双这样的眼睛？你有能力让其他人倾听你的声音，还需要什么样的奇迹？”

师夷一时语塞。

“烛阴之神赐予你这双眼睛，是有理由的，”她说，“没有职业的野女孩都是受到神的特别祝福的人，他们不是蔑视你，而是害怕你、尊敬你，你的那些小把戏会给他们带去困扰，也会带去好运——我就是这么过来的。”

“你——什么?!”师夷震惊地张大了眼。

“在当上阿络卡之前，我也没有职业。没有铁球的人，注定会成为侍奉神的人。你有这双眼睛——这说明你将要帮助我。师夷，请帮我，把他们从厄运里拯救出来。”

师夷猛力地摇着头：“我不相信。你说的这些，我才不相信。别把这些东西交给我，它太重了，火环城太重了，我才扛不起来呢。”

“不呢!”地蜥伤心地说。

她猛地跳起来想要逃跑，但是夜盐使劲抱住了她。她觉得抱住了自己的身体、自己的青春和自己的年轻。

师夷的身体在她的怀里挣扎着，散发着青草和阳光的气味，她的心脏在薄薄的衣服下猛烈地跳动，这个浮躁跳跃的姑娘，似乎与这阴郁沉重的地下世界丝毫也不相符。

夜盐微笑起来，一切都和她自己年轻时一模一样。

“别着急走，先告诉我，你为什么来这儿?”

“他求我做的，那个小胖子，你不知道他有多爱你……”

“不，那是他，说你的原因。”

师夷有些慌乱：“没有了，没有!”

小哎跳着帮腔：“……有!”

“还有别的原因。”夜盐坚持说。

“或许，是因为你收留了我吧，你让火炉嬷嬷把我收入河童殿，不管怎么说，我得感激你。”师夷板起脸说。

“你爱他们，所以你才会到这里来。”

“不，你说得不对，”师夷拼命地想要挣脱，“我讨厌他们，我恨这座城市。”

“我也曾有过其他追求。你现在可以跑，”夜盐朝师夷喊，“但是有一天你会回来的。”她猛地放了手，师夷像一只逃出藩篱的小鹿，猛地一下蹿了出去。

她顺着悬崖上的小道一路急奔，仿佛在躲避自己的命运，她从来也没跑得这么快过，直到跑得喘上不气，才转过身去看。

风从地底深处吹来，非常的大，比她所见过的任何风都要大。

她的头顶上，夜盐的浅色身影十分渺小，站在凸出野牛口的小小平台上，好像时刻要随风飘走。

6

夜盐站在烛阴神像头顶，她很少从这个角度俯瞰地火神殿和殿前广场。

石像的阴影被星星点点的灯笼拉到极长，因为在城市脚下形成了新的熔岩海，烛阴神像前的地火之眼也就变得暗淡了。

夫环熊悚带着他忠心耿耿的鼠骑兵赶到此处时，愕然发现那个记忆中仿佛长不大的阿络卡夜盐已经变了。

她身穿紫色的流苏长袍，缠着银腰带，像个真正的女王傲然挺立，黑发在脑后飞舞，好像暴怒的风暴。

她只是一个人，但巨鼠骑兵在包围她的时候显得磨磨蹭蹭，不情不愿。

熊悚怒喝道：“你们在磨蹭什么！士兵，抓住她，这是背叛者夜盐，她要我们离弃自己的城市，离弃我们的祖宗和六百年来我们在此流淌的血。她是个叛徒！”

他狂暴的怒吼声在洞穴中回响。那些鼠背上的士兵犹豫着端起了手里的铁弩，黑铁箭头在暗中发出光微微地刺痛了夜盐的眼。

她孤身一人，再无后援，可她再也不能后退半步，因为罗达已经不能再替她解决这些问题了。

空气中弥漫着杀戮的气息，就好像暴雨一样清晰。

夜盐冲着他们冷笑了一声："你们是要朝我放箭吗?"

她在黑暗中坦然面对那一排冰冷锋锐的武器，她认识武器后面的每一个人，大声地喝出了他们的名字："赤甲！火掌！铁岩！骑桶！石鸦！滚蛇……你们都曾在地火神殿宣下什么样的誓言?"

夜盐每叫到一个人的名字，那个人就脸色扭曲，将目光转向别处。这些人并不都是士兵，有很多是穿戴上盔甲的矿工，夫环精心挑选过了这些护卫，他们全都是对他立下过重誓的火环河络，他们决心听他的命令行事，而绝不问为什么。

"看着我!"阿络卡怒喝道，突然刺啦一声，撕开自己的流苏长衣，露出洁白的胸脯，乳房在火光下颤动，两只小小的红点好像桃花一般娇艳。她大声说："我是大地之母，什么样的河络会要杀死自己的母亲，还巧言这是在拯救自己。你们知道如何信守河络的荣誉吗？知道如何去面对祖先的颅骨之墙？知道在死亡后如何渡过创造之神的天河吗？你们身负的罪孽会沉重得把你们拖下天河。"

几名士兵羞愧地垂下了武器。

"阿络卡，"火掌呻吟着说，"不灭之火在上，我无法对你动武。"他转身推开众人，大踏步地走了。火掌舒刺的离开让鼠骑兵阵脚浮动。

"夫环，我们不能杀死阿络卡。她的权力由神所授，而这里是地火神殿。"铁岩也泄气地提醒他说。

就连赤甲遥空也吸了吸鼻子："喂，熊悚，我不能对你们阿络卡下手。这有悖我的信仰。"

"懦夫!"熊悚说。

赤甲的脸涨得通红，一只手摸上了刀柄，但他对上夫环燃烧得通红的瞳孔时，又羞愧地别过头去了。

他们都是容易对付的，但是剩下的这个就难了。夜盐心想，她转头看向河络王熊悚："轮到你了，夫环大人，和我谈谈吧。"

每个鼠骑兵的座挚上，都挂着一个灯笼。它们摇摇晃晃。火焰射到夫环结实的红色胡须上，他的整个下颌都在燃烧。

谁都知道夫环的威名和勇力，他瞪着血红的大眼喝道："哪怕剩我一个人，我也要独自挖出你的心，把你的身体留给深渊！我在烛阴之神面前向你挑战，让神来判定我们谁对谁错。来吧，夜盐，我的镰刀和盾牌在等着你。"

阿络卡的眼睛好像麦芒一样锋利："我不害怕，夫环。你要爱，我就给你爱；你要仇恨，我就给你仇恨。但是在开战之前，你真的想知道自己在做些什么吗？

"最近两百年来，河络开挖出的矿物比过去五千年都要多，可我们挖出的财富大部分被人族商队夺走，矿井越钻越深，等到矿物干涸后再被遗弃，森林变成秃地，矿山变成戈壁，河流甚至流不到大海就被截走，我们得到的只是变成一片荒漠的越州。

"看看你脚下的竖井，地火之眼正在咆哮翻腾。还不仅仅于此，把你的头从坑里拔出来吧，火环山四周的山峰因为干旱而炙烤着，从狐歧山到姑射山，从雁门山东麓到北极天横，一路上的森林都无比干燥。如果你的挖掘搅动了地火，让一丝火星喷出地面，不仅仅是火环城，整个越州东部都会遭殃。"

"这些是没用的胡扯，"熊悚跳下巨鼠的椅背，"我们已经快要赢了。我们将要一劳永逸地解决这个问题。"

"把你的刀给我。"他恶狠狠地对赤甲说。

赤甲羞愧满面，低着头将手上的朱柄镰刀扔了过去。他交出了自己的武器，再也无法待下去，猛踢自己的坐骑，分开军队跑走了。

“你篡取了火环城的阿络卡之位，却不知道要为它做些什么。火环城没落了，矿石没有了，你终于找到机会要抛弃它，要到鬼都没听说过的什么参合山区。可是现在我们已经挖到了矿石，创造之神重新敞开了他的胸怀，火环城要复活了，你的伎俩都无用了！”

夜盐举起了一只手指向熊倲，眼中显露出无尽的悲哀。

“罗达告诉我，你是伟大的战士，勇敢、冷静、有责任感。你守卫的很多阵地，从未丢失过，但是你心里有块阵地，对谁也不说。二十四年前的夏末之战中，你没有烧风蛇部落的那条船，而是引导它进入了火环城的内河，一千二百名火环河络因染上疫病而死，是真的吗？”

夫环熊倲涨红了脖子，看不清是愤怒还是羞愧。

“我不想为自己辩解，我想要为之辩解的人是你！”夜盐大声喊道，“那不是你的责任，却成了刺在你心里的一把刀。这二十多年来，你不顾一切地想要保护这座城市，想要赎回你的罪过，但你应该知道，没有选择是错误的，就连神也无法判明天平的两端孰轻孰重。你也不能将保护火环城的重任压在自己一个人的肩膀上。看看你的身后，这里的每个河络、每个战士，不都是为了这个理由站在那里的吗？”

她的目光一一掠过黑暗中的面庞。地穴里升起的呼啸大风掠过，铁甲铿然，鼠骑兵们好像通道里的那些石像沉默不语。

“火环城到底在哪里，你能指出来给我吗？”她再次逼问，她没有武器，可是话语就是她的刀子，它们比熊倲手里的朱柄巨镰还要锋锐。

“从发现第一块墨晶石的马贩子开始，六百年来我们建造了这座城市。但火环城不是这里的某一块砖某一片瓦，不是这里的盘王殿，也不是地火之眼，火环城是最初七位摆放下第一批奠基石的工匠，是之后千千万万挖矿、刻石、搭桥、修路和砌砖的工匠，是驯养、买卖、浚通、清道的工人，是士兵，是陶匠，是瓦工，是木作，是铁匠，是这座城里的每一个河络，他们会呼吸会说话，会走路会思考，他们才是火环城最重要的财产。”

“我是火环城的大地之母，”阿络卡指着自己的胸口，“火环城就在我们每个人的心里，这是谁也夺不走的。”

她告诫他说：“放下你心里的那块阵地，它早晚会压垮你的脊梁。”

大风把阿络卡破碎的胸衣不断撕扯开，夫环调开眼去，不去看她的胸脯。为了掩饰自己的窘态，他大声吼叫，让滚蛇递上他的头盔。那是一顶高耸的金盔，盔顶上盘着一条蛇，只给口鼻留下通道。

“你爱罗达吧？”这句轻得若有若无的问话让他浑身战栗。

“我取代了她的位置，这就是你一直恨我的原因，是吧？”年轻美丽的阿络卡这么问，她的脸白得像瓷。

“不错，我爱罗达，”熊悚停了停进逼的脚步，好像一道闪电照进了他迷糊阴霾的心，他用镰刀柄敲打着地面的岩石，那把镰刀的长柄是用苓木制成，长有四尺，平滑粗重，“这都是你的错，你和她长得太像，所以我恨你。你比她年轻，你比她贪玩，你帐中年轻的男傧不断，你永在欢笑，却再也没法和我沟通心灵。这都是你的错。”

他又开始继续前进，涂成红色的大镰刀在他手里摆动出弯月形的光芒。

“她说得对。”一个声音在他身后响起。

夫环熊悚略带疑惑地停住了脚步。

肤色黝黑的铁岩苏玛正在默默地解下挂在座椅上的长戟：“如果

非要这样，我想要替阿络卡应战。”

“铁岩，你是我最信任的矿工。”河络王咆哮着低语。

“也许我们该信任诸神。”矿工低声回答。

银手奇卡也解下了自己的长矛，跳下鼠背，然后是石鸦、骑桶和滚蛇。

熊悚环视他们，脸色涨得通红：“你们知道，我不能对矿工动手。你们发的毒誓呢，到哪里去了，你们就打算这样背叛我吗？”

熊悚像只受伤的熊那样咆哮，却没有早先的气势。他松开紧握的镰刀柄，呼哧呼哧地喘气。

夜盐露出一丝微笑，绿色的眼睛像风暴前的闪电那样闪亮，她知道，马上就要制伏这块执拗的铁石头了。

她将扭转广场上的局势。

第一次，靠她自己。

7

师夷发觉自己陷入了困境。

约定的时间过了好一阵子了，云胡不归是否还在羽蛇口等她？但通往大火环和羽蛇口的通道上布满了巡逻的士兵。这些士兵不是她所熟悉的那些火环部卫士，而是手持朱柄镰刀的铁鼠部雇佣兵。他们个头更矮小，脖子更细长，还充满不信任地东张西望。

迎面的栈道上走来两名执镰者，暗红色的盔甲在火把下闪着光。两名执镰者都怀疑地盯着她看。

这一段栈道和车水马龙的采矿栈道并不重合，只能通往废弃的野猪门，一名河络平民单独出现在此未免很奇怪。

她控制住想要逃跑的念头，装作若无其事的样子，从他们身前走过，奇怪他们甚至听不见自己狂跳的心脏。

她唯一的掩护就是小姑娘的外貌。师夷低眉顺眼，装出一副乖女孩的模样。小哎在她肩膀上蹦来蹦去，好不安分的样子，她真担心从它嘴里冒出什么引人注目的话。

他们错身而过，眼看走出了三十来步，执镰者已经调过头去，不再把注意力放在她身上。猛然间一只甲虫嗡的一声擦过她的脸颊，她愣了一下。在栈道下面的幽暗深处，有人在用镣铐猛击铁栅栏的门，还在狂喊："逃狱！逃狱啦！"在这安静无人的裂谷里，简直如同炸雷轰鸣。

她不知道狂牛的嗓门有这么大，早该让他把舌头咬掉。

师夷预感到大事不妙，开始加快脚步，朝前面灰环的出口跑去。

后面有个粗大的嗓音喊道："站住，小姑娘！"

她扔掉了手里的提灯，开始狂奔。

追赶的脚步声立刻在身后响了起来，同时一名执镰者将一个竹哨塞进嘴里吹了起来。

师夷猛地拐了个弯，正前面又出现了一队士兵，红色把手的镰刀在灯笼下闪亮。

他们把她堵在栈道上了，但是师夷可不会那么快投降，她退到之字形栈道的端点，探头观察了一下落脚点，喊了一声："抓紧，小哎！"就跳出了栈道，飞快地顺着岩壁上的皱褶和石缝爬了下去。

小哎张开大嘴叫了声"哎呀"，便死死地揪住她的衣服不敢动弹了。

她像羚羊那样在悬崖上大块的石头上跳着，这是她小时候玩的把戏，只要具有良好的视力与平衡感，还有胆大，就可以顺着悬崖爬到很高的地方。

灯笼的光亮汇集在栈道高处转角的平台处，在那儿晃动，但是没有人追下来。

也许她可以顺着石壁爬到栈道下面一层的那段平台上去。她可以向下跑，想办法跑到地下河的码头上。她那时候还不知道巡夜师已经在那儿出事了，一心想着如果能找到小船，在布满分岔的河道里，他们根本就抓不到她。

她听到上面传来的嘈杂声，有人在大喊："放出去，放出去。"但她没太在意，此刻她必须专注地对付滑溜溜的石头，一不小心脱手的话，她就会尝试在黑暗中飞的感觉了。

她用最快的速度向下滑行、攀爬、飞跳，已经听到了下面黑色深渊中传来的流水声，但在黑暗中这么一直爬到码头边是不可能的，她仍然得想办法回到木头栈道上。

突然小哎发出恐惧的一声叫，从她的肩膀上跳了开去。

师夷抬了一下头，发现有几条黑影在她的头顶上纵跃，悄无声息，好像黑夜的碎片。

突然之间，她明白平台上的执镰者在喊什么了。

冷汗从她背上冒出，头发也湿湿地粘在了脸上。

他们放出了猫猞猁。那是一种凶猛的猫科动物，灰棕色的毛上带着暗褐色的斑点，有着强有力的脚爪和宽厚的下颚，又粗又短的尾巴，耳朵上长着挺拔的黑色笔毛，它们一直被河络当作猎犬使用。在草原上，它们也是地蜥的天敌。

这种灵巧的动物爬起悬崖来可比师夷要快多了，而且走起路来完全没有声息。

如果在悬崖上被它们逮住，会像只鸟儿那样被撕碎。

"小哎，快回来!"她的喊叫声顺着空荡荡的悬崖飘开，但小哎的影子都没有看见。

它会找个石缝钻进去躲起来吧，师夷祈祷如此，她伸开双臂，吊在一块悬石上，使劲地一荡，纵身跳上栈道，顺着下行的坡道飞快地朝码头方向跑去。

这一段栈道紧贴悬崖修建，大梁和支柱以一种漂亮的网状结构，斜插入陡直的岩壁中，将栈道高高挑起，在半空中划出一道弧线，脚下数百尺处，是咆哮的水流。

这条道已经日久无人使用，师夷感觉得到桥下的梁柱都已经腐蚀了，程度严重，每跑一步，脚下都会发出可怕的开裂声，但师夷已经不可能回头了，她咬着牙，一股劲儿地往前跑。

她孤零零地在这条笔直向前仿佛没有尽头的栈道上，左边是雾茫茫的黑暗，什么都没有，右边则是嶙峋陡直的岩壁。

一道黑影从她的头顶上窜过，调过头来拦住了她的去路。正是一只猫猞猁。

它有着一张肥胖的猫脸，眼睛像灯笼一样亮，两颊有下垂的土黄褐色的长毛，看上去有些可笑，但这张脸冲她露出邪恶的长牙时，又变得非常可怕。

猫猞猁性情凶残，敢于攻击体型比它大很多的动物。传说猫猞猁曾经带走一个两岁大的河络婴儿，还有人说它曾经杀死过笼中花豹。

另两只猫猞猁也蹿上了栈道，从背后接近了她。它们将她围在核心，一点点地逼近。

悬崖上的捕猎已经激起了它们的兽性，它们愤怒地嘶叫，朝她喷溅出口水。毫无疑问，没有主人制止，它们会咬死她的，而它们的主人还远在上面几重远的栈道上。

师夷恐惧地向后退去，背靠到了石壁上，悬崖上流淌的水濡湿了她的衣衫。她退无可退了。

栈道发出可怕的吱嘎声，一个更加庞大更加凶猛的轮廓突然从三只猛兽的身后冒了出来。

它有半间房屋那么大，多棱的头部杀气腾越，前肢上骨刺突兀，只是轻轻挥动了一下手臂，就将当头的那只猫猞猁撞飞到了石壁上。

那是一只暴风吼虎，失控的暴君，阿瞳一直在尝试修它，却没能修好。

此刻他驾驭着这只随时会失控的暴风吼虎，跌跌撞撞地出现在她身前。风息子好像疯狂生长的野草，将他包裹在驾驶舱的凹槽里，连头脸都看不清晰。

被撞到石壁上的那只猫猞猁一瘸一拐地艰难站了起来，夹着尾巴发出哀叫，但另两只猫猞猁却毫无惧色，一只猫猞猁向后退了几步，发出令人心寒的嘶叫，然后猛一纵身跳上暴风吼虎的头部，撕咬起厚甲。另一只猫猞猁则绕到暴风吼虎的后部，用狂暴的利爪伺机发起攻击。这场景就好像两只猛虎和大象的搏斗。

阿瞳操纵暴风吼虎挥舞前肢，想把那只畜生从自己的头部弄下来。暴风吼虎在原地打着旋，就好像一个笨拙的巨人，够不到自己的后背。

阿瞳百忙中冲师夷喊道："别爬上来，我控制不好这东西。"

暴风吼虎的一只脚危险地跨出了栈道边缘，它打了个趺，又摔向另一边，撞断了上一层栈道的几根支柱，碎石和断木顺着悬崖噼里啪啦地滚了下来。师夷不得不抱着头蹲下身子躲避。

栈道上传来脚步声响，还有铁甲互相碰撞的声音，追兵紧追了过来。

"我们要往下面跑。"师夷喊道。

"没有问题。"阿瞳回答道，他操纵着暴风吼虎使劲扭转过身子，开始当先顺着栈道朝下走去。

他们只跑了两步，就看见从下层栈道上也跑过来一小队士兵。

他们正是从码头的方向，听到了警号跑过来的。

“我们被包围了。”师夷惊叫。

阿瞳摇摇晃晃地站住了脚：“我来开道，你跟我走。”他的暴风吼虎好像一只疯狂的老虎，向前猛冲。那两只猫猞猁依然靠着利爪和牙齿吊在它的屁股上，好像马铃铛一样摇晃。

当先的河络士兵不敢撄其锋，拥挤在一起向后退去，但他们并不想就此让出道路。

暴风吼虎歪歪倒倒地走着，好像得了癫痫病的巨人，它的前肢和带着巨斧的附肢疯狂而僵硬地挥舞着，被它击中的山石炸裂开来，碎片四下飞溅。

“快让开。”阿瞳绝望地喊叫，“我控制不住……我控制不住……”

暴风吼虎将两只前肢合在一起，向上举起，好像端着极其沉重的什么东西一样颤抖着，一点一点地举起，然后狂暴地一挥而下，砸在了栈道的桥面上。

脚下的地面完全崩塌了，栈桥开始一节一节地崩塌，像是梦里的慢动作，桥面扭曲歪斜，那些梁柱发出可怕的折断声，暴风吼虎好像沉重的铁球一样向下坠落。对面栈道上的河络士兵都疯狂地向后退去，以免被断裂的栈道带下山崖。

通往码头的路完全断绝了。

师夷冲到断口处，抓住断裂的桥面，探头向下看。癫狂的暴风吼虎正挂在一根木柱子上，还在机械地挥舞脚爪。

一只猫猞猁已经坠下了深渊，另一只则夹起尾巴，蹿上桥面，看也不看师夷一眼，飞快地向后逃跑了。

“师夷，我要救你出去，我一定会救你出去的。”阿瞳一边撕扯着身上的风息子的藤蔓，一边说，“我总是很笨，总是把事情搞砸。

你会不会觉得我很傻?”

“傻子!”师夷喊道，“快从那里面爬出来。”

阿瞳依然在拼命挣扎，但是风息子的藤蔓缠绕得很紧，藤蔓上的细刺扎入阿瞳的皮肤里，沁出点点血花。他仰着头说：“我没法再帮你了……我一直想帮你飞，可是我手太笨……”

“你为什么要帮我?”

“我知道你飞走后就回不来了，但是……我无所谓，只要你高兴，我就……”

木柱子发出可怕的断裂声，它突然从中断折，最后一点支撑也消失了，阿瞳微笑着从悬崖上坠落，好像一片叶子那样旋转。

她甚至没有看到他落水，就被两双手粗暴地扯了回来，脸朝下地按在坚硬的石头地上。

8

一阵嘈杂喧闹声从地火广场的入口处传来。

一只长牙巨象伸出鼻子，轻松地在巨鼠骑兵封锁的道路中开出一条路来。

大象背上的象辇上端坐着云胡不贾，身后也仍然紧贴着一名乌衣仆人。虽然形貌与初来时紧跟的那人不同，但河络们也看不出来。

“你们到这里来干什么？地火神殿不容外人乱闯。”铁岩大声说，横起长戟拦在六牙巨象前。

巨象只是轻轻地摆了摆头，铁岩就像断线的风筝般飞了出去，撞翻了四五名河络士兵。

其余的士兵又惊又怒，纷纷抬起手里的长枪和弓弩，对准了这个不速之客。

云胡不贾有恃无恐地从象辇上探出半个身子。“啊哈，”他故作惊讶地说，“真正的武士怎么能用十字弩呢！也只有河络这样的胆小鬼才会用它来威胁人吧。”

“我们不是懦夫！若灰河络佣兵的十字弩，你们几能对抗山王的轻鸡兵，又怎能拿得下三河城，守住锁龙河。”老兵骑桶愤愤地反驳道，他有一颗门牙在锁龙河之战里被山王骑兵的铁杵磕飞，说话有些漏风。

他们纷纷转头看向夫环，只等熊悚一声令下，就要将这名不知天高地厚的商人射成一只刺猬，但夫环眼望云胡不贾，却是一副魂不守舍的模样。

“我更喜欢自己的说法。”云胡不贾的面孔虽然在微笑，眼睛里却没有丝毫笑意，他转头朝向夫环，冷冷地说，“此时已经不能后退了。”

熊悚应声附和：“此时已经不能后退了。”

云胡不贾继续微笑，抬起宽大的袖袍，指着夜盐说：“唯有打倒阿络卡，你们才会得到真神和人间之王的双重宽恕。”

夫环捏紧武器，轻声重复：“唯有打倒阿络卡，才会得到宽恕。”

他话亦步亦趋，哪里看得出来是曾在锁龙河上夺旗斩将、霸气凛然的河络王？

“你对夫环做了什么？”夜盐惊问，“你施了离魂术？你下了魅惑术？”

她转头看见夫环腰肋上露出的伤口，登时明了了一切：“伤口上有毒，这是木之傀毒吧，你们处心积虑，让河络王意志混乱，一步一步地控制了他！你这好狠毒的奸人！”

“我的志向岂非地下的蝼蚁和驯养老鼠的人能理解，需要拯救的是整个天下，”云胡不贾傲然而道，“你们唯有服从我，才是正途。”

“用恶来制止恶，只会走向更恶。”夜盐愤然反驳。

云胡不贾不紧不慢地说："既然夫环已经下了战书，按照河络的律法，我可替他出战。这里是地火神殿，就在神祇的面前，我们来分个高下吧。"

"让我来替你出战！"被激怒的河络士兵纷纷喊道。

异族商人身上有种暴戾之气，让夜盐觉得浑身发抖。这种颤抖，也许是害怕，也许是战斗前的激动，也许是因为她看清了自己的命运归宿。"给我勇气吧，罗达，我不能在这一时刻撑不住。"她在心中默念。

夜盐心里清楚，这里没有一名武士是这个看上去瘦弱苍白的商人对手，可另一个诱惑同时摆在她的面前：只要打败眼前的这个人，她就能够扭转火环城面临的整个危局。

云胡不贾说得没错，这里是地火神殿，是河络的神祇所在，她未战已占三分优势。

"我不知道你从哪里来，要做什么，"她冷然说，"我就凭祖先的传下的法术，和你决一死战，让神来判断对错。"

"很好，"云胡不贾赞许地说道，"我走遍了十二座河络城，你是我最期待的敌人。"

说完了这句话，他大袖挥舞，不知哪里来的寒气紧紧地缠绕着他。白色的雾气从他身上冒起，好像龙的影子，四周灯笼和火把的火焰，突然变得苍白而没有热量。火环城的地下世界里，从来没有这么冷过。

再过了一会儿，地火广场上竟然开始飘下了雪花。细小的、易碎的，但确实是冰凉刺骨的雪花。

冰晶很快覆盖满站在广场上的河络士兵们的面孔，好像一层透明的壳。他们全都不习惯这种冰凉的东西，不得不紧紧地靠在一起，用手遮挡着眼睛。

只有夜盐还能在这场风雪中站稳脚跟，她的身上反而越来越热，越来越红，最后接近红得透明的颜色。

云胡不贾脸色凝重，望向站立在烛阴神像头顶的阿络卡。他从背后拔出一柄长剑，那支剑的剑刃长有三尺七寸，笔挺如弦，但剑头却沿一道弧刃弯向一侧，使它格外凌厉，剑身是古蓝色的，上面显露出一道道纠缠的蛇菊图案。

长剑好像一泓寒冰，甫一出鞘，四周寒气大盛，那些河络原本已经冷得站不住脚了，此刻忍不住又向后退了两步。

他慢悠悠地说："这把剑，叫蛇之菊刃，也叫草寻。"

"你的武器呢?"他问。

"别为我担心。"夜盐冷冷地说，她的身体里充盈着决战的愤怒。

她蹲下身子，在烛阴之神的下颌处摸索，烛阴颌下的明珠果然是松动的，可以取下来。四面的冰寒之气愈来愈浓。她抓住那颗小小的冰冷的圆球，紧紧地抓住它，一口吞入肚中。

和老罗达告诉她的一样，这样做会有剧烈的痛苦，所有的阿络卡只能忍受一次，她们一生里只受得了一次这样的痛苦。

"不到万不得已，不能使用。"罗达再三叮咛，但夜盐心里明白，此时已是最后的时刻了。

"阿勒茹，贝尔巴，吾知汝名，吾以火环之名召唤！漫多啰，跋陀耶，吾用吾肉借汝之力，吾用吾血濯汝之祝，如火烈烈，帝命不违。彻！"

夜盐大声念诵咒语，背上突然冒出炙热的火焰，她的身体在光焰中被不断拉长。她鼓起所有的勇气欢歌。这是火环城赐予她的力量，是六百年的历史汇集而成的灵魂之力。

火环部的祖先在她的灵魂中复活、撕咬、翻腾、燃烧，充满了战斗的欲望，为了这可怕的最后之战，他们得作好一切准备。

夜盐的身体还在拔长，好像巨大的藤蔓那样无止境地伸展，她的四肢缩短变成了小小的附鳍，她的身上长出圆盘大小的鳞片，她的头部大如斗室，口中喷吐出闪电分叉般的火舌。

必要的时候，阿络卡也可以战斗，虽然这样的战斗几乎都是最后一次。在那一刻，她是盘卷的火焰之蛇，她是南方赤练之蛇，她是衔着蜡烛的龙，她就是火环城的化身。

这条巨蛇把越来越长、充盈广场的身体盘绕成一圈，把头靠在烛阴神像的头部，张开了口，露出锋利的牙齿，那是毒蛇的长牙，长度超过了大象的巨齿，橙黄色的冰冷的目光直愣愣地瞪着云胡不贾。

那名商人从头到尾都不动声色地看着这一切。“精彩。”他感叹地说，轻轻地拭去额角上的汗。

火焰依然在蛇背上燃烧，空中的细雪还没有落到地面就无声地融化。

它无声地昂起头颅，撞落了洞顶的几片石块。

地火广场上虽然挤满了河络士兵，却是一片寂静。

云胡不贾双手握剑，缓缓地举剑过肩，动作慢得异乎寻常。

巨蛇对云胡不贾手中的长剑也颇为忌惮，它避开剑锋，才发动攻击。当它向前猛扑时，像箭矢一样劈开空气，发出了可怕的呼啸声。

云胡不贾在那一刻同时挥剑平劈，似乎有隐形的波纹在雪中飞动，扰乱了雪花下落的轨迹，它们相互撞击，纷纷扬扬地落到了剑圈之外。巨蛇向上猛蹿，然后才从高处落下，居高临下地张嘴吞噬，好像一朵乌云笼罩了云胡不贾，场边观战的人只看到商人的身躯被重重蛇影吞没，但乌云始终遮盖不住云下的闪电，剑光总是突然间闪现，劈裂长空。剑光闪耀间，火焰长蛇也要向外纵跃闪避。

间或叮当有声，那是长剑劈砍在巨蛇的鳞片上发出的响声，挨到双方攻势稍歇，大家可以看见长蛇身上已经多了十几道伤口，血流如注，但夜盐对伤口视若无睹，攻击反而愈烈。

突然间，云胡不贾纵身向后跳跃，火焰之蛇紧随猛击，蛇头没有啄中商人，却击中了支撑地火广场的柱子，在上面留下了可怕的牙痕。围绕广场周遭的柱廊左右摇晃，发出吱呀的呻吟。巨蛇威势赫赫，在商人的身后紧追不舍，云胡不贾只是不停地闪避逃窜，那些古老的柱廊一列接一列地倒塌，巨石翻滚，碎裂的石子更是乱箭一样飞溅。河络士兵四下闪避，纷纷举起盾牌护住头脸。

巨蛇见云胡不贾刁滑，追之不及，发出愤怒的嘘声，将尾巴翻卷过来猛抽，石板铺成的广场地面被砸出一条条的裂纹。云胡不贾猝不及防，被鞭子一样的尾巴抽中，登时腾空飞入人群中。

巨蛇探身追入柱廊深处，四下搜寻云胡不贾的身影，河络士兵在巨大的游蛇面前纷纷闪开。始终站在一边一直沉默不语的乌衣仆从突然呼喝了一声，那只六牙大象高高地扬起鼻子，亮出巨齿，朝前冲锋，沉重的身躯跺得大地鼓面一样振动。

大蛇轻易地闪过了大象的攻击。它的眼睛在柱廊的阴影下发着红光，似乎在嘲笑这匹大象的不自量力，只是轻轻地一甩尾，它就缠住了大象的身体，瞬间盘上了三四匝。

大象发出喇叭般的嘶鸣，它的吼叫能让狮虎胆裂，但赤练蛇那粗有两抱的蛇身却越收越紧，只是蛇身上先前所受的伤绽裂更甚，血如清泉，流得遍地都是。

赤练蛇的绞杀让皮厚肉粗的巨象也无法承受，逐渐跪倒在地。夜盐张开巨口，似乎要将大象一口吞下，但就在此时，仿佛一片影子从顶上落下，云胡不贾突然现身，他双手握住长剑，脸色苍白得不近人色，刷地一剑刺入蛇尾，将它死死地钉在了地板上。

那一剑刺入蛇身，好像烧红的铁棍插入冰块，发出嘶嘶的融化声。夜盐化身的长蛇痛苦地挣扎、盘卷，却无法摆脱将自己钉在地上的剑。

大股的火焰从它张开的鳞片上腾起，烟火缭绕中，好像一棵挂满了彩灯的巨树，照亮了整片广场，绚丽无比。

云胡不贾从一根断裂的柱子后面踱了出来，安然若素，毫无受伤的迹象。

“真美啊，”云胡不贾感叹说，“真想把这一瞬永远留住，但造化弄人，我却不得不摧毁这样的绚丽之色。”他的脸上露出萧瑟的神情，将手指从袖袍里伸出，每一根指头上都露出长长的指甲，锋利如匕首。

银色的长指甲好像一群飞翔的燕子，在空中一闪而瞬，猛地穿入夜盐的头颅。

死亡到来得迅疾猛烈。

巨蛇松开大象，翻倒在地，只有身躯还在轻微地扭动。云胡不贾招了招手，他身后的乌衣仆人走上前去，将十字长枪刺入大蛇的咽喉。

“最后一个障碍也解除了。”云胡不贾对呆呆凝望死去大蛇的夫环说，“神已经判定了你的胜利，你们，你，你，还有你，还有谁不服从夫环的权威么？”

地火广场上只有纷飞的碎雪和死一样的寂静，所有的河络全像泥塑木偶般呆立在原地。

一名铁鼠的执镰者轻声问：“抓住的叛徒怎么办？”

“处死她！”熊悚眼都不眨一下地说，“我们将在地火节上烧死她，篝火将会被点燃，她会被献祭给地火之神。”

“很好，”云胡不贾点了点头，“夫环，你可以集合矿工了，只要全力挖开地穴，让那些鲜红得像血一样的熔岩倾泻而下，沙虫是无法阻挡你们的。”

第九章 如火烈烈

1

秋意越来越浓。

越岐山的密林里，响彻着白虎的咆哮声。

秋天真的来了，而汹涌的火焰，也就要燃烧起来了。

那是地火。

河络们所有那些技艺，都可以归结为燃烧的木炭上的一种舞蹈，他们踏入火中，似乎就可以摆脱命运束缚、进入了一种不受干扰的纯洁状态，他们在地火节上蹈火而舞，繁衍后代，那是他们的神化之路。

火环河络会在这一天里尽情舞蹈，也只有这一天可以舞蹈。他们踏着火炭，进入火中，却不会烧伤自己。与火之吻，他们视之为一种净化。在地火节上，火烧之后，田野重新披上绿色的生命之衣。

巡夜师已经死了，无人预知地火节开始的准确时辰，这让河络王熊悚微微有些困扰，但云胡不贾带来的丰厚礼物足可弥补这一微瑕。

为了迎接节日，矿工们的工作不再三班倒地进行了，事实上他们也已经挖出了云胡不贾所要求的分量。

火掌舒刺分派出去的一波人手挖开了地火通道，地火之河汹涌流淌，沙虫消失了，安静了。他们还将继续向下，挖出火环城从未有过的巨大财富。

在地火节前几天时，按照夫环熊悚的命令，矿工们从矿井深处爬上来，去准备另一项重要的工作了，那是所有的河络都喜欢的火牛车。

河络矿工们沿着火山口内壁，挖掘出一道宽大的沟渠，盛满柴火，沟渠绕着火山口一圈，正好是一个环形。他们还会修建一些临时的木制冲车道，将三十六辆冲车悬停在火山口的内壁上，獾油和引火的柴火会混合好装在里面，冲车停放在冲车道的顶端，只等待着有人砸开锁住车轮的插销。

木匠们和锯木狗们已经在着手搭建一艘陆地行走的巨大蛇辇船，它长有一千两百尺，带有多节铰链连接的船身，船头上竖着桅杆和七座上置白伞盖的高塔，七座置黑伞盖的高塔。

蛇辇船的长度正好可以环绕大火环一圈，从山顶俯瞰，就仿佛能看见它在下一层的环廊处追上自己的尾巴，对，就像一条衔尾蛇，自己咬着自己的尾巴，它是时间和生命连续性的象征。

一即一切。

现在，缠绕的双月升起来了，它们大得惊人，低低地坠在火山口上方。

所有人都在等待那一时刻。

当然，这是一次奇怪的不合常规的地火节，他们没有巡夜师，也没有阿络卡，于是只能由夫环来主持大典。

熊悚的威名和声望足够压制所有的居民，但仍引起一些窃窃私语。

突然之间，所有河络们齐声欢呼，火牛车从火山口的内壁上冲下来了！巨大的火球掠过柱廊窗口，好像流星一样砸入火山口。早已经准备好的沟渠里的柴火被点燃了。

冲车带着火飞似的冲了下去，在冲车道上七拐八拐，最后冲入挖掘出的沟渠里，引燃熊熊大火。

每一辆车冲下来，河络们就高声欢呼。他们互相比赛，打赌哪一辆车冲得最快，烧得最猛烈。

只是一瞬间，一道熊熊燃烧的光圈就朝着天空放射出璀璨的光芒。

如果有羽人在今夜掠过火环城的上空，他会看见一条火光熊熊的巨蛇，咬着自己的尾巴，那是一个自给自足的河络世界——那是一种自然的原初思想。

它头尾相衔，雌雄同体，盘绕着整个世界，那奇妙的姿态象征着不死、完全、圆满、无限、睿智和虚无，它已经脱却了客观存在，成为某种象征的图腾，在一种循环的模式中不断归来，回到它的源头。

地火节对于河络来说，是白昼的最后一天，也是黑暗开始的第一天，蛇的头应当正好在那个时候咬住它的尾巴，回归到它的初始出生地。

工匠们开始展示他们的作品。

在一阵阵的欢呼声中，他们要相继爬上蛇辇船，在船头的高台上，在世俗的欢乐和神灵面前展现自己的作品。

沙蛤也排在队列中，他战战兢兢地走到守卫工匠台的卫兵前面，解释说："这不是我的作品，但是阿瞳没法来……"

看守悬梯的卫兵不耐烦地摆了摆手："快上去，你堵住后面的路了。"

他被背后的人推着向前，爬到了悬梯上。

和过去一样，没有人认真听他的话。

沙蛤茫然地摇了摇头，他不明白自己为什么站在这里。他从来没有在这么多人面前，站到这么高过。

看着脚下仰望的人群，他觉得脚步发虚，头晕目眩，看不清四周的东西。

自从过了那晚后，他再也没找到过布卡和云若兮。寂寞的垃圾悬崖上，只有无人看管的铁齿铅轮轰隆作响，阿瞳，他最好的朋友掉下了悬崖，而师夷，马上就要被处死了。

他在火环城里再无朋友。

沙蛤不明白怎么回事，他的人生仿佛一下就又掉到了最低点。他努力地想要维持这些友谊，但无论他多么努力，转瞬之间，他又失去了所有的朋友。

第二层平台前站着的是负责初检的铸物师，是一名大个子的石匠。

他只看了一眼沙蛤手里的东西，就挥手让他到更高一级的平台上去。

沙蛤试图解释一下："我不应该在这里，我只是想帮朋友……"

石匠根本没听，只是朝他吼叫："快上去，没看到这么多人都很忙吗?!"

他通过了一个又一个筛选的关口，每次沙蛤都想解释，但最后总是习惯性地服从命令往前走。他越爬越高，越爬越心虚。

在下层平台上，那些被淘汰的工匠堆里，沙蛤看到了一些熟悉的面孔。

皮匠学徒贺礼手里捧着一顶灰鼠皮的帽子，长着一双老鼠眼的矢匠学徒举着三支鹅翎箭，还有那个釜匠阿康，手里拿着一只柄上错金银的铁壶，他们仰头看着沙蛤，眼珠子都快掉出来了。

现在，他已经站到了最高位置的平台上，除了沙蛤，这里就剩下三个人了。只有最优秀的铸物师才能站在这儿。

沙蛤可不是铸物师，他甚至连一枚职业挂坠都没有。

一定是哪儿出了问题。沙蛤想，绝望地东张西望，他原来只想把阿瞳的作品交到某位能负责的工匠手里，可现在，他自己却被推到了精英匠人比试的前台。

一名匠人正在展示一把雨伞，看上去黑扑扑的，也无甚神奇之处，一打开来，却和着悠扬的乐声，伞罩中落下了纷纷扬扬的雪花。

一名匠人则制作了一台运行精密的机械钟，每到时辰正点，一扇小门会打开，一个锡制的杂技小人就会扔着三只黄金小球，骑着匹光背马跑了出来，戏耍，独脚站立，翻滚，在这期间始终抛接着三只小球，然后再回到钟身下的小门里。

第三名匠人的手里捏着一只机械飞鸟，他看见了沙蛤手里的翅膀，瞪大了眼，悄悄地将自己的作品藏了起来。

最上一级平台上，负责评点作品的是三位铸物师，铁大师东莫首当其位，他朝沙蛤转过脸来，鼓励般说道："嗯？"

看着这么多名德高望重的前辈在此，沙蛤的腿都哆嗦了："我……这不是……"

"在这里的人没有尊卑，所有工匠都是平等的，谁都可以站到这里。交出你的作品来。"东莫语气慈祥地说。他竟然一口气说了这么多话，真是罕见。

“……这不是我的作品。”沙蛤终于吐出了一句完整的话。

“又有哪一件作品是呢?”木大师何跺说,“所有作品都是神借由河络之手创造出来的,来,看看你的东西。”

沙蛤深深地吸了一口气,放下了羽衣,将它展开。

它轻得像一抹月光,在他手上跳跃,时刻想要飞起,无论如何也不像是金属打造成的。

木大师带了几分惊诧的神色问:“一千年来,都有河络想要借助机械或魔法的力量自由飞行,但无人成功——你要挑战飞行吗?”

釜大师万胡点了点头:“很精巧,只是一味地追求外形,未必能得飞行的灵魂。你既然带了这件作品来,想必一定知道卷云部的铁大师季遂研究飞翔术多年,他的白银羽衣契合了什么系的魔法吧?”

“自带了……自带了……”沙蛤彻底卡住了。他像多年前面对火炉嬷嬷的考试那样,陷入一个前进不能、后退不能的通道里。

“不,不需要回答。”釜大师说。

“来试试吧。”

“嗯嗯。”东莫说。

沙蛤低头看了眼自己鼓起的肚皮,他熟悉自己因贪吃而变形的身材,整座火环城最不适合演示羽衣的居民一定就是他。

沙蛤咬着牙开始往身上套那件羽衣。

羽衣轻得似乎没有重量,沙蛤却觉得肩膀上沉甸甸的,他知道自己背负着阿瞳和师夷的双重梦想。

金属凉得有些刺骨,尺寸不很合身,肚子上的绑带尤其的紧,沙蛤不知道应该把带子勒在肚脐上边,还是挪到下边,但不管他怎么摆弄,小腹总是要被勒成两半,沉甸甸地坠在下面。

好不容易将羽衣弄好,沙蛤张开了双臂,举起羽翼。

四周摇曳的灯笼火光变得有些黯淡,全场寂静,拥挤在平台下的河络们紧张地看着他，但沙蛤只有更加紧张。

这时候，他才想起，阿瞳并未给他留下使用说明。

一滴汗水顺着他的腮帮子流了下来。

他屏息静气，开始拍打双臂，风从羽翼下穿过，冰冷的金属抓住了他的脊梁，将他向上抬升。

沙蛤感受到了那股力量，他拼命地舞动胳膊，双脚腾空了——他飞起来了两尺多高，但随即又重重地落回了高台。

沙蛤又试了一次，这一次他连两脚离地都做不到了。

他试了一次又一次，累得满脸通红，汗流浃背。

东莫大师看着他的目光从鼓励到失望，再到安慰，到同情。

高台下的哄笑声终于传到了沙蛤的耳朵里，他的胳膊一下子重如铁石，落地时还把自己绊了一跤。

沙蛤沮丧地在地上躺了一会儿，才慢慢地爬了起来。他知道自己已经彻底失败。

他不敢抬头看其他人的表情，转过身抓住扶梯的把手开始向下爬。

一串眼泪突然掉到了他胖乎乎的手背上。

沙蛤哭了。

阿瞳的失败全都是因为他，因为他是全火环城最无用的人。

他原来以为自己对失败已经习以为常了呢，可他还是哭了。

他不用抬头，就可以看见楼梯下面，四下里全是嘲笑的脸，好像一片浮满晃眼碎浪的海洋。

一个声音突然闯入他的心底，那是他一辈子也不会忘记的声音，纯粹清澈，如同雪山冰水。那绝非幻听，他每个字都听得清清楚楚。

那个声音说："这是你的梦想吗……那你就要尽全力保护你的梦

想，梦想需要靠战斗才能赢取。只有失败者才会嘲笑你的梦想，他们嘲笑你的最终目的，不过是想把你变成和他们一样。”

沙蛤停住了脚。

他的梦想曾经是烧好饭，后来变成交个朋友，他的梦想有的失败了，有的实现了，但终归还是失败了。

他不想成为一个失败者，坐在火环城的角落哭泣，或者爬上光溜溜的羽蛇头顶，望着深邃的火山口思考。他那么做过，而他永远不想再来一次。

人们会把那个声音称为冥冥之中命运的召唤，只有沙蛤知道那是谁的声音。

沙蛤站住了脚，转身走了回去，一直走到高台边缘，这里真的很高，可以透过柱廊看见碎裂的火山口。

迎着他人惊疑的眼神，他高高展开双翅。“我要飞，我要飞，我要飞啊。”沙蛤拍打着胳膊喊道，这喊叫声好似一波浪潮，同时冲出了他的喉咙和脑海。

他跨前一步，纵身从高台上跳了下去。

围观的人群中响起了一阵惊呼。

沙蛤跃出了柱廊，朝着火山口里滑落下去，翅膀在后面拖坠着他，好像一颗果实往下坠落。

他脑海中响起了一片嗡嗡声，围绕在身边，如同潮水涨落。

沙蛤惊诧地向四周看去，只见无数的甲虫、蜜蜂、蚊虫从地下森林中升起，好像一团乌云，聚集在他身边。“沙蛤，沙蛤。”它们叫道，但只有沙蛤一个人能听见。

它们钻入翅膀下面，钻入到每一根羽毛下面。

月光一样的羽毛仿佛被玷污一样变黑了，但现在沙蛤能感觉到它们的呼吸，每一根羽毛都在起伏，颤动，在随风招摇。

翅膀活了。

这对冷冰冰的金属翅膀彻底地活过来了。

沙蛤不用再努力拍击双臂了，翅膀拥有自己的意识，它拖带着他，一路高高向上。

他越飞越高，和那天晚上云若兮带着他飞翔时一样高。浩荡的风刷过他的脸，充满他的胸膛，他又害怕又激动。

脚下的人群变得那么小，还发出阵阵惊喜的呼喊声。

“看哪!”

“真的有河络飞起来了!”

“是厨房里那个小胖子吗?”

沙蛤不习惯做这么多目光的焦点，他向着更高的地方奋力飞去，盘旋了一圈又一圈，直到被风吹得全身僵直，胳膊冰冷，直到突然想起下面的观众大概等了太久，才急忙向下落去。

可是着地的时候却不太顺利，他的小肚子在栏杆上钩了一下，何踩一个没抓住，沙蛤就从楼梯上翻滚了下去，一路撞断七八级楼梯踏步。

等他踉跄倒地，甲虫和蚊蚋从断折的羽毛翅膀中一哄而散，几只飞蚁钻进了他的衣服，让他背后痒得要命。

四下里鸦雀无声，围观的河络本想欢呼，但沙蛤的这一下落地实在狼狈，不仅撞坏了参赛作品，还撞断了楼梯，让几位大师困在高台上下不来了。

沙蛤一骨碌爬了起来，拎着断落的翅膀，他很想挠挠钻入飞蚁的后脖根，但拼命忍住了，因为木大师何踩正准备说话。

木大师严肃地开了口：“这确实不是你的作品，但你给它注入了灵魂，给后世的工匠揭示了一条新路。”

东莫大师说：“嗯嗯。”

万胡用询问的眼色看看二人，然后站起身，举起了手："梦火者属于你们两个。"

沙蛤在那一刻聋了。

因为欢呼声排山倒海地冲入他的耳朵。

他从未接受过如此高的荣誉，他什么都听不见了。

直到被拥下蛇辇船，拥入化装游行的队伍，被高举在四名河络抬着的小床上，他仍然不敢相信自己手上那枚白亮白亮的梦火者勋章！

号角轰鸣，轰隆隆地传遍了整座火环城。

伴随着夏末之舞的鼓点，盛大的地火游行开始了。

蛇辇船上满载着伞鼓手和号角手，穿着最鲜丽夺目的衣裳。他们将用这车作为引导，周游火环城上下，祓除不祥，导迎福祉。

而作为惯例，所有的河络居民，也都用毛发和皮甲、羽毛打扮起来，装扮成诸如白泽、翻羽、穷奇、挟翼、讹兽、钩蛇、混沌、角端、天狗、鸣蛇、趴蝮等怪物，跟随在蛇辇船之后，做一场怪物大游行。

作为新晋的梦火者，沙蛤被高举在一张装饰着火焰的小床上，行进在游行队伍的中间。

他的头晕晕的，还不能适应自己的新身份。

突然一棵木棉树怪，从游行的队伍中冒出，抱住了他，枝枝丫丫的树杈好像恶魔的利爪。坑洼的树皮后面冒出了个熟悉的声音："恭喜你啊，梦火者。"

沙蛤把半声惊叫放在嗓子眼里咽了下去。

那声音，竟然是云胡不归的。

2

在游行队伍经过的各个岔路口，都能看到一些河络少女将一些饰物扔到炉屋前的火盆里去烧，然后再将火盆里的炉灰倾倒在地，用铁钎子拨弄着炭灰，偶尔低头捡起什么东西。

值日官骑着巨鼠，在人群中往来穿梭，高呼："谁得到了，谁得到了?"

他挨个查看从火中捡起的首饰，校验一排排烧黑的金属残片，然后或是点头或是摇头。

"他们在找什么?"冷眼旁观的云胡不归问。

"他们在寻找地母烙印，"沙蛤告诉他，"阿络卡死了，但薪尽火传，她的灵魂和知识将会在下一任阿络卡身上传递下去，他们要找到下一任阿络卡。她们会用火烧自己的首饰，若这少女是神选中的人，就会有一些神迹显现出来。"

此时，他已经从那张烟火缭绕的小床上溜了下来，换了一套怪兽装，和云胡不归一起混在游行队伍里。既然这一天，几乎所有的河络都要乔装打扮，其他人就不太可能找到他——不可能找到他们两个。

草原人的恳求轻易地就让他抛弃以梦火者身份游行的荣耀，但这会儿工夫，沙蛤却觉得有点害怕，他低着头，不敢抬眼看云胡不归。

杀手的身份从云胡不归的身体内跳出来，重新抓住了他。

他一走近沙蛤身遭，空气中就弥漫开一种令人毛骨悚然的寂静，似乎方圆数百尺内的虫蚁都屏住了呼吸。

沙蛤能听见那股寂静。

他清楚云胡不归回来是要做什么，这种做法明目张胆地破坏法律，他不知道自己为什么会站到这个异族人身边，去帮助他。

或许是因为阿瞳的缘故吧。

他知道阿瞳一直喜欢师夷，他和沙蛤说过很多次，想在地火节上邀请师夷一起跳舞，那是河络们表达爱的方式，但是他的朋友阿瞳已经死了。

现在，即便他冒着生命危险救出了师夷，师夷也会跟身边这个蛮子跑走。

他不知道这还算不算讲义气，算不算帮了阿瞳的忙。

唯一让他惊喜的是又看到了小哎。

小哎是跟着云胡不归一起归来的，它从一条石缝里钻出来，吧嗒吧嗒地跟着他们两个人跑，但又始终保持着一定的距离。无论沙蛤怎么逗它开口，它就是不吭气，只是亦步亦趋地跟着沙蛤。看它垂头丧气的样子，好像知道发生了什么。

值日官好像选定了一些少女，将她们和烧过的首饰集中起来，朝前面带走了。

“接下来又要怎么样？”云胡不归继续冷笑，“你们河络都是技巧高超的铸物师，她们就不能在饰物上造假吗？”

“这怎么可能?!”沙蛤震惊地张开嘴，看着云胡不归，似乎连往那个方向想一想都是无法理喻的行为。

“为什么不可能，神谕是什么样的你也不知道，是吗？”

“不知道，但只要看到了，就一定会明白，神的文字不是幻术或者高超技艺可以冒充的。”沙蛤痛苦地思考了一会儿后才回答。

“这些奇怪的法律从来没给你们造成困扰吗？听起来太不正常了。”云胡不归说。

“你应该好好学习，火炉嬷嬷就什么都知道。”沙蛤同情地看看云胡不归。

“我宁愿一无所知。”云胡不归换了个话题，“你在害怕吗？”

“我……一点儿都不怕。”沙蛤说。但是他的手在发抖，而且脸上流满了汗，从下午开始，他的汗就在不停地流，几乎把他体内的水分流光了。云胡不归一定也看见了。

他们被人潮挤入了城门，远远地可以看到大火环的出发点上那艘闪闪发光的蛇辇船。他们看见河络王熊悚端坐高处，盔甲明亮，披着金帛，胡须编成整齐的须辫，脸上还有彩色的妆画，他一手扶着长刀，另一手扶着盾牌，看上去暮气沉沉，如同泥塑木偶，既没有表情也没有神气，没有气魄也没有活力。

那些商人带走了墨晶石，好像也带走了他的灵魂。

囚徒就被铁链扣在船尾。

对他们来说有利的是，需要接受审判的囚徒不少。

河络的法律条文繁琐细致，大至叛离真神，小至在驾驶将风时，吃带壳的花生或需要吐籽的西瓜。

包括对炉火做鬼脸，在神殿抽烟，在日落后在火环城的街道上跳舞，有一条法律是禁止任何河络将点燃的烟斗给猫狗或其他任何宠物抽。还有，如果用真牙去咬人，那只是简单的攻击行为，但如果是用假牙去咬人，那罪名将会罪加一等，变成严重攻击行为，是因为河络造的金属假牙威力无比的缘故。

此外，还有随夜盐前往九原的探游队，以及师夷，他们都被控通敌叛国，这是河络的大罪，可被判处死刑。

蛇辇船的终点会是地火神殿。他们都将被带到烛阴神像面前，由河络王根据法令，一一发落。

云胡不归决心搞黄这次审判，他的计划很简单，混在游行队伍里，逐渐接近蛇辇船。在这样的日子里，卫兵也会放松警惕，只要他能靠近船尾，就能偷偷地锉断锁链，在到达地火广场之前，把师夷带走。

"只要动作够快，就不会有人死亡。"他再次宽慰沙蛤。

在夏末之舞的鼓点里，河络们舞蹈狂欢。

云胡不归和沙蛤随着人流慢慢地前进，等待适合的时机到来。

云胡不归很有耐心。

他轻轻地哼起了一首歌：

他带来一朵怒放的花
草原上唯一的一朵花
犹如火焰，彻夜长明
他问她："你是否愿意把你的失落和悲伤交给我？"

她点头在床上躺下
一朵花就可以证明
只有一次机会可以相见相爱

3

在火山下的矮人们狂欢的时候，一支队伍正停留在越岐山的山顶，象背上的乘者向下俯瞰。

火环城顺着火山口内壁开辟的那些廊道盘绕成圈，皆是灯火通明，石砌的羽蛇头昂首怒目，双目中火光摇曳，就是一条昂首盘旋的火蛇。

细小的地震似乎更多了，如同细密的雨点，不断落在脚底的盘子上，让群山震动，但是乘者坐在高高的象辇上，微微倾着身子，丝毫不为所动。

他的身前是光着腿跨坐在象耳后面的象奴，身后屈腿蹲踞在象辇上的乌衣仆从，手里撑着青色的伞盖，全都像剪影一样动也不动。

“河络的舞蹈难道不是这个古怪世界的一个缩影么？看着这些古板的小家伙，却能跳出如此富有想象力的舞，真是好看呢，我可以一直这么看下去——可是飞廉，我们的时间很紧迫了，是吗？”

乌衣仆从的面上看不出一点表情，也没有显露出一点听到问话的迹象。

云胡不贾却好像听到了他的回答，叹着气道：“我们还是被拖延了一段时间，大雨可是就要来了。”

他扭头又问：“云胡不归没有归队么？”

照常没有得到回答，但是云胡不贾的瘦脸上露出一丝微笑，他再次俯瞰被灯火映红了的火山口，然后弹了弹细长的指头，象奴挥舞刺棒，砸在象耳根后，披毛象嘶鸣一声，调转头颅，开始了悠长缓慢但又不可阻挡的跋涉。

当头的大象用长牙和鼻子推开一条笔直的大道，他们的队伍犁开草木，径直钻入越岐山以西那一片茂密的丛林中。所有的驼兽都被沉重的矿石包压弯了腰，在干渴的土地上留下了深深的踏痕。

“我们的战争不在这儿。”云胡不贾微笑着对飞廉说，“这甚至算不上一场较量。真正的大战就快开始了，你闻到那气息了么，战争的气息。”

“我们闻风而动。”木头人一般的乌衣仆从用微不可闻的轻声回答说。

空中云气翻涌，雷声隐隐，迟到的季风终于到来了，干渴的越州北部将引来第一场秋雨，其后将会是连绵不断的雨季。

大雨就要来了。

通往中州的路上布满破碎的山脊线和悬崖，险恶荒野之中，还横贯着多条河流，他们必须渡过丽麂河、宪翼河、方野河，注入烟河的大小云台河，如果河水上涨的话，他们就要绕更多的路。按照可以预计的速度，等这支商队越过雾气笼罩的岐西森林、越过锁河山、穿过殇阳关，再到达帝都盆地，需要消耗一个多月的时间，早已赶不上龙嚓者筹备已久的大战了，但是青色伞盖下的云胡不贾看不出一丝担忧的神色，他倚靠在华贵丝绸铺垫的象辇上，眼望远山，露出难以捉摸的笑容。

4

在那一天的晚些时候，滚滚的乌云已经遮蔽半个天空，另一支队伍也在越西森林迷宫般的草茎和灌木中艰难跋涉。这支队伍要小得多，只有两个人，因为要一路劈砍开草木才能前进，行进速度要慢得多。

“听，有水声，我们沿着溪流前进，速度就可以快很多。”云若兮兴奋地说。

她甩开断折的树枝，轻轻一弹，就跃过一大丛密不透风的刺荆林，在空中舒展开身子，吧嗒一声落在水中，突然轻轻地“咦”了一声。

她的脚下，一条清澈见底的溪流正在咕嘟咕嘟地冒着泡，水面上蒸汽缭绕，好像月下轻舞的歌姬。

云若兮疑惑地伸手探了探，水流好像一匹温暖的绸缎撞击着她的掌心。

水温确实变高了。

她顺着溪流向上游跑了几步，跳上一块巨大的山岩，放眼向前望去，不由得大吃一惊。

眼中所见，全是墨玉色的墨晶矿石，大如磨盘，小如算骰，密密麻麻，一座座连绵的小山丘般堆开，填满了半座山谷。

大量的墨晶石滚入河中，在水下发着微光，将溪水的温度提高了好几倍，一些垂死的鱼虾噼里啪啦地在水面上蹦跶，溅起星星点点的水光。

云若兮伸手捞起一块滚到脚边的小墨晶石，那是块橄榄形的小石头，墨黑如漆，对着月光细看，内中却有星星点点的绿色火焰在闪动。没错，就是刚从火环城地底下挖出的矿石。

按照人族的账目计算，这些矿石富足得可以买下一座小城镇，也可以装备一整支军队，但此刻它们却被弃如敝屣。

“出事了？”她的同伴在后面问，踏着水走了过来。

那是个腰杆笔直的河络老人，腰上插着一把长长的刀，双手藏在宽大的灰色衣袍里，背上负着一个大包裹。他像猫科动物一样悄无声息，就仿佛一片没有重量的影子行走在水面上。

老人看到眼前的景象，不由得也吹了声口哨。

“云胡不贾把他的货物卸在了这里，全不要了？”

“他要跑。”

“对，他要逃跑，而且要越快越好，这又是为了什么呢？”

他点了点头，抬头从溪流上方树冠的间隙里向上看。深墨蓝色的天空里，暗月正在缓慢地升上中天，好像天神威仪的暗黑瞳孔默然无声注视着大地，但这世界又不是全然无声的，黑暗中有什么东西在拨动天空的琴弦，不可抗拒的低语回荡在云间，震动了望月人的心灵。老河络猛地甩开凝视月亮的眼睛，说：“我们得尽快离开这儿。”

如此众多的墨晶石堆积在此，已显威力。四周的树木获取了晶石的能量，正在以肉眼可见的速度疯狂地生长，藤蔓翻滚，野草疯长，一些巨大无比的树冠正在升上天空。在他们的脚边，一些细长的独伞菇拱开地面，它们通常不过是拇指大小的菌类，但此刻，一会儿工夫就长得比河络还高，这座森林将会变成一片怪异之林，所有的生物都会大到不可思议的程度……谁知道会有什么样的后果，等到孢子成熟，更会随着季风散布到整个越州北部。

“这里完蛋了。”老人说。

背上的包裹动了一动，原来是名小河络。

“这家伙醒了。”老河络说着，将背上的重负放了下来。那小孩仰天躺着，露出一头乱蓬蓬的浅栗色头发和满是伤痕的脸，却是那天在野猪门摔入地下河的阿瞳。

阿瞳睁开眼睛，愣愣地看着对面的人，迷糊了一阵，突然想起什么，大叫了一声：“布卡，她们呢?”

“她们是谁?”老布卡嘿嘿一笑，解开腰上的水葫芦，递给了他，“我们从透水河下游把你捞了上来，你全身是伤，已经昏迷两天了。”

阿瞳抱着水葫芦，愕然向四面张望，墨黑色的森林和覆盖在头顶上的巨大树冠，与他所熟悉的地下城市是截然两个世界。

“这……这是在地面上吗?”

老布卡微微一笑。

“阿络卡，还有师夷，她们有危险……我要回去。”阿瞳语无伦次地喊道，他一骨碌从地上爬起，刚迈出一步，就大叫一声，歪倒在地。

布卡叹了口气。

阿瞳伸手去摸自己的脚，只碰了一下，就痛得哭出声来。

老布卡淡淡地说：“你的脚踝断了，回不去了。”

阿瞳一边擦着眼泪一边喊：“这不可以，我要回去，我要回去救她。”

布卡从腰后面抽出一杆长烟斗，一边打火一边沉思着说：“你这家伙虽然笨，但手比脑子快。当不成铁匠也许是件好事，你会成为一名武士，也许是刺客，嗯，也许是比较呆的那种刺客……你说什么？”

他探询地望向自己的伙伴：“更或者……会成为一名影者？”

云若兮点了点头。

“影者？不太可能，”布卡沉思半晌，咬住烟斗摇了摇头，“影者身手是要敏捷，但他们需要头脑更甚。呸，这小子不行。”

“我不知道什么是影者，”阿瞳瞪着圆溜溜的眼睛说，他猛擦了把眼泪，“布卡，你能送我回去吧？那里的人有危险，我们得去帮他们！”他捏着自己的脚，满头大汗地向西爬了两步。

云若兮不服气地哼了一声。

“你有不同意见，我已经知道了。”布卡不理云若兮，蹲下身子，仔细地端详阿瞳的脸，好像某个河络工匠动手前评估摆放在眼前的粗坯。

“布卡，我自己站不起来，你能帮我一下吗？”

“我已经帮过了。人力有穷尽时，我们谁都无法对抗星辰的意志。不如翻过来这么想想，创造之神把你送出这座注定要死亡的城市，定然蕴含深意，跟我走吧，”布卡很勉强地说，“既然云若兮看中了你，她就会开始训练你，直到把你变成一名影者，向某个人交出你的影人锥。”

“我不知道什么是影者，”阿瞳说，“我是一名铁匠……你会帮我回城里吗？”

“就算回去，也是徒劳。”

“铁的软硬，要锤打过才知道。”阿瞳用一句铁匠谚语反驳说。

他看看布卡，再看看云若兮，明白他们不会帮自己了，于是调转头，努力向死火山的方向爬去，一路费力地推开灌木和蓍草，在草地上压出一条歪歪斜斜的印子。

布卡也不拦他，坐在河边的石头上抽完一袋烟，看了看运行到天顶上的星辰，再回头看了看草地上延伸出去的印迹。

“爬得还真远。”他赞同说，同时侧耳倾听风里的声音，“地火已经被唤起了，我们要尽快离开。时间不多了。”

他扇扇手掌，把烟斗里冒出的最后一缕烟吹散。

“我们还要尾随云胡不贾的商队走上一阵，也许还要去探访一下夜沼，那里有许多不可告人的秘密，可不能再带着这个瘸腿又不听话的小子了。走吧!”

“就这样把他留在这里吗?”云若兮不忍心地问。

“没错，留在这儿，他可能会死，但我们已经帮过他了。除非这小子已经是一名影者，我们才可以带他一起走，但他不是。”

灌木丛里的呻吟声已经渐渐低落。

“除非，你愿意为他做更多……”

“我愿意!”云若兮生气地咬着嘴唇说。

“你还是老样子，为不相干的人付出。”布卡侧头想了想，拍了拍大腿站了起来，将烟杆插到腰带上，下定了决心，“好，就这么办。”

他们顺着印迹走了两百多步，找到浑身被树枝划破，躺在树根下半昏迷的阿瞳。

“……你真的觉得这是在帮他?”布卡冷笑，但他的动作已经不再迟疑，反正，一切已不能回头了。

他深深地吸了一口气，突然间枯干的胳膊像年幼的树干一样饱满起来，他的身体变得挺拔，皱纹消失，腰背挺直，白发变黑，逐渐长高，如同神奇的蛇一样蜕下了衰老的皮，重新恢复青春。

布卡变成了一位个子高大的中年人，下颌留着修剪整洁的胡须，长长的黑头发垂下来，内中夹杂一缕白发，挡住了半张脸。

那是一张全新的脸，鼻梁高挺，眉目深邃，右眼角下有一道长长的刀疤，斜过原本可称俊朗的脸庞。

只有眼睛，只有透过无比沧桑的眼睛，才会惊觉这张面孔所经历过的无穷岁月。

“真正的你？”就连云若兮也敬畏地看着他。

“谁知道呢，我们本没有面貌。”布卡说，他朝躺在地上的阿瞳伸出手去，动作既艰难又缓慢，好像那只手有千斤重量。

他一把抓住了小河络的小手掌，将它握在右手中。

“好烫！”阿瞳呻吟着睁开眼睛。

“好烫啊！”他说，拼命地想甩开布卡的把握，但是布卡的右手好像一把铁钳，将阿瞳的手掌牢牢抓住。阿瞳只觉得手掌火烫，好像捏着通红的铁条，他起初还想忍住痛楚，但立即转为大声哀号。

“它是很烫，”布卡在他耳边低语，“而你要把这一捧火传递到千年之后。跟我一起念吧。*我身无形*。”

阿瞳浑身颤抖，无力地抗拒那种痛楚，布卡的手像毒蛇，倒钩的毒牙咬进肌肉，吞噬着他的鲜血和精力，布卡的声音沉重又有节奏，好像来自远方，非常非常远的远方。

“*吾今再无面目，吾今再无荣耀，吾今消弭无踪。恐惧随行，利刃伴身*……”

疼痛变得有脉搏般和着这些词语一跳一跳地搏动，好像有犀利的铁水破开血管，灌入他的心脏。阿瞳拼命地咬着牙根，想要避免叫出声来，但是呻吟总是会从牙缝里一点一点地挤出去，无法遏制。

“……*暗夜为眼，为寻光明。吾今将沉睡千年，只待召唤*。”

大片的灰色迷雾顺从着布卡的念诵，好像正从阿瞳的眼前升起，那些迷雾，是从远古时期丛林一直盘亘到现在的劫灰，缓缓地渗进他的体内。云若兮站在一旁，同情地点着头。

“吾们是霸主身负的影子，吾们是拨动胜负的算珠。吾们是黑暗舞者，吾们是夜影奇兵。比黑暗更黑暗，比寒冷更寒冷，比坚硬更坚硬，比锋锐更锋锐。”

阿瞳发出凄厉的惨叫声，拼命向后退缩，几乎将胳膊扯断。

布卡俯身在阿瞳耳边低语，好像情人无间的私语：“我身无形，始自今夜，至死方休。”

他说完那句话，突然放手离开，后退了两步，站在星光映衬着的溪流当中，身影亦清凉如水。

疼痛像一团烈火，从阿瞳的额头上腾空而去。阿瞳捏住自己的手掌，咝咝地倒抽着冷气。他定睛细看，掌心里多了一团暗红色的文身赫然显目，那是一个鬼脸铁锥的形象，锋锐异常，好像刀子刻在皮肤上。

“布卡……”

“别叫我布卡，”换了面貌的老河络说，“它已经不是我的名字了。影子们有一个共用的姓氏，我们姓巢，你也可以叫我巢无名。”

“我的手……”

“别担心，这个文身很快会消失，除非有人割下你的手，将它放在火上烧。”无名的影魁头也不回地说。

阿瞳吓了一跳，把手藏了起来：“你刚才念的是什么？你会带我回……”他犹豫了起来，仿佛一个极熟悉的词语突然变得遥远和不可触及了，“你会带我回火……”他又卡住了。

“那是影者的誓词。不管你记没记住，它将伴你终身。暗月将至，从今往后，你没有家乡，没有朋友，孤独是你最可信赖的人。爬上我的背，小子！走吧！”

阿瞳回头看了一眼隐映在树冠碎叶后的越岐山影，甩了甩头，将一股奇怪的情绪用力甩在脑后，然后爬上了巢无名的背。

暗月无声地倾洒暗红色的光芒在黛黑色的群山间，浓密如一座座小山包般的树冠下，这支小小的影者之军飞速地穿过丛林。

一阵猛烈的风从树冠上掠过，它干燥火热，不是从遥远的大陆东面来的季风，不是带着丰沛雨水的季风，而是邪恶的洞穴深处中刮出来的热风，顺着风能听到鼓声隐约，影者们没有停住脚步，但他们听得清楚，那鼓点是河络夏末舞中的死亡之舞。

5

夏末之舞。死亡之舞。复生之舞。

这是地火之舞的三个章节。

死亡之舞通常是最浩大的一场游行，披着红袍子的执镰卫士排列在蛇辇船两侧，他们盔明甲亮，胸甲上打磨光鲜的红色盘蛇被数百根火把映射得更加通红耀眼。

夫环熊悚端坐在高塔顶端，几乎可以摸到洞顶，他身披全套战甲，即便从远处观之，也耀眼夺目。一把朱柄的大镰刀树在右手侧，左手则立着一面亮闪闪的黄金盘王盾。

他的披风由抽成细丝的金线织就，沉重无比，左右肩膀上各有一对黄金饕餮，张口含住朱红色鱼鳞肩甲，它们的眼睛是红色宝石。他的头盔也是红色的，收着金边，每一道边沿都是一层繁复的火焰纹装饰，像是甲虫锯齿般的沉重肋立，向两侧显目地探出。

他的胸甲正中，则有一条盘尾长蛇，被打磨过无数次，在四周灯笼的照耀下，鲜艳如火。

隆隆的鼓声正从脚下深处传来，在催促队伍动身。

但还有很多事没有做完。

夫环熊悚看上去冰冷沉重，毫无节日里应有的轻松。一名顶替死去巡夜师的司辰河络爬上高塔，用易断的黑色羊毛线缠绕在夫环的手足上，一圈又一圈，缠满全身，象征白天消失，黑暗开始主宰河络的生活。

司辰念着咒语，奉上银炉火，用烟熏遍夫环全身。夫环的脸色越来越阴沉，他的肺部因为烟熏而疼痛不已。

往年这些事情都由阿络卡来完成，如今只能由夫环全部代理了。

河络们摩肩接踵，挤得水泄不通，都在仰头观望。

按照习俗，被缚的阿络卡——如今是夫环熊悚，要挣断黑毛线，将它们扔入银炉火中，象征脱去黑暗，以火迎来新生，但是熊悚在这么做时，轻风袭来，一团火扑到熊悚的脸上，将他引以为傲的红胡子燎了一大块。熊悚大叫了一声，暴怒地扯下手上脚上剩余的毛线，将它们狠狠地跺在脚下。

“这些都省了，都省了，”他叫道，“河络不需要这些繁琐的礼节。”

司辰小声地提醒他：“过去阿络卡都是这么做的。”

“所以她死了！”夫环不耐烦地回应，“今天晚上我们只需要食物、美酒，还有没完没了的舞蹈！”

他点了点头，一名来自地底深处的粗壮矿工猛力敲响了挂在车头的巨大铁钟。

城里屏息等待良久的人群发出阵阵欢呼。司辰皱起眉头，认为此举并不妥当，但没人敢火上浇油，这个以脾气不好闻名的夫环已经变得更加暴躁易怒了。

二十名驭夫甩动长鞭，巨鼠向前猛冲，车轮转动，开始咯咯地压过火环城的大道，在它之后，所有的门都被打开了，小人儿潮水一样涌了出来。从来没见过大火环上簇拥着这么多人，他们跟着蛇辇船前进，烈酒在人群中好像溪流一样流淌，欢声笑语四下飞洒。

游行队伍里没有一张正常的脸，全是些披着羽翅、尖利的喙和巨大犄角的怪兽。河络们为了这一天已经准备很久了，他们把自己装扮成种种地下怪物：以火为食的马药，模仿熟人口音的怪物瞳音，到处引发火灾的尚鸡，脚爪好像两把铲子能轻易将洞顶挖塌的土蝼，喜欢偷食婴儿的独角蛊雕，身体如同虾子一般、有着如剃刀般尖锐鸟嘴的镰切，还有外号幽灵之手的菌类，会将大意的河络猛然叼住然后缩回深邃的洞穴。十多名河络装扮成那一支被火山吞没的上古河络，据说它们已经进化成形容丑恶的怪物……所有那些曾令河络们闻风丧胆的怪兽，这些早已在人间消失的恶魔，今日再现眼前。

河络们伴着鼓声且歌且舞，在面具后露出白牙欢笑着，挥舞手脚，作出咬啮和猛扑的动作，动作迅疾又合乎节拍，他们在想象中掏出同胞的内脏，砍下同胞的头颅，那些来自远古的死亡和恐惧，如今都成了滑稽戏和某种表演，这是河络的狂欢日。

火焰把柱廊和游行队伍那巨大的影子投射到岩壁上，摇摆不定，好像在这幅幕布上上演一出来自远古的恐怖大戏，而蛇辇船就在怪兽之海上摇摇晃晃地前进。

推车的苦役们弯腰使劲，他们的背上是闪动的鞭影，不过除了喝醉的士兵，不会真有人朝他们甩鞭子，这是个欢乐的时刻，属于任何一名河络。

……车轮滚动的声音如同脉搏的搏动，巨大而柔和，如同火环城心跳的声音，有它自己的规律。他们到达了市集洞，这里本来是除了地火神殿外，最宽敞的室内广场，但如今这里道路变得最为拥挤，除去那些游行和跳舞的河络，到处是堆满货物的帐篷，帐篷之间是蛇一样蜿蜒的通道，偶尔通道里会支出某座河童的石雕像，撞疼那些被耀眼的火光盲了眼的河络。

人流开始抱怨，但大部分人还是合着鼓声疯狂地唱和跳，仰头喝着充沛如河的酒。云胡不贾没有说谎，他带来的美酒足以将所有的河络灌醉。人群拥挤成一团，连蛇辇船都难以行进了，船上的赤甲士兵开始跳下车子，维持通道的秩序。

在人潮当中，在不起眼的地方，两名戴着面具的怪物正在奋力向前推挤。

一个矮胖的身形低语：“你不是说计划很简单吗？可是人这么多，这么癫狂，我们甚至靠近不了大船……”话还没说完，他就被人群挤得贴近石壁。

另一名更高大更强壮的怪物使劲推开眼前的人，他握住小刀，跳入人群，撞在一个胖大叔的背上，把他撞开，但人潮汹涌而来，四周都是身躯，互相推挤，磕磕绊绊。他就像个攻城槌一样，冲上去，退回来，再使劲儿地冲上去，试图开出一条道来。

那个矮胖的怪物——沙蛤跟在他身后，不停地小声发出警告：“这里到处都是士兵，他们会注意到你的……你不能就这么冲过去，太显目了。要不我们另想办法？”

云胡不归抓紧刀柄：“滚开，胖子，没有人可以阻挡我。”

他把人推开，或者挤到一边去，如果有人不让道，他就粗暴地将那人拖到一边，甚至给那人一拳，周围的河络愤怒地大喊，可是没有用，河络实在太多了，就好像一堵堵墙，横亘在他们和蛇辇船之间，沙蛤几乎是哀求着说：“你个子太高了，弯点腰，再弯点腰，炉火之神！你就像巨人那么招摇。”

云胡不归敷衍了事地稍稍压弯身子。他比大多数河络都要高上两个头，但根本不耐烦隐藏行迹。

“你不在乎是吗，你其实不在乎我能不能救出师夷吧？”他扭转头恶狠狠地问沙蛤。

“我在乎，我当然想要救出她。”沙蛤吞咽着口水，惊恐地环顾四周。一想到等会儿要做的事情，他就觉得两腿发软，几乎无力支撑自己的体重。

云胡不归探手入怀，不断地用拇指试着刀刃。他观察着汹涌的人群，低声说：“要是我能拿回自己的刀……就能从这里杀出一条血路过去。”

“但是这样不对……”沙蛤苦着脸哼哼着说。

云胡不归左右张望，突然眼前一亮：“我有办法了。”

几头巨鼠被一队士兵从缺胳膊断腿的怪物群中护卫着走了出来，那是备选的阿络卡——十名纯洁的处女要到夫环身前的银火炉里去烧自己的饰品。

“快跟上。”云胡不归喊道，扯着沙蛤向前挤去，他推了沙蛤一把，然后跟着趴下来，藏在一只巨鼠的肚子下往前爬。他们很可能会被巨鼠踩死，但是唯有这种方式才可能挤到蛇辇船前。

“跪着爬膝盖太疼了，”沙蛤哼哼唧唧地抱怨，“我的手磨破了。”

“别吭声，看着点！”云胡不归警告说，拉住沙蛤的后衣领往后一揪，一条沉重的巨腿贴着沙蛤的鼻端刷地落下，吓得他几乎要叫出声来。

蛮族少年紧盯着头顶巨鼠起伏的腹部，估摸着两条粗大后腿踩点的间隙向前爬，还要时不时地拉扯沙蛤一把，如果不是他，这名胖子被踩死十次也不止。

四周是密密麻麻的腿脚森林，幸好巨鼠的两侧有红色的鼠披垂落，把他们挡住了大半，沉醉在半癫狂状态里的河络们并没有注意到他们。

他们离蛇辇船越来越近，巨鼠队终于停了下来，十名备选的河络少女被扶下鼠背，顺着一根跳板一个接一个地爬上了蛇辇船。

四周的喧闹歌声变小了，河络们寂静下来，眼盯着船头，他们等待着新阿络卡的出现。

船下的师夷此时正在感受另一种煎熬。

她在为自己难过，也为了阿瞳难过。

阿瞳旋转着掉落深渊的画面总是一遍又一遍地重现在眼前，他消逝得那么快，那么容易，而这座地下世界也就这么轻易地接受了，仿佛从来没有这个人物存在过。

可就算是她自己，过去有多注意过阿瞳吗？阿瞳真的存在过吗？他打造的那些羽毛和翅膀已经随风而逝了，还有什么东西能够证明他的存在呢？就连她，也不太有把握起来。

突然有只怪物撞了她背部一下，那只怪物自己也脚步不稳，几乎摔倒在地。

它踉跄着跟在她身后，连滚带爬地跑着，背上显露有三道白条纹，嘴边咧出两根白森森的獠牙，獠牙一看就是木头做的，还上了白漆。

那是一只豪彘，但个子也太小了点，它脱下帽子，露出沙蛤的胖脸，大喘着气，脸上全是汗。

"沙蛤，你来这里干吗？"

另一只有力的手抓住了她的肩膀，那张脸同样遮挡在一幅面具下，但师夷却立刻知道了他是谁。

她转过头去，一把抱住了他的胳膊，几乎要溶化在草原的气息里。

"你没有和你的云胡叔叔一起离开？"

"他又不是我亲叔叔。"云胡不归说。

云胡不归的个子在河络当中本身就很显高了，但他反而戴了一顶枝枝丫丫的高帽子，使他的身形看上去更长了。

“你扮演的是什么？”

“我不知道，沙蛤说这个形象最适合我，他说我是树精。”他明晃晃的眼睛藏着一只猛兽。

师夷哈哈大笑，露出了一口洁白的牙齿：“我喜欢树精。”她笑的时候，空气里仿佛充满了蜂蜜的味道，让云胡不归难以自控。

小哎从沙蛤身后蹿了出来，扑到师夷的脸上，亲热地舔个不停。

“小哎，我就知道你没事的！你最狡猾了！”师夷高兴地说。

“哎！”它得意洋洋地说，直到这会儿才回复了往日神采。

云胡不归扯了扯系在师夷手脚上的铁链：“这是什么东西，为什么其他人都只是捆住双手，到了你这就换成了手镣脚镣？”

“他们怕我呗，他们不敢看我的眼睛。”师夷瞟了他一眼，甜蜜地一笑。

“我也不敢看，”云胡不归说，“快想办法，沙蛤。”

“想！沙蛤！”小哎也大声命令说。

云胡不归低头检查她的禁锢，师夷则不管不顾地紧紧地搂住他，吻他的脸颊，抚摸他的头，然后温柔地亲吻他的嘴唇，眨动的睫毛撩动着他的心弦。

沙蛤按火炉嬷嬷的教导，面对这种场景时捂上双眼，但他心里头却想起了地下矿道里，那甜蜜的一吻。

“沙蛤！工具呢？”云胡不归怒喝。

沙蛤犹犹豫豫地从怀里掏出一把夹钳，一把小锤，然后是一根锉刀：“这些是我从阿瞳的工具箱里拿来的，呃，我不知道哪个有用，但是……”

云胡不归劈手抢过那把锉刀，将其他工具粗暴地塞回沙蛤手里，然后跪了下去，抓住师夷脚上的铁链子开始锉。车子向前滚动的时候，他就跪在地上跟着向前爬行。

四周的人实在太多了，河络们喝得醉醺醺的，谁都想往蛇辇船身边靠拢，想看着阿络卡是怎么被推举出来的。人潮涌过来又涌过去，把他们挤得东倒西歪。云胡不归也被推得向前倒下，链子掉在了地上。

云胡不归骂了一句粗话，沙蛤听不懂他骂的什么，也许是句草原蛮语。

他跳起来用胳膊猛砸身边的河络，踢他们的肋骨，把他们轰开。可是那些河络把它视为舞蹈的一部分，嬉笑着反击。

云胡收摄心神，不再理会他们，捡起链子，在胳膊上缠了两圈继续对付它们。

他不擅长使用铁匠小工具，铁锉刀在链子上打着滑，一下将他的拇指盖锉飞了半拉，鲜血涌了出来。

"如果阿瞳在……"沙蛤刚说了半句，又连忙收住了口。

云胡不归的脸色沉了下去，他狠狠地瞪了沙蛤一眼。

"我第一次遇见你的时候，你也是手脚都被捆着的啊。"师夷笑嘻嘻地说。她好像一点也不在乎这些，只顾把软软的身子倚着蛮族少年，每次当云胡不归被其他人挤开，或者被转动的车轮带倒，她就放声大笑。

"别闹，"云胡不归说，"我们得抓紧时间。"

师夷腻在云胡不归背上说："我喜欢你为我打人的样子，现在你愿意带我走了？"

"也不一定，我还没想好。"云胡不归说。

师夷扭头在他脸上咬了一口。

"我会带你走。"云胡不归摸了摸疼痛的耳朵，跟着笑了。他拇指上的血流到铁链子上，血迹斑斑。

车子隆隆前进，河络们涌向巨车的前沿，他们已经听到了地火神眼里咆哮的熔岩之声，就仿佛烛阴之神永恒的怒吼。

“那你会带我去哪儿？”

“我会带你去看……很多的城市，”他说，“还有大海——巨大的船，升到云里去的小岛，海鸥迎面飞来，大海龟露出长满海草的背脊。”

“还有草原。”

“大到没有边的草原，”云胡不归赞同说，“马群好像大群的鸟儿飞驰，它们的蹄子上长着翅膀。”

“还有呢？”

“我要带你去看那些会飞的人，他们把城市建在树上，睡在风的声音里。”

“我喜欢风的声音。我总希望自己变成羽人，飞到云朵上，看到那些地上奔跑的人永远看不见的东西，可是有了你，我就不想飞了，我只想看你能看到的东西，想和你在一起。”

“你会看到的。我所看到的一切，你都会看到的。”

“真可爱。”师夷感叹说，她瞪大那双绿玛瑙一样的眼睛看着他，第一次希望身边的男孩子说的话都是真的，第一次希望他能永不离开，就跪在脚边，慢慢地锉到世界尽头。

她说：“好吧，如果这样，我就跟你走。”

一下可怕的震动，把扶着车子的人都甩到地上。

蛇辇船停在了地火广场的入口处。

此时烛阴神像之后的地火神殿里一丝灯火也没有，好似一艘阴暗的废船，船首向上，半沉在岩石里。

“举火！”船头的夫环熊悚的喊声能盖过风暴。

所有的人都在等待这一时刻。

刹那间，所有的火把、所有的灯笼、所有的光明，都汇集到喷涌着永恒地火的广场上。

两百名锯木狗为了这一刻，准备了足足一整夜，他们在五十多尺高的陡直石壁上，用索具、木条和绸布搭建起一顶巨大的帐篷。

那些绸布都是云胡不贾带来的，雨过天晴，软厚轻薄，远胜过河络族常用的粗布。

它们把夜盐和云胡不贾的那场血战留下的痕迹全都挡住了。

绘制着龙、罗鱼、三足乌、花卉和星辰的丝绸用细索拉升在固定在天顶和石壁的桩子上，斜掠过整个洞顶，在直立的桁柱上绷得紧紧的。

四处都藏有熊熊燃烧的火炬，还有铜火盆和獾油灯，火舌乱舞，噼啪作响，更是将彩色绸布映照得五彩嫣然。绸布分为八色：湖水绿、葱心绿、米黄釉、天心蓝、洒蓝釉、胭脂紫、紫金彩、藕荷红。

地下的阴沉气息一扫而空，时刻让人想起压在头顶上几百万钧的山岩看不见了，取而代之的是色彩鲜明的彩色天空。

物质丰厚的时候，河络可以创造任何建筑奇迹。

这里是游行的终点。河络们要在这里点燃地火，迎接光明。

十名幸运地得到了阿络卡首饰的河络少女被带到了河络王的宝座面前。

“把你们的饰品亮出来，快点！”熊悚不耐烦地喊道，“女孩们，我们可没有整夜的时间。”

河络少女们互相推挤着，取出某件金属饰品，投入河络王眼前熊熊燃烧的银火炉中。

铁匠门罗用铁钳在火中拨拉，将烧黑的银项圈、手链、耳坠、戒指一枚一枚地捡出来，但是并没有发现任何异象。

熊悚暴躁地在炉子前踱来踱去，四周簇拥的河络开始窃窃私语。

“怎么回事？”

“在到达烛阴之神面前，我们不能没有阿络卡。”

“不能在神前献上银火炉，复苏之舞就不可能开始，没有复苏之舞，还算是地火节吗？”

熊悚停止了踱步：“我们一定错过了什么，这些女人都是谁挑选的？”

“是我，”年轻的司辰胆怯地说，“按法则，本应该由巡夜师来做，但是我们……”

“别说了，”河络王怒喝道，“叫更多的女人来，让所有刚成年的女人都来，排好队，让她们准备好自己的首饰，一个一个地试，我们会选出一名新的阿络卡！”

6

蛇辇船的巨轮边上，云胡不归还在痛苦地一点一点地磨那条坚韧的铁链。

啪的一声轻响，脚镣终于被磨断了。

师夷欣喜地叫了一声，用脚趾支地，在地上旋转了半圈。

“我真想跳舞啊。”她说道，“真难以想象，我居然错过了夏末之舞和死亡之舞。”

“如果给我一把斧头……只需要一下……”云胡不归喘着气说。

“我没有斧头……但是我有两把勺子。”沙蛤说，他不停地向四周张望，生怕被人注意到。

云胡不归抓住师夷手腕上的链子，开始了最后的磨砺。

游行的队伍中出现了一波比一波更大的混乱，凡是预计在本次地火节里才成年的姑娘们都被推挤了出来，正排队走向河络王的宝座。

不论是路边的哨兵还是船上的守卫，都眼巴巴地望着船头的高台。

“有选不出阿络卡的时候吗？你们的神灵看上去似乎不怎么聪明。”云胡不归百忙中问道。

“不要亵渎我们的神，”沙蛤涨红了脸，“是它带给了我们火和光明，它会感应到最适合领导我们的那个人，一定会的……”

他正激动，突然低下头，把脸埋藏在那顶可笑的毛茸茸的猪面具后面，用变了音的腔调提醒云胡不归：“嘘，别动别动，他们注意到你了。”

云胡不归抬头看了看四周。

靠近他们身边的几位囚徒和游行者果然正扭头望向这个方向。

“别看他们，我们先离开，我们得快离开。”沙蛤用颤抖的声音警告说，他悄悄地松开手，向后退去，试图混入人群。

但是云胡不归一眼就看出了异样所在，那些人并没有在意他的举动，也根本没有在看他手上的锉刀，而是都在看着师夷。

“你怀里装了什么东西吗？”他悄悄地把锉刀藏进袖子，不动声色地问那姑娘。

她低头时才发现，藏在自己怀里的铁镯正在发出奇妙的红光，那红光冲破粗布衣衫的阻隔，越来越耀眼，越来越刺目。

她伸手想要遮挡住那光线，但双手一接触胸口，就变得仿佛透明一般，也射出光来。

她的心猛烈地跳了起来。

“快一点，”她开始催促蛮族少年，“快一点，帮我离开这儿。”

她的不安感染了云胡不归，他转身遮挡住众人的视线，抓住已经挫开了一个小口的铁环，再次使起劲来。只要掰开一个铁环，年轻的混血姑娘就可以重获自由了。

高台之上，夫环熊悚和他的首领们正在争吵。

“那就去找一个女人，随便一个，我不在乎！”熊悚嚷道，“我说她是阿络卡，她就是。”

铁大师在继续翻拣被火烧坏的首饰堆，说着“嗯嗯”。

火掌舒剌则提议说：“厨娘齐卡怎么样？她的铜腰带扣烧黑的痕迹看上去很像是一些文字。”

熊悚斜眼看了看地上摊开的首饰，说道：“很好，就是她了。”

船头的巨钟敲响，宣示他们已经找到了阿络卡！

怪物之潮汹涌澎湃，潮水中可见无穷尽的獠牙和利齿，无穷尽的触手和长爪，粗硬的鬃毛，孔雀尾羽一样闪亮的巨眼。这些早已在历史长河中死去的怪物组成的舞蹈长蛇，推动着巨车又开始前进了。

人潮推挤着师夷和云胡不归，一阵松一阵紧。他们涌过船腹，朝船头挤去，只是现在，每一个越过他们肩膀的河络都留下了惊异的目光。

所有的人都在往这边看。

远处两名维持秩序的持盾士兵似乎也被这种骚动给惊动了，推开人群，朝这边走来。

沙蛤胖胖的脸蛋涨得通红，几乎要哭了出来。他很想转身逃离，离这处危险的漩涡越远越好，但不知为什么，他就是无法就此离开。

云胡不归拼命地用力，结果锉刀咔吧一声断了。他疯了一样大喝一声，将断锉刀一扔，抽出短刀，一刀又一刀用力地剁在铁链上。

就连他们上方，船舷边沿站着的那些执镰守卫也开始低头注意了。

“嘿，那个人！”他们喊叫道，“你在干什么？”

师夷胸口的奇异红光是如此明亮，越靠近烛阴神像就越明亮，现在再也难以将它藏起来了。

看守喊叫起来。远处一队骑在巨鼠上的骑兵，正艰难地推挤开人流，朝这边前进。他们手上的长戟抖动着闪闪寒光。

几名卫兵探着头往船沿下看，他们开始抓住船帮，试着想往下跳。

云胡不归点了点他们的人数，喊道：“沙蛤，我对付左边那四名士兵，你对付右边那两个，给他一刀，插入他的肾脏，就好像切沙虫肉一样，没什么难的。”

沙蛤可怜巴巴地后退：“……放弃吧，云胡，放弃吧。我们失败了。”

云胡不归像匹受伤的狼般仰着脖子号叫起来，他撕开自己身上那套古怪的化装服，露出赤裸的胸膛。他挥刀猛砍铁链连接在船身的地方，金石交鸣，木屑纷飞。“我不会离开你，”他吼叫道，“这一次我不会离开你。”

“看着我，看着我。”师夷叫道，伸出手去阻止他。

云胡不归转过头看她，他喘着粗气，眼睛赤红，额上的两角突出，仿佛正在静悄悄地生长。

“我不知道什么地方出了错。”他说，“但我要把你带走，我会为了你战斗，没有什么可以阻挡我。”

“我知道，没有人可以阻挡你。不，不，别转头，看着我，看着我。”她说，眼泪顺着脸颊流了下去。

“刺客可不应该像你这么激动，”她说，心里痛得要命，嘴角却翘了起来，“听着，你要忘掉我，离开这里，别再回来了。知道吗？”

“这不可能！”云胡不归像被套上嚼子的烈马般挣扎嘶吼，“我能带你走。”

“你对河络一无所知。”她流着泪微笑，双手捧起他的脸颊，“看着我，你要忘记我。”

“不……”他说，眼里的光芒却弱了下去，他的手茫然地松开，仿佛陷入一场离奇的梦中。

他抚摸着自己的胸口，愣愣地看着师夷，迷惑地说：“我这里……有什么东西不见了，你，我不认识你……可是我欠你什么吗？”

“是的，”师夷说，她突然扑上前去，低头在他肩头用力咬了一口，“这是你欠我的，现在还清了，还清了，你可以走了。”

他们初识的那一天，他也在她肩膀咬过一口。

她虽然这么说，却拉着他的手指不放，眼泪扑簌簌而落。她心里清楚地知道，这一分手即是永别，即便他们能再相见。她肩膀上，曾被他咬过的地方烧灼起来。

云胡不归只是充满不解和迷惘地望着她。那双眼睛里的火焰，终于熄灭了。

师夷哭得更加厉害了。

云胡不归被沙蛤抓住，使劲拖走，混入怪物横行的潮水中。

一队士兵终于挤到了师夷的面前，为首的伍长头盔上盘踞着一只灰色的锡鼠。

“你怀里的是什么？”他问。

师夷脸上的泪痕未干，她捂住胸口，笑了起来，她已经知道发生了什么，她看见了即将落在自己肩膀上火山岩石的重压，过去的生活好像流沙从指缝里溜走，再也回不来了。

蛮族少年的背影在她的眼帘中闪动了一下，然后跟着流沙滑走。她笑了一会儿，然后又重新哭出了声，眼泪落到胸口上，被一件什么滚烫的东西化为蒸汽，哧哧作响。

一名灰胡子的卫兵粗暴地扯开师夷的衣衫，母亲留给她的那枚铁镯子跳了出来，在地上滚动，红得耀眼。

一瞬之间，四周的人都向后退去，让出了一片空地。铁镯子就躺在空地的中心，放射着孤独的耀眼红光。

灰鼠伍长小心翼翼地弯腰捡起了那东西，两名卫兵紧紧地抓住师夷的胳膊，但是她根本就不挣扎。

伍长将镯子捧在手里，用袖子拂拭了一遍又一遍，他的咽喉耸动着，想要挤出一句什么话，但终究什么也没说出来。最后，他跪了下去，将捡到的那枚铁镯子高高捧起，铁镯子简直像是刚从炉子中取出般放射出万丈红焰，透明的金字好像通红的炉火折射出的红色纹路，明明白白地显露出一段古老的河络石鼓文：

南冥之虫，如火烈烈，莫我敢遏，莫我敢威，伏息百怪，日靖四方。

好像潮水退却，四周的人齐齐地矮了一截。河络人群呈波浪形跪了下去，向着这个被铸在铁链上的少女囚徒，向着这个被缚的野姑娘跪了下去。蛇辇船像是突兀在海滩上的岩石，呆然孑立在烛阴广场上。

灰鼠伍长是最早醒过神来的河络，他用力推了身边的一名士兵一把，用嘶哑的嗓音告诉他："快去报告夫环，众火之火！我们有了一位新阿络卡。"

"我不喜欢这个姑娘。"熊悚斜睨着手下卫兵送到船上来的阿络卡说。

师夷瞪着对面熊悚："我也同样不喜欢你。"

夫环粗声粗气地答复："太好了，那就来斗吧。我从不畏惧战斗。"

他们互相怒视，目光好似在空中交锋，发出铿然巨响。

司辰战战兢兢地禀告道："大人，复活之舞已经准备好了，他们等待很久了。"

熊悚怒气冲冲地喝道："好啊，那就跳吧，跳吧，让他们开始跳。"

二十名卫兵仰头吹响了长长的号角，这是地火之舞的最后一支曲子，象征火之神战胜暗之神的战役。

夫环冲着一旁的舒刺点了点头。

火掌舒刺束了束腰带，从船头跳下，爬上烛阴神像的基台，开始敲动那面悬挂在烛阴像下颌的巨鼓。

那面鼓是用千年的夔皮制成的，传说夔皮鼓的鼓声激荡，可以传到千里之外。

火掌舒刺赤着上身，好像依旧端着他的铁镐，力士劈山一般猛击鼓面。

大地跟随着鼓声微微地震动了一下。

河络们以为那是常见的地震，并没有在意。他们开始闻歌起舞，随着舒刺的鼓声前进，他们踏出左脚，退回去，再向前滑步，挥臂向上，整齐划一。这些小人儿的舞蹈，既机械同一，又有着捉摸不定的气质，正如云胡不贾的评价，既古板又充满想象；既蕴含炽热的火焰，又带着冰冷的理性。

火掌的鼓点告一段落时，河络们一齐"哑"的一声呼叫，顿时撒开双臂侧身拧腰大搓步跳起，他们挥舞双袖奔跑跳跃，尤以男性河络动作幅度为大，伸展双臂有如雄鹰盘旋奋飞，女性河络动作较小，但不论男女，均发出可怕的怒吼，模拟杀敌作战的动作。

不断有河络模拟受伤或死亡状倒地，但那种死亡是欢乐和平静的。他们知道自己将会复活，光明将会战胜黑暗。大地被他们的脚步震得不断抖动，他们越跳越快，鼓声也跟着越走越快，撼动了大地，撼动了山岳，但是……站在前排的人突然觉得自己的眼睛花了。

广场中心，那高大的烛阴铜像，突然摇晃起来，活了过来。它摇摇晃晃地升上半空，好像要腾空而起，显现神力，但是在最后时刻，却轰然向前倒下。

一只庞大到无法想象，头戴铁荆棘王冠的黑色沙虫出现在地火神殿前，就是那只他们以为早已死亡的铁冠沙虫。它是从烛阴神像的底座下冒出的，坚硬的岩石地面好像冰块那样破裂、粉碎。

人群向后推挤，铁冠沙虫只是轻轻地合了合嘴，就咬住了火掌舒剌。很多人都心惊胆战地听到肉被碾碎的声音，沙虫细密的刺牙穿过骨头和肉时，大鼓倒塌了，发出最后一声沉闷的响声。

下面的许多人喊叫，开始向后退却，后面更远处的队伍还在往前走，里面的人却疯狂地向外挤去，烛阴广场的出口撞成一团，喊叫声更大了，他们纷纷扯下自己的面具，在黑暗中向左或者向右逃窜，有些士兵伸手到宽大的戏服下，到腰带上去拔刀或者其他武器。

铁冠沙虫就是可怕的黑暗死神，无处不在。它的躯干是纯黑色的，河络们甚至看不清它的身影。它没入地下，又从另一处地方升起，坚实的地面好像覆盖在湖面上的薄冰，不断地被它庞大的身躯粉碎。

然后，火红的熔岩从被沙虫开辟的孔洞中开始向外喷涌。

断裂的绸布条垂落下来，落到了火盆和火炬之上，火焰开始向洞顶上方扑去，延烧到绳索和那些漂亮的绸缎。

河络们开始咒骂和彼此推挤，手臂举在空中乱舞，衣服散乱。乍看起来，像是一群群的地底怪兽们在最大的怪兽面前，在地下最大的恐惧面前仓皇逃命。

火焰继续延伸到洞顶，就像用火写在黑色洞顶的草书，一行行奇怪的符咒。

蛇辇船也着火了，它沿着广场的边沿，一个船厢接一个船厢地猛烈燃烧，被熔岩烘烤干燥的木料就像爆炸一样向外喷溅火焰。

熊熊的火焰从篷布、从蛇辇船、从高塔，也从熊悚座前的银炉子里往上蹿。河络们喜好的那些漂亮金属物件四面反射着光，火焰映照在倒地的烛阴神像曲线优美的光亮表面和弧线上。这里从来没有如此耀眼、如此堂皇、如此明亮过。

他看见戴着狼蜥头罩的东莫走错了方向，立刻消失于一团火焰中，狂骨打扮的虫师射牙陷入火热的熔岩陷阱里，还在发出哀叫，还有更多的怪物被背后追逐的铁冠沙虫碾成粉末。

站在高塔上的熊悚没有听到面具下的河络疯狂的号叫声。

实际上，他什么都听不见，什么都看不见。

他是唯一没有逃跑也没有喊叫的人。

“快走，大人，我们得离开这儿。”有人在朝他喊叫。

但夫环熊悚却动作缓慢，心不在焉，他伸手撑在眼前，挡住熊熊的火光。

“不，我没有做错。”他说。

这么多年来，他什么阵地也没有丢失过。他从未辜负过铁骨奥司给予他的信任，在这片乱世当中拼死守卫住了火环城，还为它赢取了赫赫威名。他的所有选择，都是为了保护这座城池而为。

他能有什么错呢？

一片耀眼的白光，将他四周围绕起来。他保持着一手高举的姿势，凝固在了当地，陷入梦中。

7

这儿闷热静谧，沉静得好像墓穴一样，但却令熊恽感觉放松和熟悉。

没错，这里是深藏在火环城底部的地下墓瞢，也是河络王居住的盘王殿。宽旷的室内寂静无人，只有夫环自己的脚步回响。那些河络王的头骨静静地安置在粗糙的石台上看着他，它们的眼窝里满盛着过往的岁月，但是今天，它们空洞的眼眶里，似乎蕴含某种怪异的表情，令人不安。

夫环熊恽走前了两步，待要仔细端详。突然之间，那些颅骨一起震动起来，发出奇怪的声响。猛然间，从颅骨的底部位置，长出了细长的白色颈椎，包括寰椎和枢椎，一节接着一节，把头颅们像蛇头一样顶起。然后是胸椎和腰椎。

骨头像白色的花朵一样相继盛开，但是骨盆以下都不见踪影，只有五节骶椎融合而成的三角形骶骨作为基座，立在粗糙的石台上。

熊恽环顾四周，他站在了两列石台的中央，被怪异的颅骨以一种令人不快的方式围绕在中间。

巨大的头颅挂在细长的白色椎骨上，看上去上大下小，很不稳当，它左右摇晃，每一次震动都让下颌骨咔咔作响。

“这是一次裁决，熊恽大人。”离他最近的一块颅骨开口说话，熊恽认出它的嗓音是死去的前任夫环，死在三沙岛之战里的铁骨奥司。

“什么裁决?”

“当然是夏末裁决。”

背后突然有另一个苍老的声音说，熊倲闪电般地回头，正好看见最后一尊石台上，那枚古老得不知道年代的黄色头骨在开口。

它脆薄如纸，看上去仿佛吹弹可破，嗓门却很响亮：“盛夏结束，寒冬到来。这是夏末裁决，你将在此为自己的一生辩护。”

“辩护什么，对什么辩护？我有什么好辩护的！”熊倲捏紧拳头，团团转着圈，怒视着身遭那些头骨说。

没有头颅回答他。它们只是在底座上扭动，咔咔乱响。

“我要为什么辩护?!”熊倲怒吼。

一个威严的声音说：“传毒鸦。”

独眼的侍卫队长从石窟深处走了出来，稳步走到两排石头台面的中间站住了，向夫环和那些抖动的骨头鞠了一躬。他脸色苍白，左颊上有一大块伤疤，额头上还有干涸的血迹。

“我记得你已经死了。”熊倲瞪着这个人说。

“我是死了，而且还不太习惯这一点，”毒鸦营山微微一笑，“如果不小心地托着胳膊，它有时候还会掉下来。”

“毒鸦营山，你认识眼前的人吗？”一只粗壮厚实的颅骨问道。这些狰狞的骨头，它们只要开口，就好像在咧嘴狂笑。

“当然，我只是死了，并不是糊涂了。”毒鸦营山依然是略带讥讽地回答。

“你的死与眼前此人有关吗？”壮实的颅骨没有在意他的态度，继续发问。

毒鸦营山用责备的眼睛看看熊倲：“很难说没有。夫环命令我们不惜任何代价，必须清除掉那些成年沙虫。我们人手不足，而且太过疲惫……”

河络地界的资源枯竭后，矿工城的生活日渐艰难，铁骨奥司选用的方式是建立佣兵团，为任何支付报酬的人族势力征战，为了那些支付给死亡的微薄酬金，河络佣兵死伤无数。他们是在用自己的白骨和血液撑托起这座城市，就连奥司本人也死在了自己选择的生存方式里。毒鸦曾经是奥司最好的部下，后来跟随熊恢，也是恪尽职守，兢兢业业，从未出过差错。

颅骨转向熊恢，空洞的眼窝看不出任何表情。

“大人，你可认有罪？”

熊恢咆哮着吼道：“无罪！这是士兵的职责！沙虫妨碍了我们向下挖掘。要得到矿石，别无他法。”

“是的，大人，我并未因死而指责你，但你是否考虑过，我们是不是真的需要矿石？”

“只有矿石可以让我们逃避战争！”熊恢挥手向下猛砸，“这是矿工城存在的唯一使命。你只是一名士兵……因愚蠢而死的士兵，有什么资格能对火环城的大事说三道四。”

“因谁的愚蠢而死……大人？”毒鸦转动了一下灰色的眼珠，斜瞥了夫环一眼。

另一枚颊骨上刻着十五座城市标记的头颅不耐烦地叫道：“熊恢，在这里，你必须学会聆听。暗月将至，时日无多。”

“传陆脐。”从遥远的凤凰城而来的矿工头骨说。

毒鸦营山再次鞠了一躬，托着他的胳膊在黑暗中消失了。

头发凌乱、两眼懵懂的巡夜师再次出现在盘王殿里，他走起路来依旧跌跌撞撞，看上去干渴得要命。

他咂了咂嘴说：“我死于邪恶化的沙虫王之手，为了探寻夜蛾部那幅地图的含义。这一含义我尚未来得及揭示给夫环大人。”

熊恢愤怒地挥动拳头：“我无罪！我给了他任务，巡夜师因此而丧命，他纯粹死于对地下的无知。”

陆脐抓了抓下巴，他的胡子焦黑一片：“在真神面前，我们都如同刚出生的河童一样无知。”

一颗颜色发青的头颅开口问话：“陆脐，你现在可以将那些要讲的话说出了。”它同样古老，古老到两颗獠牙还没有退化，凸出在上颌骨边缘，就好像蛇牙一样。

星眼陆脐抹着嘴唇，他的胡子片片掉落：“我多次试图警告夫环大人，星象已经明示我们即将降临的危险……长久的大旱，还有那些从北面迁徙而来的猛兽，地下冒出的凶猛怪兽，这一切之间都有因果关系……”

熊悚只是冷笑：“和你那些疯狂的星星有关系……如此遥远的星星，与河络何干？与我们的生活何干？”

巡夜师用难以置信的目光瞅了瞅熊悚：“我的话已经说完了，诸位大人。”

“传火掌舒刺。”

火掌舒刺用责备的眼神看着熊悚。

“地火喷涌得很厉害，我们死了很多人。”

“可是选择战争，会死更多的人，”熊悚愤怒地辩解，“我是你们的王，我必须作出一些看似冷酷的选择。”

“传石眼。”

石眼杜坎是个矮小的河络，满脸都是疱疹，有些泡还破了，流下暗红色的水。

“我不认识这个人！”熊悚瞪着他说。

“他是地下河码头船匠，在梦泽林之战期间，火环城死于疫病的一千二百人中的第一个。”

“我……无罪！”熊悚宽厚的胸膛颤抖了起来，他捏紧拳头，慢慢地说道，“那条疫船，是蛮舞月奴的萨满设下的毒，他们用孩子做饵……我是得到了警告，但我们并不清楚是否真的存在血咒这东西。可是，我们至少救下了一名河络孩子，是的，她还活着。我记得她叫……叫……”

“一比一千二，这值得么？你并不觉得自己真的无罪吧，熊馃大人？”见多识广的游历者头颅用一种额外低沉的声音问道。

“这不是一个数字的问题。”熊馃慢慢地说，但他自己心里并没有底。

“传罗达。”

熊馃猛旋身，是谁喊出了这道命令。头颅们在石头上摇摆，好像在嘲笑他。某只颅骨咧开嘴笑得太厉害，三块细小的骨头从它的耳朵位置掉了下来，那是锤骨、砧骨和镫骨。河络们喜欢这三块骨头，仅仅是因为它们的名字。

“我……”他无力地重复说。

“他无罪！”罗达说。她微笑着看他。也许死亡中没有岁月流逝，她还是那么年轻。“我的每一个选择使我来到了这条路上，我会为自己的结局负责。”

熊馃想要开口，却凝噎难语。

罗达死于疾病，虽然不是在当时，但是影月血咒的瘟疫彻底摧垮了她的健康，很难说十二年后她的死与那条风蛇部的黑船无关。

“熊馃，你有什么可辩解的呢？”

他精疲力竭地说：“……我无法控制疫病，她的死亡让我痛苦。我不想辩护。”

也许正是因为罗达的死，让他真正明了奥司留下的遗命，他不会再使用奥司的方式来帮助城市生存下去，也永远不再会离开这座城市。

“他无罪。”罗达继续说，“这不是一个数字的问题，我们拯救的不是那条船，我们还拯救了维系城池存在的道德纽带，我们拯救的是火环城里所有活下来的河络的内心。”

“这是你的最终意见吗？熊悚必须救那条船？”

“不，”罗达坚定地摇了摇头，“如果最终熊悚选择放弃那条船，他亦无罪，因为他拯救了火环城众多的生命。”

河络头骨群中响起一片低语，它们争议不休，骨头的低语在室内嗡嗡作响，良久不散。

最后颅骨命令说：“你退下吧。”

罗达消失在黑暗中。

裁决仍没有结束。

“传夜盐。”

年轻姑娘出场的时候，熊悚的瞳孔还是紧缩了一下。

熊悚怒视着对面的女孩，他恨这姑娘，从认识起就讨厌，他记得她小时候似乎很调皮，到处闯祸，但是她到底闯了什么祸，他又记不太清了。

“我无罪！”熊悚说，“医生不用为切除了一条被毒蛇咬过的胳膊而负责。夜盐要背离火环城，背离河络的生活，她就是被蛇咬过的胳膊，她死于这种无理的坚持。”

冰冷的头骨慢条斯理地说：“你也许应该知道，那条船上，唯一活下来的孩子，她的名字就叫夜盐。”

熊悚愣了一下，飞快地摇头：“这不可能。”

“你不愿意想起来，是因为你又杀了她吗？”游历者冷酷地逼问。

“不！不可能！”

“这是你一直恨她的原因吗？”

熊悚捏紧拳头，全身颤抖，怒视着发问者，但是萨柯的眼窝位置只是两个深深的孔洞。它无法与熊悚对视，也无法对他作出反应，这让他的愤怒如同扑空的大鹰，茫然无措又空虚失落。他慢慢地思考，慢慢地吐露出自己的疑问：“跟随夜盐走，难道就能避免覆灭的结局吗？难道就不会有人因为夜盐的选择而死去吗？我们之间究竟谁有罪，就因为火环部族顺从了我的选择，所以我必须承担这种指责？”

“你的话，也是我想问的话。”夜盐说，只是平静地看着熊悚，摇了摇头，微笑，然后化成一阵青烟消失了。

“传即将死去的人。”

那颗无人能识辨的古老颅骨张开无牙的嘴巴说。

一些河络在火焰中显形，但他们的形象很缥缈，看不清面目。

“我反对，”铁骨奥司说，它似乎对熊悚还有些维护之意，“我们无法为即将发生的事作出裁决。”

游历者萨柯立刻反对：“凡事均有前因，前因若定，后果接踵而至。”

黄脆的老颅骨点头赞同。

熊悚则努力地辨认那些幽灵，但他们宛若轻烟，聚散离合，绝无定型。他摇着头说：“我无罪，但若他们还未死，我又该如何为自己辩护呢？”

“相关死者传唤已毕，夫环熊悚一直坚持自己无罪，各位大人可以作出裁决了么？”

“我无所谓，就算搞清了谁有罪，依然没人可以救我。”缺失了下颌骨的那颗残破的头颅说。它将头扭向一边，露出颊骨上刺的那行文字：我觉得我还可以抢救一下，像是睡着了。

游历者萨柯立刻顿了顿下巴，语调清晰地说：“我的判决遵从你的内心，有罪。”

矿工出身的夫环雷镐转过空洞的双眼：“有罪。”

铁骨奥司长久地凝视熊悚，心事重重地作出了裁决：“有罪。”

火环城里最古老的头骨本该进入永恒梦幻，如今也点了点头，张开它那磨损得很厉害的下颌，开口言道："夫环熊悚、矿工熊悚也是战士熊悚，被裁有罪。"

愤怒回荡在熊悚后脑上，让那儿好像有一团火般沉重。

"那又如何？有罪又如何？无罪又如何？"他空着双手，团团乱转，想要找个出口冲出这场令人不快的地火之梦。

死亡的颅骨紧盯着熊悚，悄声细语："你也可以是无罪的，你所作出的努力和抉择使你来至此地，离开炼狱的唯一方式，为自己负责，为自己的选择负责，每个人要为自己的处境负责。"

"你们是谁？我不相信死者可以复活，这到底是什么把戏？谁在搞鬼？"

"没有我们，只有你。这是你内心的审批，这是你自己对自己的审判。你需要的不是裁决，而是宽恕。宽恕自己。"

颅骨们一起开口大笑，笑声叵测。河络王难以克制，冲过去想要抓铁骨奥司的脖子，但是当他的手刚要碰到那东西，它们好像一起收到了某个命令，当啷一声，整齐地掉落在石台上，寂然无声了。

熊悚从石台上捡起它们，和多年来所见一样，冰凉无情的骨头而已。

熊悚放声怒吼，紧抱骨头，合上双眼。他清晰地知道一旦从梦中醒来，将会面对自己的死亡，但此刻却无比渴望那一时刻的到来。

快醒来，快醒来。他对自己说，梦中铁骨奥司冰凉的头骨嵌入他的胸膛，快醒来，快醒来，时间所剩无几——现实来临，好像迅猛的野兽，突然扑在他身上，利爪如钩，在他脑子上留下深深的抓痕。夫环被震倒在地。

他猛地睁开眼，没有寂静的石头台子和那些白色的骨头，四周一片尖叫和哭泣、怒骂，还有冲天的火光。

从地火之眼里喷出的石头冒着火焰，噼啪作响，它们落入帐篷区，登时引燃了一片火焰迷宫。四面八方的光线闪烁夺目，地下世界里，从来也没有这么亮堂过，这是熊悚一生中永远也见不到的景象。

烈火的藤蔓四下蔓延，像蛇一样发出嘶嘶声。大甲虫好像一群群的火流星划破天空。地穴里的风像是受到感召的妖怪，呼呼地向上蹿，各个方向都有火焰映照出的光和阴影，烈火组成的屏障快要挡住烛阴广场的出口了。

他意识到有个人跪在他身边，正在拼命地拉他起来。

“快起来，夫环！它冲着这边来了！”她在他耳边喊道。

在一瞬间，他几乎把她认成了罗达，或者是夜盐，那双晶莹剔透的眼睛，还有尖俏的下巴，都是那么相像，但她太年轻了，不可能是她们任何一个。

熊悚使劲晃了晃头，认出她是新选出的阿络卡。由神之手。

“我知道该怎么办。”夫环熊悚说。他奇怪自己的嗓音变得如此奇怪，让他也觉得陌生。

他转身回看的时候，看见那些被锁在蛇辇船上的囚徒正在挣扎，有士兵在帮忙劈开锁链，但是太慢了。

多奇怪啊，他会因为这些苛刻而无法原谅自己。这么多年来，他一直在努力逃避灾难，结果是更大的灾难。如今那场血咒又算得了什么，还算得上灾难吗？他无声地嘲笑自己。

师夷在呼喊，在拍打他的脸颊，想要将他唤醒。熊悚看她的动作如在水中，挥手张口，都很慢很慢。

他眨了眨眼，对她说：“去带他们离开。按照夜盐的方式，或者你的方式去拯救他们吧，火环城就交给你了。”

“那么这里……”

“这里已经完了。”熊悚说，他奋力将阿络卡师夷向后推去，然后站起身来，向前走去。

火光映照出它那庞大无匹的身形。

沙虫低下头。

那双邪恶无情的目光，正对着他的眼睛。

“来吧，我知道你在找谁。”熊悚说。

“我也许做错了很多事，但并不是被你打败的。”

他从架子上取下了那面金光闪闪的沙蛇盾，还有长柄镰刀，掂了掂它们的重量，一种熟悉的感觉充盈全身。

“我从没丢失过一处阵地，从没有，”他对着铁冠沙虫喝道，“活着时从没有。”

“你现在要夺取它——你现在想要夺取火环城，就必须从我的尸体上踏过去。”熊悚冲它怒吼，“我会让你经历一场毕生难忘的战斗！”

脚下的高台被点燃了，火焰如同一口大碗，向上升腾而起，将他团团包围。

熊悚奋力厮杀。他那黑色的皮肤和身体、黑色的灵魂开始同时剧烈地燃烧起来。他挥动长柄镰刀，一道绚丽的弧线在火焰中爆亮，映亮了这座曾经压抑黑暗的地下王国。

那是他留下的战斗一生的最后印痕。

8

喷涌的地火轰隆隆地撞击着熔岩之井的井壁，沉睡了上千年的越岐山已经复苏了。

随时会有一场可怕的火山喷发，继续留在地下，纵然不被烧死，也会被毒气毒死。

河络们都意识到，大火环是他们唯一的生路了，他们必须顺着这条螺旋线的大通道向上逃，冲出羽蛇口，远离这座复活的火山，才有可能赢得生路。

向着夫环熊悚发起挑战的沙虫王，好像一条火龙跃入水中一样，撞开地面，将夫环带入地底深处，它冲破了广场的地面，一条一条的火瀑布则向上喷起，冲垮了围堰和那些雕刻着狰狞神兽的柱廊，熔岩的火舌已经漫过卵形广场的开口，封死了向上的出路。

他们彻底被困死了！

上千名盛装的河络如同被困在热锅上的蚂蚁，团团乱转，不知该逃向哪个方向。

她必须想到办法将他们活着带出去。师夷不无荒谬地想，只是短短几刻钟前，这些人还与她毫无瓜葛，但如今都成了她的子民，如何逃跑，就成为阿络卡师夷的第一个任务。

她知道地火神殿后有一条小道，跨越河童殿上方的山坎，身手敏捷的河络，或许可以跟随她从那条小路逃生——但是那些妇孺，也许就要抛弃了。

她还在犹豫，就看见云胡不归和沙蛤从那条小道上翻过来，正在往回跑。

看见云胡不归，她的心里剧烈地一痛，好像一根针刺入心口，但她立刻将这种感觉抛在脑后。

“退回去！这条路不通了！”云胡不归大声喊道，“更高一层的隧道上倒下的柱子，把山坎砸碎了。”

她低头看见了沙蛤那双惊惶的小眼：“师夷……阿络卡，我们该怎么办？”

向上的所有道路都被封堵，他们无法逃出地面了。

草原地蜥跳上她的肩膀，又跳下去，往前跑了两步。

“走！火！”地蜥口齿不清地喊，喷着气，昂着头四处张望，然后回头不耐烦地看着师夷。

“小哎，乖乖待着！”师夷叫道，“我会想出办法来的！”

小哎跑出了几步，然后再跑回来狠狠地咬她的脚踝，它以前可从没这么做过。

“小哎！”师夷愤怒地叫道，想要赶开它。

“它说它知道怎么跑。”

沙蛤惊慌地说：“它说我们必须跟它走。”

“你听得懂它说的话？”师夷惊疑地问。

“不是所有，但是它们一直不停地沙沙地跑到我耳朵里。”沙蛤惭愧地说。

小哎继续蹦着高，想咬师夷的手。

或许她应该相信动物逃命的本能。

“它很烦躁，必须往这个方向走，我们必须走……那边还有一条路，有头上长毛的野兽……水里的眼睛……”沙蛤瞪圆了眼，“剩下的我听不懂。”

“我知道它要去哪里了。”师夷拍着小哎昂起的梭形头部，心里头慢慢地有了个计划，只是还不够清晰。

她从墙壁上扯下一盏灯笼，找到了自己要走的路，然后高高地挑起那盏灯，领头前进，一路高喊着：“大家跟我来！”

在这一片混乱当中，她的声音并不大，但她的眼睛像是能平息最可怕的风暴。她所经过的每一区域，都会奇迹般地安静下来，四处乱窜的河络会突然站住脚，转头看向新晋的阿络卡。他们会沉默下来，回过身跟随着阿络卡前进。

“跟我来！”她高叫着说。

这就像河流汇入大海，越来越多的河络开始跟随着她的脚步前进了。

跟随她的人有铁匠门罗、木大师、铁岩苏玛、银手奇卡、厨娘蜡丁，甚至还有火炉嬷嬷，师夷已经有许多年没有看见她，还以为她已经老死了。火炉嬷嬷虽然老得可怕，干瘪得仿佛就剩下一层衣服，却依然抓着一根瘿木拐杖，领着一群未成年的小河络紧跟在后。她一定是世界上最老的保姆了。

只有赤甲越过人群，过来抓住师夷的手："喂，小姑娘，不对，这条路不对！"

铁鼠部的溪谷河络不熟悉地下生活，此刻更是窘态毕露。

赤甲的头发胡子都焦干卷曲着，汗水顺着他那张凶狠的脸往下流淌，"这路是向下的！向下的！流淌的熔岩很快会跟上来，到时候我们就真的无路可走了！"

"你们必须相信我！"师夷简单地说。

"如果你错了呢？"赤甲依旧不肯放手。

师夷稍稍平静了一下，用她那双晶莹的眼睛望着他："那我亦将为之付出代价。"

赤甲遥空死死地盯着年轻阿络卡的眼，随后在目光的拼斗中败下阵去。

他松开手，向后招呼他剩下的部下，四十余名执镰武士突烟冒火，跟了下来。那是他剩下的仅有士兵了。"你，你，你，你们几个，在阿络卡前面探路！"他怒喝道，"其余的人到后面断后，不要让一个人掉队！"

大火和炽热高温在后面追赶着他们，但河络族特有的循规蹈矩，让他们很快组成了一支有秩序的队伍，沿着道路前进。

云胡不归抱起一名害怕得忘记了哭泣的河络小女孩，挨着师夷走在前列，这条路他们曾经肩并肩地走过，那时候他们挨得更近。此时有一种奇怪的气氛混在他们中间，他们的目光互不接触，师夷不敢转过头去看他一眼。他应该已经将她忘了吧，她咬着嘴唇想，还是忘了最好。

惊魂落魄的队伍在后面跟了上来，黏稠的岩浆的流动并不算快，但紧跟着他们的脚步，逼着他们一直向前赶，稍有怠慢，脚后跟就会被烤焦。

风在半倒塌的柱廊和栈道间叹息，混杂着黑色的烟尘，热得让人几乎无法呼吸。河络们加快脚步，摸索着在隧道里前进，突然一阵凉风从前面吹来，将浓厚的毒气吹散，他们眼前一空，已经穿出隧道，走到了悬崖边上。

这里依然是黑暗统治的世界，穷尽目力，只能看到脚下有一条细细的白线，贴着绝壁之字形地往下延展，那是通往地下河的栈道。身后惊恐的浪潮越来越大，终于冲出了隧道口，拥挤着往栈桥上跑。

最后一名河络跳上栈道时，紧随其后的熔岩也冲出了隧道口，火舌似乎稍犹豫了一下，才向着深渊猛扑下去，瞬时间一道亮闪闪的红色火焰瀑布，照亮了整条大裂谷。

逃亡者们顺着之字形的栈道往下奔走，瀑布照亮了他们的前途，他们似乎已经听到了水声，走在前面的河络兴奋起来，开始奔跑，突然间，前头开路的两名执镰者突然发出惊恐的喊声："路断了！路断了！"他们的喊声引起了一片惊慌，排在队尾的河络们更加用力地向前挤去，而前面的河络一起大声喊叫："别挤了，要掉下去了！"

赤甲奋力维持秩序，才稳定住了军心。

师夷也来到了前面，提着灯笼向前照去，没错，这儿就是阿瞳掉下去的地方，甚至那根曾经挂住了他片刻的断裂木柱还在原处，栈道被失控的暴风吼虎砸出了一道长长的缺口，还没有修补完毕，没有河络可以跳过这么远的距离到达对面。

“别担心！我有办法。”师夷说，她的话声还带着稚气，不知道为什么却充满了力量，让周围的人安静下来。

“大家拆掉我们身后的栈道，往前铺。”她说。

赤甲沉默了一小会儿，放声大笑：“是个好办法，我们已经不需要回头的路了。”

木匠和锯木狗们被推举了出来，他们虽然依旧惊恐，也没有趁手的工具，但精湛的技术还在，他们沉默地干着活，手脚飞快地拆下了合适的长木料，回到上方的栈道被拆毁了，所有的人亦沉默着看这一切，他们有些伤感也有些不舍，好像只要通往火环城的道路还保留着，他们就还有希望回到那个地方去一样。

木匠们手艺娴熟，在豁口上搭出了一道窄小的临时木桥，桥板横跨咆哮的河流，就像蝴蝶飞舞在水面上。

师夷提着灯笼当先前进，窄木桥摇摇晃晃，但是很结实。

他们追随着那顶小小的灯笼越过了深壑，大部分人都不知道要去向何方，只有云胡不归隐约猜出了她的计划，或者说是小哎的计划：他们正在逃往码头。

他提醒师夷：“那么小的码头，不可能装得下这么多人。”

“我们不去小码头，”师夷宣布说，“我们要去找黑船，那里才是火环城真正的码头。”

“那条路……”

“我们找得到，”师夷坚定地说，“一定得找到。”

地形变化已经很大了，很多洞道倒塌，到处冒着硫黄味的烟气，他们沿着悬崖边凿出的石头小径跑了二百来码，已经看见了码头下的黑水，被那场杀死了巡夜师的喷发岩浆堵塞了部分河道，到处都是崩裂的岩石，露出里面亮闪闪的矿石。

洞道上方那个模糊的狮子脸被劈成了两半，小哎鼻子贴地闻闻嗅嗅，跑了几圈又回过头看他们叫道："哎！"

按他们原先的方式沿地下河前往老码头肯定不行的，师夷举着灯笼犹豫起来。

一只干瘪的手从她手里接过了灯笼，是火炉嬷嬷。她老态龙钟地走在前面，说："跟我来，我虽然老糊涂了，也许还记得那条路。"

但即便是火炉嬷嬷，也没顺利在这个巨大的地下迷宫里找到那条路，他们迷路了两次，一次是木大师何踩找到了记忆，将他们带入一个刻满牡丹狮子的古怪门洞，后来，每到一个岔道口，上了年纪的老河络们就停下来围成一圈商议，这些年来，老家伙们都有意无意地忘却了通向码头的路。

还有一次是小哎找到了方向，它嗅着水汽和脚下的软泥，一路小跑，奔入一条逼仄低矮的通道，那通道几乎是由几块相互架起的巨岩下的间隙，最终它在一幅模糊的壁画下骄傲地挺起胸膛，自吹自擂地喊："小哎！"

是这里！师夷长出了一口气："我们在这里丢了一根木桨！"

他们脚下所处的位置原本该是河道，现在已经变成了半干硬的熔岩外壳构成的小路。

"这里离黑船已经不远了。"师夷喊道，给队伍里的人鼓劲。

溪谷河络们跌跌撞撞地前进，在地下他们毫无方向感可言。

但火山河络们一旦认定方向，就变得坚定无比。即便灯火不足，他们也能找到脚下要踩的点。

云胡不归认为，不仅仅是那只草原地蜥，所有的火山河络都是靠鼻子前进的。

这支队伍在曲曲折折的地下越行越深入，他们行走得越深入，就回忆起越多关于这座城市的历史。“就是这儿，”火炉嬷嬷坚定地指着一道好像弯曲脊骨的阶梯路说，“我想起来了，台阶下面有个小广场，对称地排布着六条小道，选择靠右第二条，就能直达码头了。”

但下完楼梯，他们又一次在曲径分岔的通道间迷失了方向。

这一次是师夷重新找到了出路。她的心灵之眼正在变得越来越强大。过去那些通过这条路前往码头的河络，他们残留的思绪还挂在两侧的石壁上，指认着前方。

无论如何，这支古怪的队伍正在逼近漫长旅途的终点，背后是步步紧逼的熔岩。

师夷突然恐惧起来：

要是那条船不在那里怎么办？不在码头上，已经被大火或熔岩吞噬了怎么办？

但是，他们看到了它。

河水已经沸腾了，白森森的蒸汽弥漫在水面上，那艘船好像一只灰色的幽灵，但它还能漂浮。

那就是它。

风蛇部落留下的死船。

船头雕刻的船首像是一匹巨大的风龙，鳞须怒张。熊悚将它一直留在了这里，它如同一只行在水上的幽灵。死亡的象征，但此刻却是最后的希望。他害死了一千二百名无辜者，此刻亦将拯救火环城最后剩余的人。

紧逼不停的熔岩河在他们身后咆哮，大地震动不已，但河络们秩序井然，架起三道跳板，络绎登船。

登船完毕，师夷却发现火炉嬷嬷还在跳板另一端。

她睁着半瞎的双眼，朝着船上的孩子们微笑。

“我要留在这里，去和我的那些故事会合了。”她说，拄着拐杖，驼着背，慢慢地走入到最深的黑暗中去了。

赤甲遥空挥起镰刀，劈断缆绳。

大船发出阴沉沉的啸叫声，顺流而下，冲入白汽蒸腾的急流中。

师夷立在船头的风龙像后，高挑着那盏灯笼以作导向。

木大师何踩亲自掌舵，他虽非专业船工，对这么大艘浮在水上的大船的了解却远胜一般舵手。

“我们能找到地下河的出口吗？”云胡不归站在她身后问，“现在还有把握找到它吗？”

“不知道，但我会努力。”师夷将她的心灵之眼在黑暗中尽力延伸，一寸寸地摸索那个隐秘的地下河出口。

他们或许心里都存在一个可怕的想法，但不敢说出来：那个出口，是否已经被掉落的岩石堵塞，如果那样的话，他们的麻烦可就大了。

“你感觉到了吗？”云胡不归问。

大船开始在原地打转，他们不再向前猛冲。

“我们正在上升！”

他们落入了一个回水潭，水位越来越高，他们正被水带着向洞顶升去。

地下河的出路确实被堵住了。

“我们死定了。”沙蛤绝望地说，瘫坐在地。

所有站在船头的人都努力睁大双眼，想要看透遮蔽前路的黑暗。

云胡不归猛地直起身体。

“怎么？”师夷用询问的眼神望了望他。

“风。”他简单地说。

“风？”

是的，风消失了。

一直迎面猛吹的那股炽热的风消失了。

只有阿络卡手里的灯笼发出橙红色的光芒，只有身后的熔岩瀑布挂在高处的反光，而黑暗里，有什么东西就在前面。

他们都听到了巨大的呼吸声。

阿络卡鼓足勇气，像扔梭镖一样，将手里的灯笼向前扔去，灯笼纸烧着了，变成了一团火球。它向上飞去，照亮了一张丑陋而庞大无比的脸，黑如地狱的皮肤上覆盖黑亮光滑的甲壳，头上则树着荆棘丛生的王冠，它那庞大的身躯仿佛带着一层黑雾，旌旗般缭绕四周。

“这不可能，”师夷喃喃地说，“它一直在跟踪我们，它就不想放过我们。”

这只阴魂不散的异化巨兽，是地下世界千年来的黑暗化身，是不可抗拒的死亡本身。它用洞悉一切的巨眼往下俯视。

河络们都不由自主地攥住身上某件铁器，向铸造之神祈祷。

沙蛤从喉咙深处发出一声呜咽，能让沙蛤害怕的东西很多，而此刻他心中的恐惧胜过以往任何时候。

铁冠沙虫王优雅地向前滑行，从水下将整个头颅缓慢地抬起，眼光却始终不离眼前的这些猎物。

就连师夷也束手无策，一股强烈的无力感包围了她。这是他们的宿命吗？他们逃奔了这么远，却还是被它迎头堵住了去路。此地就是火环城最后一批部族民的归宿吗？

这些是她的选择造成的啊。她用双手遮住自己的脸庞，跪倒在地。

“别把错全都担在自己身上。”赤甲遥空从后面拍了拍她的肩膀，他那张疙疙瘩瘩的脸上杀气纵横。

“既然无处可逃，那就只有向前打开这条路！”赤甲怒吼道，跳到木雕的风龙上，挥刀向前突击，残存的有十多名执镰者跟随在后，他们是最后一拨红色的洪水，也是最后一群投火的飞蛾。

沙虫王轻蔑地张开了针牙环绕的大口，喷吐出了一团液态的大火，威猛的赤甲和那十多名武士就浑身着火，好像皮蹴鞠一样被弹了回来。

“我们输了。”师夷喃喃地说，她依旧捂住自己的脸不敢放开。

云胡不归在她身边说：“来和我打一架，我知道怎么打！”

她像是被烫了般缩了一下：“你还记得，你还记得……”这是她初见云胡不归时，说的第一句话。

“我当然记得。”云胡不归轻轻地笑了，“你的魅惑术控制时限太短了呢——给我挑一把刀，一把大一点的刀。”

师夷愣了一下。

云胡不归已经自己动手，从一名害怕得动弹不得的火环士兵手上夺下一把刀，那是一把仪仗用刀，乌兹钢身，极其沉重，双手长柄用青铜包裹，刀刃有五尺多长，吞口处是赤铜地错金银的怒目睚眦。

他用袖子擦了擦那把长刀，刀光晦暗。仪仗用刀本来只求华丽，不求锋利，但河络出品的武器，钢水和做工都极其精良。

云胡不归笑了笑说：“太轻了，将就着用用吧。”

师夷愣愣地看着他，纵然外界纷乱繁热，纵然他脸带笑容，她又从他身上看到困在藏书室中的那种冰凉如水，对身遭的一切显露出漠不关心的姿态。

他倒拖着那把大刀，大踏步走上前去，刀头在甲板上吭啷啷地拖出一道深痕。

似乎有冰冻的霜花从空中飘落。

这样不对，师夷想大声说这样有什么不对。他是想寻死，想死在我们的前面。

但云胡不归已经发动了。

他一足踏上船首像的背脊，高高跃起，好像一只大鸟扑在空中。

原本暗淡的刀刃上，一星刀光起来了，刀光鲜亮润泽，在刀锋上来回滑动。

云胡不归人在半空，挥动长刀，朝着铁冠沙虫王猛扑了下去。

就连身躯如此庞大的沙虫王，也微微一滞。云胡不归的长刀击中巨沙虫那覆盖硬甲的头顶，向下直入尺余，刃口似乎有耀眼的火光冒出，被击中的鳞甲先是冰冻成霜，然后成串地破碎。

师夷面露喜色，但是千年生命的沙虫王，或许真的拥有了不死之身，它甩了甩庞大的脑壳，云胡不归就像只甲虫那样被甩了出去，重重地撞在前帆上，然后掉落到甲板上，师夷扑上前去护住了他。

沙虫王向上伸展起身体，像一幅遮天盖地的黑幕，遮挡住所有人的视线，它的身躯猛烈地撞在头顶的岩石上。山摇地动间，已经白化僵硬的甲壳纷纷掉落，露出里面的新的透明的鳞片。沙虫王口中嘘嘘有声，摇晃着带角的头颅，随后朝黑船猛扑下来，冲向在船头的师夷和云胡不归。

勇敢和愚蠢的界限很模糊。沙蛤知道自己是个没用的胖子，既胆小又蠢笨，火炉嬷嬷常说如果把自己搞到头破血流那就太蠢了，可是阿瞳说过，为了朋友就得两肋插刀。师夷和云胡不归是否是他的朋友，沙蛤还不确定，所以此刻就是阿瞳说的情况，还是一种愚蠢，沙蛤不敢确定。他是最没用的人，他才应该死在这里，而云胡不归应该带着师夷离开。这也许是阿瞳的愿望吧。他不确定。

总之，在沙虫王朝着师夷和倒地的云胡不归俯下身子去时，他还是闭着眼睛，大叫一声冲了上去。

他张开双臂，挡在云胡不归面前，大声地尖叫着，从心里头用最大的声音冲着那东西喊叫："离开这里！离开！"

他所得的反馈几乎将他整个人彻底毁灭，一阵强大的风暴横扫过他的心灵，钟声在脑海中轰鸣，几乎将他的脑膜轰破。

只有神才会发出那样洪大的声音，虽然周围的河络似乎什么也没听到，沙蛤却几乎被那个可怕的巨声震聋，跪倒在地，血从他的耳朵里流了出来。

听即是言。那名邪恶商人的话又一次闪过他的脑子。可是他能在这响彻天地间的大音中听出什么来吗？沙蛤微微张开眼睛，又连忙闭上，他觉得自己好像芥子一样渺小，在声音的洪流中随波荡漾，但也正是因为渺小，所以那些滔天的巨浪一波又一波地从他头顶掠过。

听即是言。

接下来发生的一切都如同梦中迷雾一般难以理解。

他听到可怕的断折声，一定是巨大的船首像掉到水里了，然后是山呼海啸一般的喊声，他身子一轻，觉得自己腾云驾雾般飞起，猛地一震，什么都不知道了。

在蒙眬中，他感觉到自己在快速移动，是船又开始行进了吗？他开始伸出手四下探寻，摸到的地表奇特，似乎地上有许多瘤节，突然听到云胡不归的声音："抓住我。"

沙蛤茫然地举起手，被云胡不归一把抓住，提了过去。

他睁开眼睛，看见云胡不归和师夷都在，没有受伤的迹象，不由得开心地笑了："船怎么样了？"

“还浮着呢，跟在我们后面。”

沙蛤安心地舒了一口气，突然惊觉：“那我们在哪儿?”

他听到了云胡不归的轻笑声：“你觉得呢?”

沙蛤知道真相时，几乎又再晕了过去：他们正攀附在巨沙虫王的头冠上，在阴影重重的地下世界中高速穿行。

坚实的岩层如同豆腐般被破开，铁冠沙虫王，或者说，烛阴之神撞开了一条新的河道。

他们在地下游走，穿过了一道道的深沟和裂谷，快如闪电，他们正在令人心惊的高度上翱翔。

“快看哪！我们正在经过夜蛾部的城市。”师夷喊叫说。

俯瞰那座已经死亡的城市，给他们带来的震撼感是强烈的。

那儿有三道城墙，一道比一道要高，用石头砌成的高大城墙仿佛黑色的悬崖，大约有上百丈高，流水在上面冲刷出一道道的灰色缺口，就像是被铁钩般的利爪撕开的。

他们掠过影影绰绰的塔楼，好像掠过死亡的剪影，咆哮的洪水和黑船紧随在后。

“你为什么要扑过来？沙蛤?”师夷怜悯地问。

“我不知道。”沙蛤慌乱起来。

“我本来以为可以说服它，就像说服那些甲虫一样，但是它太大了，它的话声太大了，”沙蛤痛苦地捂住自己的脑袋，“我听到了很多东西。”

“我们正在深入山腹。”云胡不归阴沉地说。

四周都是隆隆的巨响，不时传来山岩垮塌的动静，还有巨大压力下喷出空气的嘶嘶声。

“火山马上就要爆发了，所有的人都会死。”

师夷问：“它在想什么？它是我们的神，它想去哪儿？沙蛤，认真听听，它想将我们带向何方？”

“它想死！”沙蛤低声说。

它感到痛苦，或许是因为孤独。沙蛤想起了自己的孤独，可是和沙虫王的孤独相比，那根本就算不了什么。烛阴拥有数千年的孤独，从神的时代开始，它就孤独地游走在昏暗的地下，肩负着守卫封印的职责，可是现在它早已疯狂，且衰老不堪。

它想死。

而且它将带着这些惊扰了火山宁静的河络一起死。

令人震惊的是，沙蛤也听到了身边云胡不归心里的孤独。

他虽然脸上还挂着笑容，但神情冰冷，远离欢乐。他看到了夜蛾城那可怕的光景和过去的死亡，似乎也毫无所动。

“我们要怎么办？”师夷问。

云胡不归抓住沙虫王头顶凸起的角突，挺身向上攀爬。

“你要去哪儿？”

“那把刀。”云胡不归简单地回答。

刚才他一刀扎进了铁冠沙虫王的头顶，那把长刀依然树立在那些起翘的鳞甲当中，就在两根锐利的尖角之间。

师夷和沙蛤屏住呼吸，害怕他的行动被沙虫王那邪恶但又仿佛满蕴智慧的眼睛注意到。他们眼看着云胡不归慢慢移动到沙虫王的颅顶上，半跪起身子，抓住了刀柄，使劲地摇撼了一下，沙蛤害怕地捂住了眼，但是什么反应也没有。

“不行，再也刺不进去了，我杀不了它。”云胡不归盘腿在立着的长刀旁坐下，叹了一口气。

师夷伸手碰了碰他，却觉得触手冰凉，她担忧地问：“你的黑龙上哪里去了？你躲藏到哪里去了？这不是你，云胡不归。”

“或许这才是我。”

“我见过你展示自己的真正力量，云胡不归，别泄气啊，你可以救我们。”

“我不能爱你了，”云胡不归悲哀地咧开嘴，朝师夷一笑，“那我要为谁而战？”

他两眼空旷，不知望向何方。

“云胡不归，你醒醒！”

“我用不出那个力量了，我杀死了我的弟弟，他在那辆马车上……”他低声说，“我拿着那把上了毒的刀。”

“我知道，我知道。”师夷悲哀地看着他。

此刻，在他们的头顶上，看不见的夜魄月正在升上天顶，如同闪烁的暗红色恶兆。他们在地下游走了多久，又走了多远的距离？

这条路仿佛漫长得没有尽头，他们早已经远远地离开了火环城的中心吧，但是离愤怒的火山而言，这距离又远远不够。

“在霸府训练的最后一年，我的父亲被选为部落头人，按天启城的规定，就必须把家人送往悖都为质。”

“你的老师，他不知道这个事实吗？”

“他知道，他当然知道，”云胡的手微微颤抖，“可他教导的就是仇恨。”

“继续吧，把你的故事告诉我们。”

“独狼成功了，他把我变成了彻底的野兽，那天夜里，我异化成自己也控制不住的一条黑龙，回过头来杀死了独狼，屠灭了整个营地。我是草原人的叛徒，但我什么也不在乎，整整一年多的时间里，我都在血和火里度过。”

“我一直想躲开那只野兽。是它杀死了我的亲人，让我的过去一无所有。我曾经以为，你的爱可以治愈它，它抚平过我，比冰镜术还要有效。可你骗了我，你骗了我。”云胡不归伤心地问，“你是来救我的，还是来和我一起死的?”

他紧紧抓住师夷的胳膊，把它抓出血痕来：“我已经中了毒啦，可你要把我从这样的毒中拔出来，太残忍了。如果不是冰镜术，我不会坚持过一天。”

“对不起，云胡不归。”师夷低声说，心如刀割。

“现在我要为谁而战?”云胡不归说，他站住了脚，握住刀把的手垂落下来，脸上露出一副迷茫又伤心的神情。

师夷面对这样一张脸，一时觉得无能为力。

沙蛤却以他的方式解救了她的尴尬。他鼓足勇气站起来：“云胡不归，我之前一直很害怕你，可是我想问，你愿意做我的朋友吗?”

云胡不归低头看着小沙蛤，嘴角牵动，说不出话来。

“云胡不归，你无法逃离你的天性，它就是你。你曾经为了恨而杀戮，但为了爱一样可以杀戮。云胡不归，这次你是为了爱，为了生存，为了一个部落的延续而杀戮。我命令你醒过来！帮助我们!”

“爱是一种毒!”云胡不归低声说。

“或许是吧。”师夷扑到蛮人的胸膛上，直视云胡不归的双眼。

云胡不归避开她的眼睛，但最终还是转回来看着它们，在那双清澈如冰的眼睛注视下，他身体的颤抖越来越大，终于控制不住，大叫了一声，撕去胸口的衣服。

他们都看见他胸口的黑龙正在昂首咆哮。

云胡不归浑身滚烫，几乎要窒息而死。在充斥脑中的火焰里，他看到了很多个自己，强横的自己，暴戾的自己，冷酷的自己，孱弱的自己，被欺负的自己，哪一个是他的真实面目?

爱和仇恨相比，恐怖得多，这种毒会渗透到骨髓里，但它会更强大吗？它亦可带来毁灭吗?

或许是吧。

人终有一死，但非今日！

少年怒目圆睁，蛮族人的声音再一次在远离蓝天和草原的地下回响：“我向三十三座青山奉献纯洁的祭祀，我向九十九尊长生天奉献祖传的炉床。”

他的声音甚至超过了响彻地下的地火咆哮声。双角冲破他的额头，缓慢生长，直到变成雄壮羚羊头上的弯刀，他背部的肌肉更加粗壮，好像起伏的山峦，他的脖子后面生出细密的刚毛，他像狼一样后仰着头，把头颅抵到脊梁上长嗥。

“我以我血奉献给额其格腾格里盘鞑！”

他吼叫着，狮子般的咆哮在地下裂谷中交织翻滚，上古的野蛮和狰狞的气息席卷而至，淡淡的、不同寻常的黑蓝色的光芒在他手上那把刀上闪动。

他紧紧地抓着刀柄，光芒都在他的刀上汇集，他的动作缓慢，很慢很慢，慢到每个人都能看清，白光在他手中炫亮夺目，似乎有一道弧线撕裂空气——那不可能是个人能发出的力量，那是蛮荒时代开始就存在于天地间的力量，声音犹如裂帛，他的长刀所代表的只能是死亡——死亡向下直至没柄，身躯庞大，飞腾在半空中的沙虫王突然顿住了身形。

在它那巨大的头颅上，被长刀击中的地方，鳞甲成串地破碎，发出金钟般的轰鸣，鳞甲下的肉体明显地失去了生命力，开始渐渐白化，完全发白的地方，则分解为灰粉飘散。

千年生命的沙虫王甩了甩庞大的脑袋，向上伸展起身体，像一条遮天盖地的黑幕，它的身躯猛烈地撞在岩石上，它那大如山丘的头部只是轻轻一摆，头上利刃一般的头冠就将岩壁上合抱粗的石柱切成两半，半边山壁崩塌下来，随着惊天动地的一声响盖将下来，尘土飞扬，大如拳头的碎石块四下飞溅。

师夷低头死死地抱住沙蛤，猛然间白光耀眼，几乎刺瞎了他们的眼睛——巨大的沙虫王撞开山腹！

一条新的河流从它身后穿出，倾泻而下。

而铁冠沙虫王趴在越岐山腹部新出现的岩洞口，化为一条僵硬的石头雕像。从它的口中掉出了一颗小小的白色的圆球……

在那条黑船上，他们顺着瀑布滚了下去，滚烫的水拍溅上船身，几乎将他们烫熟。激流，旋转，咆哮，他们落入一个漩涡，急速地旋转着，几乎撞上阴森的暗礁，但最后，他们还是冲出了遮掩在头顶上的千万吨巨石，暴露在耀眼的白日下。

河络们纷纷调节瞳孔，将它变成一条细缝，云胡不归却只有闭上双眼，躲避那刺目的阳光。没有人欢呼，他们僵立在甲板上木呆呆地互相张望，船上残留的火环城居民，就是那座曾经赫赫有名的矿工城所有的人员了。

9

隐约有人冲他喊叫，然后就是阿络卡在猛力地摇晃他的肩膀。

“你做了什么，沙蛤？”师夷摇着他的肩膀问。

“它走了！它走了！”他们乱纷纷地说。

它爬走了？沙蛤茫然地向上看，看见沙虫王穿破天顶留下的黑洞。

“我不知道，”沙蛤摇了摇头，“我什么也没做。”

“这是虫师术？”云胡不归从废墟下爬了起来，他看似轻巧地将压在胸口的大石抛翻，捂住胸口坐起。

沙蛤大张着嘴：“我还以为那石头砸中了你的头。”

云胡不归使劲甩了甩头，他的犄角从额头上盘绕下来，好像头盔的肋立。“是砸中我的头了，”他微笑着说，“不过我的头比较硬

——沙蛤，原来你真的能控制这么大的怪物。”

沙蛤仍然只是摇头，他摸了摸自己出血的耳朵：“我什么也没做，只是倾听。如果它一定想吃点啥，可以把我吃了。我杀过它许多许多的子孙，是不是？但它说不想吃我。它也许就是我们的神灵，我不确定。”

地表上的情形，让他们几乎认不出这是自己的家乡了。

大地成了一片荒漠，满目疮痍，只有浩大的风从岩石堆和横七竖八倒地的树木上呼啸而过。河水暴涨，浑浊高热，咕嘟咕嘟地冒着气泡，它汹涌地冲刷着岸边，把大块的石头挟带入洪流，隆隆作响。

他们头顶的火山，那个让他们安居了六百年的家园，如龙般的白气直上云霄。

黑船顺着急流向下游冲去，在漩涡和尖岩密布的洪流中，仍然时刻有触礁和沉没的危险，但除了掌舵的船工，所有的火环河络们全都屏息站在甲板上，目不转睛地紧盯着火山不放。

他们痛心地看到那条高昂的羽蛇头，摇晃着倒入深渊里。

伴随着巨蛇的倒下，从地心深处传来一阵低沉的隆隆声，像是天神的战鼓被擂响，这鼓声越来越大，震撼着大地。地面和河水都在抖动，左右摇摆，升起又落下。

深埋地心的烈火恶魔就要挣脱束缚了，它的吼叫声越来越雄劲有力，猛然间化成一声惊雷般的巨响。

半座火山的锥顶飞上了天空，这是超乎天地间力量的一场大爆炸，地壳下的高压气体冲破地壳，带着火红的石块和尘埃直冲云霄，山岩的碎块在空中横飞。火山口里已经变成炫目的烈焰火炉，将巨大的石头喷吐到半空中，有些石头又重新落回火山口里，它们相互撞击，发出可怕的叮当声。

“神之熔炉……”铁匠门罗喃喃地说。这确实是只有盘觚大神才有资格使用的打铁炉，此刻它的炉膛中锤炼的是一整座城市。

纵然离开火山口已有十几里地了，灼人的热浪仍是扑面而来，空气里混杂着硫黄和炭毒的气息，让人喘不上气。细碎的石块像雨点般落到他们身上。

河络们仍然呆呆地立着，丧失理智地盯着火山口上那道越来越炫目的亮光。他们像是被火催眠的小鸟。

天早该亮了，但是他们显然都没有注意到这点。天地沉浸在一片昏暗之中，只有火山口上的那道亮光显得如此明亮，就像是照亮玄冥天地间的一根蜡烛。

雷眼山脉久违了的云层原先只是在地平线周围翻滚，如今仿佛解除了禁令限制，猛冲过来，聚集在越岐山的头顶，在那儿翻滚扭曲。蟒蛇般穿行的闪电照亮了乌云底部。秋天的第一场暴雨眼看就要落下来了。

炽热的岩浆像一条火龙，沿着火山斜坡冲了出来，把天空中的飞石照得闪烁发亮。随着岩浆的冲刷，有成千的火舌头沿着山坡向下蔓延，好像一道道耀眼的流苏。而火山口上空则蹿起一道巨大的混杂火焰的烟柱，冲破了天空中的乌云，然后向四方扩散开来，形同一只巨大的蘑菇伞盖，然后再飞快地下降，伞盖笼罩之下，就是一片炙热火山灰和毒气混杂的死亡之地。

幸亏在那之前，黑船冲出了毒雾的笼罩。随着一道霹雳，干渴的大地一直在等待的雨水终于落了下来，但它并未给人们带来欢欣之情。暴雨是滚烫的，好像泥浆一样黏稠，黑船原本就落满了火山灰，而如今则变成了一艘泥塑的船。

但至少，秋雨浇熄了四周干燥的森林蕴藏的怒火，否则被火山引燃的大火将席卷越州北部，没有什么可以阻止烈火之神的咆哮。

师夷蹲下身子，从甲板上捡起一块石头。她将它传给身边的几名同伴看。

“没错，是墨晶石。”赤甲将石头在衣襟上擦了擦，他脸上的胡须眉毛都被烧掉了，看上去并不凶狠，反而有几分狼狈。

越岐山曾经将这些矿石深藏腹中，任凭河络矿工千锤百镐也难见真容，但地下狂暴的火神此刻就好像败家的富贵公子，将这些珍贵的蕴藏随意抛洒，四周的山林都将接受它的馈赠。

“这儿所有的森林都将受到影响，谁也不知道这里的生物群将发生什么样的变化。”年轻的司辰说。

他是个瘦瘦的年轻河络，有一副淡淡的眉毛，很快就会继任巡夜师的职位。

没有桅杆，大部分桨橹都已断裂的大船，就这么颠簸着在狂暴的河流中顺流而下，穿入了森林。他们眼看着河两边的森林正在发生可怕的变化，那些更容易受到墨晶石影响的低矮灌木和杂草正在撕裂原本是高大乔木组成的天际线，大树被身上疯狂蔓延的攀附的藤蔓压垮，一棵接一棵地倒下，从地下钻出一些巨大的蘑菇伞盖，铺天盖地，破坏了地面的一切。

“我们到底做了什么啊？”师夷将那颗小矿石紧紧地攥在手心，低声问自己。

“事情有可能比我们想象中更可怕，”站在身边的云胡不归仿佛听到了她的问话，“风，还有火山烟云，飘往内陆的方向，云胡不贾会把这一切都计算在内。”

“对。”师夷飞快地瞟了他一眼，然后仰起了头，看着随着季风滚滚掠过天际的乌云。墨晶石的粉尘将随着秋季的东南季风，洋洋洒洒落满整个雷眼山脉，甚至覆盖整个澜州南部。虽然雨水依然滚烫，她心里却一片冰凉。

“一切早有预谋，是吗？”她突然挑起眉头望着云胡不归，带了几分锐利，“这就是他们的愿望。”

“谁？”

“云胡不贾，天罗的首领，你的叔叔。”师夷的责问像三块石头投入水潭。

“他不是我的叔叔。这是一盘可怕的棋局，我们都是其中一粒棋子，每个人的反应都在他的算筹之中。”云胡不归捂了捂胸口，“我留在这里，也许都在云胡不贾的计算中。”

在那一刻，他突然心生疑惑。移魂术是一种高级魅惑术，甚至被施术者在命令被激活之前，也不知道自己身负的真正任务。他身负的真正任务是什么？他的移魂术真的被治好了吗？这个念头只是在云胡不归的心头一晃而过，却让他陷入到某种恐惧之中。

师夷的眼睛里放射出骇人的光芒，那一刻，她完全不像个刚刚成年的小女孩，而是变成了河络的大地之母——阿络卡。她的脸燃烧成绯红色，狠狠地说：“我向诸神发誓，不论他们是谁，我一定会找到他们，让他们为自己的所为付出代价。”

云胡不归低声说：“就我对云胡不贾的了解，这很难。”

“河络有债必偿。”师夷说。

“我看到过这幅景象。”沙蛤突然说。

“你说什么？”

“我在烛阴的头顶上做了个梦，和这些景象一模一样。”

师夷警惕地看着他：“你还梦见了什么？”

“我梦见整个世界变得支离破碎，到处都是空洞，离毁灭的时间不远了。”

“还有……”他痛苦地哽咽了一声，他梦见了一片青色的大陆，飞翔的羽人纷纷坠落，可怕的灾难正朝他们扑去，而那里面，有一张他刻骨铭心的脸。

云若兮。他轻声地喊出了这个名字。

“你觉得他梦见的东西重要吗?”

“我不知道。”师夷迟疑地摇了摇头，“只是这些天来，他的所作所为已经证明了自己，是个真正的梦火者。”

“梦火者?”

“在河络的历史里，梦火者不仅仅是个荣誉称号，还含有先知的意味。所以，他现在所梦见的东西，我可决然不敢等闲看待。”师夷轻声地说。

“接下去，你要怎么办?”云胡不归沉默了一会儿，问她。

“先活下来，然后，我会复仇。”

云胡不归望着远方，有些踌躇，最终还是说:“知道吗？我不该说，但我觉得这件事绝非天罗能策划得了的。”

“那么是山王?”

“相信我，山王的后面还有更可怕的力量，”云胡不归说，“既然，这一切是从我刺中熊悚那一刀开始的，我有责任去搞清楚。”

一道闪电划破了天际，他们一起眼望天空，看见原先是火环城的所在，显露出一朵恶毒的蘑菇云，高悬天际，好像可怕的邪恶神灵正在挥舞魔杖。

10

火环城覆灭所带来的影响，比火环城的幸存者们所料想到的还要可怕得多。

越岐山火山爆发形成的烟柱高约二十里，比飞翔得最高的鸟所能到达的高度还要高，小颗粒的火山灰形成了一片巨大的烟云，逐渐在大地上空扩散开来，并在空中滞留了两年之久。

整个九州的智慧种族从几个方面都感到了这次火山爆发的影响。

在宁州大部，暴雨，或者不如说是泥浆滂沱，雨中落下了越州海域才有的鱼和青蛙。在这一年剩下的时光里，澜北的羽人经常能够看到暗红色的黄昏和黎明。那年秋季，在越州的大部分地区，巡夜师们发现明月和星辰完全消失了，太阳也只留下暗红色的光芒。

在第二年的春季和夏季，宁州东南部出现了持续不断、风雨都无法驱散的干雾；在中州和宛州大部，盛夏的霜冻使得玉米颗粒无收，干草产量锐减，除少数最耐寒的谷物和蔬菜品种外，绝大多数农作物都被冻死。由此而造成的严重困难使这一年蒙上了一层宿命论的神秘色彩，人类命运要遭到由寒冷造成的死亡威胁。

在殇州，随后的那一年注定要作为一个无夏之年载入史册。那是一千多年来最冷的一个夏季。在盛夏里，三次反常的寒流侵袭了殇州，在地上留下了一尺深的雪。早已习惯生活在高寒冰原地区的巨人夸父，也不得不向南迁徙。

到了第二年的年残岁尾，九州各地粮食短缺的形势更为严峻。在楚国的国都，一项与稻米有关的征税引起了一场骚乱；沿菸河向天启城运粮的车队必须由最精锐的部队护送，因为前来枪粮的饥民层出不穷；在晋国，长门修会的一支，提倡苦修的万向一宗获得了庞大的发展，就连国主云和坚都成了一名虔诚的信徒。

恶魔的匣子被打开了。

在浩瀚的草原上，在云胡不归的家乡，人们唱起了一首悲歌：

梦不再是梦
预言不再是预言
漆黑如黑夜的月亮将至
蹲伏在世界之巅的善神露齿狞笑

恶魔的先锋已经出发了吧
巨熊在雪下已经惊醒了吧
鼹鼠还在岩洞里咀嚼它的钢铁
野鸽子无枝可栖了吧
脱壳的灵魂聚蚊成雷了吧
漆黑如黑夜的海水正淹没大陆
鹿、狼、熊、芒牛
天鹅、鹰和古树
准备好一张大弓
满袋好箭
我们将迎接七月的草海
那一日
战刀饮血如水

尾声

数天之后，一支很小的河络队伍开始了向着远方的艰难跋涉。

队伍里有矿工、有工匠、有士兵，也有老人和孩子。在狂风暴雨间，他们佝偻着腰，僵硬的手指紧抓住不多的随身行李。河络们从火中抢救出来的物品很少，只有一些食物和永不离身的工具。他们肩负着的，还有河络的技艺，它比任何武器或工具都更锐利更有用。除此之外，压上他们肩膀的，还有沉重的命运和复仇的欲望。

不下雨的时候，火山灰又会好像纷扬的大雪，不停歇地落到他们的肩膀上。

可以预见，他们这辈子，都将在各种重负下行走。

队伍向西，他们将脱离故土，一直穿过河络地界，穿过初始神像，穿过荒原之海，进入到人类居住的地方，去学着接受人族的价值观和生活方式。

那天晚上，他们在透水河口建立了一处略显稀疏的营地。

在天擦黑的时候，云胡不归离开了营地，他失踪了整整一个晚上，在天快亮的时候才回来。

他找到了阿络卡的帐篷，对等待着他的师夷说：“听着，在小溪的西边有三匹快马，那是我留在那里的坐骑。我们可以顺河而下，只要一日一夜的时间，我就可以带你翻过雷眼山，到达澜州，那边有一处隐秘安逸的营地。沙蛤已经决定和我一起走了，他要去宁州找一个朋友——你要随我来吗？”

师夷看了他很久，眼睛里蓄满了悲哀：“我等着你问这句话很久了，但我又害怕你真的来问——你知道我的答案。”

“为什么不？你为他们做得够多的了。这里已经安全了，他们会自己找到通往九原的路。如今火环城已经不存在了，你的阿络卡头衔又有什么意义？跟我走，让我完成我的承诺。”

师夷悲哀地摇了摇头：“哦，云胡不归，你对河络仍然一无所知，现在我是地母阿络卡，我是他们的母亲。没有母亲会抛弃自己的孩子，你懂吗？没有。”她在怀里捏住了自己的铁手镯，知道没有那样的母亲，真的没有。

爱会消解，会随风飘散，爱情是虚无，但觉醒了的母亲之爱绝非如此。她就是她母亲在溺死前抓住的木板，如果不是死亡，她绝不会放手的吧。

蛮族人沉默着。火山灰正在他们之间飘落，好像一场大雪，慢慢地覆盖满他们的头发。

蜥蜴小哎从帐篷里钻出来，顺着她的小腿爬上了肩膀。

她把它抓了下来。

“那么，我们很难再见到面了，是吗？”云胡低下头，对小哎说，脸上是强装出的一个笑容。

火山灰好像要盖满整个世界，要塞满他们之间的所有间隙，但师夷还是觉得世界空旷无比。

那些痛苦和甜蜜的滋味同时映刻在他们的瞳孔里。他们的心靠得如此近，近得知道对方在渴望自己，可近在咫尺，但却无法再前进一步。他们看着彼此，万分绝望。这真是比仇恨更难承受。

小哎孤独地叫道：“哎！”

也许它说的是：“爱！”

或许是吧。

云胡不归转身孑然而去，一路都没有回头。他的脚印踏在火山灰上，越来越远，越拉越长，好像会铭刻到永久，但是师夷知道，一场大风，或者一阵暴雨，就会把这些印痕完全摧毁。她知道他不会再回头了，但又盼着他能回一次头。她想要召来一场真正的暴雪，将他们完全埋没，那么就不用看着他的背影如此落寞地远去了，但她还没学会暴雪术。

“不会再见面了啊。”她对他的背影轻声说，每说出一个字都像是有一只飞鸟从她胸口飞出逃走，现在，她所有的爱必须从她的部族中去寻找。

永别了，飞翔之梦。

永别了，脱逃之梦。

活着像告别一样漫长，死去像战斗一样短暂。

她把自己的伤感像一件旧衣服那样折起，童年时的梦想已经化为飞鸟跟随奋蹄的白马离去，作为一名阿络卡，她还有许多事情要做。

营地里到处是呻吟声。

许多河络都受了伤，他们或者被火烧伤，或者被石头砸伤，或者因为吸入了太多的毒气而身体虚弱。活着比死去要更艰难。

阿络卡必须学会给自己的族人治病。没有人教她要如何去做，但是师夷做得很好。她学习使用紫草、甘草、灵仙、乳香、没药、生地、黄柏、香油和蜂蜡，学习包扎伤口和颂唱那些疗伤的咒语。

一切都是通过梦中学到的，因为到了晚上，她会点燃一只小银碗里的香料，夜盐的幽灵会穿越漫长的荆棘之路来找她，传授给她各种各样的知识和法术。

他们的长途跋涉才刚刚开始，她不知道前方等待火环河络的命运是什么，但她将在每一个歧路前一一作出选择，并为它们负责。

在她的行囊里，有一颗圆溜溜的河络头骨，坚硬厚实，但是有火烧过的痕迹，顶盖附近刻有火环城的标记，一条盘绕衔尾的赤练蛇。

火环之蛇躺在包围世界的海洋岸边上，它环绕着河络的城市，每一样已知和未知的事都包围在它热情的拥抱里面。它注入生命到死亡，死亡又进入发芽的生命里面。它象征无休止的永恒法则下的开始和终结。

可以预见，它不会是最后一个刻上这个标记的夫环头骨。

她时不时地想要伸手去抚摸一下。

在它那用沙子打磨干净的脸颊上，有一行新刻上去的河络古文字：

一段伟大新里程的开始！

独角兽书系

九州系列

唐缺

《九州·茧语》

《九州·天空城》

潘海天

《九州·铁浮图》

《九州·白雀神龟》

《九州·死者夜谈》

《九州·地火环城》

遥控

《九州·无星之夜》

水泡

《九州·龙之寂》系列

小青

《九州·大端梦华录》系列

塔巴塔巴

《九州·澜州战争》

苏离弦

《九州·浩荡雪》

新九州系列

水泡

《新九州·舞叶组》

裴多

《新九州·炽血王座》

麟寒

《新九州·荆棘之海》系列

荆泽晓

《新九州·狂舞》

秋风清

《新九州·乱离之域》

因可觅

《新九州·月见之章》系列

沉水

《新九州·荣耀之旅》系列

◎选题策划 / 邹　禾　◎装帧设计 / 谢颖设计工作室

九州·地火环城

——珍藏版——

LAVA SURROUNDING THE CITY